W0204684

Sie tanzte nackt auf dem Söller
Das Leben des Albert Vigoleis Thelen

Sie tanzte nackt auf dem Söller

Das Leben des
Albert Vigoleis Thelen

Aus seinen Texten zusammengestellt
von Jürgen Pütz

Claassen

Gedruckt auf chlorfrei gebleichtem, säurefreiem Papier

Die Deutsche Bibliothek – CIP-Einheitsaufnahme

Thelen, Albert Vigoleis:
Sie tanzte nackt auf dem Söller: das Leben des Albert Vigoleis
Thelen / aus seinen Texten zsgest. von Jürgen Pütz. –
Hildesheim: Claassen, 1992
ISBN 3-546-00023-4
NE: Pütz, Jürgen [Hrsg.]

Copyright © 1992 Claassen Verlag GmbH, Hildesheim
Alle Rechte für diese Zusammenstellung vorbehalten
Für die Rechte an den einzelnen Texten siehe Quellenhinweis Seite 351
Umschlaggestaltung: Wolfgang Scheffler, Mainz
Satz: Dörlemann-Satz, Lemförde
Druck und Bindung: Friedrich Pustet, Regensburg
Papier: M. Salzer's Söhne, A – St. Pölten
Printed in Germany
ISBN 3-546-00023-4

Inhalt

Selbstbildnis

Meine Herkunft weist in das kleine Bürgerhaus einer kleinen Stadt, und ich zähle zu einer Generation, deren Väter an den Kaiser glaubten, auf seinen Krieg und seine Kriegsanleihe hereinfielen und die entsprechenden Schnurrbartbinden trugen, die auch während des zeugerischen Dienstes nicht abgenommen zu werden pflegten.

Selbstbildnis

Des Schädels etwas peinliche Struktur
verbirgt sich dem Beschauenden diskret
durch die Verteilung der Frisur,
die acht zu eins aus Schwarz besteht,
sehr widerspenstig an den Schläfen,
wo sich zur Nachbeteiligung des Hinterpols
das Weiße vordrängt wie gestovte
Rosetten eines Blumenkohls.

Im Stirnbereich das Haar einbuchtend in zwei Häfen,
dazwischen sich die leicht naturgewellte Tolle
wie Geburtenrückgang lichtet,
dieweil nach hinten sich der volle
Skalpwuchs zur Glatzenantithese rückverdichtet.

Der Nackenübergang wird wöchentlich behandelt,
auf daß er nicht die Camouflagerei verschandelt.
Und da von vorne dieses schwerlich sichtbar,
sei es gesagt, obschon ich keinem pflichtbar.

Ergo: der Schädelstätte Mißwuchs sieht man nicht.
Doch das Gesicht,
ein Schulbeispiel von Gegenapollinisch,
(submaxillaris wird der Fall schon klinisch)
liegt nackt und bloß –
Schoß vieler Formungen und Möglichkeiten.

Der Stirne Ebenmaß nicht zu bestreiten,
erfreulich hoch,
mit Rückschluß auf Verstand.
Meister Lombroso war jedoch
auch Gegenteiliges bekannt.

In ganzer Breite schimmernd ausgezogen
spannt sich der vorgewölbte Augenbogen,
in leichtem Winkel stehend zu der Achse.
Die Brauen dicht, durch Falten streng getrennt,
daß ihrer jede über ihrem Auge wachse.

Die Augen: sie sind groß, grau, grün und blau,
ins Schwarze dunkelnd selbst bei Licht.
Auch Stimmungswechsel fällt stark ins Gewicht
bei der Palette ihres Farbenspiels.
Des Blicks vorstellend mystisch stille Schau
aufflammend oft im Feuer des Gefühls
und blinzelnd in versteckter Moquerie –
dann wieder einsam weiterträumend in Melancholie
und Weltverlorenheit. So grau beblickt
hat mancher schon die Waffe gegen sich gezückt.

Die Augensäcke wie zwei Schattenstellen
sich einwärts lagernd unter bläulich hellen
Veräderungen. Strich des Lids mit rosa Tönen.
(Das nächtelange Lesen ist ein Feind des Schönen.)

Die Wimpern seiden, lang und wie bei Frauen edel –
welch ein Kontrast an diesem groben Schädel!
Am untern Lid sind sie indes verkümmert:
Wie selten geht ein Mensch aus Gottes Händen,
der schlüsselfertig bis ins Rot der Lippen durchgezimmert.
Vielleicht wär' Eva noch als Vorbild zu verwenden.
Doch von ihr abwärts über Abraham zu mir
fehlt immer wo was an des Leibes Zier.

Von da ein Sprung zum Sprung der Nase: groß.
Die Spitze voll gerundet – Kartoffelkloß? –
aussagend, daß dem Träger manches mundet,
und auch das Geistige auf seine Kosten kommt,
sei's auch mit Vorbehalt, wie's Dichtern frommt.

Dabei der Wangen Wölbung ziemlich mäßig,
verratend ihrerseits, daß Vigo nicht gefräßig,
abhold dem Bier, dafür dem Weine treu –
auch das bezeugt der Backe Konterfei.

Bei aufgeschürzter Oberlippe, die dem Bogen
des Gottes Amor neckisch nachgezogen,
steht der Mund
ein wenig schief.
Die Winkel pessimistisch,
leicht überspielend sinnlich in das Rund
der unteren Partie, an Skepsis reich.
En face sehr sensitiv und weich,
von Frauen oft begehrt
(und Männern dann und wann – o armer Mann!)
und manchmal zungentief
zum heißen Spiel der Küsse.
Doch stand er immer grade dann verkehrt
für Libidogenüsse.

Jetzt Pause fürs Modell.
Nur eben schnell
zwischen zwei Sitzungen
der Sommersprossen Spritzungen
noch angebracht mit Raster Nummer zwei.
Die Leberflecken unterbleiben,
ich will ja keine Kleinkunst treiben,
zudem: Holz, Haupt- und Sudermann, das ist vorbei.

Ein kurzes Selbstgespräch entblößt die Zähne,
bitte, von Blecken keine Spur!
Wenn ich sie hier mit raschem Pinselstrich erwähne,
so eben nur,
weil ich mir ihren Unterhalt was kosten lasse,
beziehungsweise ließ, jetzt bin ich schwach bei Kasse,
und weil an Weiß zuviel ich aus der Tube drückte.

Das nutze ich – seht, wie der Einsatz glückte.
Frans Hals scheint mir die Hand geführt zu haben:
Wer denkt nicht gleich an seinen Lautenknaben,
mit dem ich aber fürder nichts gemein,
noch mit Herrn Hals, das dürfte deutlich sein.

Doch nun geschwiegen, das Modell tritt ein.
Und wieder fühl ich es, das Göttliche, ich komme groß
in Form: das Kinn – enorm!
Der Schauer steht und staunt,
was sich Natur an diesem Mensch gelaunt.
Neandertal? Ein wüstes Boxgenie?
Die Ärzte deuten es mit Prognathie.
Vielleicht ein Mißgriff der Geburtenzange, –
wie dem auch sei: ein Kinn von erstem Range.

Ein Grübchen mildert seine Häßlichkeit,
das heißt, solang der Selbstsichmaler lebt . . .
Denn denkt man sich den Schädel vom Geziefer
des Grabes abgenagt,
dann liegt der Kiefer,
wenn je, ojemine, das jüngste Urteil tagt,
den Blicken aller preis, so ungefüge
wie eines Esels Kinnback zur Philisterzeit,
auf daß Samson mit ihm die Feinde schlüge
und bündig alles, was da leibt und lebt . . .

Doch was? ihr schaudert, bebt,
weil sich ein Zipfel der Kulisse hebt
vom mahnungsvollen Schnitterspiele des
Memento homo quia pulvis es
et reverteris in den alten Dreck?
Gemach, gemach, noch steht der auf dem Fleck,
um den's hier geht, ein armer Tropf,
was klar ersichtlich aus besagtem Kopf,
an dem die Ohren

durchaus normal sind, schöne Ohren fast,
und Läppchen nicht verwachsen.

Rasierliches wird jeden Tag geschoren,
thin Gillette blade, die Marke ist erkoren
aus vielen Dutzend, die ich kannte,
sauber und weich im Schnitt.
Der Pinsel dachsen,
Seife mandelwürzig.

Cold Cream? Ja bitte. Puder?
Wie's die Zeit begehrt,
die alles über eine Fratze schert ...

Und dennoch, dennoch bleibt's unsäglich kläglich
für mich Herrn,
das, was von Hause aus schon schief ist, täglich
noch übers Anatomische hinauszuzerrn.

Dies indes nur als Hintergrund des Konterfeis.
Im Sommer vierzig,
im Exil,
auf Schloß Pascoaes,
Amarante
pinxit
Vigoleis.

Kindheitserlebnisse

Der Krieg gab neue Rätsel auf, die auch der Kaplan, der an unserer Kaiserlichen Schule den Religionsunterricht erteilte, nicht lösen konnte: ob es nicht Gotteslästerung sei, daß »unsere« Soldaten den Namen des Allerhöchsten auf der Gürtelschnalle trügen und, Gott mit uns, dem Franzmann das Bajonett in den Bauch rennten.

Früh lernte ich, gebückt zu gehen

Ich bin in einem schwesternlosen Hause aufgewachsen, unter Brüdern, die älter waren als ich und die mich, statt mich zu lieben, verprügelten. Vor allem der zweite, Jupp, der sich zum Hagestolz und zahmen Hühnerfarmer herausgemausert hat, mit langer Pfeife, beneidenswertem »Eieranfall« und Liebe für Musik und alles Schöngeistige, nebenbei bemerkt der Heraufzüchter des ersten nicht mehr fremdgehenden deutschen Unflughuhnes, dieser Bruder hat mich maßlos drangsaliert. Er war ein Tyrann mit einer gefährlichen Faust, die er hob und dann auf sein winziges Opfer niedersausen ließ, wenn dieses nicht gehorchen wollte. Im Keime war da natürlich schon der Gallinarier vorgebildet, der heute den Hühnern vorschreibt, wie hoch sie fliegen dürfen: Jedem Volk ohne Raum sein Huhn ohne Raum! Bei mir genügte aber meist schon die Aufwärtsbewegung seiner Hand, ein zornsprühender Blick und das gefürchtete »Wird's bald!«, um keine Unbotmäßigkeit aufkommen zu lassen und den kleinen Albert in der niedrigsten Fron zu halten. Das »Wird's bald!« hatte er sich übrigens von unserem Vater angeeignet, der dieses erzieherische Schlagwort oft im Munde führte, selber indes immer am frohesten war, wenn es bald wurde, denn er war ein selten friedliebender Mensch, sehr umgänglich, aber in sich gekehrt nach einer ausschweifenden Bierjugend, und sehr demokratisch. Darum weinte er auch, als Stresemann starb. Es war das einzige Mal, daß ich den verschlossenen Mann einem Eindruck von außen habe erliegen sehen. Ich verdanke ihm viel, vor allem die Erkenntnis, daß es nichts auf der Welt gibt, was es verlohne, seine Schritte auch nur um einen Pulsschlag zu beschleunigen (ich habe ihn auch nie laufen sehen); dann, als eine ganze Reihe von Möglichkeiten irdischen Broterwerbes an meiner linkshändigen Seele gescheitert waren, mein auch wieder mißratenes akademisches Studium, und last not least verdanke ich ihm die Briefmarken, die mich meine oben angedeutete Schriftstellerei jahrelang gekostet hat. Diese Zuwendungen mußte ich mir allerdings dadurch verdienen, daß ich dem alten Herrn einmal in der Woche das Haupthaar schor, ratzekahl auf ein Zehntel Millimeter: eine sehr diskrete Art, meine Minderwertigkeitskomplexe nicht noch zu vergrößern. Mehr als einmal hat mein Vater sein Bedauern ausgesprochen über das langsame Wachstum seiner Haare. Aufgeklärt wie er war und ein Feind aller Finsterlinge, gelang es mir nicht, ihm Salvakran oder ähnlichen Schwindel anzudrehen. Bei dem Anschwellen meiner brieflichen Literatur blieb dem Guten nichts anderes übrig, als den Tarif seines Hausfrisörs zu erhöhen. Der Himmel hat ihm seine Güte, Herzensweite und ungewöhnliche, sei es auch durch keine psychologische Bildung getrübte Einsicht in seinen unentwirrbaren Rattenkönig von Sohn durch einen schmerzlosen Alterstod vergolten.

Doch zurück zu meinem pyknischen Zwingvogt: Da ich jahrelang das Zimmer mit ihm teilen mußte und eine Zeitlang sogar das Bett, blieb ich auch des Nachts nicht verschont von Tritten und Anranzungen. So wurde mir schon vor dem schulpflichtigen Alter deutlich gemacht, daß auch die Nächte einem Menschenkinde nicht allein beschieden sind. Wir müssen uns noch tiefer in das Dunkel zurückziehen, um dem Argen in der Welt zu entrinnen, und diese abgekapselte, wie ein Fruchtkorn vor der Aussaat in sich eingeschlossene Stelle finden wir nur in uns selbst. Dem einen gelingt es, bis in den Urgrund des Seins vorzustoßen, und ist er gesegnet, das Erlebnis andern zu vermitteln, als Dichter etwa, dann wird er unsterblich. Unsterblichkeit: mir ein schrecklicher Gedanke! So wenig ich nun selbst vor diesen Zwergvandalen sicher war, so wenig war es mein Spielzeug. Sogar die spitzfindigsten Verstecke spürten sie auf und lagen lange auf der Lauer, um sich an meinen Tränen zu weiden, die langsam zu fließen begannen, wenn ich die Hand aus dem ausgeraubten Gehege zog. Allmählich begann ich wie ein Axolotl zu reagieren, ob auch diese infantile Mutation nicht lange währte: ich spielte mit Puppen, ohne allerdings die Gesellschaft anderer Puppenspielerinnen zu suchen. Das trug mir häßliche Fopperei und das unablässige Gehänsel meiner mannsigen Brüder und ihrer nicht weniger durchtriebenen Alterskumpane ein. Aber – am Spielzeug vergriff sich nun niemand mehr, kleine Mädchen bestritzt man nicht. Früh lernte ich somit gebückt zu gehen, und manchmal denke ich mit Schaudern daran, was aus mir geworden wäre, wenn meine Mutter es an Fruchtbarkeit ihrer in einer biblischen Segensfülle prangenden Schwiegermutter gleich getan hätte, die 19 Kindern das Leben gab. Vermutlich wäre ich, zum Dackel entartet, in Dachshöhlen geschlieft, aus denen mich auch das blutgierigste Frettchen nicht mehr herausgebissen hätte.

Im Hause nannte man mich bald ganz allgemein einen Duckmäuser. Jedes Lexikon hätte freilich meine Angehörigen darüber aufklären können, daß nur ein Teil dieses Begriffes auf mich angewandt werden konnte, denn von Tücke und Verschlagenheit war bei mir, leider Gottes, keine Spur vorhanden. Es blieb bei dem Musen, dem Ins-Sinnende-sich-Verlieren. Ja, damit hatten es die flinken Wiedertäufer getroffen, und träfen es heute noch, wenn sie auf den Gedanken verfielen, mich abermal mit ihrem Unglückswasser zu besprengen. Man sieht, auch in meiner Hinneigung zum Philologischen bin ich aus der Art geschlagen.

Mein bischöflicher Onkel

Ich mußte einen Antrittsbesuch machen bei meinem bischöflichen Onkel in Münster, dem ich noch nie begegnet war. Ich kannte nur seinen hochbetagten Diener, der Jean hieß wie sein Herr, mit dem er auf Duzfuß stand, denn er war schon Kutscher gewesen bei dessen Vater. Darum konnte er es sich auch erlauben, den hohen Priester von der Kanzel herunterzuholen, wenn er an Hand seiner Zwiebel feststellte, daß der Junge wieder zu lange predigte und der Kaffee aufgewärmt werden müsse. Das imponierte mir; der Onkel verblaßte neben der Gestalt dieses Getreuen. Wohl war das Prestige von »Ohme Jean« in unserer Familie mächtig gestiegen, seit er ins Hirtenamt berufen worden war, und die Hefte des »Steyler Missionsboten« und der »Stadt Gottes«, die bis dahin auch nach außen die Frömmigkeit meines elterlichen Hauses ebenso deutlich dokumentierten, wie sie dessen schlichten literarischen Geschmack verrieten, traten in den Hintergrund. Der Titularbischof von Cestrus übertrumpfte mit Stab und Mitra die Kolportage.

Ich war ein Ungläubiger im Sinne der, mit Berdiaeff zu sprechen: untragischen Theologie, die darum auch keine Erbittlichung kennt, und als solcher, als »Aufgeklärter«, wollte ich dem Onkel gegenübertreten; als Mensch und kleiner Verwandter aus der Provinz vor den Menschen und Herrn eines Dieners, vor dem jener sich gerne beugte. Daß man einem Bischof den Ring küßt, wußte ich, die Mutter hätte es mir nicht eigens auf die Seele zu binden brauchen; wußte aber auch, daß ich mich nicht das Geschabte eines mir damals noch unbekannten Käses kümmern würde um diese mittelalterliche Firlefanzerei, was ich meiner Mutter verschwieg. So gesteipert begab ich mich in das Haus Nummer 30 am Domplatz, den Kopf voll Nietzsche und Schopenhauer und ähnlichem Rüstzeug, dem Verwandten mal die Flosse zu drücken: Tag, Onkel, da bin ich, Johannas Sohn aus Süchteln; wie geht es dir, und Grüße von Vater und Mutter, und wann du mal kämst, uns gegenüber im Krankenhaus kannst du die Messe lesen, falls Jean das erlaubt, und die Nonnen schütten dir nachher einen Kaffee auf im Rektorzimmer ... da sagte die Pförtnerin, Seine Eminenz seien nicht zu Hause, ich solle nur morgen wiederkommen, gegen elf, das sei eine gute Stunde, und wen sie melden dürfe?

Pünktlich zur guten Stunde begab ich mich wieder in den kleinen Palast. Viele Menschen hatten sich vor dem Portal eingefunden – doch wohl nicht meinetwegen? Oder sollte Ohme Jean, von meiner Mutter avisiert, eine öffentliche Bekehrung ins Werk setzen, mit anschließendem Umgang und Tedeum? Unbeirrt schritt ich durch die harrende Menge, den Vorgarten, durch das geöffnete Portal. Als ich die Halle betrat, fing ein junger Kaplan mich ab und bedeutete mir, wer ich auch sei, ich käme etwas ungelegen, Hochwürden hätten Primiz im Dom, ich möchte doch – da hörte ich Stimmen und Schritte, Gewänder rauschten, der Weihbischof kam die breite Treppe heruntergeschritten, im vollen Ornat, um ihn dienstbare Hände, die noch dies und das an den

Gewändern und Umhängen rückten und nestelten. Die Toilette hoher kirchlicher Würdenträger ist ja ebenso verfänglich wie die einer großen Dame von Welt. Der unerwartete Anblick dieser Pracht brachte mich trotz der im unvermindert würdigen Schreiten angebrachten Sicherheitsnadeln so aus der Fassung, daß ich im Protagonisten nicht mehr Ohme Jean, sondern den Kirchenfürsten sah und mich ihm in den Weg warf: er hatte die unterste Stufe erreicht, und da lag ich auch schon vor ihm auf den Knien, ergriff seine Hand und wollte den Fischerring küssen. Der Bischof war aber Onkel geblieben, ich verdutzte ihn keineswegs. Er bedeckte den Ring mit der anderen Hand, zog mich aus der Vasallenbeuge und sagte lachend: »Das hat Johanna dir beigebracht, aber bei mir brauchst du das nicht, das machen wir ganz anders, komm heute abend mal um sieben, ich habe es jetzt eilig, du siehst ja, noch auf der Treppe muß ich mich anziehen lassen. – Propinquus meus«, sagte er noch zu einem fremdländisch aussehenden Mönch, es klang wie eine Entschuldigung, und verschwunden war der theatralische Verwandte.

Die Geste mit dem Ring ist mir unvergessen geblieben, und kaum nötig zu sagen, daß der Bischof mit ihr Herz und Vertrauen eines Ungläubigen gewonnen hatte, ob auch keinen Folger.

Uniformen und Ornate sind gefährlich wie Kriegsbemalungen wilder Stämme. Man muß schon sehr stark sein, um ihnen zu widerstehen. Habe ich besser abgeschnitten als jener Missionar, der beim Anblick einer bemalten Negerbande Zweifel bekam an seiner eigenen Sendung? Wie dieser hatte ich mich rasch wieder in der Gewalt. Aufgefressen wurden wir nicht, aber gefallen war ein jeder von uns auf seine Weise. Voller Wichs gehört zum Geschäft, sei es das frömmste.

War ich noch derselbe?

Trotz der vielen Onkel – Mädchen waren bemerkenswerterweise keine in ein tantenfähiges Alter gelangt – war keiner darunter, der das Zeug gehabt hätte, von einem Fisch verschlungen zu werden, und nicht allein, weil das Flüßchen, an dem ihre und meine Vaterstadt seit Jahrhunderten geschichtsmüde dahindämmert, nicht meertüchtig ist. Der einzig beachtliche ist mein Taufpate, der wie alle Gebrüder den Trunk aus der Flasche liebte, sonst aber Buchbinder war, ohne allzuviel in die Werke hineinzusehen, die er band; und das sind bekanntlich die zuverlässigsten Binder, wie auch analphabetische Setzer sich am verläßlichsten an die Vorlage halten. Dieser fröhliche Bruder hob mich aus der Taufe, wobei er mir seinen Namen abtrat. Albert, das heißt der an Geschlecht Glänzende. Leider habe ich von diesem Glanze weder bei ihm und noch weniger bei mir je etwas verspürt. Das muß wohl alles mit dem Taufwasser verwässert, verdunstet sein. Immerhin, als das Erlösungswerk Christi durch seinen Beistand und sein Gelübde an mir vollzogen war, alle Sünden und Sündenstrafen mir nachgelassen waren, ich der Gnade, Erleuchtung und Heiligung durch den Geist teilhaftig geworden, und auch der Kindschaft Gottes und der Anwartschaft auf die himmlische Seligkeit – Erweisungen, die man gewiß verdient, wenn man in ein Jammertal ausgesetzt wird; für die ich aber nur mit Gebrüll und Nässung der feierlichen Unterlage, einem brokatenen Taufkissen aus der »Scheifeshütte« meiner Mutter, dankte –, als ich, kurz, ein Christenmensch geworden war, fanden die Taufgänger es an der Zeit, daß auch der Segen über sie käme. Sie zogen in die erste Wirtschaft neben der Kirche, die die meines Großvaters war. Den Täufling legte man auf den Schanktisch und trank. Dann ging es weiter, von einem Lokal ins andere; mein Pate wurde immer blauer und der Getaufte immer knalliter im Gesicht; doch man ließ nicht ab von der alkoholischen Wiedertaufe. Der Vater, die anderen Onkel, Nennonkel und Freunde waren einverstanden, und auch sie tranken. So hatte man sich schon aus der Stadt in die Sektionen hinausgetrunken, auf jeder

Theke der an Geschlecht Glänzende krähend nach der Mutter Brust, bis man ihn schließlich irgendwo liegenließ. Man hatte den erbsündigen Anlaß des christlichen Mysteriums, das an mir vollzogen worden war, vergessen und sank, den Bierschaum aus den Kaiserschnurrbärten schleckend, in die heidnische Liturgie zurück, Opfer der Konkupiszenz, das ist böse Begierlichkeit, die ja nicht aufgehoben wird: man trank ohne mich. Ohne mich traf man zu Hause wieder ein. Wo war der frisch Gechristete?

Alarm wurde geschlagen, man rekonstruierte die Schnapsfahrt, irrte sich in den Stationen, aber nicht in den Flaschen, die jetzt wieder getrunken werden mußten, und nach Stunden emsigen Forschens gelang es einem Stadtweibel, sich bis an jenen Schanktisch heranzupicheln, auf dem das Häuflein Christentum, von Gott und seinem Schutzpatron verlassen, im vollgepferchten Wikkel lag. Gegen eine Flasche Alten Korn wurde ich meiner Mutter wieder ausgeliefert – aber: war ich noch derselbe? Hatte sich mein Taufzug nicht mit einem anderen, ebenso unchristlichen gekreuzt? War ich ein fremder Säugling, den man nach der heiligen Handlung auch zu Biere getragen? Diese Frage hat mich zeitlebens beschäftigt, und sie ist auch einer der Gründe, warum ich Schutz suche hinter meinem Vigoleis.

Um Gott betrogen

Als Kind habe ich sehr unter einem Zustande gelitten, den einmal jemand die Sonntagsmelancholie genannt hat. Später dehnte er sich auf die übrigen Wochentage aus, und da war es nichts besonderes mehr, zumal ich auch schon Gegenkräfte hatte bewegen können. Ich erinnere mich an so manchen Morgen, wo die Sonne durch die Latten der Jalousien in mein Zimmer schien und alles in ein Fest verwandelte. Jede Blume der Tapete war anders, obwohl sich das Muster tausendmal wiederholte. Ich kannte jede Abweichung auswendig und entdeckte immer neue Verwandlungen; und kein Karrengerassel auf der Straße, weil am Sonntag die Fuhrwerke nicht fahren durften: Sonntag, durchzuckte es dann meinen noch nicht ganz wachen Kopf, keine Schule, keine Erniedrigung, kein Gehänsel, keine Prügel, keine Aufgaben, nichts, nur Sonntag, der tröstliche Tag – und dann war ich ganz lebendig und wußte: du mußt in die Kirche! und es war aus mit der tausendfältigen Blumenwiese. Alle Rosen waren gleich und schlecht und billig, fünfzig Pfennig der Meter und schief aneinandergestoßen.

Der Kirchgang war ein doppelter Zwang, Elternhaus und Schule bestanden darauf, und von der Schule aus wurde sogar Buch geführt über den Kirchenbesuch. Dieses zwischengeschaltete Aufpassertum konnte ich Knirps natürlich nicht in Einklang bringen mit der Allwissenheit des lieben Gottes, und viel Kopfzerbrechen bereitete mir auch die Tatsache, daß ein Mitschüler von der Beteiligung an sämtlichen Gottesdiensten befreit war, auf Grund eines regelrechten ärztlichen Attestes. Dieser Wilhelm war kerngesund, aber sein Vater war der höchste Steuerzahler der Gemeinde, ein Millionär, der sich ein solches Konkordat mit der Kirche leisten konnte. Obschon wir denselben alten, streng katholischen Hausarzt hatten, wäre es vermessen gewesen, auch nur in meinen Träumen eine gleiche Dispens anzustreben. Mein Vater stand nicht in einer Gehaltsklasse, welche die nötige Basis zu Verhandlungen mit den Vertretern Gottes geschaffen hätte. Als er sich emporgearbeitet hatte und Gott auch hätte bestechen können, hatte ich mich selber schon von der Lüge befreit. Das kostete mich keinen Groschen, aber so manche schlaflose Nacht, und ging gepaart mit Gleichgewichtsstörungen, die meinen Bildungsgang hemmten. Die Sonntage blieben verpestet, jahrelang, und jahrelang währte mein Mißtrauen gegen die Kirche, die ich nicht mit dem Gott, der in ihr zu wohnen belieben sollte, in Einklang bringen konnte. Dann kam der Tag meiner ersten Kommunion, ein Höhepunkt im Leben eines katholischen Christen, der schönste Tag seines Lebens – in den Dom hinaufblickend, sah ich die Strahlen des Sonnenlichtes durch die Dachlücken gleißen, das gebrochene Licht meiner Sonntagsmelancholie – der schönste Tag fürwahr.

Ich war neun Jahre alt und glaubte noch an Gott, wie ich an Märchen glaubte. Nur verpflichteten Märchen zu nichts. Gott aber ließ uns zu seinem Dienste »antreten« mit gezücktem Gebetbuch. Der schönste Tag ... ihm ging, und vermutlich ist es heute auch noch so, ein Unterricht voraus, der uns in das Mysterium der schwer auszusprechenden und noch schwerer zu begreifenden Transsubstantiation einweihen sollte. Ich werde auch nichts davon verstanden haben, aber geschadet hat es nicht. Ich bekam vom Pastor die nötigen Ohrfeigen, andere bekamen sie auch. Der unheilvolle Vorgang fand zwei oder drei Tage vor dem Feste statt. Da mußten wir in Reih und Glied zum »Üben« an der Kommunionbank, dem Speisegitter, antreten. Jeden Schritt und jede Handlung mußten wir uns einprägen, und vor allem hatte die Vorschulung den Zweck, zu lernen, wie man sich bei der Ausspendung des heiligen Mahles zu benehmen hat: wie die Hände unter dem Laken zu falten sind, wie das Haupt zu neigen in richtiger Demut; züchtig niederzuknien, ohne dem Hintermann das Schienbein einzutreten, und dann: die Zunge so vorzulegen, daß die Hostie ohne die geringste Verunehrung, etwa durch Fallenlassen, verschluckt werden kann. Nicht kauen! Der Heiland schmelze von selbst auf der Zunge. Der alte Pastor hatte ungezählte Generationen eingeübt, jedes Jahr das gleiche Manöver, und er hatte nicht viel Geduld, er war wie ein Feldwebel, mit dem nicht zu spaßen ist. Ich war unverdorben und glaubte an das Wunder, das kommen sollte. Meine Mutter hatte mir da mehr erzählt als der Pastor. Es würde mich durchschauern im Augenblick, wo ich den Heiland in mich aufnähme; eine Verwandlung geschähe, ich würde ein anderes Kind, ein besseres wird sie gesagt haben, vielleicht sogar ein Engel. Ich lebte in einer zitternden Erwartung, denn das alles versprach mehr zu werden als ein Heiliger Abend, der bis dahin das Wunderbarste war, was ich kannte. Ich bedauerte die Negerkinder aus dem »Steyler Missionsboten«, die sich, statt den Heiland zu empfangen, gegenseitig auffraßen, aber – wenn wir viel Silberpapier sammelten und in Kugeln an den Pastor ablieferten, dann würden auch die Negerlein kommunizieren. Ich sammelte viel. Die Heidenkinder dauerten mich sehr. Heute dauern mich die christianisierten Kinder noch viel mehr. Im Katechumenat hatte ich mich wenig ausgezeichnet. Gott hatte mir nicht den Verstand verliehen, den zu seinem Empfange notwendigen Wissensapparat zu bewältigen, und am Tage der Übung erwies sich, daß ich auch körperlich unbeholfen war, ein rabenschwarzes Heidenkind, für das die Weißen noch ganze Ballen Silberpapier einsammeln müßten, um es würdig an den Tisch des Herrn zu führen. In Reihen zu zweit, den sogenannten Kommunionpaaren, traten wir an das Gitter heran und knieten nieder. Ich faltete vorschriftsmäßig die Hände unter dem Linnen, neigte den Kopf und lauerte, ob ich nun »dran« käme; dann hob ich ihn, legte die Zunge ein wenig nach vorne, nicht sehr, das ist wahr, der Pastor hätte das falsch auffassen können, denn es gab auch Kinder, die ihm während des Unterrichtes die Zunge herausstreckten, aus Übermut. Mein »Kommunionpaar« war darin sogar groß. Wie habe ich diesen Jungen überhaupt bewundert, den Vetter Karl, der nun neben mir kniete und noch Zeit fand, mich zu kneifen, wo ich vor lauter Schielen schon schwitzte. Der alte Mann schritt die Bank ab und prüfte jede Haltung, jede Zunge. Bei mir angekommen, schimpfte er los: was, nicht mal die Zunge könne der Bengel gehörig herausstrecken, mehr, noch mehr, und als es wirklich nicht mehr weiter ging, ein Mensch ist schließlich kein Specht, haute er mir mit seinem großen Schlüssel dahin, wo ich am Weißen Sonntag den Heiland empfangen sollte. Die Zähne bohrten sich schmerzhaft in die Froschader, und mein Mund füllte sich mit Blut. Im eingeübten Gang, der Einkehr und innere Seligkeit vortäuschen sollte, schwankte ich an meinen Platz zurück, neben mir das Kommunionpaar Karl. Karl hatte alles genau beobachtet, er zischte mir zu: »Mensch, warum hast du nicht gespuckt! Das hätte der mir machen sollen, das ganze Blut hätte ich dem auf den Talar gerotzt. Aber warte nur, das muß der Buschklepper büßen . . .« Der Mann hieß Busch.

Vetter Karl ist früh gestorben. Mit sieben Jahren behauptete er schon zu wissen, woher die Kinder kämen; niemand glaubte es ihm, aber das focht ihn nicht an, und er hat auch recht behalten. Er hat mich nicht gerächt, wie hätte er es tun sollen? Mit dem üblichen Tritt vor das Schienbein? Stinkasant spritzen an die Talarschöße, auf daß alle Hunde der Stadt das Bein am Pastor höben? Hatte der alte Mann überhaupt schuld? Handlanger Gottes wie Tausende, war er geachtet in der Gemeinde, die ihm einen schönen Stein setzte, als er tot war. Alt und grau geworden im Dienste Gottes, nicht minder abgestumpft wie ein Küster, der täglich Dutzende Male den Knicks vor dem Tabernakel macht, ohne sich etwas dabei zu denken, hatte er noch eben einem namenlosen Opfer des letzten Jahrganges, den er auf den Heiland drillen mußte, mit einem gutgezielten Schlag seines Schlüsselbundes das kindlich-mystische Glaubensgebäude zertrümmert.

Auf der geschwollenen Zunge sollte ich nun den Heiland zergehen lassen – ja nicht kauen, es sei die Hostie kein Lutschbonbon; und wer von diesem Brode isset, der wird ewig leben. Auf dem Heimwege von der Übung, wo ich mich wieder einmal wie ein Tollpatsch und wenig heldisch dazu benommen hatte, ließ ich meine Mütze fallen und hatte so wenigstens einen Grund für meine Tränen: die schöne bunte Mütze! Meine Mutter tröstete mich, sie hatte für den Festtag schon eine neue gekauft, eine seidene Sextanermütze mit steifem Draht. Von dem Schlag auf die Zunge erfuhr niemand etwas. Das war mein Geheimnis. Ein wenig vertraute ich noch auf den Sonntag, der alles wieder gut hätte machen können. Dann käme die göttliche Einstrahlung. Gott würde sich kaum von einem Landpfarrer mit Flecken im Talar und nicht ganz sauberen Fingernägeln aus dem Feldé schlagen lassen.

Der Weiße Sonntag kam, ich kniete nieder, Vetter Karl stieß mich an im Augenblick, wo ich die Zunge herausstrecken mußte, viel Weihrauch, festliche Menschen, in hundert Kasserollen schmorten schon die Kommunionsbraten, die Orgel brauste, ein Mädchen leierte Gebete, Ordner lenkten die Auserkorenen des schönsten Tages: da legte sich der Heiland kühl auf meine Zunge. Habe ich gezittert? Ohne Zweifel. War der Mund ausgetrocknet? Bestimmt, und bestimmt habe ich Mühe gehabt, das Lamm Gottes, welches hinwegnimmt die Sünden der Welt, hinunterzuschlucken. Die Sünden des kleinen Ankömmlings waren nun getilgt, aber die Erleuchtung war nicht über mich gekommen. Außer einem faden Geschmack nach Pappe spürte ich nicht das Geschabte eines grünen Käse, um mit Martersteig zu sprechen. Ich war betrogen worden – exkommuniziert.

Wo der Himmel versagt, ist die Erde oft sehr ergiebig. Die Giraffe hat einen langen Hals, um die Blätter von den Bäumen rupfen zu können. Die Natur denkt an alles. Das göttliche Mahl war mißraten, das Festessen bei Muttern war königlich. Dafür hatte die Vorsehung meinem Vater eine Verwandte beschert, eine weit über die Gemarkung hinaus bekannte Jungfer, die Base Hemmersbach: berühmt für ihren Stadtklatsch, den sie aus winzigen Gegebenheiten zu vollendeten Geschichten aufbauschte, daß mir immer die Ohren steif standen vor Lust, wenn sie ihren sogenannten »Berliner Korb« auskramte; und geschätzt für ihre Kochkunst. Keine Taufe, wo sie nicht buk, keine Hochzeit ohne ihren Sebastopol-Pudding, und die Spezialität: Kinderkommunion! Diese Kunkelmuse war dem Schöpfer längst auf die Spur der läßlichen Sünden gekommen, wußte, was es an solchen Tagen gutzumachen gab, und bei mir tat sie es mit den erlesenen Speisen, die ich noch heute aufzählen könnte – aber leider mir nicht mehr leisten. Das Leben ist weitergegangen, viele Schläge auf die Zunge habe ich einstecken müssen, doch nie mehr hat nachher eine müde, aber glückliche Hanna Hemmersbach auf dem Ehrenstuhl noch eben an der Tafel angesessen und sich rühmen lassen. Und nie mehr bin ich beschenkt worden für meine Niederlagen. Denn es gibt ja auch Angebinde an diesem schönsten Tag. Die Verwandten waren erschienen, und jeder brachte das Seine. Der Pate mit rotem Bärtchen, Bratenrock und selbsteingerahmtem Herzen Jesu (oval, roter Samt, die Strahlen aus Blattgold) war schon betrunken, als ich nachmittags in die Danksagungsandacht geschickt wurde. Aus eigenen Stücken wäre ich nicht gegangen. Einem solchen göttlichen Kinderfreunde schuldete ich nichts.

Es war Sonntag – und ich brauchte nicht in die Kirche zu gehen. Der Wald ist mein Dom, sagen die Pantheisten der verschiedensten Schattierungen. Auch wir lagen unter einer ausgestirnten Kuppel. Die meisten Gläubigen schliefen noch. Ihr Schnarchen sang rauh durch das Haus.

Die kleine Welt einer kleinen Stadt

Als der dienstmüde Pfarrer meines heimatlichen Sprengels mir mit dem Petrushieb die Froschader schlug, brach mein kleines, mystisch-ahnungsvolles Glaubensgebäude zusammen. Wie ich auch karrte, ich kam aus dem Schutt nicht mehr heraus und erkannte Gott. Gott hatte aufgehört, das geheimnisvolle Wesen zu sein, das Unnahbare, das Namenlose, das Untödliche und Heilig-Dämonische. Das auch mir eingeborene Bedürfnis nach dem Dunkeln, aus dem wir kommen, öffnete mir den Weg zum Gedicht.

Die Welt um mich herum, die kleine Welt einer kleinen Stadt, redete weiter von Gott, der aber der nicht mehr war, dem ich die Zunge nicht weit genug herausgestreckt hatte. Der Krieg gab neue Rätsel auf, die auch der Kaplan, der an unserer Kaiserlichen Schule den Religionsunterricht erteilte, nicht lösen konnte: ob es nicht Gotteslästerung sei, daß »unsere« Soldaten den Namen des Allerhöchsten auf der Gürtelschließe trügen und, Gott mit uns, dem Franzmann das Bajonett in den Bauch rennten, den kein Gott panzerte? Erst Jahre später erkannte ich, daß dieser mit-uns-seiende Gott eine religionsgeschichtliche Merkwürdigkeit insofern darstellt, als Friedrich Wilhelms Blechparole die einzige, in Millionenauflagen als billigste Volksausgabe verbreitete Gotteslästerung ist, die sich des Imprimaturs aller Kirchen berühmen kann. Und Gotteslästerung wohl auch, einen Sieg mit Gottes erzenem Munde zu feiern? Es waren der dummen Fragen mehr, die den Kaplan veranlaßten, mich maßregeln zu lassen. Eine schriftliche Mitteilung ging an die Eltern, während der geistliche Leiter der Anstalt, jener Anwärter auf den Präsidentenstuhl der »Rheinischen Republik«, mich in sein wahres Gebet nahm: »Männeken, bringe mir das Lehrerkollegium nicht in Unordnung durch müßige Fragen. Du wirst es im Leben nie zu etwas bringen, wenn das so weitergeht, und es wäre schade um dich. Wenn du der Schule entwachsen bist, wirst du erkennen, daß es Fragen gibt, die ein Mensch sich nur selber stellen darf. Die Antwort muß er sich darum auch selbst geben. Jeder andere müßte zur Lüge greifen. Verstanden, du Heringsnase?«

Ich griff zur Lüge und sagte: »Ja!«

Als Sekundaner kam ich auf eine andere, ebenfalls »christliche« Bildungsanstalt, wo ein Religionslehrer mit Professortitel dozierte, der gefürchtet war wegen seiner österlichen Prüfungsfragen. Antworten erteilte er nie. Warum Gott ausgerechnet die deutschen Wehrbäuche für seinen Slogan auserkoren hatte, wußte er so wenig wie der unstudierte Kaplan, und auch anderes nicht, was mich bewegte. Nach der dritten, schüchternen Frage konnte ich mich für immer setzen; er wolle mich links liegenlassen. Rechts von mir saß auch einer, Erich, der links liegenblieb. Da lagen wir nun, verlorene, aber nicht verlogene Fälle.

Mordphantasien

Die vaterstädtische höhere Klippschule und Klippe meiner wissenschaftlichen Ausbildung stand unter dem Protektorat Kaiser Wilhelms II., was an sich keine welterschütternde Tatsache ist, da der genannte Herr seinen erlauchten Namen für ärgere Unternehmungen hergegeben hat. Zur Einweihung, wo ich ein vaterländisches Gedicht aufsagen mußte, hatte er es sich verkniffen, selber zu erscheinen; er ließ sich durch eine Eiche vertreten (quercus pedunculata), die im Beisein höchster Autoritäten vor dem Schulgebäude eingepflanzt wurde. Sie schlug nicht richtig an und ging nach wenigen Jahren kümmerlich ein, mitten im wilhelminischen Kriege, wo das Eingehen sowieso an der Tagesordnung war. Da eine abgestorbene Kaisereiche keiner Kaiserschule zur Zierde gereicht und zudem noch als schlechtes Omen gedeutet werden konnte, wurde der Baum heimlich durch eine bodenständige Art ersetzt. Nötig wäre das kaum gewesen, denn die hohenzollerische Stammeiche wurde kurz darauf gefällt. Aber das alles stand nicht in meiner Erzählung, es kommt mir jetzt erinnernd wieder in den Sinn. Bei der Geschichte drehte es sich um den Leiter der höheren

Bildungsanstalt, den geistlichen Herrn Dr. Kremers, der dem Heiligen Vater und meinem bischöflichen Onkel in Münster viel zu schaffen gemacht hat. Berüchtigt und von der kirchlichen Behörde gemaßregelt, ist er eine historische Persönlichkeit geworden als Drahtzieher und Hintermann der rheinischen Separatistenbewegung, die 1923 mit einer mißglückten Ausrufung der Rheinischen Republik in Aachen zusammenbrach. Ich habe diesen Lehrer geliebt und verehrt. Er war ein ausgezeichneter Pädagoge, kein Schinder wie die anderen Schulweibel des Lehrkörpers, der nur aus verkrachten Existenzen bestand. Er war es, der mir den Blick geöffnet hat für philosophische Fragen, für Dichtung (soweit das nicht vom rheinischen Liederdichter Hanns Willy Mertens besorgt wurde, der auch zum kaiserlichen Paukerstab gehörte) und für die kosmopolitische Lebenshaltung, auf die ich noch heute eingeschworen bin. Gegen seinen Willen Priester geworden, hatte er von seinem Stande keine hohe Auffassung und machte keinen Hehl daraus. Deshalb, und wegen seiner immer dreisteren politischen Umtriebe, war er verhaßt in der kleinen Stadt, die sich als Hochburg des Katholizismus ausgab, aber von Würmern an der Wurzel angetastet war wie die arktische Kaisereiche. Als der erste Heil-Hitler-Ruf erschallte, kapitulierte sie, und das verlogene Glaubensgebäude stürzte nicht einmal mehr donnernd zusammen. Von einem Priester erwartet die kleine Stadt ebenfalls, daß er heuchelt. Und wenn er gerne mit seiner Haushälterin schläft, soll er wenigstens soviel Lebensart besitzen, das Verhältnis als Schwester oder Nichte auszugeben. Über diese Art von Lebensart verfügte mein geliebter Lehrer indessen nicht, er hielt es mit jenem Papst, der den Skandal der Lüge vorzuziehen die Stirn hatte.

Meines Vaters Haus gehörte zu den wenigen Häusern, die dem Rektor noch offenstanden. Von dieser Gastfreundschaft machte er einen ausgiebigen und von uns allen gern gesehenen Gebrauch, und auch vom Weinkeller und der Kiste Zigarren zu 500 Stück, in die jeder seinen Griff tun konnte. An diese Kremers-Abende habe ich die schönsten Erinnerungen.

Meine Brüder und ich botanisierten viel mit dem Rektor; wir

machten Ausflüge zu Rad ins benachbarte Holland, besuchten das Missionshaus in Steyl (Dr. Kremers gehörte der Gesellschaft vom Göttlichen Worte an) und erforschten den Grenzstrich zwischen Venlo und Roermond. Einmal, im Mai, ich war seiner Schule schon entwachsen, schlug Dr. Kremers uns eine Radtour nach Roermond vor; er habe uns da noch vieles Schöne zu zeigen. Mit von der Partie sollten sein: mein Bruder Jupp und ein Klassenkamerad namens Erich. Aufbruch um drei in der Früh. Wir standen pünktlich vor des Rektors Tür, aber Erich war nicht erschienen. Ich mußte ihn holen, sehen was los sei mit dem Faulpelz, der nicht aus den Federn könne. Ich flitzte vor die Stadt hinaus, wo der Junge wohnte, und pfiff unter seinem Fenster. Erichs Vater, ein kleiner, wichtigtuerischer Fabrikant, steckte den Kopf zum Fenster hinaus und verfluchte mich und den geistlichen Herrn: sein Junge käme nicht, der Rektor sei kein Umgang für anständige Schüler, ich solle mich zum Teufel scheren. Erich war, was man ein Pflänzchen nennt, aber das wußte der Vater, der eine Pflanze war, nicht. So fuhren wir zu dritt, der Rektor in Zivil. Aus dem benachbarten Dülken, Goethes Narrenakademie, gebürtig, kannte er jeden Fingerbreit im Schwalmtal, alle Pflanzen und Tiere und, was mir am meisten imponierte, auch solche, die nicht einmal im Brehm standen. Auf dieser Fahrt wurde auch der Plan gefaßt, gemeinsam eine Zoologie für Radfahrer zu verfassen: »Was nie im Brehm stehen wird«. Gegen Abend kamen wir mit vollen Trommeln heim. Auf den bewaldeten Höhen vor der »Stadt im Grünen« wurden wir vom Hauptlehrer der evangelischen Schule, einem Freunde des Rektors, abgefangen. Er überreichte dem Geistlichen den schwarzen Hut und einen schwarzen Lodenmantel: er könne unmöglich in Zivil zu Hause erscheinen. Dann brachte er ihm bei, daß man seinen Vater, den alten Severin Kremers, tot im Bett gefunden habe. In der vor der Stadt gelegenen und längst entkaiserten Schule solle er sich umziehen. Es gingen Gerüchte um – wir Jungen wurden auf Abstand gehalten, schnappten aber genügend auf, uns als Helden einer Räuberpistole zu empfinden –: der geistliche Herr habe seinen Vater, mit dem er in Unfrieden lebe, mit eigner Hand umgebracht, sei dann in aller Frühe mit dem Rade entflohen, in

Zivil, und zwei seiner Lieblingsschüler habe er mitgelockt, man habe sie gesehen. Ein dritter, der Knabe Erich, sei dadurch dem sicheren Tode entronnen, daß sein Vater ihm die zweifelhafte Radpartie verboten habe; denn, so spann das Gerücht weiter, die Jungen seien auch schon tot, der entmenschte Priester habe sie erwürgt und im Walde in der Nähe eines Ameisenhaufens verlocht.

Eine schöne Bescherung! Nachfrage bei meinen Eltern: Es stimmte, die Jungen seien mit dem Rektor nach Holland, – über die Grenze also! Für eine Kleinstadt, in der abgesehen von Selbstmorden verhältnismäßig wenig gemordet wurde, war das eine Sensation. Die genannte Base Hemmersbach, meine Kommunionköchin, trat in Aktion, Bluede zu Bluede und Benike zu Benike der Untat trug sie zusammen, bis es unerschütterlich feststand: der Ungeistliche, dem auch päderastische Neigungen ins Brevet geschrieben wurden, hatte die Knaben in die holländische Heide gelockt, um das Blut vom Vatermord mit unserem unschuldigen Blute abzuwaschen. An allen Straßenecken bildeten sich Haufen. Die Polizei tat ihre wichtigen Schritte. Die Plempen rasselten, ernst und düster schleiften sie wie das Schicksal selbst über das holperige Pflaster. Unser Blut schrie gen Himmel. Dieselbe Base brachte meiner Mutter die vollzogene Mordtat bei. Auch Tanten haben sich im Trauerhause eingefunden, Tante Mina und Tante Lena, Säulen des Beileids, wandelnde Krypten des koffeinhaltigen Trostes, die sofort zur Kaffeemühle langten, um der schmerzgebeugten Scheifes Johanna eine besonders starke Jammertasse aufzuschütten. Und fürwahr, meine Mutter brauchte das!

In der Scheifeshütte zu Sankt Hubert gebürtig, hatte sie in ihrer Kindheit an den langen Winterabenden, in der Spinnstube bei Knechten und Mägden hockend, immer wieder die schauerliche Geschichte vernommen, wie ein Erbe des Hofes, ihres Vaters Bruder, von einem Entmenschten, der sich im Dunkel in seinem Opfer versah, abgeschlachtet worden war. Auch uns Kindern war die Moritat geläufig, und mir bedeutete sie selbst mehr: Eines Tages entdeckte ich in einer Truhe meiner Großmutter den auf Einhorn-Bütten in Schwarz und Silber gedruckten Totenzettel hinter Glas und Rahmen und hing ihn über mein Bett, unter den schrecklichen Schutzengel aus Gips, den fallen zu lassen ich immer noch zu feige war. So schön in seiner fast dichterischen Eingezogenheit war der Wortlaut von der Hand meines Urgroßvaters, die sonst nur den Pflugsterz hielt, daß ich ihn damals in den Text meiner Erzählung hineinschmuggelte. Schmuggelte? Erst nachher bemerkte ich zu meinem Erstaunen, daß die vermeintliche novellistische Pascherei, wie so oft in diesem Gewerbe, eine ganz natürliche Grenzüberschreitung war; denn Dichtung hebt ja alle Schlagbäume auf: zu schweigen von diesen im Anwenden so freizügigen Erinnerungen, wo selbst der Verfasser nicht immer weiß, auf welchem Grunde er gerade steht. Deshalb sei das Requiem hier wieder eingeflochten.

JESUS, MARIA, JOSEF! HUBERTUS!

GOTT!

Sieh' in Gnaden hernieder
auf
den früh entschlafenen Jüngling

HEINRICH HERRMANN SCHEIFES

für welchen unser Herr Jesus Christus kein Bedenken trug, sich den Händen der Ungerechten zu überantworten und die Leiden des Todes zu tragen.

Der Entschlafene, geboren zu St. Hubert 1823 den 4. März, zählte noch keine 21 Jahre, als er auf seinem Heimwege aus dem Dorfe St. Hubert nach Scheifeshofe, spät abends gegen 11 Uhr, den 8. Oktober 1843 angefallen, durch einen Messerstich eine tödtliche Seitenwunde erhielt. Hart und härter wurden seine Leiden, der Tod wuchs an ihm hinauf, während dem er die h. Sakramente empfing, reuigen Blickes zu seinem Erlöser aufschaute, bis er den dritten Tag nach jener unglücklichen Nacht gegen 12 Uhr Mittags unter dem

Gebete der Seinigen und priesterlichem Beistande vor dem Kreuze Jesu aushauchte seinen Geist. Seine Jugend, Unschuld, Güte und kindliche Liebe wird der Herr nicht verachten.

Im Vertrauen auf den Reichthum der göttlichen Erbarmungen stehen die tiefgebeugten Eltern mit ihren noch übrigen 4 Kindern an dem Grabe des früh Verblichenen, und flehen zu Gott, daß er dem, der ihnen den theuren Sohn tödtlich verwundete, nach seiner unendlichen Barmherzigkeit vergebe; empfehlen aber ihren lieben Entschlafenen dem Gebete der Gläubigen,

AUF DASS ER RUHE IN FRIEDEN

(Gott hat dem Mörder übrigens vergeben, aber die irdischen Richter knüpften ihn in den Baum, unter dem er sich so schändlich am Opfer und im Opfer vergriff.)

Und nun, in der dritten Generation, schrie wieder ruchlos vergossenes Blut um Vergeltung: Johannas Kinder, und gleich alle drei! – denn das Gerücht hatte auch meinen Bruder Ludwig mit in den Heidetod radeln lassen. Mutter Johanna, fromm und ergeben in den unerforschlichen Ratschluß des Allerhöchsten, brach zusammen, während mein Vater, von seinem Kontorstuhl herbeigezetert, gesagt haben soll: »Der Rektor kann sich mal an einer Flasche Wein oder einer Messe vergreifen, aber nicht an seinem Vater oder an meinen Kindern«, womit der Fall für ihn erledigt war und er wieder gemessen sich an die Arbeit zurückbegab, von der ganzen Verwandtschaft als herzlos und kalt verflucht: doppeltes Unheil, das über meiner Mutter Haus gekommen! Diese sah nun im Geiste, von Base und Tanten unterstützt, den Mordhügel über der Stätte des Bubenstückes sich erheben mitsamt dem Marterkreuz, dessen Inschrift die vorüberwallende Nachwelt bittet um ein Vaterunser für die Seelen der dort ruhenden, von Priesterhand grausamlich umgebrachten unschuldigen höheren Schüler . . . Daß die betreffenden höheren Schüler bis auf einen geplatzten Hinterreifen vom Rektor unversehrt wieder abgeliefert wurden, also keine Fürbittafel errichtet zu werden brauchte, und es sich auch herausgestellt hatte, daß der alte Severin eines natürlichen Todes gestorben war: das war für die frömmelnden Stadteiferer eine bittere Pille, und viele der politischen Gegner des Geistlichen haben es dem Schulmanne nie verziehen, daß er kein Bube war. Am Begräbnis beteiligte sich eine Handvoll Freunde, mehr war es nicht. So verscharrt man einen Hund. Meine Verehrung für den gehaßten Priester wuchs nach diesem Zwischenfall bedeutend. Ein Jahr später wurde er seines Amtes enthoben.

Verschwinde mit dem Unfug!

In meinem elterlichen Hause befanden sich zwei Totenschädel; aus Gips täuschend nachgemacht, säumten sie in zwei Blenden den Großen Brockhaus, der nach oben hin den Abschluß der Bibliothek bildete, während unten die schweinsledergebundenen Heiligenlegenden aus der »Scheifeshütte« standen – leider nicht die Bollandisten. Zu echten Schädeln hatten wir es nie gebracht, das heißt, meine Eltern und vor allem die gottesfürchtige Mutter waren zu weiteren Zugeständnissen an die makabern Freigeistereien ihrer höheren Söhne nicht bereit, so daß ich auch eines Tages zum Hause hinausgejagt wurde, als ich glückstrahlend mit einem Gelegenheitskauf erschien:

Bei einer Friedhofsverlegung im benachbarten Dülken waren die Gebeine eines der ersten deutschen Sozialdemokraten ausgegraben worden und sollten in ungeweihte Erde wieder verlocht werden. Der Enkel des Urmarxisten, der eine große Verehrung für den Großvater in seinem Herzen bewahrte, nicht nur, weil der Alte ein aufrechter Gottesleugner gewesen, sondern mehr noch, weil er dem russischen Revolutionär Bakunin in Dresden zur Flucht habe verhelfen wollen mit handfester Tat, dieser Getreue sammelte nachts die Gebeine des Vorkämpfers der menschlichen Vergesellschaftung, sortierte sie nach Größe, packte sie in die Sanitätskiste seines Vaters, schnallte die Schenkelbeine außen drauf und bot mir anderen Tages in der Schule seinen erstklassig erhaltenen Vorfahren mitsamt der Verpackung für zwei Mark an: es sei geschenkt, und er bringe mir das Totengebäude halbwegs entgegen; auf den Süchtelner Höhen solle die Übergabe stattfinden, in einer Sandgrube, deren Besitzer in der ganzen Gemarkung als Heiliger galt und von vielen auch als solcher verehrt wurde. Ging er doch im härenen Hemde, das mit einer rostigen Kette gegürtet war, unter der Last eines Kreuzes von Ort zu Ort und schleuderte Gottes Zornwort wider die verruchte Welt. Des Sonntags versammelte sich viel andächtiges Volk um ihn zur Bergpredigt in der Grube, wo Formsand für Krupp gewonnen wurde. In derselben Gewinnkuhle, wo er Hand in Hand mit seinem Erlöser noch einmal die bitteren Leidenswege ablegte, über Tag, ging er bei Anbruch der Dunkelheit Hand in Hand mit seinen kleinen Jüngerinnen, die ihm aufs geschmeidige Stöckchen flogen. Da es Minderjährige waren, deren eine bald schon mit einem Formsand-Kapitalisten schwanger ging, sah sich der Staatsanwalt genötigt, den um den Fortbestand des irdischen und ewigen Heiles gleicherweise bemühten Welterlöser an der weiteren Fleischwerdung seines Wortes zu hindern. Polizisten meiner Vaterstadt taten dem Heiland die Kette von den Lenden und legten sie um seine Handgelenke.

Diese Grube, wo sich das Ewige formte im Bilde des Irdischen, war wie keine andere Stelle im Weichbilde meiner Heimat vorbestimmt, die Gebeine eines Abgeschiedenen gegen bare Münze einzuhandeln. Nach getätigtem Kauf schnallte ich die Kiste aufs Rad und flitzte den Berg hinunter nach Hause. Doch nicht minder schnell mußte ich wieder aufsatteln, ja, meine Eltern ließen mir nicht einmal die Zeit, den gebleichten Revolutionär auszupacken und unter der Wasserleitung von den anhaftenden Krumen ungeweihter Erde zu säubern: Sofort verschwindest du mit dem Unfug! befahl mein Vater mit einem an ihm ungewohnten Kraftwillen. Natürlich hatte meine Mutter ihn gegen den Toten aufgehetzt! Ehrlich wie ich leider bin, hatte ich denen die Wahrheit gesagt: ein gebleichter Roter! Warum log ich den Eltern keinen Frommen vor? Ich hätte dem Skelett gut einen heiligmäßigen Menschen unserer Gegend unterschieben können, es gab deren genug, die im gottgefälligen Gedenken der Gemeinde weiterlebten. Nein, die sture Wahrheit und dann das ewige Schicksal der Wahrheit: raus mit dir!

Ich brachte die Reliquie nicht in die Erlösergrube zurück, wo ich sie mit leichter Buddelmühe hätte beisetzen können. Ich entschloß mich für die entgegengesetzte Ausfallstraße meiner Vaterstadt. Da gab es einen Fluß, die Niers. Durch Abwässer der Industrie rabenschwarz verschlammt, erschien er mir als der stumme Busento, dort sollte der Verbannte seine allerletzte Ruhestätte finden, neben der Leiche eines frommen Bürgers unserer Straße, der sich wenige Tage zuvor, befallen vom religiösen Wahnsinn, mit einem Rosenkranz und einer Kanne Milch in den Fluten ertränkt hatte. Als die Milch auslief, erzeugte sie eine wunderbarliche Flaserwirkung im schwarzen Wasser. Da es Abend war, wo der Herr seinen Diener zu sich nahm, blieb der Schmelzeffekt ungesehen, letzte Schönheit, die mählich zerfloß, und es glänzte nur der schwarze Marmor über ihm.

Ich band einen Stein auf die Kiste, es plumpste mit hartem Schall, ein Kluckern, Wasserblasen stiegen auf, als habe ein Riesenschlammpeitzger seinen Luftvorrat entleert, dann floß der Sud in alter Trägheit weiter.

Sie tanzte nackt auf dem Söller

Neumann Robert, so träumte mir, kam uns besuchen, beritten auf einer draisine, gekleidet in eine welpengestromte kumpelkluft und begleitet von einer rothaarigen frau, die er als seine sekretärin ausgab. Heute gegen elf kam beatrice mit der post, sie mir vorzulesen, sie zeigte mir einen brief: robert neumann! da fiel mir der traum ein, ich sagte, was will der denn schon wieder, der war doch diese nacht schon da, im traum, alle manuskripte hat er mir geklaut. Dann vernahm ich Ihre botschaft, und war verblüfft: eines der manuskripte, der wälzer über die gottlosigkeit gottes, auftakt und anabasis zum portugal-buch, das Sie eben auch entführten, enthält ein kapitel über eine magd im elterlichen hause, die am phänomen meiner aufklärung beteiligt ist, nächtelang beunruhigte sie das haus, daß es nur so donnerte, sie tanzte nämlich nackt auf ihrem riesigen söllerzimmer, wo sie zu langen sprüngen ausholen konnte, ich war damals 10 jahre alt, meine großmutter betete den rosenkranz, ich mußte das öl-licht im geweihten kelch unterm zinnernen erlöser anzünden, was sonst nur bei wetternot oder größtem flurschaden geschah – und so weiter – unvergeßliche nacht mit allem drum und dran für meinen kleinen eros, denn liddy war meine freundin, mit der ich allein ausgehen durfte, gras zu stehlen für meine kaninchen – und so weiter – und als sie dann flog, brachte ich sie und ihr bißchen habe im wägelchen auf die bahn.

Aber ich publiziere nichts mehr, und somit kann ich auch Ihnen das kapitel aus dem gesamt-komplex meines memorials, das riesig anschwillt, nicht herausklauben, aber ich danke Ihnen doch sehr dafür, daß Sie mich für würdig befunden haben, da mitzumachen, wo wirklich nur ganz große und berufene autoren etwas gültiges beitragen können.

Studiosus Vigoleis

Ich schickte mich an, zum ersten Semester nach Köln zu fahren. Über Nacht hatten meine Eltern den Entschluß gefaßt, mich auf dieser Jungfernfahrt in die offizielle Wissenschaft zu begleiten. Die Mutter wollte vor allem nach dem Rechten sehen wegen der Bude.

Auf Budensuche

Anno Domini ... das Jahr tut nichts zur Sache. Deutschland hatte in seinem blinden Vertrauen auf die Blechparole am Bauchgurt des Heeres seinen ersten Weltkrieg verloren und begann sich wieder emporzuschuften. Kunst, Literatur, Wissenschaft, das gedieh wie in einem Schlaraffenlande. Ich hatte, im Vertrauen auf nichts, wieder einen kleinen Krieg meines kleinen Daseins verloren und schickte mich an, zum ersten Semester nach Köln zu fahren, wo Gelehrte wic Bertram, Scheler, Nicolai Hartmann den Stubenhokker ein wenig bei der Hand nehmen sollten. Über Nacht hatten meine Eltern den Entschluß gefaßt, mich auf dieser Jungfernfahrt in die offizielle Wissenschaft zu begleiten. Die Mutterseele wollte vor allem nach dem Rechten sehen wegen der Bude: keine Wanzen, anständige Bettwäsche, und mit der Hospita müßte sie ein Wörtchen sprechen, ihr meine auch körperlich undurchsichtige Gesundheit aufs Herze binden und ähnliche Fingerzeige geben, ich brauche sie nicht aufzuzählen. Jeder, der eine Mutter hat, weiß, daß der Sorgen kein Ende ist, wenn der Sohn in die weite Welt zieht. Der alte Herr war auch von der Partie. Für diesen, eher ein Seelenkärgling, war mein Aufbruch nur ein Anlaß für eine Bierreise, die bei »Früh« am Dom mit einer großen Maß und Würstchen begann, um beim »Allerheiligenmüller« mit langhalsigen Flaschen zu enden. Mehr hatte Köln ihm schon seit Jahren nicht zu bieten. Ich hatte mir einige Zimmerangebote aus dem »Stadt-Anzeiger« herausgeschrieben, und Mutter und Sohn begaben sich auf die Suche. Gemeinsam fanden wir die erste Adresse, in einer kleinen Gasse am Heumarkt, ein uraltes Haus mit ineinandergedrehten Stiegen, verschachtelten Korridoren, alles in ein Dämmerlicht gehüllt, an das man sich erst gewöhnen mußte, um sich zurechtzufinden. Mutter meinte, das sei doch nichts für mich, wir sollten nur wieder gehen, es gäbe gewiß anständigere Häuser, wenn sie dann auch schon etwas teurer seien, darüber käme man auch noch hinweg. Ich beschwichtigte sie mit dem Hinweise, daß sich hinter kleinen Pförtchen gar Prunkgemächer verbergen könnten;

zudem sei es romantisch, wofür ich damals noch etwas übrig hatte. So klopfte ich beherzt an die erste Tür, um nach der Hospita zu fragen. Ein halbnacktes Mädchen mit lockigem Haar und üppigem Busen trat verschlafen auf den Flur hinaus, musterte erstaunt die frühen Besucher und sagte: »Na, Kleiner, so früh, und haste dein Mötterken jleich mitjebracht? Die setzen wir mit 'nem Rosenkranz auf die Stiege, bei mir drin ist es nämlich ein bißchen klein.« – Dann rief sie mit frecher Stimme ein paar Namen in den Gang, hinterher etwas von einem, der frisch von der Mutterbrust an ihren Busen wolle, und sie lache sich noch kaputt, kein Fettmännken sei an dem zu verdienen. Im selben Augenblick gingen mehrere Türen auf, der Flur füllte sich mit dem losen Frauenvolk, das Mutter und Sohn auf die heiter-schamloseste Art begrüßte. Es regnete obszöne Bemerkungen, als wir durch die Piken laufen mußten, um den Ausgang zu erreichen. Meine Mutter schrie, sie hatte Tränen in den Augen. Wußte sie überhaupt, daß es in der Welt eine organisierte Unzucht gibt? Vermutlich nicht. Sie kam aus glücklichen Verhältnissen. Ich selbst bedauere die Menschen, die sich solcher Einrichtungen bedienen oder daran verdienen müssen, finde das aber lange nicht so verwerflich wie den organisierten Massenmord, der zwar mit Massengräbern, aber auch mit Orden, Ehrenzeichen und blankem Golde gepaart geht und gleichfalls mit Liebe etwas zu tun hat: der krankhaften, der zum »Vaterlande«. Auf der Gasse angekommen, wagten wir nicht, einander anzuschauen. Es ist peinlich, mit seiner Mutter in einem Bordell hochgenommen zu werden: ich habe es mein Lebtag nicht vergessen. Ich führte die Gedemütigte in eine nahe Kirche, wo ich sie ihrem glücklicheren Schicksal überließ, während ich weiter nach einer Bude suchte. Ich fand eine in einem Hause, wo mir zwar keine nackten Weiber um den Hals fielen, dafür aber eine fromme Alte, die jeden Morgen zur Messe ging und mir das Geld auf andere Weise aus der Tasche zog. Provinz bleibt schließlich Provinz, auch mit einer Kiste Gelehrsamkeit als Begleiterscheinung, und das um so mehr, wenn dieser Kiste schon der Boden ausgeschlagen war, ehe sie an Ort und Stelle befördert werden konnte. Denn das darf ich nicht vergessen zu erwähnen: die Reise zur Alma Mater hatte unter einem bösen Stern begonnen.

Auf dem Hof der Bimmelbahn meiner Vaterstadt ereigneten sich zwei Unglücksfälle. Beim Verladen in den Frachtwagen platzte meine Bücherkiste, und im Augenblick, wo ich das Abteil besteigen wollte, in dem meine Eltern schon Platz genommen hatten, fanden sich zwei Männer zur Ausleuchte ein: der Pfarrer des Ortes und sein Schatten und böser Geist, ein ortswichtiger Herr und Ohrenbläser, ein nachgedunkelter Ehrenmann, der in meiner Erinnerung einzig weiterlebt als Symbol: Hagen Tronje in dessen kleinstädtisch-bürgerlicher Entartung, ein urdeutscher Typ, an dem Deutschland immer wieder zugrunde geht. Die beiden Herren fingen mich ab und machten einen letzten Versuch, mir die akademische Freizüglerei auszureden: mein Seelenheil stünde auf dem Spiel. Die Bücherkiste war schon aus den Fugen gegangen – aber da erbarmte sich der Lokomotivführer meiner und ließ den Dampf in die Zylinder strömen. Ich war den Häschern der Inquisition entronnen.

Von Wigalois zu Vigoleis

Die Bekanntschaft mit dem »Römerbrief« hatte ich in Münster gemacht. Das Werk hatte viel Staub aufgewirbelt, es wurde von den Kandidaten der Theologie eifrigst diskutiert, sei es in den Wandelgängen der Universität oder bei Bratkartoffeln und Pfannkuchen in der Mensa. Zu jener Zeit las Magon sein berühmt gewordenes Kolleg über Kierkegaard, der noch nicht Mode war, aber schon einen großen Hörsaal füllte. Er lag in der Luft, wie auch der »Magus aus Norden«, Johann Georg Hamann mit seinem Tagebuch eines Christen wieder in den Kreis der Betrachtung gerückt wurde. Auch Hitler lag in der Luft mit seinem »Kampf« als heilsgeschichtliche Sendung und mehr noch als Pflasterstein, der in jüdische Geschäfte flog. Des Dr. Ley Mäusefänger waren schon fleißig am Werk: sie gingen in jüdische Speisehäuser, bestellten sich einen Kartoffelsalat, praktizierten eine geschlachtete Maus aus der Streichholzschachtel hinein, und dann donnerte die Beschwerde und klirrte das Glas. Das war 1927. Wätjen dozierte, unangefochten von dem Heraufkommen der Tschandalas, seinen Hanseatenkult vor einem auserlesenen Auditorium. Seine Kollegien waren ein gesellschaftlicher Anlaß. Monokelblinkende Generäle küßten schönen Frauen die Hand, man klirrte mit Sporen, kitzelte mit Pelzmänteln, notierte sich ein paar elegante Wendungen mit goldenem Stift in eine Goldschnittkladde, und als ein namenloser Reichsschmachwehrgeneral zu Grabe getragen wurde, ging es aus dem Hörsaal geschlossen hinter die Lafette. René van Sint-Jan strich sein gepflegtes Flamenbärtchen und fühlte dem Kandidaten der niederländischen Philologie Vigoleis auf den Zahn, ob er wohl gleich ins Oberseminar aufgenommen werden könnte. Dann hätte er zwei Schüler, es lerne sich besser so. Das Einkindersystem ist auch für Almamütter nicht zu empfehlen. So gab er dem Prüfling ein Gedicht von Pieter Corneliszoon Hooft und sagte: »Bitte, interpretieren Sie das.« Vigoleis las den Text langsam durch; es war eines jener reizenden Spielgedichte, einem »schoon nymfelyn« gewidmet, dem Meisken Ina Quekel, das in bunter Folge als Diana, Iphigenia, Dia oder Amaryllys angeschmachtet wird: »Amaryl de deken zacht / Van de nacht ...«

Ich stolperte gleich über das erste Wort, als hätte ich mich nie mit Schäferpoesie beschäftigt. Daß es Zwiebelgewächse dieses Namens gibt, brauchte ich schließlich nicht zu wissen, wußte es aber zufällig: die Amarylliden. Das Blut, das mir in den Kopf geschossen war, floß langsam wieder in seinen beherrschten Kreislauf zurück, und aus der Botanik wagte ich den Sprung in das Zeitwort amaryllieren. Ich räusperte mich und begann also zu übersetzen: Lasset uns blumenhaft und sanft die Spreite der Nacht glätten ... Pilarière, würde ich heute sagen. Der Professor spreitete auch sein Bärtchen sanft und glatt und immer glätter, je gewagter meine Interpretationen wurden, stets gewärtig, der Kandidat der kleinen Matrikel, der zugleich seine Begabten- oder Intelligenzprüfung zu bestehen hatte fürs weitere Studium, fiele vom Seil. Aber er fiel weder vom Stengel noch durchs Examen. Eigentlich, sagte Mijnheer van Sint-Jan, müsse er mich sacken lassen, doch täte er es aus zwei Gründen nicht: der andere Kandidat bliebe nur noch ein halbes Semester, er promoviere, und dann habe er überhaupt keinen Schüler mehr und müsse das Seminar schließen. Fürder reize ihn mein »Fall«: ein ebenso verblüffendes wie wissenschaftlich gefährliches Kombinationsvermögen, das, pädagogisch gut geleitet, schöne Früchte tragen könnte; zudem seien wir ja bald ganz unter uns. Er heiße mich willkommen, wolle mich vor der Fakultät protegieren; er habe ein Doktorthema wie für mich geschaffen . . . Mein Onkel am Domplatz hatte mich auch willkommen geheißen, auch gefährlich gefunden meiner Sprünge wegen, weshalb auch er es vorzog, mit mir unter uns zu sein, was aber keine weiteren Schwierigkeiten bot. Er schickte bei Tisch den Diener hinaus, und alles ging aufs beste.

Und Günther Wohlers dozierte Zeitungswissenschaft vor einem nicht minder selekten Auditorium: Vigoleis und ein überzüchteter Rittergutsbesitzerssproß, der ebenso intelligent wie müde war, bei Wätjen über Lord Grey promovierte, aber an Frauenmüdigkeit vor dem Summa cum laude loblos verstarb. Sein Frühstück bestand aus einer Banane und Erdbeersekt, während Wohlers, mit unserer gütigen Erlaubnis, sich seine Maß aufs Katheder bringen ließ und ich mich in Enthaltsamkeit übte, immer noch nicht an die urdeutsche Unsitte des Frühschoppens gewöhnt, am wenigsten im Hörsaal.

Und sonntags, nach der letzten Messe im Dom, wo Donders' Predigtkunst auch Gottlose anlockte, zogen die farbentragenden und nicht farbentragenden Studenten im Kreise herum über den Domplatz, akademischer Hufdrusch, was auf mich immer wirkte wie ein riesiger Zuchthaushof, wo die Sträflinge bewegt werden.

Der alte Mausbach, ein verschlagenes Bäuerlein, lehrte uns seine Auffassungen vom Sittlichen und Kulturpolitischen.

Das war damals meine Welt, wie sie sich um mich bewegte und mich bewegte. Es hatte sich wie von ungefähr gefügt, daß mein intimerer Umgang Kandidaten der protestantischen Theologie waren. Mich reizte es sehr, in Herz und Seele dieser jungen Menschen schauen zu können, die ein paar Jahre später mit Talar und Bäffchen auf die Kanzel steigen würden, um der Gemeinde das Wort Gottes zu verkünden mit denselben Lippen, mit denen sie auch die Nationalhymne sängen, wenn es die Stunde erfordere. Sie waren fest entschlossen, Gott zu geben, was Gottes, und dem Teufel (Kaiser), was des Teufels (Kaisers) sei, auch wenn dieser noch unter das imperiale Maß sänke, als Hitler etwa. »Vater unser« und »God save the king« – ich fand, es ginge nicht zusammen. Die katholische Einstellung war mir ja bekannt. Die Kandidaten hielten seltsamerweise große Stücke auf mein Urteil. Sie wußten auch, daß ich »schrieb«, und daß ich es nur für die Nachwelt täte, erhöhte mein Prestige nicht weniger als die Tatsache, daß ich ein Propinquus des wegen seiner Toleranz gerade in protestantischen Kreisen sehr geschätzten Weihbischofs Dr. Johannes Schleifes war. Es waren übrigens dieselben Theologiebeflissenen, die mir den Spitznamen Vigoleis angehängt haben. In einem Kolleg des hochdramatischen Papa Schwering über den Ursprung des Romans, über Wirnt von Gravenberg und sein Volksbuch vom Wigalois hatte ich ein paar pikareske Zusammenhänge entdeckt, die bisher der zünftigen Forschung einige hundert Jahre lang verschlossen geblieben waren. Ich betrat Neuland, für das auch Schwering ohne weiteres einen Doktortitel übrig gehabt hätte. Die Theologen, von Hause aus phantasielos, fanden den Einfall, wenn ich mich nicht irre, und ich irre mich nicht, sogar genial und tauften mich Wigalois, den Ritter mit dem Rade, wobei sie die Helmzier meinten. Ich aber deutete es als das Rädchen im Kopf und fand es gut getroffen. Nur machte ich aus dem Wigalois, des Alois wegen, die andere, philologisch auch überlieferte Form des Vigoleis, da instinktiv schon nach Spanien hinüberweisend, wo die Geschichte ja auch beheimatet ist. Natürlich drehte ich den Spieß jetzt um, und was als Hänselwort gedacht war, erhob ich ins Ritterbürtige, ohne zu wissen, daß ich mich mit solcher Selbsterhöhung in die Gesellschaft des umbrischen Lauden-Dichters Jacopone da Todi begab, der auch seinen Spitznamen ratifizieren ließ.

Als Führer auf der Pressa

Daß ein Führer nicht nur alles wissen muß, sondern auch alles weiß, wußte ich schon, und ich brauchte nicht weit in meine Vigoleisische Vergangenheit zurückzugreifen, um den Beweis anzutreten: nur vier Jahre und wieder nach Köln an Deutschlands Strom, aber leider nicht Deutschlands Grenze, 1928, in die Kürassierkaserne. Da finde ich Vigoleis als wissenschaftlichen Führer durch die kulturhistorische Abteilung der »Pressa«, Kölns Ruhm und Ruin. Monatelang hatte er dem Stabe der Gelehrten Karl d'Ester, Günther Wohlers und Albert Bruckner angehört und die Abteilung aufbauen helfen. Er wußte, was in jeder Vitrine stand oder lag, und darum wußte er auch, daß da alles falsch lag oder stand. »Nur keine Zeit verlieren mit Mätzchen«, sagte beschwichtigend Günther Wohlers, die größte und sympathischste Bierkanone, die je an einer deutschen Hochschule doziert hat, die volle Maß auf dem Katheder, »nach der Eröffnung wechseln wir alles aus; die Minister merken das doch nicht. Das merkt überhaupt kein Schwanz von den Bonzen, die zur Einweihung durch die Säle geschleust werden.« Ausgewechselt wurde aber nichts, Professor d'Ester ließ sich von seinem Kollegen totschwätzen, und so prangte das Falsche neben dem Echten, wie sich das in der Wissenschaft und vor allem in der Geschichte auch gehört. Als Führer machte ich dann die Entdeckung, daß man eine Autorität und eine Macht darstellt. Ich dozierte das Blaue vom Himmel herunter und war bald schon der beliebteste und – fachkundigste Erklärer. Für berühmte, besonders anspruchsvolle, besonders gelehrte Besucher wurde Vigoleis herangezogen – da hatten sie einen, der so beschlagen war auf allen Gebieten der Zeitungswissenschaft und Literatur, daß er nie eine Antwort schuldig blieb, der ideale Examenskandidat, der darum auch vor jedem Examen davonlief. Verschimmelte Geheimräte, Oberbürgermeister Adenauer, Gelehrte aus aller Welt drückten ihm nach vollbrachter Führung die Hand. Herr Dreyer von den Dreyer-Filmen wollte ihn vom Fleck weg engagieren als Erklärer und Textschreiber für seine Schulfilme, Bodo Ebhardt als wissenschaftlichen Assistenten für seine aristokratischen Burgenfahrten und seine phänomenale Bibliothek auf der Marksburg; Dreimaster Krone für seine Weltpropaganda; eine Waschmittelfabrik für den Besuch der Hausfrauen und eine schlichte Kölner Hausfrau für einen Besuch abends, wenn der Mann zur Nachtschicht ausgerückt sei: mir wurde angst und bange vor soviel Leistungsfähigkeit und ich ging wieder stiften. Die Krone der Wissenschaft setzte mir aber das Berliner Institut für Zeitungswissenschaft auf. Der Leiter war mit seinen Schülern nach Köln gekommen. Inkognito hatte er sich meiner Führung angeschlossen. Am Schluß überreichte er mir seine Karte. Ich kannte den Gelehrten natürlich aus der Wissenschaft selbst. Er bat mich, statt seiner die Führung seines Seminars zu übernehmen und den Studenten noch einen besonderen Vortrag zu halten über ein besonders verzwicktes Thema, das ich angeschnitten hätte im Raum der Einblattdrucke, der meiner Phantasie ja den meisten Spielraum bot. Ich stammelte ein paar Worte und wollte den Professor gerade darauf aufmerksam machen, daß in den Vitrinen ja nicht alles stimme und er da aufpassen müsse, als ich merkte, daß der Mann nichts gemerkt hatte. Ich schwieg und beriet mich abends mit Dr. Wohlers, dessen münsterischer Musterschüler ich war. Wohlers sagte: führen, auf Teufel komm heraus, und wenn das hier abgelaufen ist, promovierst du bei mir über das Falsche in der Geschichte, nachzuweisen an Görres. So bestand ich mein Führerexamen vor dem selekten Seminar und erhielt später noch ein Handschreiben aus Berlin, von Dovifat oder Heide, ich erinnere mich nicht mehr genau an den Schwindel, der die Stadt Köln 15 Millionen gekostet hat.

»Siehste«, sagte Günther Wohlers, als ich ihm den Brief des Berliner Instituts zeigte, »das läuft hier wie in 'ner Randarena, man darf nur net aufhören, mit der Peitsche zu knallen. Mit den Großen wirst du fertig, aber vor den kleinen Paukern müssen wir uns in acht nehmen.«

Ein solcher Pauker, Oberlehrer aus der Provinz, mit Butzenkneifer, Wurststulle, Rucksack, Wickelgamaschen und Obersekunda stellte mir das Bein im Raum Napoleon. Er war auch

Napoleonforscher, Spezialist für das Wartburgfest und die dort verübten Bücherbrände, ein gefährlicher Zusammenbüffler. Just im Raum Napoleon und der Deutschen Erhebung war der Geschichte noch mehr Gewalt angetan worden, als es in Wirklichkeit geschehen ist. Der Lehrer runzelte die Stirn, strich sein Butterbrotpapier auf einer vor Geschichtsfälschung strotzenden Vitrine langsam glatt, während ich weiter dozierte, und erhob dann Einspruch: Schluß mit der Notzucht an der deutschen Freiheit! Die Sekundaner, mehr an einer Mädchenklasse als an meinem Stuprum interessiert, horchten auf. Der Lehrer ergriff das Wort und drückte mich gegen die Wand, an der auch vieles nicht stimmte. Die Schüler grinsten. Das Prestige der Ausstellung, das der Zeitungswissenschaft schlechthin stand auf dem Spiel, und mit der »Pressa« stand und fiel mein Brotherr Adenauer. Die Meuterei, durch einen Bildungsgefreiten angezettelt, mußte im Keime erstickt werden. Ich bat den Besserwisser vor seiner Klasse, an meiner Stelle die Führung fortzusetzen, und wo er schon einmal Spezialist sei und vermutlich beschlagener als Professor d'Ester, die Koryphäe unserer jungen Disziplin – »bitte, Herr Doktor, erklären Sie ihren Herren dieses Dokument, es ist das bedeutendste, aber auch historisch verfänglichste Stück der ganzen Ausstellung.«

Ich führte ihn an eine Vitrine, wo eine einzige Urkunde sich sehr wichtig ausnahm. Sie war auch wichtig, aber nicht, weil sie auf Italienisch abgefaßt war, sondern in eine andere Abteilung gehörte. Auch die Beschriftung war verkehrt, so schön immer gestaltet auf einem Goldkärtchen, in Ehmcke-Fraktur, von einer der vielen schönen Ehmcke-Schülerinnen. Tausende von Goldkärtchen hatten die Künstlerinnen vollgeschrieben, die Stapel häuften sich in unserem Archiv, und auf einmal wußte niemand mehr, wo sie hingehörten. Kein Professor hätte sich mehr ausgekannt, Karl d'Ester, sein Ei vom eiligen Frühstück noch an der Backe, rang die Hände, Volkswirtschaftler mit Doktortitel kamen und wußten auch keinen Rat. Da fand Wohlers das erlösende Wort: auf die Vitrinen verteilen, was zuviel ist, wird vernichtet, was falsch ist, später ausgewechselt. Herr König, der Archivbote, brachte ein

Bier, und alles war in Ordnung. Aber nun war es an dem Oberlehrer, Ei an die Backe zu kriegen. Kurz, so sehr er seine Brille auch der Vitrine näherte, er wurde nicht schlau aus dem Zusammenhang, konnte wohl auch kein Italienisch, und fast hätte er vor versammelter Klasse um Entschuldigung bitten müssen, da lärmte wieder eine Schar höherer Töchter, von einer züchtigen Nonne geführt, in den Raum der angezweifelten Wissenschaft. Die Sekundaner wechselten das Schlachtfeld. Nur ein Streber mit Pickel im Gesicht machte sich genaue Aufzeichnungen für den Klassenaufsatz. Im nächsten Raum hatte der Führer wieder das Wort, ob auch damals noch niemand rief: »Achtung, der Führer spricht!«

Iberische Abenteuer

Wie in einer kleinstädtischen Randarena wurde mir da eine Szene aus dem spanischen Familienleben vorgeführt. Eines erkannte ich auf den ersten Blick: das war alles ganz anders, als es in meinem elterlichen Hause gewesen war, dies Wohl und Wehe am offenen Herd, lauter, freier, aufgeschlossener in jeder Beziehung.

Liege im Sterben, Zwingli

Zwei Telegramme hatten im Abstande von wenigen Tagen unser Amsterdamer Leben in Unordnung gebracht, um nicht zu sagen aufgerüttelt. Das eine kam aus Basel und rief Beatrice an das Bett der erlöschenden Mutter. Das andere war in Palma auf der Insel Mallorca aufgegeben worden und lautete ebenso beschwörend wie gottergeben: »Liege im Sterben, Zwingli«, auf welchen Namen Beatricens jüngster Bruder getauft war. Dem galt es nun auch beizustehen. Wenn so die Wege sich scheiden, ist es schwer für ein Herz, den richtigen einzuschlagen. Einer Rücksprache mit den behandelnden Ärzten war es vorbehalten, die Entscheidung zu treffen. Sie lief schließlich darauf hinaus, daß die Mutter der Obsorge des zweiten Bruders anvertraut blieb, den wissenschaftliche Bande sowieso in der Schweiz zurückhielten.

Mit diesem Entschluß war unser Inselschicksal besiegelt.

*

Ringsum hatte sich die graue Schicht der Nacht gehoben, als wir das Achterdeck betraten, unausgeschlafen, wie aus der Naht getrennt, leicht fröstelnd in der Brise, die den Kimm reinfegte und uns bald schon das Schauspiel der näher rückenden Steilküste Mallorcas bot.

*

Ebenso wie in dem Abteil des Zuges, der uns von Port-Bou nach Barcelona gebracht hatte, führten auch hier an Bord die Spanier das große Wort, von dem ich allerdings nicht ein Wörtchen verstand, zu meinem Leidwesen, denn ich bin neugierig. Menschenscheu wie wenige und ein Stubenhocker mit einem selbst unter Brüdern beneidenswerten Sitzfleisch – das mich zum Langstreckenübersetzer vorbestimmte, der ich heute bin –, habe ich aus der Not eine Tugend zu machen verstanden: wenn ich mich unter Menschen begeben muß, kommt meist etwas Ersprießliches für mich dabei heraus. Nimmer natürlich so viel, daß es meine eingeborene Abneigung gegen die Berührung mit der Außenwelt vergölte, aber gerade genug, mich wie in einem Netz vom Sturz aus der Einsamkeit aufzufangen. Noch eine Weile schwanke ich dann hin und her, wie ein Stehauf-Fallum-Männchen, bis ich wieder in mir selber abgeschieden ruhe.

Taurollen, Pappschachteln, verbeulte Koffer, Kratten und Korbflaschen, was immer als menschenmögliche Sitzgelegenheit dienen konnte, war von einer an Zahl reichen spanischen Familie zu einer Art Wagenburg zusammengestellt worden. Dort hauste man, als gelte es eine Überfahrt von Wochen und nicht von zehn gezählten Stunden; das Kroppzeug lausefrech; die Frauen, verschiedenen Alters und wenn's darauf ankäme einander noch mehr ausstechend hinsichtlich der weiblichen Reize, keifend und scheltend mit einem unermüdlichen Maulwerk; und ein Mann, der wie auf Todesanzeigen Vater und Bruder, Großvater, Schwager und Onkel, mit einem Wort, die ganze Versippung in einer und eigener Person zu sein schien, den Stamm überragend mit seinem Wuchs und einer sich in alle vier Winde geltend machenden Autorität. Das war ein Schauspiel, das mich mehr fesselte als die hochzeitlichen Bettgelüste des aus dem Flohsack vertriebenen Menschenpaars, die keiner Worte bedurften, oder der wortreiche Verzicht der einspännigen britischen Dame – von Sonne und Meer schon ganz zu schweigen.

Wie in einer kleinstädtischen Randarena wurde mir da eine Szene aus dem spanischen Familienleben vorgeführt, ich brauchte nur meinen Stehplatz zu beziehen. Eines erkannte ich auf den ersten Blick: das war alles ganz anders, als es in meinem elterlichen Hause gewesen war, dies Wohl und Wehe am offenen Herd, lauter, freier, aufgeschlossener in jeder Beziehung. So einen Vater hätte ich haben müssen, der mit zugeschnittener Eleganz und erstaunlicher Zielsicherheit im Kreise der Lieben herumohrfeigte, ohne auch nur bei einem einzigen Schlage so lächerlich zu wirken, wie es unsere Prügler im Norden immer sind. Denen fehlt nämlich das quijotische Wissen, daß jede Maulschelle, auch trifft sie mitten aufs Maul, einen Schlag ins Leere bedeutet. Während er so wie aus dem

Stegreif seine Strafgerechtigkeit walten ließ, schüttete er sich aus einer besonderen Spritzflasche, von der noch die Rede sein wird, dem Porrón, roten Wein in die Gurgel, die den Strahl glucksend verschwinden ließ. Er erhielt aber einen Stoß aus dem Hinterhalt von einem Sproß, der Vater und Mutter sehr wenig ehrte, weshalb ihm wohl kein langes Leben beschieden sein konnte, und der Strahl ward aus seiner Richtung abgelenkt. Beispielhaft indes parierte die väterliche Kehle den Hieb, indem sie einen Teil des Gusses auffing wie ein Fliegenschnäpper die Fliege; der Rest verspritzte im Zuschauerraum, genau dahin, wo ich stand. Tosender Jubel begrüßte die Weintaufe des Zaungastes. Bei einer so deutlich an den Tag gelegten Gewandtheit im Umgang mit Sudelgut mußte es für mich damals rätselhaft sein, wie denn die tausend Flecken zu erklären seien, die den spiegelnd schwarzen Tuchanzug des Familienoberhauptes verunzierten. Die Lebensregel des Spaniers, nicht das Schlachtopfer seiner eigenen Kleidung zu werden (no hay que ser víctima de su traje), kannte ich natürlich nicht, sollte sie freilich bald an Rock, Weste und Beinkleid einer hinkenden Gestalt dieser Aufzeichnungen kennenlernen.

Und was alles hätte aus mir werden können, wäre ich gepäppelt und auferzogen worden von einer Mutter jener gleich, die da mit jedem gewatschten Sprößling Front machte gegen den despotischen Vater, ihrerseits wieder ohrensausende Backpfeifen austeilend, die zwar weniger trafen, dafür aber mit um so größerem Wehgeschrei eingesteckt wurden. Sie kamen aus anderen Gefühlen heraus, vielleicht sogar aus dem Herzen, und richteten sich an andere Grundsätze der Erziehung. Diese Spaltung schien also international zu sein, das heißt fast menschlich. Am Ton und der ganzen Pinselführung dieses Familienglückes gemessen, war die meine verkehrt gewesen, und darum bin ich auch das geworden, nur das, was sich hier auf dem Papier auslebt – kein Konquistador, kein Kathedralenbettler mit der Allüre eines spanischen Granden, kein Stiegenschuster mit mehr Weisheit im Pfriem, als Vigoleis sie im Schädel hat. Das soll kein Rechten mit dem Schicksal sein, noch auch mit Gott, der schon gewußt haben wird, warum er mich nicht als jenen frech gegen den Mast pinkelnden Knirps aus der schwimmenden Wagenburg auf seine Alltagswelt hat kommen lassen.

Gespeist wurde in diesem improvisierten Lager mit aller Ergiebigkeit. Dinge kamen da aus Körben und Felleisen hervor, die ich nicht einmal dem Namen nach kannte. Öl wurde auf dunkles Brot geschüttet, ein grünes Gemüse benebst Zwiebeln darauf geschnetzelt, Oliven, Kichererbsen und kleine Krabben machten die Runde, ein Huhn wurde entzweigerissen und unter das nimmersatte Volk verteilt. Der Rest war namenlos, damals wenigstens, wo ich noch kaum über Mutters Topf hinausgeschaut hatte, der bei Gott nicht schlecht war, aber eben schrecklich teutsch und gut vaterländisch verankert in der Miete des Knollengewächses, von dem der zu Unrecht immer noch als Materialist verschriene Nahrungsmittelforscher Moleschott einmal gesagt hat, daß derjenige, der sich 14 Tage lang ausschließlich von ihm ernähren wollte, nicht mehr in der Lage sein würde, es sich zu verdienen. Das ist mir aus der Seele gesprochen, denn ich mag sie nicht, diese unbegeistete Tuberkel, die es fertiggebracht hat, die gesamte abendländische Kultur zu unterwühlen. Vielleicht gelingt es jetzt dem nach ihr benannten Käfer, ihrer Vorherrschaft ein Ende zu bereiten. »Ohne Phosphor kein Gedanke«, ich halte mich wieder an Moleschott, und ohne die Kartoffel? Immerhin ist es ihr gelungen, meine Aufmerksamkeit für eine Weile von dem iberischen Picknick abzulenken, das auf einer Küchenkunst aufgebaut war, die weit über das Maß meiner Dinge hinausging.

Hier aß man anders, hier sprach man anders, hier züchtigte man anders – ich würde umlernen müssen, das erkannte ich klar in der Stunde, wo ich einer Nation so unverblödet in den Haushalt sehen konnte, während die »Ciudad de Barcelona« die Nordwestküste der Insel umsegelte, um am Kap von Calafiguera vorbei in die Bucht von Palma einzulaufen, und Beatrice der Reisegefährtin unentwegt ihr als Gesellschafterin im tauben Zuhören geschultes Ohr lieh, ohne indessen den Anblick zu versäumen, den die immer schneller auf uns zuschießende Insel bot.

María del Pilar

María del Pilar stammte aus dem Hinterlande von Valencia, kleiner Leute Kind. Als sie heranwuchs, erwies sich ihre Puppenschönheit nicht als Schmeiche der Kindheit, die mit den Jahren schwindet. Sie wurde ein schönes Mädchen, auffallend selbst in einem Lande, wo wie in allen Ländern schöne Frauen keine Seltenheit sind. Vom Vater schon in jungen Jahren vergewaltigt, war sie von Hause fortgelaufen. Ein Seemann hatte sich ihrer erbarmt und sie mit auf sein Fischerboot genommen. Später verdingte er sie in Menorca als Spülmädchen in eine Taberne. Dort wurde sie von Don Julio, unserem Eiergeneral, entdeckt. Er besorgte ihr eine Stelle in der Offiziersmesse, wurde eifersüchtig auf seine Kameraden und bewirkte, daß die Generalin das Aschenbrödel in die eigene Küche stellte. Nach den bereits geschilderten Wechselfällen landete Pilar auf Mallorca, wo sie es auch bald satt bekam, in Hafenkneipen den Matrosen den Schlunzhammel zu spielen und von ihnen unter die Röcke gegriffen zu werden. Noch ekliger empfand sie den Dienst bei feinen Herrschaften, wo die »Señoritos« ihr nachstellten, und das alles ohne Gehaltszulage. Ein so schönes Weib kann überall mit der Hexenküche ihres Geschlechts an einen höheren Lohn kommen, wenn es schon ohne die Liebe nicht geht. Und ohne sie geht es nicht, die Welt stürbe sonst aus. Die Schöpfung hat auch die Pilars in ihren ewigen Ratschluß einbezogen. Die unsere ließ sich nacheinander von reichen Männern aushalten. Auch ein hoher kirchlicher Würdenträger hat an dieser Sulamitin sich gelabt, und Monseñor war es übrigens, der Julietta auf seine Kosten in einem Inselkloster erziehen ließ. Als die Maitresse erfuhr, daß der geistliche Herr die eigenen Pfaffenkinder verleugnete, schmiß sie ihn hinaus aus dem rotsamtenen Nest, das er ihr in einer teuren Etage eingerichtet hatte. Etwas später wurde sie selbst vom Hausbesitzer auf die Straße gestellt. Die Nonnen wollten Julietta unentgeltlich weiter behalten, das lehnte die Mutter ab: keine Almosen! Dann verdingte sie sich in einem Bordell und war so der Mühe überhoben, selbst auf Kundschaft auszugehen. Es sei ein in allen Klubs und

Gesellschaften viel besprochenes Ereignis gewesen, als María del Pilar ihren Einzug in die »Casa Marguerita« gehalten habe, damals das beste Freudenhaus am Platze, immer erstklassige Besetzung, auch ausländische Kräfte hätte die Patrona hinzugezogen. Keines der Mädchen durfte über eine Matrikel von 6 Dienstjahren hinausgehen. Eine pfundige Wirtschaft, meinte der Referent, der übrigens auch durchblicken ließ, daß er sich persönlich habe vergewissern können, einen wie guten Griff die Stiftsmutter getan habe. Don Helvecio habe Pilars Bekanntschaft in seiner Eigenschaft als Direktor, Verwalter oder was er schon im »Principe« sei, gemacht, auf einem Inspektionsgang durch die Freudenhäuser der Stadt. Das sei in Spanien eine Obliegenheit des Hotelpersonals, vom Groom bis zum Generaldirektor: den Fremden den einheimischen Liebesbetrieb zu zeigen. Eines Nachts sei Helvecio in die »Casa Marguerita« gekommen, um einigen steinreichen englischen Lustlords einen ihren Fähigkeiten entsprechenden Lichtblick zu verschaffen. Die Patrona habe ihn auf die Seite genommen: was Feines, für ganz Reiche, frisch eingetroffen, und schön, schön, Don Helvecio ... Einmal an ihr genippt, und das bleibe Kunde! María del Pilar heiße sie. Don Helvecio, bedacht auf den guten Ruf seines Hotels, erklärte den Engländern, daß er etwas ganz Feines für sie habe, nur für ganz Reiche, frisch eingetroffen, und schön! Sie würden ihren Augen nicht trauen. »Einmal an ihr genippt, Mylords, und Sie verlassen die Insel diese Saison nicht mehr!« Da die Gentlemen aber eine schwierigere Altersbehandlung nötig hätten, müsse er einiges vorbereiten. Die Herren könnten im großen Saal solange die Zeitung lesen oder Domino spielen. Auch Kaffee würde serviert, und hie und da käme ein Mädchen, damit sie nicht dächten, sie säßen in einer Bahnhofswirtschaft.

Zwingli war, wo man ihn auch hinstellte, ein erstaunlicher Organisator. Mir ist ein solches Phänomen nie mehr über den Weg gelaufen. Die Mädchen in den Freudenhäusern liebten ihn alle. Manch einer hat er mit Geld aus der Not geholfen und sie wieder in das züchtige Leben zurückgeführt. Er kannte alle ihre großen und kleinen Anliegen, aber entsprechend auch ihre Matratzenleistungen; und selten, behauptete er einmal, habe er den falschen Mann an das falsche Weib gebracht. Im Hotelwesen stand er dafür in hohem Ansehen. Zwinglis Pfiffigkeit und Materialkenntnis bewährte sich auch auf diesem Gebiet. Er machte seine Tests und verfügte. Die Neue aus Valencia schien ein Überflieger zu sein, nach den Anpreisungen der Vorsteherin zu urteilen, die nicht zu übertreiben pflegte, wenn sie den Zubringern ihre Errungenschaften vorstellte.

Zwingli hat der neuen Mitarbeiterin die höchste Note ausgestellt, die seine Liebespädagogik zu vergeben hatte: das Examen nahm kein Ende. Denn in diesem Fach kennt man ja bei besonderen Leistungen die Befreiung vom Mündlichen nicht. So lange dauerte das Kolloquium, daß die Lords ungeduldig wurden und an die Tür klopften, hinter der ihr Manager verschwunden war. Ob sie sich nachher noch mit anderen Mädchen eingelassen haben, weiß ich nicht. Wahrscheinlich hat der Hotelwagen sie unbefleckt im »Principe« abgeliefert, mitsamt der Flasche Sublimat, die allen Engländern aus der Tasche herausschaut, wenn sie auf den Strich gehen.

Gegen Abend des folgenden Tages erschien Zwingli wieder auf seinem Posten. »Man muß seinen Mann stehen«, meinte sein Busenfreund, zweiter Direktor und Halbbesitzer des Unternehmens (niemand wußte, wie dort die Eigentumsverhältnisse geregelt waren), »hay que ser hombre, Don Helvecio, aber dieses Mal haben Sie dran glauben müssen. Donnerwetter! He, ihr Kellner, Eier, Schinken, Bananen, Sekt, bringt mir den da wieder auf die Beine, morgen kommt Conde de Keyserling mit seiner Schule der Weisheit, dann gibt es wieder Hochbetrieb!«

Don Darío wußte, was man braucht, wenn man seinen Mann gestanden hat.

In der folgenden Nacht verschwand Don Helvecio erneut, und er stand nicht frühmorgens am Hafen, um dem berühmten Philosophen die noch berühmtere grobschlächtige Hand zu drücken. Das besorgte dann der kleine, hinkende Don Darío.

Nacht für Nacht ging das so seinen Gang, bis Zwingli sich überhaupt nicht mehr im Hotel sehen ließ.

María del Pilar hatte sich in Helvecio verliebt, sie gab sich ihm hin, es war das erste Mal in ihrem Leben, daß sie einen Mann erkannte. Ihre Künste, das war Theater gewesen, sie war eine unberührte Frau geblieben bis zu dem Augenblick, wo der Schweizer in ihr Leben schwuchtelte. Dies ist Zwinglis eigener Gesichtspunkt, den ich gelten lasse, nicht nur, weil er soviel Tolstoi und Dostojewskij gelesen hatte. Was einer ist, erfährt seine Bestätigung erst durch die anderen. Und hinzu kommt, daß es ja mehr Huren in den eingesegneten Ehebetten gibt als auf den Pfragen der Freudenhäuser, die, wie so vieles, ihren Namen einem Grundirrtum verdanken.

Zwingli war fasziniert, der neue Tolstoi lebte in ihm auf. Er fühlte die große Berufung in sich mächtig werden, er mußte die Auferstehung ins Werk setzen, mußte das Mädchen aus dem Schlamm ziehen, in dem er sich ein paar Wochen lang mit ihr sauwohl gefühlt hatte. Das Moorbad der Liebe müsse verlegt werden, denn – und das ist weniger christlich – er wollte die schöne Sünderin ganz für sich allein haben. Auferstehung mit auswechselbaren Rollen, auch das will ich gelten lassen.

Zwingli mietete eine Etage, Piso genannt, möblierte sie kostbar aus, an den Wänden prangten die Gemälde und Zeichnungen seiner verkannten Genies. Viel Geld verplemperte er auch an die verkannte Schöne. So begann das traute Leben. Julietta gab dem Ganzen die besinnliche Note. Die selbstlosen Nonnen hatten ihr Manieren beigebracht, und Gebete, und Handfertigkeiten. Das häusliche Glück war vollkommen. Es ging auch eine Zeitlang ohne schiefzugehen, und dann ging es schief. Mit Eifersucht von seiten Pilars fing es an, dann kriegte Zwingli den gleichen Rappel. Dieser allmächtige Trieb brachte die beiden zur Verweiflung, Liebe, Haß und Furcht wurden durcheinandergewürfelt, und auf einmal begannen sie sich zu prügeln. Pilar argwöhnte, daß Helvecio es im »Principe« triebe, sie wußte, daß vor allem die deutschen Frauen in dieser Beziehung einen guten Ruf hatten und einzig der romantischen Abenteuer wegen nach Spanien reisten. Und obendrein war ihr bekannt, daß ihr Señorito auch nachts für sein Hotel arbeiten mußte in den Häusern, aus deren einem er sie ja herausgeholt hatte. Die Bettzunzel wurde zu einer rasenden Furie der Liebe.

Zwingli verständigte sich mit seinem Hotel über eine neue Dienstregelung: nur ein paar Stunden am Tage sähe er nach dem Rechten, erledige die Korrespondenz, leite weiterhin die Propaganda in der ganzen Welt, die übrige Zeit gehöre dem häuslichen Herde. Vater liest ein schöngeistiges Buch, Mutter strickt, oder häkelt, denn das ist feiner, Pilar soll ja hoch hinaus, und zu Füßen spielt der kleine Bankert, dem das Schicksal einen neuen Papa beschert hat; keinen General, denn die Schweiz unterhält ja kein stehendes Heer, aber doch etwas Tüchtiges in der zivilen Fremdenlegion.

Glücklichsein ist eine Kunst. Die wenigsten Menschen beherrschen sie. Wirklich glückliche Menschen sind so selten wie Christen, die an Gott glauben. Man tut so als ob, und bringt es mit dieser Schutzfärbung sehr weit. Pilar wurde nicht glücklich, ich meine »restlos« glücklich. Denn den Rest, den konnte Helvecio ihr auch nicht besorgen. Die Frau begann sich zu langweilen. Lesen konnte sie nicht, sonst hätte sie mit ein paar Schundromanen die Stunden totschlagen können. Immer nur sich schminken und die Wimpern steif halten, das reibt auf. Reisen? Helvecio stand in einem Beruf, wo der Ortswechsel von anderen besorgt wird, selbst mußte man auf dem Posten bleiben. Pilar war eine tätige Person, sehr jung noch, selbst für Spanien, wo Frauen früh altern; mit einem schönen Töchterchen, dem sie dieselbe glänzende Zukunft besorgen wollte, welche Zwingli sich für seine Querida ausgedacht hatte. Darum warf sie eines Tages die Frage in die immer stickiger werdende Luft: Helvecio, warum sollen wir uns nicht selbständig machen? Wir gründen ein Geschäft! Und zwar eines, wo ich meine Talente zur Geltung bringen kann. – Lieber Leser, nun denkst du vermutlich dasselbe, was ich denke, aber Pilar dachte wirklich und ehrlich nur an den Kochlöffel.

Mallorca: Clima Ideal

Obwohl das Schlagwort des spanischen Verkehrsvereins: »Mallorca Clima Ideal« wie alle Schlagworte auf Schwindel beruht, oder sagen wir auf einer falschen Ausdeutung der Wetterwendischkeit, und schon Tausenden der Aufenthalt auf der Insel verregnet ist, wollen wir annehmen, daß am Tage unserer Jungfernführung heißer Staub und heiße Sonne auf uns alle niedersengte. Der Dampfer lag im Golf vor Anker, die Hafenpolizei war bereits an Bord geklettert, Schaluppen, Barkassen und Pinassen waren ausgefahren. Dann kamen die ersten Schübe und schwärmten aus. Jedem Teilnehmer an der Exkursion war sein Auto zugewiesen worden, er brauchte nur die betreffende Wagennummer zu suchen oder bei der Ausschiffung zu nennen. Organisieren können diese Deutschen, aber Vertrauen in ihre eigene Organisation haben sie nie gehabt. Ein Hetzen begann, ein Schreien, man rempelte sich an, zeigte sich die Zähne; jeder wollte der erste sein, den besten Wagen und im Wagen den besten Platz erwischen; mancher Vater fiel über manche Mutter, Töchter vergaßen, daß sie höher waren, Söhne mit Schmissen wähnten sich auf dem Paukboden und hauten um sich, um für die alten Herrschaften das eleganteste Auto zu erobern: wozu reist man schließlich 1. Klasse? Bei einem Schiffbruch werden solche Szenen mit der Pistole gemeistert. Wir durften nicht schießen und hatten unsere Not mit den teuren Herrschaften: »Ihre Nummer, bitte? Nein, Verzeihung, Sie bekommen den nächsten Wagen, es steht ja drauf geschrieben.« – »Was, den ollen Kasten, da setzen *wir* uns nicht rein, ne danke! Meiers dort, die haben den großen Mercedes-Benz, sind die vielleicht mehr als wir? Wissen Sie, wer Meiers sind? Wo kann man sich hier beschweren, bitte?« – »Bitte, beim Führer, oder bei der obersten Reiseleitung in Hamburg, beim Führer geht's aber fixer.« – »Na, dann geben Sie mir den Führer, sofort, sonst fahren die uns vor der Nase weg. Wir sind 1. Klasse, falls Sie das nicht wissen sollten. Wo ist der Führer?« – »Das bin ich, wenn Sie gütigst erlauben, und als solcher kann ich Ihnen verraten, daß der Wagen, den wir für Sie ausgewählt haben, ein ganz besonderer Wagen ist, einer mit einer Bewandtnis.« – »Liesel, komm doch mal, Herr Führer hier sagt, unser Wagen habe eine Bewandtnis, das müssen wir hören, laß die Meiers doch fahren.« Liesel kommt, auch die Töchter und der Sohn. Ich erkläre: »Dieser alte Rummelkasten ist ein ausrangierter Luxuswagen, das sehen Sie selbst. Er hat keinem Geringeren gehört als dem berühmten und berüchtigten Bankier Juan March, Sie wissen ja, – natürlich, derselbe, und die Bewandtnis, das ist der Motor, 200 PS, den hat der Halunke sich damals einbauen lassen für seine Rauschgiftfahrten. Unter uns, auch Leichen sind darin befördert worden. Ich zeige Ihnen nachher ein paar Einschußstellen. Historischer Wagen, sage ich Ihnen, falls Ihnen das was sagt!« Die Familie stutzt, ist aber gebildet genug, widerstandslos im historischen Gangstervehikel Platz zu nehmen. – »Der von den Herrschaften, die Sie scherzhafterweise Meiers nennen, sieht besser aus, aber der Motor taugt nicht. Den kenne ich von hundert Führungen: Panne nach 30 km.«

Der Chauffeur nimmt Platz, ich setze mich neben ihn. Vati und Mutti im Fond strahlen, die Töchter und der Sohn auf den Klappsitzen strahlen, denn schließlich hat man es mal wieder blendend getroffen: man sitzt im Führerwagen!

So, die wären fürs erste ruhig und können noch schnell vor der Abfahrt eine Karte an Tante Amalie schreiben: Rate mal, liebes Tantchen, wo wir jetzt sitzen? Im Führerwagen! – Da muß ich wieder raus, an anderen Stellen wird gemeutert, eine Schlägerei droht – in Beatricens Gruppe. Beatrice steht eingepöbelt in der Horde, im Eifer redet sie Französisch, und das wirkt Wunder. Es sind ja feine Leute, die alle Sprachen können, die werden nun sanft wie Lämmer und suchen ihre Brocken zusammen, – »aber bitte, Madame, sprechen Sie weiter Französisch, das können wir alle, und Ihnen als Spanierin fällt das leichter, obwohl, auch alle Achtung für Ihr Deutsch, ein bißchen Akzent, das klingt so lustig. In Valencia, da war ein Führer, der sprach auch Französisch, vielleicht kennen Sie ihn, einen so schwarzen, wissen Sie, mit vorne ...«

Ich erwische Beatrice noch für einen rasch hingemaulten holländischen Fluch: zum Kotzen, dieses Gelichter, ersäufen soll man das, totschießen, in die Affenbrotbäume knüpfen! Aber Beatrice, in der Etage reizbar bei Spucke und Fußstapfen auf dem blanken Boden, ist hier wie ausgewechselt und beruhigt sogar noch mich mit dem Hinweis, das sei eben 1. Klasse, aber es kämen auch anständige Touristen, 3., dann sei es erträglich, und weg war sie, hinter einer Furie von Dame her, die mit erhobenem Ridikül auf einen Unterführer los will: Der Chauffeur habe versucht, kaum daß sie ihren Platz neben ihm eingenommen, sie wohin zu kneifen, jawohl, bitte, und das ließe sie sich nicht bieten! Andere Damen wiederum waren wütend, weil man sie noch nicht entsprechend gekniffen hatte: wozu reise man schließlich als alleinstehende Dame nach Spanien? Ich gab allen recht. Das hätte man gleich im »Turm der Uhr« abladen sollen und dann die Bullen los; aber sie kämen unterwegs schon auf ihre Kosten erster Klasse. So ein spanischer Fahrer strotzt vor Männlichkeit, und wie die chauffieren können, was ja einheizen heißt: eine Hand am Steuer, die andere in der Kundschaft, man kreischt, vor allem in den Kurven, wo sich der Schenkeldruck erhöht – wenn das nur gut geht! Aber in all den Jahren meines Führertums habe ich nie von Unfällen gehört, die auf solchen Dienst am Kunden zurückzuführen wären. Mal eine Schramme am Kotblech, ein zerrissenes Höschen ...

Eine Stunde dauert eine derartige Ausschiffung, dann sind die Massen verstaut, der Reiseleiter gibt das Zeichen, die ersten Wagen können abfahren, Gruppe 1, Führer 1; nach 5 Minuten: Gruppe 2, Führer 2 – bis sich die Schlange durch die Stadt und über die Insel windet. Erster Haltepunkt: »La Lonja«, die alte Börse, ein beredter Zeuge des einstigen Reichtums der Stadt. »Wie Sie sehen, meine Herrschaften, schloßartiger Sandsteinbau in gotischem Stil, kleine Minarette, erste Hälfte des 15. Jahrhunderts, erbaut von Guillermo Sagrera, reicher Skulpturenschmuck, vier Ecktürmchen, brustwehrartige Dachgalerie. Im Innern, wenn ich bitten darf, aber aufpassen, manchmal kommen Steinbrocken herunter, im Innern ist das Innere durch sechs gewundene Säulen in drei Schiffe geteilt, beachtenswert vor allem die Sammlung von Gemälden aus dem 15., 16. und 17. Jahrhundert. Eine Wendeltreppe führt, wie Sie sich bitte überzeugen wollen, auf das Dach und weiter auf einen der

Ecktürme, der einen überwältigenden Blick auf Stadt, Hafen und Bucht gestattet. Aber da gehen wir nicht hinauf, viel zu gefährlich, noch letzthin ist dort eine behinderte Dame abgestürzt und konnte nur noch als Leiche geborgen werden.«

Leichen ziehen immer, sonst steht alles wörtlich in meinem Bädeker, Ausgabe 1929, und manche Führer, Beatrice ohne Zweifel, haben diese Tatsachen ipsis verbis mitgeteilt. Ich tat es nicht, aus dem einfachen Grunde, weil sie mir fremd waren. Ich war einzig darauf bedacht, ein paar Schritte vor den Geführten das Gebäude zu betreten, um mit allesumfassendem Führerblick zu ermitteln, was denn da drinnen los sei. Dann sammelte ich die Schar um mich und erklärte alles nach bester Phantasie, die mich schon nach ein paar tastenden Eingangsworten in die Hochblüte des mediterranen Piratenwesens führte: in diesem Palast hätten die Seeräuber ihre Schätze verlesen, entführte Frauen vergewaltigt, die unbrauchbaren verkauft; oben seien vier kleine Pulverkammern, dann taucht mein General auf – »und aus ist es mit der Schäumerei. Barceló säuberte das Mare Nostrum! Die Gemälde hier erinnern noch an die wilde Zeit, werfen Sie eben einen Blick darauf, viel sehen Sie nicht, Alterspatina, und nun müssen wir weiter« – ich hörte den nächsten Führer kommen und bringe meine Leute vor falschen Erklärungen in Sicherheit. Das hätte geklappt, die Geschichte hat allen gefallen, mehr will ich nicht, die Bande ist auf ihre Kosten gekommen. Das heißt, ein älteres Fräulein, die Nase im Bädeker, kommt und sagt, da stände ganz was anderes, ob das vielleicht nicht die »Lonja« sei – und ein noch ältereres Fräulein, dem ich zugezwinkert hatte, meint schnippisch, wer es denn besser wissen müsse, der Herr ortsansässige Führer oder der wildfremde Bädeker, und ich sei sicher schon lange im Fach! Nicht nur das, auch noch von einem Verlag beauftragt, ein neues Handbuch über Mallorca herauszugeben, mit bisher unveröffentlichtem Material, zum größten Teil von mir selber ausgegraben, und alles brächte ich ohne jede Rücksicht auf die historische Empfindlichkeit der Eingeborenen zur Sprache.

»Vater, hast du gehört, unser Führer schreibt einen ganz neuen Führer über die historische Empfindlichkeit der Insel, den müssen wir aber kaufen, wo wir den Führer doch gekannt haben, nicht wahr, Vater?«

»Natürlich, Agnes, das sind eben Pioniere des Deutschtums im Auslande, die machen unseren Namen groß; und nachher wollen wir den Herrn Führer bitten, mit uns auf das Vaterland anzustoßen, es findet sich schon eine Gelegenheit; aber jetzt, Agnes, mußt du aufpassen, wir machen die Reise ja nicht nur zum Vergnügen, sondern hauptsächlich deiner Bildung wegen. Reisen bildet mehr als Schule und Elternhaus zusammen.«

»Verzeihung«, jemand tritt an mich heran und unterbricht das Bildungsgespräch meiner Opfer, »das Gemälde da rechts in der Ecke, das ist doch ein später van Dyck?«

»Das? nein, ein früher Hodler, aber Ihre Frage ist wichtig und ich bin Ihnen dankbar, daß Sie sie angeschnitten haben. Man hat nämlich immer noch nicht mit Sicherheit feststellen können, wie das Kunstwerk gerade nach Mallorca verschlagen worden ist. Das Berner Landesmuseum untersucht den Fall. Dr. Iselin, Sie werden von ihm gehört haben, ist in eigener Person gekommen. Wir arbeiten übrigens zusammen.«

»Danke, sehr interessant, ich habe von der Sache gehört.«

»Bitte.«

Mehr konnte ich zu dieser brennenden Standortsfrage nicht beitragen, ohne dem Schweizer das Wasser allzusehr abzugraben; und ehe ein sehr gut aussehender Herr mir eine, ich sah es ihm an, sehr gefährliche Frage vorlegen konnte, saß ich bereits wieder im Führerwagen, und durch Straßen und Gassen ging es zur Kathedrale. Dort wußte ich ein wenig Bescheid. Aus der Zeit unserer beschaulichen Hungerwanderungen war mir die eine oder andere Merkwürdigkeit beigeblieben; aber wer unter den vielen Sarkophagen schlummerte, wie lang, wie breit, wie hoch; wieviel Säulen, wann erbaut, warum, mit welchem Gelde, mit wessen Schweiß, von wem noch gar, und wann der Verfall eingesetzt habe, wann sie restauriert werden würde; wieviele Menschen sie fasse – Herrschaften, fragt mich das um des Himmels willen nicht, zu dessen Ehre sie wohl dasteht, denn ich weiß es nicht und müßte wieder zur Legende greifen. Betet lieber zu eurem Führer. Kirchen sind zum

Beten erbaut und nicht zum Besichtigen, das haben die meisten Menschen vergessen.

Für die Kathedrale ist eine halbe Stunde vorgesehen. Ich bitte die Gruppe, erst einmal den kolossalen Raum auf sich wirken zu lassen. Alle tun das, die Hälse recken sich wie bei Hühnern, über die der Habicht schwebt. »Einfach kolossal!« – »Nicht wahr?« Dann kommt die erste Frage: warum die Säulen, die das Mittelschiff tragen, nach innen leicht geneigt seien? Verdammt, das hatte ich noch nie bemerkt, sie stehen tatsächlich schief. Der Turm von Pisa blitzt durch mein Hirn, kann ich mit dem hier was anfangen? Eine partielle Inklination? – und da bringe ich erst mal den Zimt, der immer weiter hilft: »Ihre Frage ist wichtig und zeigt von einem ungewöhnlichen Kombinationsvermögen. Vermutlich sind Sie Kunsthistoriker und werden als solcher eigene Wege gehen.«

Der junge Mann bejaht, da muß ich auf der Hut sein. Selbst auf ausgetretenen Pfaden können Fußangeln liegen. Vater und Mutter treten einen Schritt vor und blicken stolz auf den Sohn, der so gescheite Fragen stellt. Das ganze Schiff wird es heute abend schon wissen: der bringt es noch weit, der bringt Probleme ins Rollen und Führer in Verlegenheit – aber soweit sind wir noch nicht. Ich berufe mich auf einen Vorsokratiker, der einmal gesagt habe, die gut gestellte Frage sei die halbe Antwort, indessen ginge dieser Satz in der Kunstgeschichte nicht immer auf und hier in der Kathedrale schon gar nicht. Es umdunkeln sich die Blicke der Eltern, der Sohn sagt »bitte?« und ich merke, daß ich seinem Prestige und damit dem meinigen schade. Ich sage: Wir könnten von zwei Urideen ausgehen, von der religiösen und der bautechnischen, doch scheine es mir besser zu sein, die beiden zu vereinen, denn bekanntlich seien die großen Dome aus religiös-rhythmischer Versenkung und technisch-säkularem Schauvermögen entstanden. Darum bauten unsere Jahrhunderte keine Kathedralen mehr. Das wird bestätigt, und noch mehr wird bestätigt, was ich mit eleganten Handbewegungen vortrage. Vor allem der Kürbisgriff, der die begrenzte Unermeßlichkeit des Domraumes im Raume noch einmal nachzeichnet, verfehlt seine Wirkung nie. Der Student ließ mich aber nicht von der Leine, er war ausgesprochen lästig mit seiner Insistenz, und da sich wieder mehr Teilnehmer zu meiner Gruppe zurückgefunden hatten und mit schiefen Köpfen mithörten, mußte ich mit der Sprache heraus. Ich strich mir den Verstand unter die Sohlen, gürtete die Plempe der Unverfrorenheit um und fand augenblicks des Rätsels Lösung: Mystische Neigung, die Säulen seien mystisch geneigt. So etwas muß man aber mit feierlich widerhallenden Ausdrücken sagen, dann ergreift es: »Inclinatio mystica, Herr Doktor, das ist Ihnen ja ein Begriff, und hier begegnen wir dem einzigen Fall in der mediaevalen Mystik, wo diese Tendenz direkt in den architektonischen Raum übertragen worden ist.« Der Adept bestätigt vor der lauschenden Schar, daß er diese Sorte Neigung kennt. Weitere zehn Minuten Geschwafel, und geklärt war, wie die Baumeister die Pfeiler hatten aufziehen können, ohne daß ihnen der ganze Turmbau zusammenstürzte, denn sie stehen aus der Mittellinie, was einer der Teilnehmer, wohl ein Architekt, inzwischen festgestellt hatte. Vigoleis wieder ran ans Zeug: Kärrner, tausende Kärrner setzte er in Bewegung und ließ sie das ganze Schiff mit Sand füllen, um die Säulen vor dem Einsturz zu bewahren. Es schien mir das Ei des Kolumbus zu sein; aber Mißtrauen wurde laut, ein paar ungebildete Fratzen lachten, ein Herr zog einen Rechenschieber und sagte, »na, mein Lieber, so 'ne kolossale Erdbewegung, das haben wir schnell.« Meine Knie schwankten. Rechenschieber arbeiten zwar hinter dem Komma überhaupt nicht genau und kurz davor lassen sie auch der Phantasie viel Spielraum; aber ich würde entlarvt und log mir doch nur 25 Peseten zusammen: keine Antwort schuldig bleiben! Ein Führer weiß alles.

»Na, mein Lieber, das hätten wir, alle Achtung! Beim Bau des Suezkanals ...« Alles lauschte dem Kanalsachverständigen. Ich atmete auf, ich war mit heiler Haut entkommen, die Kathedrale von Palma versank ins Nichts, die schiefen Säulen gaben nach, niemand kümmerte sich darum, denn es war ein Streit unter den Herrschaften entstanden, ob nicht Ferdinand von Lesseps, der Erbauer meines rettenden Kanals, doch ein Deutscher gewesen sei, und die Welt, die Neider, Deutschland auch diesen Ruhm wollten streitig machen; man denke nur an Johannes Gensfleisch zum Gutenberg, dem die Holländer ihren Coster vor die Nase setzen ...

Gott war mit mir und gegen meine Deutschen, und da soll mir noch mal einer kommen und sagen, er wohne nicht in den nach ihm benannten Häusern!

Wir schlenderten weiter; ich wies auf die Fensterrose hin, deutsche Glasmaler hätten ihren Anteil an dem einzigartigen Werk, womit ich zufällig das Richtige traf. Dann kam wieder Ungereimtes, und haarig wurde es vor den steinernen Särgen, deren Inhalte ich durcheinanderwürfelte; keine Leiche blieb an ihrem heiligen Ort und keine wurde dem zugeschrieben, der sie im Leben gewesen war. Niemand merkte es, denn jemand hatte einen Vergleich mit deutschen Leichen aufgestellt, die viel besser seien. Das lenkte ab.

Und so ging es weiter, über die vorgesehene Zeit hinaus. Ich ließ Brunnen springen, wo keine waren, holte Sterne herunter, sargte Lebendige ein, alles für 25 Peseten. Leute, die 1. Klasse reisen, sind aber zum Glück so gebildet, daß sie auf alles hereinfallen. Und dann kommt ein Herr, stellt sich vor, wir schütteln uns die Hände, er hält mir seine Zigarrentasche hin, echte deutsche Brasil, oder lieber Wybert-Tabletten? macht mir ein Kompliment für meine kolossal fabelhaften Erklärungen: Donnerwetter, das Beste bisher auf der Reise, denn ich müsse wissen, gerade auf dem Gebiete der Fremdenführung mache sich ein Unwissen breit: hahnebüchen! Dann nahm er mich beim Arm und wurde vertraulich, ich dachte, nun will er die Adresse von einem Puff haben; den schicke ich mit Empfehlungen in den »Turm der Uhr« – »doch bitte, Herr Führer, wissen Sie eigentlich, mit welchen Leuten Sie es zu tun haben, ich meine haben Sie schon erfahren, wer unter uns weilt?«

Ich gestand, es nicht zu wissen, denn daß ich es mit Hornochsen zu tun hatte, hätte ich ihm doch erst am Abend beim Adiós an der Pinasse verraten können. Man habe uns nur gesagt, mit dem betreffenden Schiff kämen lauter Akademiker und ganz erste Gesellschaft, aber das merke man doch gleich an der Art, wie sich das ausschiffe. Die Jünger zu Emmaus hatten schließlich auch nicht gewußt, wer unter ihnen geweilt.

Der Herr brachte seinen Mund an mein Ohr und blies das Geheimnis hinein: »Von Puttwitz!«

»Von . . .?«

»Jawohl! Der General, leider in einer anderen Gruppe, aber den holen wir her, der muß zu Ihnen kommen. Sie wissen ja, es ist der mit den . . .«

»Der? Mit den beiden?«

»Beiden? Gelacht, es waren doch drei!«

»Natürlich, wenn Sie es so auffassen.«

»So muß man es heute doch auffassen, sonst ist unser deutsches Volk verloren! Wir gehen bösen Zeiten entgegen, aber Puttwitz . . .«

Von einem General von Puttwitz wußte ich noch weniger als vom Erbauer der Kathedrale und von den Leichen, die sie in ihren Grüften birgt. Ein Herr mit Schmiß und Bärtchen war mir aufgefallen, er befand sich in Begleitung zweier Damen. Der hätte sehr gut General sein können, und darum wollte ich nur sagen: der mit den beiden Damen, ist es nicht der? Unverkennbar ein General! Aber im Leben des Herrn von Puttwitz schien drei die mystische Zahl zu sein, vielleicht war er dreimal geschieden, oder vorbestraft, politisch natürlich, oder hatte drei Attentate auf den Führer gemacht, oder auf Poincaré. Immerhin schuf das Mißverständnis Vertrauen.

»Donnerlitsch«, sagte ich, »das muß ich heute abend noch meinem Freunde Martersteig berichten!«

»Martersteig?«

»Kein Geringerer, Freiherr von Martersteig, oder General, beide Titel stehen ihm rechtens zu.«

»Was Sie nicht sagen! Mir dämmert's: Marneschlacht . . .«

»Verzeihung, Jagdstaffel Richthofen.«

»Natürlich, das war er ja, ganz toller Flieger, und der lebt hier, zur Erholung?«

Ich legte den Finger auf den Mund, es hatte sich wieder ein Grüppchen genähert, dann flüsterte ich's dem Herrn ins Ohr: »Geheime Sendung!«

»Verstehe. Und Sie?« Er zwinkerte mir zu, ich zwinkerte

zurück und deutete vielsagend auf meine Führernummer. Der Geheimbund war besiegelt, zwar nicht am Stammtisch einer altdeutschen Bierkneipe, doch in treudeutscher Umgebung und auf vorgeschobenem Posten in der deutschfeindlichen Welt. Mein Verschwörer verbeugte sich leicht, er wolle dem General Meldung machen und ihn in meine Gruppe holen, mit noch ein paar Herren, »und dann stoßen wir auf unseren Führer an.«

Ich verbeugte mich, – »Zu gütigst, mein Herr!«

Aber da war wieder ein Mißverständnis im Spiel gewesen, denn mit dem Führer war nicht Vigoleis, sondern der andere, der unquijotische, war Adolf Hitler gemeint.

Mein Schädel rauschte, mein Magen drehte sich um, gallichtes Wasser trat mir in den Mund, – und wir standen erst am Beginn der Fahrt.

Ich trommelte meine Leute zusammen, hatte für jeden ein passendes Wort, erntete Dank und Pfefferminztabletten; aber keiner, der mir 25 Peseten gegeben hätte! Denn dann wäre ich spornstreichs nach Hause gelaufen.

Mutti, Vati, Trude, Lore und Fritz hatten ihre Plätze im Führerwagen wieder eingenommen. Sie lächelten mir zu, ich gehörte jetzt zu ihnen, ich bekam Familienanschluß mit Schokolade und Zigarren, aber »danke gehorsamst, ich rauche leider nicht.«

Ich konnte ein paar Minuten verschnaufen. Das Papstwort: eher den Skandal als die Lüge, hat etwas für sich, aber nur wenn man Papst ist. Ich konnte mir den Skandal nicht leisten, ich mußte mir meine Peseten zusammenlügen, und es wird auch einmal Abend werden. Ich bin besser als mein Geschwätz, heißt es in einer Erzählung von Bjørnstjerne Bjørnson, wo von der Feigheit die Rede ist. Vigoleis ist aber feige.

Die Weiterfahrt durch die Stadt und in die Berge hinauf nach Valldemosa geht nur langsam vonstatten. Jede Kolonne muß warten, bis sich der Staub hinter der vorauffahrenden gelegt hat.

Erst wurde noch das Kloster San Francisco besichtigt, wo der Mystiker Raimundus Lullus begraben liegen soll und vermutlich auch liegt. Ich widmete diesem Geiste ein paar in jeder Beziehung ungelogene Worte, die aber auf keinen so fruchtbaren Boden fielen wie meine Fabeleien in der Börse und Kathedrale. General von Puttwitz oder -kammer kam und erlöste mich von den Fesseln der Wahrheit. Wir drückten uns wie alte Bekannte die Hand, es bedurfte ja keiner Worte mehr. Wir ergingen uns in Andeutungen, es klappte ausgezeichnet. Deutsche finden sich im Nebeldunst immer besser zurecht als auf den übersonnten Straßen der Welt. Daran scheitern denn auch ihre Bemühungen um den vertrackten Lebensraum.

Zur Stadt hinaus: ich würde dösen können bis Valldemosa, eine Stunde? Nicht eine Sekunde! Zurückgelehnt, den Hals verrenkt, so saß ich auf meinem Führerplatz und mußte Rede und Antwort stehen. Meine Lebensumstände interessierten die Herrschaften jetzt mehr als die Landschaft mit Palmen, Orangen, Oliven. Schwarze Ferkelchen fegten über die rote Scholle, nur Trude hatte dafür noch einen Blick übrig, die anderen hingen an meinem vertrockneten Mund. Ehe der Wagen zu steigen begann, wußten sie, daß ihr Führer in Spanien geboren, aber in Deutschland aufgewachsen und erzogen worden sei, in einem Städtchen am Niederrhein, das durch die christliche Saat einer Heiligen und seine Möhrenkultur berühmt sei, im Hause einer blinden Tante. Der Vater, Konsul in Malaga, sei bei dem bekannten Eisenbahnunglück ums Leben gekommen; die Mutter, zum zweiten Male verheiratet, lebte in Burgos. »Schicksale«, sagte der Herr im Fond. Mutti konnte das bestätigen, denn Fritz hatte einen Freund, dessen Vater war Konsul in der Türkei gewesen und dort ebenfalls gestorben. »Schicksale«, sagte ich und wollte mich umdrehen, um ein wenig zu nafzen, da mußte ich meine Auskunftei wieder öffnen, dieses Mal wegen einer Führer-Dame, die wie eine Zigeunerin aussähe – ob ich sie kenne? Das tat ich: es handele sich um die Tochter eines Attachés der peruanischen Gesandtschaft in Madrid, die mit ihrer schweizerischen Mutter schon seit Jahren auf der Insel lebe und sich zu Tode langweile. Sie führe zum Zeitvertreib. Ihr Bruder, ein Luftikus, sei der bekannte Ballonflieger, der kürzlich wieder mit einer papierenen Montgolfiere aufgestiegen sei und den Rekord im Alpenflug aufgestellt habe, man habe vielleicht auch in Deutschland davon vernommen? Vati erinnerte sich dunkel, in der Neuen Zürcher darüber gelesen zu haben. Das freute mich sehr.

Der Chauffeur war ausgezeichnet, er nahm die Kurven mit echt spanischer Todesverachtung, aber auch mit echt spanischer Fahrsicherheit. Hätte ich einen Wagen, so würde ich ihn nur steuern lassen von einem Spanier oder Portugiesen. – Die Möglichkeit, den Hals zu brechen, wurde immer kleiner, ich mußte also aushalten.

Wir näherten uns einer der vielen ländlichen Besitzungen, Fincas geheißen, und schon ging's los: Was das für ein Landgut sei? Die Tochter, die schon den Ferkeln nachgeblickt hatte, stellte die tückische Frage, wurde aber sogleich von der Mutter zurechtgewiesen: ob der Herr Führer denn rein alles wissen müsse; und erklärend zu mir gewandt: Trudi mache ihre erste große Auslandsreise! Nun fand ich die Frage aber gar nicht so albern und entschuldigte mich fast, daß ich selbstverständlich wisse, was es mit der Finca auf sich habe, nämlich ... Ich spann die Geschichte langsam aus, sie sollte bis Valldemosa vorhalten – feindliche Brüder, Liebe auf dunklen Pfaden, ruchlose Tat unter Maulbeerbaum, Blutrache wie auf Corsica – »so? gibt es das auch auf den Balearen?« – »Nur noch auf Mallorca, und die Zeder, die Sie gewiß bemerkt haben, wurde gepflanzt, als die Häuser sich aussöhnten. Der Dichter Mario Verdaguer hat darüber einen Roman geschrieben, darum weiß ich das so genau.«

Valldemosa! Alles aussteigen!

In Valldemosa zeigt man das Kartäuserkloster und die Zellen, wo Chopin und George Sand gelebt haben, in jenem berühmten Winter 1838/39. Das würde ich mir nun alles auch selber zeigen.

Pedro hatte uns schon manches von ihrem unter den Hammer geratenen Besitztum erzählt, und so kannte ich Dorf und Kloster, ohne die Stätten betreten zu haben. Die Bravourgeschichte von der verdugischen Ahnherrin kam mir nun zustatten – die Herrschaften schauderten, wie kann eine Mutter nur ... Der Turm des Burggeweses, in dem Pedro sein Atelier gehabt hatte, gab willkommenen Anlaß, einiges über diesen dem König von Spanien in den Stammbaum geknüpften Freund zu erzählen, wie er als Kind mit maurischen Totenschädeln im Klostergarten Fußball gespielt habe, bis

Don Juan dem unchristlichen Treiben ein Ende bereitete und die Schädel seiner Sammlung einverleibte, mit den entsprechenden Zettelchen: Ibn Mohamed Bar . . .

Ich ließ meine Leute sich die Beine vertreten, ein paar dumme Aufnahmen machen, eine Orange verzehren, dann schleifte ich sie in die Cartuja, in der vorgeschriebenen Reihenfolge: Kirche, Sakristei, Kreuzgang und Zellen. In der Kirche war nicht viel des Erklärens wert. Eine Heilige steht dort auf einem Postament und hält ein Auge in der Hand, das ist blind zu deuten. Baustil: meiner Schätzung nach Anfang des 18. Jahrhunderts, eine häßliche Dreingabe aus frommer Kasse, an der Gott aber mehr Wohlgefallen haben wird als der kunsthistorisch immer anspruchsvoller werdende Mensch. Obwohl, manchmal genügt es ja, daß ein Bauwerk in Spanien steht, es schön zu finden; so wie vieles Gerümpel Wert erhält, wenn es sein Alter nicht verleugnet.

Meine Herrschaften drängten sich in die Sakristei; ich war ins Hintertreffen geraten mit einem Fachgespräch über mallorquinische Tomatenkultur, von der ich zu meiner Überraschung auch etwas verstand – »ja bitte, die Sacristía, das wollen wir noch mitnehmen . . .« Als letzter betrat ich den Raum, zu dumm, nun konnte ich nur hoffen, daß keine voreiligen Fragen gestellt würden.

Ich sah Vitrinen mit Paramenten und Meßgeräten, alte Missale, Dinge, die ich aus meiner einmessigen Meßdienerzeit kannte – o wie liegt so weit, o wie liegt so weit, und ich hub an: »Hier sehen Sie, meine Damen und Herren, wenn ich bitten darf . . .« doch wollte anscheinend niemand sehen, was der Führer zu zeigen hatte. Man hatte auf eigene Faust etwas entdeckt: der deutsche Geist da draußen in der Welt, wie der sich bewährt, Pionierarbeit selbst auf einer Ferienfahrt – »bitte, Herr Führer, was ist das?«

Die Sakristei lag in Dämmer gehüllt, ich konnte nicht genau erkennen, was mir zur Erläuterung angewiesen wurde, ich wagte es auch nicht, die Menge zu teilen und auf den ausgestreckten Finger zuzuschreiten. Der Finger wies auf einen Gegenstand hinter Glas, der Rahmen war dick, schwarz, das Objekt, eine Spanne groß, war schwarz, alles war schwarz, pechrabenschwarz, was kann das sein?

Was es alles hätte sein können, wußte ich nicht, was es indessen sein mußte, jetzt auf der Stelle, das stand wie der Blitz vor meinem Geist, durch eine jener rätselhaften Gedankenverbindungen, an denen die Psychiater so viel verdienen. Pechrabenschwarz, dachte ich, und nicht gefackelt, das war's, und ich ließ mich vernehmen:

Ja, da hätten sie gleich wieder mit dem untrüglichen Instinkt, der unser Volk zum ersten Volke der Welt mache, auf den ersten Blick hätten meine verehrten Herrschaften wieder das einzig bedeutende Stück aus der Sammlung herausgefischt, das zu sehen wir die Sakristei überhaupt betreten hätten; denn alles andere in den Vitrinen und an den Wänden sei unwichtig, die üblichen Sakralia, aber das dort – mir wurde schwarz vor den Augen, schwarz, und 25 Peseten sah ich meinen Geist verdüstern, bis die zweite Erleuchtung kam: Der schwarze Tod! Der Würgengel Gottes! Engel des Herrn vollziehen das Strafgericht des Himmels. Den Seuchentod sollen sie sterben, die sündigen Menschen, unbeklagt und unbegraben, zum Dünger auf dem Acker sollen sie werden und ihre Leichen den Vögeln des Himmels ein Fraß. Alles formte sich wie im Traum, in wenigen Sekunden, über Jahrhunderte und Kontinente, es ging jaß durcheinander: die Justinianische Pest des 6. Jahrhunderts, Stellen aus dem Alten Testament, Hunderte von Einblattdrucken aus dem Einblattraum der »Pressa«; der verheerende Schwarze Tod des 14. Jahrhunderts, der die Bevölkerung Europas fast so intelligent gelichtet hat wie ein mechanisierter Krieg. Ich wurde beredt wie ein Prophet des Alten Bundes, man hing an meinen Lippen, niemand achtete mehr auf den schwarzen Gegenstand, der das große Sterben über die Insel heraufbeschworen hatte. Im Tale des Musa, des Scheichs, der dem Ort seinen Namen gegeben, Vall-de-Muza, ging der Knochenmann ärger um als wo immer im Lande; man starb wie die Fliegen, es stank wie die Pest, die Beulen platzten, Gesunde fielen um und waren eine Leiche, schürftig neuen Tod ausdünstend. Gottesleugner wurden zu frommen Betern, Stündler verfluchten Gott, Beter taten es Hiob nach auf seinem Mist. Das währte Jahre, noch eines, noch zwei, und Mallorca, die goldene Insel, ist ein ausgebrannter Vulkan. Da in der berühmten Stunde der höchsten Not hatte ein, natürlich uralter, Priester die Eingebung: Bittprozession! Unter dem Wuf frommer Lieder, betend und sich geißelnd, wer es noch könne, solle man nachts über die Berge ziehen und den Himmel anflehen um seine Gnade, die Gottesmutter um ihre Huld: erbarme sich der Herr seiner sündigen Kinder aus dem Tale des Musa! Schauerlich schön das Bild, das ich von den nächtlichen Umgängen entwarf: die Pestgänger wallend durch die Landschaft, die der Tourist um sich sehen konnte, und man denke sich die Nacht hinzu, Wolken jagen über die Welt, Mondschein geistert über die Wipfel der knorrigen Pinien, über die zerkarsteten Grate, über die klagenden Palmen. Es riecht nach Tod.

Langsam ging ich rückwärts dem Ausgang zu, um die atemlos Gebannten von der verflixten schwarzen Sache abzuziehen, ehe ich zum Clou käme, denn dann wenden sich aller Augen erfahrungsgemäß wieder dem erklärten Gegenstande zu – »und sehen Sie meine Herrschaften, wenige Nächte nur hatten die Prozessionen stattgefunden, da zog der Würgengel seine Hand von den schwer geprüften Valldemosinern ab, es starben immer weniger Menschen, und auf einmal starb überhaupt keiner mehr. Die Wunden heilten, der Schorf blätterte ab, nur die schauerlichen Narben sprachen noch eine beredte Sprache. Der letzte Tote war begraben, die Pesthauben flogen ins Feuer, bezwungen war der Schwarze Tod. Nur ein Opfer forderte er noch mit seiner knöchernen Hand: den alten Priester. Dieser starb wie das Mütterchen in Goethes bekanntem Gedicht.

Jahrhunderte später ließ ein Mönch der Cartuja zum Gedenken an die frommen Umgänge eine Pechfackel en miniature jenen nachbilden, die in den Nächten schauerlich lodernd den Prozessionen vorangetragen wurden, daß es weit über die Berge flammte beim klagenden Miserere. Der Erzbischof von Toledo hat sie geweiht, ehe sie eingerahmt wurde und der Verehrung der Gläubigen ausgestellt. Einmal im Jahre wird die sogenannte Taeda pestis öffentlich gezeigt und alle 13 Jahre führt man die schicksalsträchtige Reliquie in einer Bittprozession denselben Weg, den vor Jahrhunderten die Valldemosiner gegangen sind: Von Pest und Hunger erlöse uns, Amen!«

Um mich war es still geworden, die berühmte Nadel hörte man nur darum nicht fallen, weil niemand sie fallen ließ; und dann lärmten ja draußen in Kirche und Kreuzgang die Horden. Sie verzehrten Feigen und Apfelsinen, tranken Bier aus Flaschen und Wein aus Kalebassen, so daß viele schon betrunken waren und doppelt aus der Rolle fielen. Denn der Spanier betrinkt sich nicht an geistigen Getränken, er hat andere Rauschmittel.

Kaum das Amen ans Ende der heiligen Geschichte gesetzt, da hörte ich einen anderen Führer sich heranschwadronieren, einen Spanier, der sich schlecht und recht mit seinem Deutsch und seinen Deutschen herumschlug. Er stieß ins Horn: »Damen und Herren, jetzt zeigen ich Sie die Sacristía mit die echte Kreuznagel von die Kreuz von Christus in eine schöne Rahmen.«

Mir brach der kalte Schweiß aus: ein echter Nagel vom Kreuze des Herrn! O Herr, der Du für uns bist gekreuzigt worden, warum hast Du deinen Vigoleis verlassen? Das Nächstliegende, wie lag es ihm fern! Er war ja Schopenhauer schon aufgefallen, dieser eigentümliche Fehler der Deutschen: das, was vor ihren Füßen liegt, in den Wolken zu suchen. Und derselbe Schopenhauer hatte auch erkannt, daß es keine große Kunst sei, die Deutschen bei der Nase zu führen, wenn der Scharlatan nur brav seinen Unsinn schwätze. Steckte dann in Vigoleis beides, der deutsche Nasführer und Wolkengänger? Ist Vigoleis so gespalten – und so urdeutsch, wie die Großen, Nietzsche, Heine, Börne, bis in den kleinsten Deutschenfresser? Braver hätte er keinesfalls seinen Humbug verzapfen können!

Es gelang mir, den Führer zum Schweigen und meine Gruppe an die frische Luft zu bringen. Gemerkt hatte niemand etwas.

Draußen setzte ich mich auf die Mauerwehr. Um ein Haar hätte mich der Würgengel selber gepackt und in die Tiefe geschleudert, mir war, als hörte ich meine Gebeine klappern. Da kam Beatrice munter auf mich zu. Nie hätte ich gedacht, daß ihr diese Prostitution so viel Vergnügen bereiten könnte; aber sie habe »reizende Leute« in der Gruppe, sogar einen Verleger, mit dem sie über mich . . . »aber Vigo, was ist passiert, wie siehst du aus?«

»Beatrice, der Schwarze Tod, fast hätte er mich geholt!«

Die Tochter des peruanischen Gesandtschaftsrates starrte mich an, dann wurde sie quicklebendig. »Rasch, in den Schatten, du kriegst einen Sonnenstich!«

»Ach Chérie, Eile ist nicht mehr not, den Stich habe ich soeben bekommen, laß mich nur sitzen. Heute abend erkläre ich dir alles.«

»Eine Frau?«

»Viel schlimmer! Du sollst alles erfahren, heute abend, falls ich dann überhaupt noch den Mund auftun kann.«

Ehe Beatrice mir einen Orangenschnetz in den Lügenmund schieben konnte, waren wir von einem Kreis von Herren umstellt: General von Puttkammerwitz mit seinem Stabe.

»Hallo, da haben wir ihn, unseren Auskneifer, der schäkert hier wohl; ja ja, tolle Landschaft, wie ich jetzt feststelle, erinnert ganz merkwürdig an gewisse Karstgeschiebe in den Dolomiten, sind das wohl Ausläufer ...? äh, Verzeihung, wir stören ...«

»Durchaus nicht, Herr General, aber darf ich die Herrschaften miteinander bekannt machen?«

Das billigte die Tochter des peruanischen Gesandten in Madrid und benahm sich ihrem Stande gemäß. Da krachte nicht nur der Herr von, zu und auf Putt- und Kammerwitz die Hacken zusammen. Es knatterte nur so im Kreise herum, die Garde salutierte, jeder schnarrte seinen Namen, von denen ich einen behalten habe: Pfördtner von der Hölle. Beatrice zog ein hochmütiges Gesicht, was die Generalstäbler zu schätzen wußten; weniger behagte es ihnen, daß sie nur Französisch sprach. Alles war fabelhaft, und alle zermarterten sich die schneidigen Gehirne, um herauszuknobeln, »wen wir denn eigentlich da drüben (gemeint war Lima) auf der Gesandtschaft sitzen haben«. Ehe man sich auf einen geeigneten Diplomaten hatte einigen können, erschien ein ältere Dame, die hochbeglückt auf Beatrice zuwackelte und in reinstem Baseldütsch der Peruanerin etwas Dringendes mitteilen wollte, das mit »no luëge Sie emol« begann und nicht mehr vor den Ohren des Stabes beendet wurde. Denn Beatrice verduftete mit ihrer Frau Sozin, Sarasin oder Phischer mit Photo-f. Die Herren um Herrn von Witzprittkammer taten erstaunt, nanu, war das eben nicht Schweizerdeutsch? Ich klärte sie auf: Mutter Schweizerin – na also, und dann wollten sie mehr über meine »geheime Sendung« wissen. Da war ich nun leider an ein Ehrenwort gebunden, aber soviel konnte ich den Herren doch flüstern: keine Marneschmach mehr, kein Compiègne, – keine kaiserliche Flucht, wollte ich eben noch hinzufügen, hatte aber die Geistesgegenwart, diesen Schnitzer zu unterlassen. Was wußte ich, vielleicht waren es Kaiserliche aus dem rechten Flügel um den Mann aus Braunau.

»Meine Herren, habe die Ehre! Führerpflichten, doch vergessen Sie bitte nicht, unterwegs einen Blick auf das Dörfchen Deyá zu werfen, linker Hand auf einem Hügel, ich instruiere die Fahrer Ihrer Wagen. Dort wohnt er nämlich, unser Herr von Martersteig, in einem Turm, Atalaya genannt. Deutschlands Schicksal dürfte in absehbarer Zeit nicht wenig aus dieser Ecke heraus beeinflußt werden, wo ein Großer sich noch im stillen Heldentum übt. Auch sein Feind lebt dort, Sie kennen ihn alle, Graves, Robert von Ranke Graves.«

Jemand ließ einen Pfiff langsam durch die Lippen ziehen und sagte dann: »Good-bye to all that?«

»The same!«

»Diese lausige Rübe!«

Mehr hörte ich nicht, denn ich war wieder untergetaucht und überließ den Generalstab sich selbst und dem Schatten der Kartause, die schon mit anderen Größen dieser Welt fertig geworden war. Pedros Papá hätte da ein Wörtchen mitsprechen und gewisse etikettierte Gegenstände herumreichen können.

In Sóller harrten des Führers neue Aufgaben. Je weiter die Reise ging, je vorgeschobener wurden die Posten seiner deutschen Kultur. In diesem uns schon bekannten Städtchen sollte das Mittagsmahl eingenommen werden. Die Touristen wurden nach genauen Listen auf die Gasthöfe und Fondas des Eisenbahnknötchenpünktchens verteilt. Der Bahnhof, eine jüngere Schöpfung, hat ein sehr gutes Restaurant, »Ferrocarril« genannt. Gut 100 Gäste können dort in einem Turnus abgespeist werden. Die Tische waren gedeckt, ein erhebender Anblick für ausgehungerte, schwitzende und verstaubte Gäste. Die Führer weisen den Herrschaften die Speisegelegenheiten an: Sie dort, Sie hier, es ist das wahre Geduldspiel.

Ich mußte zehn Leute in eine kleine Fonda begleiten, die ich mir selbst von einem Straßenjungen zeigen ließ: ein uraltes Haus mit einer Terrasse fast gegen das Dach geklebt, unter Rebenlaub, Trauben hingen in dicken Büscheln bis auf den Tisch. Alles blühte und glühte, es duftete nach Wein und Öl; Staub und Fliegen erfüllten die Luft und bedeckten alles – spanischer hätte es kaum sein können. Doch meine Gäste rümpften die schwitzenden Nasen: Protest! Ob sie weniger gölten als die Herrschaften, denen da fein gedeckt sei im »Ferrocarril«? Und ob der Herr Führer vielleicht wisse, was sie für die Reise gezahlt hätten? 1000 M pro Person, jawoll, und da solle man in einer Spelunke abgefüttert werden wie ein Fuhrkutscher?! Beschwerdebuch!

Einer hatte gesprochen, in solchen Fällen spricht immer erst einer, der Leithengst, der den feinen oder weniger feinen Ton angibt. Nachher stimmen alle wild durcheinander in den Klamauk ein. Auch hier. Die Leicas wurden wieder ins Futteral gesteckt, die Röcke über die Achsel geworfen, à la Español, und auch minder Begüterte wußten, was sie ihrer Touristenklasse schuldig waren. Man forderte den Führer auf, die Gesellschaft zur Bahnhofswirtschaft zu führen, dort würde man essen, er solle das Nötige veranlassen, man habe Hunger! Wäre doch gelacht, in so einer Budike!

Wieder war ich, im Lande der Heiligen, um einen verlegen, der mir gegen diesen Bildungspöbel hätte beistehen können. Keiner trat vor. Darum versuchte ich es mit der Lokalheiligen meiner Vaterstadt, Irmgardis, von der die Sage weiß, daß sie die Burgen der ihr in geiler Pirsch nachstellenden Raubritter mit einem Wort in Trümmer sinken ließ. »Heilige Irmgardis, stehe deinem Vigoleis bei!« Ich wurde ruhig, das Fieber sank, klar sah ich den Weg vor mir, den ich zu gehen hatte. Es war der des Geldes. Ich mußte den Leuten was vorrechnen.

»Entschuldigen Sie, mein Herr, aber habe ich richtig gehört – 1000 Mark?«

»Was dachten Sie denn? Jawoll, einen glatten Tausender! Auf der »Monte Rosa« reist man billiger, wie Sie wissen dürften.«

»Ich weiß. Aber sagen Sie mal, kennen Sie da Bielefeld? Ist Ihnen das ein Begriff?«

»Die Stadt? Kenn ich auf der Karte. Warum?«

»Wer von den Herrschaften kennt Bielefeld?«

Niemand kannte die Stadt, ich auch nicht, aber auf mich kam es nicht an. Ich erkundigte mich nun, aus welcher Stadt der Nörgler stammte. Mitteldeutschland, und so konnte ich ihm in runden Zahlen vorrechnen, daß er erste Klasse für 20 Mark nach Bielefeld reisen könne. Die elektrische Bahn von Palma nach Sóller sei nun ein Werk deutschen Geistes, Siemens und Schuckert. Der Bahnhof: deutscher Geist, deutsche Architektur; die Bahnhofswirtschaft: deutsche Kunst und – zufällig vom selben Architekten erbaut, der auch das Bahnhofsbüffet in Bielefeld gebaut habe, nur etwas größer. Das Essen im »Ferrocarril« sei gut, ausgezeichnet sogar, aber mit 1000 M zu teuer bezahlt, in Bielefeld sei es genau so, und das Bier sicher noch besser, Dortmunder Union. In Spanien aber solle man sich an das Spanische halten, statt Bier Wein trinken und statt in deutschen Bahnhofswirtschaften zu hocken, sich auf der Terrasse einer Fonda niederlassen, die zudem, wie hier, noch weltberühmt sei.

Man horchte auf. Berühmte Stätten kann man knipsen. Fragen bestürmten mich.

»Ja, sehen Sie, in diesem Hause und auf dieser Altane hat Cervantes seinen Don Quijote geschrieben, in 95 Nächten beim Schein einer Ölfunsel. Über Tag schlief er bekanntlich, wie viele Dichter. Wir befinden uns hier auf geweihtem Grund. Mehr brauche ich wohl nicht zu sagen.«

Daß dieser Boden mir unter meinen Alpargatas zu brennen begann, merkte niemand. Es vergingen ein paar Sekunden, keiner erhob Einspruch gegen die Literaturverhunzung, im Gegenteil: man knipste schon den heiligen Ort, zog sich die Jacken wieder ab, würdigte jeden Stein und jede Strebe mit Kennermiene, und ich konnte dem Wirt, der der Szene zugeschaut hatte, Bescheid geben aufzutragen. Ich erklärte die Speisen, rühmte alles und erntete Dank. Frauen kriegten blanke Augen: so ein herrlicher Führer!

Wenn ein Deutscher sich an einer historischen Stätte niederläßt, schöpft er tief Atem, krempelt die Hemdärmel hoch, falls er nicht schon hemdärmelig die Stätte betreten hat, zückt seine Bleifeder und schreibt eine Ansichtskarte. Das ist schon so, seit es auf der Welt Deutsche und Ansichtskarten gibt, zwei Schöpfungen, die sich ergänzen. In der Fonda, wo Cervantes seinen Don Quijote geschrieben hatte, hielten es meine Deutschen nicht anders. Der Wirt brachte das Kistchen mit den Ansichten, man netzte den Stift, und bald würde die Heimat aufhorchen: »Ihr Lieben daheim, diesen Gruß verdanken wir unserem Führer, und wir schreiben ihn, was wir ebenfalls unserem Führer zu danken haben, an historischer Stätte, nämlich da, wo bekanntlich nachts Don Bosco seinen Infanten von Spanien geschrieben hat. Unser Führer hat uns das alles genau erklärt, darüber mündlich mehr. Die Apfelsinen sind hier teurer als zu Hause, das Bier ist bei uns entschieden besser. Dein . . .«

»Aber Richard, was du da für einen Fehler gemacht hast, der Führer hat doch nicht gesagt Don Bosco! Es muß Boskop heißen, das ist doch der bekannte Name.« – Ach was, protestiert Richard, das sei schon richtig mit dem Bosco, und zu mir gewandt, entschuldigend, seine Frau denke immer nur an ihre Äppel im Schrebergarten, die Edlen von Boskop, aber Bosco, das sei eben der große Weltumsegler gewesen. Sie hätten ja auf der Penne alle seine Reiseberichte gelesen. Navigare necesse est. – Bildung auch.

Speisend, Karten schreibend, die Brust geschwellt von der Größe des historischen Augenblicks, ließ ich die Tischgesellschaft unter dem Schutz von Cervantes' Geist zurück und wollte mich in die dem Generalstab zugewiesene Kantine schlagen, um mit den Herren zu tafeln und mit zu bauen an der Zukunft des Reiches.

Vor einer anderen Fonda stand händeringend der Wirt und wehrte sich zweier Gäste, die ihm, wie es schien, zu Leibe gehen wollten. Ich trat als Führer dazwischen. Also endlich lasse ein Führer sich sehen! und was das wieder für eine namenlose Schweinerei sei – »bitte, kommen Sie mit!«

Die Fonda war nicht so hochromantisch wie die Taberne zum Schreibenden Cervantes, aber doch auch typisch spanisch, sogar echt mallorquinisch. Drei Dutzend Menschen blickten mir finster entgegen. Raubmord? Vergewaltigung?

»Herr Führer, sind Sie Deutscher?«

»Spanier, aber in Deutschland aufgewachsen.«

»Dann sind Sie ja mit unserer Sprache genügend vertraut, um zu wissen, was ein Saufraß ist. Das hier ist ein Saufraß, das gehört in den Trog.«

Der Sprecher der Rotte zeigte auf seinen Teller, auf dem ein gerösteter Fisch lag, der sich vor Verzweiflung in den Schwanz biß, in der Sprache der feinen Küche: er war gekrollt. Ich kannte die Art, ein fades Essen, nur mit viel Zitrone zu genießen, freilich sehr nahrhaft, hochprozentige Eiweißträger. Wenn in einer so kleinen Stadt und noch ohne rechtzeitige Anmeldung die Touristen zu Tausenden abgespeist werden mußten, griffen die Köche zu diesem Fisch, der sich in großen Mengen rasch und billig fangen läßt. Der Wirt konnte sich nicht verständlich machen, die Kellner blickten voll Verachtung auf die schimpfenden Fremden, die wie Sträflinge in den Hungerstreik getreten waren. Zu Hause fraß das Hering mit Sauerkraut. Ich mußte handeln, heiliger Petrus, stehe deinem Vigolcis bei! Ich klopfte ans Glas und bat um Gehör:

Die Deutschen seien ein großes Volk, ein begabtes Volk, ein kluges Volk. Die Welt, auch wolle sie es nicht eingestehen, verdanke den Deutschen viel. Die Mienen hellten sich auf. Nun konnte ich aus dem blöden Fisch kein Eisbein mit Sauerkraut machen, auch keinen Rollmops, darum schlug ich statt dieser Verwandlung den heroischen Weg ein, der bei Deutschen immer ans Ziel führt. Den alten Germanen, so fuhr ich fort, sei der Fisch heilig gewesen, und die Brukterer am Rhein hätten sogar einen Salm als Wassergottheit verehrt. Zustimmung. Im Weltkriege nun hätten die deutschen U-Boote unter den unvergeßlichen Korvettenkapitänen die Weltmeere beherrscht, hätten nicht nur die feindlichen Flotten versenkt oder zu Paaren getrieben, sondern auch die Schwärme der Haifische hätten vor ihnen Reißaus genommen. Kein Gewässer, das vor der deutschen Flagge sicher gewesen. – »Nur im Mittelmeer herrschte der goldene, sonnenüberspiegelte Wasserfrieden. Das witterten die Haie, und durch die Meerenge von Gibraltar zogen sie ins Mare Nostrum ein. So verzeichnet die zoologische Wissenschaft seit den Jahren 1914 bis 1918 als neuen Standort für den Menschenhai das Mittelländische Meer. Meine Damen und Herren, was Sie hier vor sich auf Ihren Tellern haben, ist Hai in einem Alter, wo er den Menschen, denen er seinen Namen verdankt, noch ungefährlich ist. Eine Delikatesse erster Ordnung, in Paris chez Nogarette kostet eine solche Schlemmerei ein Vermögen. Ein Glück übrigens, daß Sie nicht einen Monat später gekommen sind, jetzt ist nämlich Fangzeit, die Insel Ibiza lebt fast ganz vom kleinen Menschenhai. Achten Sie übrigens auf den eigentümlichen Wildgeschmack, und mit einem Tropfen Weißen aus Felanitx geben Sie dem Gericht eine Würze, die selbst den Franzosen unbekannt ist. Soll ich Felanitx bestellen?«

Im Nu waren die Teller leer. Kein Hai hätte so aasen können mit der Kost, wie es die auf den Geschmack gekommenen Sauerkräutler taten. Man rief nach mehr Hai, nach Felanitx und nach Postkarten, und schrieb: »Liebe Tante Trude, wir sitzen hier in einem ganz fabelhaften spanischen Lokal, in Sóller, und Du ahnst ja nicht, was wir soeben gegessen haben: Krollhai mit ganz penetrantem Wildgeschmack. Dabei haben wir an Dich denken müssen und hoffen wir, daß es Dir auch weiterhin gut geht. Unser Führer hat das alles sehr plastisch erklärt und nachher gehen wir noch schwimmen in der Bucht von Sóller, wo bestimmt keine Haifische hinkämen, obwohl dem Führer sein Freund einen Onkel hatte, der von einem solchen Ungeheuer aufgefressen worden ist.«

Der Wirt umarmte mich vor der gierig schlingenden Runde und drückte mir zwei blanke Duros in die Finger. Dann zog er mich in die Küche, ich mußte vor dem Personal erzählen, wie ich die Barbaren umgestimmt hätte: ein Wunder am hellen Tag! »Hombre!« rief er, und das bedeutet Mensch in der höchsten Potenz, »es hätte auch schief gehen können! Ist es denn Niemandem schlecht geworden? Aber Haifisch ist tatsächlich ein Leckerbissen, die Flosse steht hoch im Preis.« Da merkte ich, wie nahe ich wieder einmal am Abgrund dahingewandelt war. Doch hatte mich Petrus, der wunderbare Fischer, an seiner Angelrute über Wasser gehalten. Zum Kotzen übel war es mir nun aber selber geworden. Ich verließ die Pinte zum Gekrollten Hai, auf der Suche nach einem Ort, wo ich ungestört eine Stunde platt liegen könnte. Die Lust am Essen war mir vergangen.

Im Städtchen lärmte das Herrenvolk, man war angeschwipst, teils stark betrunken. Ich verhüllte mein Antlitz. Das benahm sich wie zu Hause, und man war ja auch nur in Spanien. Daß sie vaterländische Lieder sangen, konnte ihnen niemand verargen, obwohl sich unter peitschender Sonne und Palmen das »Blonde Kind am Rhein« noch ärger anhörte als »Deutschland über alles«. Kinder, wenn ihr doch bliebet, wo ihr hingehört, und dafür zahlt ihr noch 1000 Mark!

Die schöne Carmen

Ich klatschte, und schon stand ich im Laden. Vor mir war es dunkler geworden, es dauerte eine Weile, ehe sich meine Augen an den Dämmerschein gewöhnten. Erst nach der dritten Palmada ertönte aus dem Hintergrunde die Stimme, eine weibliche: wer da sei, und was man wolle? »Vigoleis«, rief ich, der wolle Doña Carmen sprechen. O, da möchte ich mich einen Augenblick gedulden.

Die Barschaft betrug 12,50 Peseten; einhandeln wollte ich dafür einen Tisch und zwei Stühle. Handeln kann ich aber nicht, ich bin zu stolz und auch zu dumm dazu, dem altfränkischen Sprichwort gemäß, das Dummheit und Stolz auf einem Holze wachsen läßt. Was ich so um mich herum im Halbdunkel erspähte, sah teurer aus als 12,50, der Mahagonischrank zum Beispiel war ein Prachtstück, das einem Sureda gehört haben mußte; unter 1000 Peseten ging das nicht über den Drempel.

Doña Carmen hatte eine große Auswahl in allem. Schlichte Öldrucke hingen neben echten Gemälden, die an sich wieder gefälscht waren. Palmen ragten königlich in das Dunkel hinauf, nicht sehr hoch, und eine stand selbst schräg, weil sie für höhere Räumlichkeiten angefertigt worden war. Altes Porzellan, Bügelfibeln aus der Bronzezeit, grüne Säureflaschen, Kleiderständer mit drehbarer Achse, Supraporten mit neckischen Rokokogemälden, ausgestopfte Gürteltiere, deren es auf der Insel noch viele gab, Flügelaltäre und grün bezogene Spieltische, Walroßzähne mit eingeschnitzten Legenden, Spiegel, die erste Schreibmaschine der Welt, wieder Spiegel, Uhren, Ritterrüstungen, Zuber, Poltronen, Recamiers und Pilarièren, Kronleuchter, Putten, Käfige, Brillen, Gemmen, ein Storchennest, eine Elektrisiermaschine und ein Gebetbuch: alles war da. Und von allem auch das Gegenteil, die Ergänzung, das Pendant, die Rückansicht; und von vielem nur ein Teil, der, aus seinem früheren Dasein gelöst, einem neuen entgegenträumte. Was ist das Gegenteil von einer Nähmaschine? Ich weiß es nicht, aber Doña Carmen hätte es nicht nur gewußt, sondern auch gehabt, vielleicht nicht »a vista«, sie hätte es unter einer umgestülpten Sitzbadewanne hervorziehen müssen oder aus einer Zylinderschachtel geholt. Und dann hatte sie noch tausend andere nützliche Dinge; auch Ratten, drei Stück, wenn ich im Dunkel richtig gezählt habe.

Und dann hatte sie sich selbst, Königin in ihrem Reich.

Daß sie Carmen hieß, besagt noch nichts. Die meisten Frauen in Spanien heißen Carmen, es sei denn, daß sie als Dolores, Maria de los Dolores, Schmerzhafte Maria, oder Pilar, die auf der Säule, aus der Taufe gehoben werden. Diese Namen sind tatsächlich sehr beliebt, wenn auch nicht so wie in den Büchern, die über Spanien geschrieben werden; eine verzeihliche Übertreibung, da die Autoren peinlicher auf das echt Spanische bedacht sein müssen als die Spanier selbst.

Doña Carmen war ein üppiges Weib, bei deren Anblick einem immer noch der Bohr aus dem Körner hätte laufen können. Immer noch: sie bewegte sich majestätisch gegen die Sechzig. Potz Velten, dreißig Jahre früher zu ihr in die Katakombe gestiegen unter dem lockenden Silberschlag der anderen Wachtel: meine Carmen, meine Carmencita, Carmencitiña, Carmencitilla, Carmencitititilla, bis in die unendliche Sünde hätte ich dich verkleinert auf dem

Kanapee Louis-seize unter dem ausgestopften Faultier mit Haarausfall! Aber die Riesenpuppe stand da mit ihrem pompös geschrägten Busen und tat nichts, ihr Alter zu verschleiern; sie hatte nicht einmal, soweit das Halblicht dies erkennen ließ, zu diesem Zwecke ihr klassisches Carmengesicht bemalt. Das brauchte sie nicht, denn sie war eine Persönlichkeit, die unter zeitlosen Umweltbeziehungen ihr Leben verbrachte. Auf der Stirn trug sie allerdings die bekannte Locke, das umgekehrte Fragezeichen, das ja heute noch in der spanischen Typographie gebräuchlich ist und das Verständnis langer Satzgefüge erleichtert. Man weiß gleich zu Beginn einer Periode, daß die ganze Angelegenheit in Frage gestellt wird. War das auch bei Doña Carmen der Fall? Sie trug einen Albornoz aus schwarzer Seide mit aufgestickten Rosen, ein Stück zum Stehlen oder der Dame so vom Leibe herunterzukaufen, was in solchen Geschäften ja weiter keinen Anstoß erregt. Alles ist für den Kunden da, und eben darum: dreißig Jahre zu spät! Doch für einen Tisch und zwei Stühle immer noch früh genug, und um diese unspanisch frühe Stunde vielleicht sogar zu früh.

Aus dem Lichtkegel der Treppenmündung ging ich der Lädnerin ein paar Schritte durch das Gerümpel entgegen und verbeugte mich: ich hätte die Ehre, ihr Bazar sei mir besonders empfohlen worden.

Auf die Frage: von wem, die von einer einladenden Geste begleitet wurde, hätte ich der Wahrheit gemäß sagen können: von meinem Freunde Don Pedro Sureda, el de los Verdugos y Alba Real del Tajo, womit gleich ein aristokratischer Eindruck erzielt worden wäre – ob auch nicht der von Geld. Mein Armeninstinkt ließ mich schnell sagen: von Don José, wobei ich wohl den letzten José meinte, der mein Denken beschäftigte, den Leibarzt Ludwig Salvators.

»Don José?« Wieder eine Geste der Hand, nicht mehr einladend, sie drückte nun freudiges Erstaunen aus.

Jeder Spanier heißt José, wenn er sich nicht Pedro oder Pablo schreibt. Darum kennt jede Spanierin wenigstens einen José. Doña Carmen kannte den ihren auch. Es mußte sich gleich herausstellen, ob wir denselben meinten.

»Don José? Was Sie nicht sagen, mein Herr ...«

Statt nun fortzufahren: ja, derselbe, Don José Giménez de Oliveros, sagte ich aufs Geratewohl, wie gestochen von jenem Floh des Steuereinnehmers: Don José Montodo y Lopez Grau, oder: Don José Nicolao Campaña Campins, oder: Don José Portella de Marmolejo – ich nannte einen Namen, der mir schön genug klang für diese schöne Frau, irgendeinen, vielleicht war es sogar der des mir befreundeten Professors für Kunstgeschichte an der Universität Salamanca, an den Professor Brinckmann mich empfohlen hatte: Don José Aranda y Bustamante, was gleichfalls überzeugend klingt.

Wer es auch war, Doña Carmen kannte ihn. Ihre Augen bekamen den Schmelz der Rührung, denn im Gespräch, das nun warm und persönlich wurde, stellte sich heraus, daß mein Don José Doña Carmen sehr gut gekannt hatte, und Doña Carmen, ach mein Gott, sagte sie, wie die Zeit vergehe – welche Frau, die keine Persönlichkeit ist, erwähnt das Verfliegen der Zeit? – es sei ihr, als wäre es gestern gewesen, wo Don José im Geschäft ihres seligen Vaters ... ach damals – und die Ausgrabungen, an denen er interessiert und sogar mit dem Spaten beteiligt war; er grub auf Ibiza und Formentera nach den Resten der punischen Kultur – wer grub, Don José oder ihr Vater? – »ach, und nun schickt er Sie zu mir.« So war Don José Archäologe. – »Wie rührend, daß er sich meiner noch erinnert!«

»Wer, Doña Carmen«, sagte ich und brauchte nicht zu lügen, »der sich Ihrer nicht erinnerte! Don José hat geschwärmt, Sie hätten ihn hören sollen!« Doña Carmen schloß die Augen, machte eine halbe Wendung mit dem Kopf und verharrte geraume Zeit in der melancholischen Pose der Selbstbenebelung.

Ich sei Mallorquinist, sagte ich, mit einem weit gesteckten Forschungsgebiet, kein eigentlicher Spezialist und sicher nicht ein solcher, der sich auf einen Topf, beim Topf nur auf eine Scherbe und bei der Scherbe nur auf den Kratzer feststiert, der dort sein müßte, wenn ... Ich schriebe an einem Buch, und da hätte mir Don José geraten, seine Freundin Doña Carmen aufzusuchen, dort fände ich Material für meine Untersuchungen und fände sie, Doña Carmen.

Doña Carmen schlug die Augen wieder auf. Sie habe gerade nichts Punisches oder Karthaginensisches, Don José habe übertrieben, er liebe das, ach, das sei alles schon verkauft, die Fremden hätten ein Auge für Altertümer; aber Fayencen, Majoliken, die doch ihren Ursprung auf Mallorca hätten – sie zeigte um sich, tatsächlich hatte sie eine große Auswahl. Vasen und Teller mit maurischen Motiven, blattwandige Granitgefäße, Mosaikbrocken, – ich schaute in die angedeuteten Richtungen, sah aber nicht das, was mich hergeführt hatte und woran ich mit 12,50 Pta. nicht scheitern würde. Schließlich hatte ich ja noch gar nicht mit meiner Ausgrabung begonnen; ein wenig gestochert, Geröll beiseite geschafft, die eigentliche Arbeit stand noch bevor.

Was Doña Carmen mir zeigte, kam eigentlich nicht für meine Forschung in Frage; wohl lobte ich jedes Stück, prüfte mit Kennerblick, erlaubte mir einiges anzuzweifeln, anderes einzuordnen, und so schoben wir uns durch das Gerümpel weiter im angeregtesten wissenschaftlichen Gespräch. Hier galt es eine Waschkanne zu rühmen, dort ein seltenes katalanisches Tafelbild, Mariae Gürtelspende darstellend. Ich kletterte über Kisten und Teppichrollen, hatte meinen Kennerpfiff für den Herrgottswinkel, in dessen silbergetriebener Ampel auf ranzigem Öl der brennende Docht schwamm, ein unbezahlbares Stück –: »Burgunderbeute?« Ich stolperte über einen Kindersarg, der auf einem Bidetschemel stand. Mit Gepolter fiel er zu Boden. So grub ich mich weiter, und weiter ging auch unsere Unterhaltung.

Wir waren in den Wohnbereich Doña Carmens vorgedrungen: eine spanische Wand trennte die Schlafstätte mehr andeutend als abschließend von dem weniger intimen Teil des Bric-à-brac. Dort sei nichts mehr für mein Gebiet, Dinge des täglichen Gebrauchs, ein Bett, ein Tisch, ein paar Stühle.

»Verachten wir den niederen Bedarf nicht! Tisch, Stuhl, Bett und Brot sind die Grundfesten der menschlichen Gesellschaft; denken wir sie uns fort aus unserem Leben, und es ist aus mit der Gesittung, wir sinken auf die Stufe eines Neandertalers zurück.« – Und wie sich das manchmal füge, sehe sie: wir hätten da eine Magd, einen wahren Bauerntrampel, ein tumbes Stück Werkfleisch, die geborene Schürgekuh, Analphabet, was noch das Schlimmste nicht sei: die Muskeln, Doña Carmen, die Muskeln einer solchen Person, was die zerstören, das sei nicht aufzubringen, nichts bleibe heil, was nicht niet- und nagelfest sei. Geschirr: nur Emaille. Doña Carmen: nein, ich solle nichts sagen, die Plage, dies alte Lied eines noch älteren Leids, – wir stellten fest, es mit einem Weltübel der Kultur oder einem Kulturübel der Welt schlechthin zu tun zu haben. Doch käme man nicht weiter, wenn man dem Mißstand einen Namen anhinge, und meine Frau ärgere sich Steine in die Galle, läge mir in den Ohren, täglich: Na' Maguelida dies und Na' Maguelida das, und nun müßten auch die Möbel schon dran glauben. Die Magd säubere sie beim Reinemachen in Stücke. Ravagen, die mich kaum weniger in Atem hielten als die Trümmer meiner eigentlichen Disziplin, zuweilen selbst mehr, und in diesem Augenblicke – prüfend wog ich einen Aquamanile aus Bronze, einen Greif darstellend – »ohne Zweifel islamischer Einfluß, ibizenkisch?« fragte ich leichthin, um meine Erregung zu verbergen. Denn endlich hatten meine Augen erblickt, was ich für unseren Vandalentrampel brauchte, weswegen ich gekommen war: einen kleinen, aber sehr pfostigen Tisch! Zwei Fliegen mit einer Klappe zu schlagen, sei eine deutsche Redensart, und zuweilen sogar eine deutsche Tat; und gewillt, sie gegen den spanischen Brauch in Anwendung zu bringen, wies ich in die Kabinettecke der Bric-à-braquière. Der Tisch war nicht groß, die Platte maß höchstens 60 × 80 cm, aber er hatte eine Schublade und starke Beine, die achtortig gekantet waren wie gotische Pfeiler. Ich sah mich schon an ihm schreiben, hobeln und essen, Gäste empfangen und bewirten, tausend Fliegen mit einer Klatsche töten, und so sagte ich Doña Carmen: der stabile Tisch da, der sei ja wie gezimmert für unsere Magd, wenn sie erlaube ...

Ich machte einen Schritt auf den Tisch zu, doch versperrte mir die Dame jach den Weg, teils mit ihrem Busen, teils mit einem vorgestellten Fuß: bis hierhin und nicht weiter! »O bitte«, sagten wir beide zugleich, und Doña Carmen fügte hinzu, das elende Ding, das sei nichts für mich, sie hätte einen runden, aus Macacaoba, auf kultischem Dreifuß, wie geschaffen ...

»Doña Carmen, den klobigen oder keinen!« Mir schwoll der Mut, und ich tat einen weiteren Schritt. Der Busen wogte zurück, die ganze Carmen mit ihm, mit abgespreizten Fingern breitete sie die Hände nach hinten, als wolle sie einer andrängenden Meute wehren, und sagte abermal: »Bitte, nicht weiter!« Das ging mich nichts an, ich wollte den Tisch sehen, und tat darum einen noch kühneren Schritt auf die antiquarische Dame zu. Die benimmt sich mal komisch, dachte ich, als Doña Carmen auch noch einen winzigen, ihrer Körperfülle fast höhnenden Schrei ausstieß, wie sie ihn vielleicht vor 40 Jahren als Carmencita in anderer Bedrängung getan hatte. Jetzt konnten höchstens noch Mäuse eine ähnliche Reaktion auslösen, oder sah sie in mir den Lustmörder, wo ich mich als Deutscher ausgewiesen hatte? War sie belesen? Haarmann, Großmann, Kürten? Hitlers blutige Hausmystik, Feme und nationale Erhebung? Immerhin hatte der Tisch eine geräumige Schublade für Manuskripte, Werkzeug, Brot ...

Der dritte Schritt: ein gellender Schrei, Doña Carmen warf die Hände nach vorn und schlug sie vors Gesicht. Dabei rief sie ihren Heiland an: »Ay Jesús, erbarme dich meiner!«

Frauen sind unberechenbar in ihrer ewig klimakterialen Natur. Wie oft hört man davon, daß in internationalen Zügen die Notbremse gezogen wird und eine Dame dem Zugführer meldet, man habe sie vergewaltigen wollen; dann gibt es ein großes Aufgehebe, mit Meldebuch und Verspätung, und nachher fehlt dem aggressiven Herrn die Brieftasche, oder er muß sonstwie zahlen, da sein Alibi an die Spröde gebunden ist und er wirklich keine Lust verspürte, der Dame den Gefallen zu tun. Was, wenn jetzt auch Doña Carmen die Notbremse zöge, deren sie sicher eine unter ihrem Trödel hat, und auf die Rambla flüchtete, Zeter und Lustmordio schreiend: dann ist's um Vigoleis geschehen. Der Augenblick war kritisch. Doña Carmen griff sich an einen Teil ihrer Büste, der wohl Herz sein oder zumindest versinnbildlichen sollte, und beschwor den aufdringlichen Mallorquinisten zum letzten Mal: »Señor!« Auch ich hatte mich gefaßt, aber statt an mein Herz zu greifen, tat ich den letzten Schritt, der mich von dem begehrten Tisch trennte und packte den Knopf der Lade: »Ha, ein Schubfach!«

Doña Carmen schrie, daß es durch ihre Höhle gellte, als wäre sie die Hexe von Endor. Entseelt sank sie auf ein Altertum nieder, das unter ihrer Last zusammenbrach. Ich hatte die Lade herausgezogen. Sie war tief, nicht so ein schmächtiges Ding, das mit einem Tischtuch und zwei Servietten schon quengelt, wenn man es zuschiebt.

In der Schublade stand ein Nachtgeschirr. Ein freudiger Schrekken fuhr durch mein Gemüt, als ich es auf dem Grunde des Gefäßes dunkeln sah: endlich hatte ich einen der berühmten Töpfe erwischt, auf dessen Boden ein Auge aufgemalt ist, das Auge Gottes genannt, und darunter gepinselt die Worte: »Yo te veo«, oder »Yo te veo bribón«, ich sehe dich, du Gauner! ich sehe dich! Seit langem war ich auf der Suche nach einer solchen mystischen Vase – wie war das Glück mir hold! Im selben Augenblick aber, wo mein Auge das Symbol erkannt zu haben glaubte, erkannte die Nase, daß ich auf der falschen Fährte war. Mit einem Ruck schob ich die Lade in den Tisch zurück, und Mitleid empfand ich mit dem Auge des Herrn, das sich beprinzeln lassen muß, um die Geheimnisse der eigenen Schöpfung zu ergründen.

Professor Stuhlfauth deutet das »Auge Gottes« als Symbol Gottvaters, sofern es in seiner typischen Form als menschliches Auge inmitten eines Dreiecks begegnet. Die Entstehung dieses Zeichens, das an Altären, Kanzeldecken, auf Schilden, Grabmälern, in Titelvignetten und in Spanien sogar in Nachtgeschirren west, ist noch nicht geklärt. Vermutlich haben wir es bei der hispanischen Emblematik mit Kontaktmagie zu tun, mit einer ungewöhnlichen Art, den bösen Blick zu bannen, da Iettatore oder Iettatrice so lange auf dem Gegenauge sitzen bleiben, bis dieses getrübt und überhaupt keines Blickes mehr fähig ist. Ein namhafter spanischer Ethnologe, Professor Ismael del Pan, hatte die Freundlichkeit, mich wissen zu lassen, daß er in dem »Auge der Vorsehung« an dieser Stelle der häuslichen Scherbe exorzistische Praktiken erblickt, die auf jüdisch-marokkanisches Glaubensgut zurückzuführen seien. Durch die fortschreitende Hygienisierung der Schlafzimmer haben diese Vasos viel an praktischer Bedeutung eingebüßt, während ihr Zauber lebendig erhalten wird: in Zellophan eingewickelt und mit rosa

Schleifchen verziert, überreicht der Bräutigam dieses sinnreiche Verlobungsangebinde seiner Braut . . .

Doña Carmen hatte von ihrem Nutzungsrecht als Antiquaire Gebrauch gemacht, und da thronte sie denn, als ich zum ersten Mal in die Hände klatschte. Beim zweiten Mal hatte sie den Nießbrauch auf die Schublade ausgedehnt und kurz entschlossen das Töpfchen in den Tisch geschoben, so daß sie beim dritten Kundenzeichen schon lächeln konnte und freudig die Grüße entgegennehmen, die ihr Don José Saavedra de Casas Novas durch Don Vigo überbrachte. Und dann schreitet das Schicksal, das blind nennen will wer mag, Schritt für Schritt und mit bösestem Blick auf das Auge des All-Einen zu, das leider ein anderes war.

Ich hatte die Schublade im Unmut der Enttäuschung so heftig zugeknallt, daß es da drinnen ein Malheur gegeben haben muß. Doña Carmen krempelte sich wieder empor aus der Zersplitterung und trat gelassen die Trümmer beiseite. Das Unglück war geschehen, auch als Frau muß man gewissermaßen seinen Mann stehen, und ferner lief alles so ab, wie es Schopenhauer in seiner Lehre von der Bejahung und Verneinung des Willens zum Leben geschildert hat, dort freilich in einem weniger anrüchigen Zusammenhange. Auch im Antiquariat hatte sich der Wille zum Leben bejaht. Doña Carmen war wieder Herrin über sich und ihren Ramsch geworden. Unfaßbar, elementar stand sie da, das echteste Stück ihres Bazars.

Neben dem Tisch, den auch drei Magueliden nicht klein kriegen würden, standen zwei windige Küchenstühle aus knotigem Tannenholz, das immer noch nicht ausgeschwitzt hatte: meine Garnitur. Noch dies und jenes preisend, begab ich mich an den Ausgang der Katakombe zurück, griff wie von ungefähr in meine Tasche und sagte: ach, Doña Carmen, da seien zwei Duros, für den Tisch und die Stühle, sie sei wohl mit dem Preis einverstanden, ich ginge rasch einen Almocreben holen.

Als ich mit dem Grauchen zurückkam, hatte Carmen die Möbel schon auf die Rambla gestellt. Während mein Diener die Albarde packte, legte ich die Silberstücke auf einen Lattenverschlag, in dem Kaninchen hoppelten, und küßte Doña Carmen auf schwebendem

Abstand ihre an der Entthronung so nahe beteiligte Rechte. Lächelnd trug sie mir Grüße auf an unseren gemeinsamen Freund Don José Toboso y de Tembleque aus Toledo, der es ja wohl war, der mich an sie empfohlen hatte.

Ich neige zur Geschwätzigkeit. Geheimnisse sind darum bei mir nicht schlechter aufgehoben als bei anderen Menschen.

Beatricens Augensterne leuchteten, als der Almocrebe die komplette Zimmereinrichtung hinaufgeschafft und den Lohn von 50 Centimos mitsamt dem fürstlichen Trinkgeld von zwei Peseten in Empfang genommen hatte; die Freude, als sie die Schublade sah! »So tief«, war auch ihr erster Gedanke, was da nicht alles hineingehe, das Brot, der Käse, das Suppengrün, ihr ganzes Nähzeug – »Vigo!« Ein Traum ging in Erfüllung. Sie küßte mich.

Das »Auge Gottes« brannte mir aber mehr auf den Lippen als ihr Kuß, und es hieß mich aus der Schublade zu plaudern. Ich spielte Doña Carmen, mich selbst, die Wachtel, den Kindersarg; klatschte in die Hände, Verbeugungen, die Ausrufe des Kunstkenners, der Blick in den Hintergrund, mein nachtwandlerisches Schreiten auf den Tisch zu, der Tisch, die Lade, ich ziehe sie auf – dann verlor Beatrice das Bewußtsein. Es war das zweite Mal auf der Insel, daß der Geist sie verließ.

Seife, Soda, kochendes Wasser, Räucherzäpfchen bei Nacht, Sonnenbestrahlung über Tag, »Legia«, Ammoniak, Essigdämpfe – eine Woche lang schrubbte ich die Schublade. Hätte ich geschwiegen und heimlich die Erinnerung an Doña Carmens Lebensbejahung ausgetilgt, es hätte mir Ärger, Arbeit und einen Duro erspart, den Wert eines Romans in der Ausgabe von Espasa Calpe.

Silbersterns pornographische Werke

Im Zollschuppen kannte ich meinen Mann, den freundlichen Beamten, der unsere Zollgeschichten mit Antonio geregelt hatte und der die schwierigsten Fälle löste, indem er sie von der Hand wies und weiter schlief. Er war nicht da. Ich fragte nach dem Direktor. Was ich denn wolle, der Direktor dürfe nur in ganz ungewöhnlichen Angelegenheiten gestört werden. Ich sagte, mein Klient habe einen solchen unerhörten Fall, er stehe da draußen, der kleine dicke Herr mit dem teuren Hut. Der Zöllner, Silbersterns ansichtig werdend, lachte: Der? das sei ein lästiger Kerl, und ein Schwein! Ich winkte dem Störer, noch ein wenig Geduld zu haben, und zog mich mit dem Beamten zur Beratung zurück: »Was ist los?«

Ich erhielt folgende Aufklärung: Aus Deutschland, einer Stadt namens Furzeburg, seien Bücher eingetroffen, bestimmt für einen Señor Ssilberesterren, wohnhaft in der Pension »La Sagrada Familia«. Die zollamtliche Untersuchung habe ergeben: alle Bücher lauter Schweinerei, Pornographie; die Wände des Schuppens seien vor Scham rot geworden – »eine nie gesehene Anhäufung von Unflat, Señor!« aber – interessant, man habe nicht einmal gewußt, daß es eine so umfangreiche Literatur der Unzucht gebe. Die Deutschen seien ein gründliches Volk, indessen: Schweinerei bleibe Schweinerei, und wir Ausländer hätten uns den Verhältnissen seines katholischen Landes anzupassen. Der Beamte lachte, ich lachte mitüber. Wir kannten unsere katholischen Gepflogenheiten.

Herr Silberstern hatte schon mit Hilfe eines Dolmetschers, die Stunde zu 10 Pta., im Schuppen unterhandelt. Der Dolmetscher, ein Spanier von Cook, kam nicht weiter, weil auch er sich auf die Unflätigkeiten feststierte, statt sie den Beamten abzuschwatzen. Sein Geld strich er doppelt schmunzelnd ein. Er schickte den deutschen Pornokraten an den Verkehrsverein, dessen Leiter ein Deutscher war, mehr als dreißig Jahre in spanischen Diensten. Der wollte sich mit der Geschichte nicht einlassen, verwies den Emigranten aber an die Deutsche Buchhandlung, und diese schickte ihn mir bis hart an den Rand meiner Hünengräber. Nichts zu machen, sagte der Beamte, der Direktor habe die Sendung beschlagnahmt, sie befände sich bereits unter Verschluß, und in welcher Eigenschaft ich denn aufträte? Das wußte ich nicht, darum ging ich vor die Tür und bat den Bruder von Rechtsanwalt Dr. jur. *und*, bitte, Dr. phil. Muthelm Silberstern aus Frankfurt, mir schnell zu sagen, welches meine Befugnisse in dieser Sittengeschichte seien. »Sie sind mein Rechtsberater, haben Sie das noch nicht begriffen?«

Ich verkündete es dem verdutzten Beamten: Juriskonsultus des Herrn aus der Stadt, die spanisch ausgesprochen ein wenig unanständig klingt. Die Tatsache, daß ich in dieser Eigenschaft an dieser Stelle stünde, sei mein Akkreditiv. Das war einleuchtend. Der Beamte wolle den Direktor verständigen. Er bat meinen Klienten hereinzukommen und Platz zu nehmen. Die Abwicklung des Falles wurde offiziell. Herr Silberstern unterstand meinem Rechtsschutz.

Die Kisten mit der angefochtenen Literatur seien nur ein Teil seiner Bibliothek, im Grunde genommen nur die Handbücherei. Der Rest mitsamt dem Messingbett und einem automatischen Kleiderschrank sei noch unterwegs. Bei der beschlagnahmten Fracht handele es sich um eine kleine Sammlung erotischer – Silberstern hob einen Wurstfinger – und rein wissenschaftlicher Literatur! Zu Studienzwecken!

Der Direktor ließ bitten. Ich stellte mich vor, Prokurator und Prolokutor, wies auf meinen Klienten und tat einen Griff nach der Brusttasche. Aber der Direktor wollte meine Papiere nicht sehen. Ich sagte: »Bitte, was geht hier vor? Mein Klient erleidet Schaden dadurch, daß er nicht über seinen wissenschaftlichen Handapparat verfügen kann. Ich protestiere im Namen der freien Forschung!«

Der Direktor lachte. Was hier vor sich gehe? »Momento!«

Er holte einen dicken Schmöker, haute ihn knallend auf den Tisch, schlug ihn an einer gemerkten Stelle auf, und dann klatschte er mit der flachen Hand auf eine Seite: »Das geht hier vor, mein Herr!«

Rosig wie Schmalz und Marzipan quoll aus einem diskret heruntergelassenen Spitzenhöschen der Popo einer in Rumpfbeuge stehenden Schönen hervor, die den Kopf nach hinten gewendet hielt und so dem Betrachter ihre beiden zum Verwechseln ähnlichen Gesichter zeigte. Einzig das Lächeln stand dem zweiten Gesicht besser an als dem ersten.

Meinem Klienten traten die Augen aus den Höhlen, wässerig stierten sie auf die Illustration. Ich blieb Herr der Lage. Ich stand nicht in einem schwülen Korridor mit María del Pilar, ich war Rechtsberater für wissenschaftliche Schmierpeselei. Darum antwortete ich mit Würde und Sicherheit auf die vom Direktor mit Ungeduld und unter erneutem Klatschen auf die Blöße gestellte Frage: was das denn sei?

»Herr Zolldirektor, hier haben wir es zu tun mit dem seiner üblichen Hüllen entblößten Gesäß einer meiner Vermutung nach französischen Jungfrau, beziehungsweise deren Gesicht.«

»So so! Wir hier in Spanien nennen das Schweinerei, eine ganz große zumal, die größte, die man sich denken kann.« Wieder sauste die Hand auf den Corpus delicti nieder. Mein Klient wollte wissen, was der Direktor zu dem Bilde geäußert habe. Ich übersetzte. Da wurde Silberstern lebendig. Die Augen traten noch weiter hervor, jetzt aber vor Empörung: das sei das Schlimmste an Schweinerei? »Da schauens her, da will ich Ihnen mal zeigen, was alles in *diesem* Bande drinsteht.« Er fingerte gewandt und schlug ohne Lesezeichen eine Seite auf, wo es wirklich toll zuging. Es waren nämlich zwei im Spiel, er und sie. Meinem Klienten verschleierte sich wieder das Kennerauge. Er hatte sich ja solange ohne seine Nackedeis behelfen müssen.

Der Direktor klatschte ein drittes Mal, nun als Zeichen für seinen Untergebenen, einmal die »ganze Schweinerei« herbeizubringen. Der Tisch füllte sich, auf den Stühlen häufte sich das Laster, überall machten nackte Weiber, vertierte Zuhälter, schlüpfrige Zöfchen sich breit; man liebte sich nach allen Regeln der Kunst, man hielt sich zur Schau. Der Besitzer all dieser Wissenschaft machte den Zolldirektor auf besonders wertvolle Stücke aufmerksam, nannte Preise, geheime Bezugsquellen, Möglichkeiten des Rabatts bei Dauerbezug von Seriendrucken – ich mußte den Direktor fragen, ob er sich abonnieren wolle.

Mehrere Beamte hatten sich eingefunden, Bände und Einblattdrucke gingen von Hand zu Hand, wurden belacht, besprochen, gewürdigt – wie bei der Besichtigung vor einer Auktion. Schweinerei, lautete das allgemeine Urteil, und sowas käme aus Deutschland! Ich sah, wie einige Zöllner kleinere Werke in ihre Staubkittel verschwinden ließen. Da gäbe es nur eines zu tun, meinte der Direktor: »quemar!« Ich übersetzte: »verbrennen!« Mein Klient erbleichte, doch nicht wegen des angedrohten Auto-da-fés. Er wühlte schweißtriefend in seinen Schätzen und zog ein paar Bücher heraus, die er in den Händen der Beamten gesehen hatte. Er blätterte, blätterte. »Da, da stand das beste, Herr Doktor, das haben die Herren schon herausgeschnitten, sehen Sie, mit dem Federmesser. Protestieren Sie doch!« Ich formulierte den Einspruch: widersächlicher Einbruch in ein geistiges Gesamtwerk. Der Direktor, lachend: »Darauf mag ein Richter hereinfallen, wir hier sind autonom.« Das Himmelschreiende habe er selbst herausgerissen, er habe ganze Nächte geopfert, um die Schweinerei durchzuarbeiten. Ich blieb sachlich, wie ich es als Assistent von deutschen Gelehrten gewohnt war. Darum erlaubte ich mir die Frage, was der Herr Direktor angesichts dieser Ganzheitserfassung (spanisch schwer auszudrücken, aber es gelang) der erotischen Wissenschaft noch das Himmelschreiende nenne. Er gäbe durch Herbeiholung dieses Ausdruckes der Angelegenheit einen Stich ins Theologische – ob er sich der Tragweite bewußt sei?

Das sei schnell erklärt: er griff in die Brusttasche seiner eleganten Americana und zog ein paar Blätter zum Vorschein, die mythologisch zu deuten selbst einem Prof. Kerényi Schwierigkeiten bereitet hätten. Herr Silberstern sagte bebend beim Anblick dieser Fraude: »Tausend Mark das Stück! Protestieren Sie im Namen der Bücher! Ich klage auf Schadenersatz!«

Der Direktor konnte nur wieder auflachen: »Tausend Mark? In Paris kriegt man das en nature viel billiger. Kennen wir, sind ja selbst dagewesen, als wir noch jung waren. Heute, mit Frau und

Kindern . . .« Er steckte den Lustersatz wieder zu sich und hob die Sitzung auf. Sein Urteil war bündig: alles werde verbrannt. Ich drohte mit dem Konsul. Konsuln und Zöllner haben einander nötig. Ich erwirkte einen Aufschub von 24 Stunden.

Don Joaquín Verdaguer war nicht nur Professor, Schriftsteller und Pfeifensachverständiger, er war auch Konsul von Ekuador. An diesen und natürlich nicht an den deutschen hatte ich gedacht. Ich legte ihm den Fall dar und bat um Rat und Hülfe im Namen der erotischen Wissenschaft.

Don Joaquín wurde traurig. Er zeigte mir die brüchig gewordenen und krummgezogenen Stempel des Konsulats, die eingetrockneten Farbkissen, das vergilbte Siegelpapier, die leere Kasse: Jahre sei er schon Vertreter der glorreichen Republik, immer habe er darauf gelauert, daß mal einer käme, um seinen Schutz in Anspruch zu nehmen, und dann komme einer und der sei nicht einmal Ekuadorianer! Ich müsse zum deutschen Kollegen gehen, die Sache sei höchst einfach: Veto im Namen des Reiches, Untersuchung des Falles durch den zuständigen Richter, Expertise anfordern bei der Biblioteca Nacional. So gewinne man Zeit. Der Konsul müsse energisch auftreten, notfalls auf Kosten meines Klienten an das Auswärtige Amt in Berlin telegraphieren. Aber – ob es denn wirklich so schlimm sei? Man sei in Spanien manches gewöhnt. Der Barrio Chino in Barcelona habe nicht seinesgleichen in der Welt, da verblasse Paris oder Marseille. – »Und himmelschreiend? Das Allerschlimmste? Was kann das schon sein, dies Allerschlimmste?«

Ich griff in die Brusttasche meiner wenig eleganten Americana und zog ein Blatt hervor: »Das Himmelschreiende der Silbersternschen Sammlung sieht zum Beispiel so aus.« Es handelte sich um das erregendste Werk der Kunstgeschichte, Mona Lisas enigmatisches Lächeln von hinten gesehen.

Don Joaquín zog an seiner Pfeife und nahm alles zurück über die Priorität von Barcelona in Sachen der Unzüchtigkeit. »Geklaut?«

»Nein, so kann man das nicht nennen, mein Freund. Ich habe mir das Blatt mit einem Hilpersgriff meines neuen Berufes angeeignet, um mich seiner zu bedienen als Akkreditiv. Nun stehe ich wirklich stark als Prokurator und Prolokutor meines jüdischen Klienten.«

»Jüdischen?«

»Eben, da liegt die Sau im Blut. Silberstern ist nicht arisch, wegen Rassenschande geflohen. Er kann den Schutz seines richtigen Konsuls nicht so ohne weiteres in Anspruch nehmen.«

Der Konsul von El Ecuador klärte mich auf. Wenn der Jude noch einen gültigen Paß habe, müsse der Konsul ihm beistehen.

Meinen Ausweis in der Tasche, ging ich zu »unserem« Konsul. Ich legte ihm dar, daß sein Prestige auf dem Spiel stände, wenn er die Sache nicht so schnell wie möglich ins reine brächte. Mit meinem Freunde Verdaguer, dem Konsul von Ekuador, hätte ich bereits gesprochen, morgen wisse es jeder in Palma akkreditierte konsularische Vertreter, daß der neue deutsche Konsul nicht wisse, was er zu tun habe.

Er kenne seine Befugnisse aus dem Effeff. Jude sei Jude, aber Recht sei Recht. Er vertrete einen Rechtsstaat. – »Gehen wir!«

Der Direktor des Schuppens blieb unerschütterlich, Schweinerei sei Schweinerei. Er klatschte auf viele Hinterpartien, Vorderteile, Mischgruppen und Trapezkünste der Liebe, aber – die zünftigsten Stücke waren verschwunden. Die palmesanischen Aduana-Beamten schwammen nun selbst schon in der Pornographie. Was der Vertreter des Dritten Reiches aber zu sehen bekam, genügte vollauf, ihm einen moralischen Konflikt zu bereiten. Das sei ja »himmelschreiend«, meinte er, um Gotteswillen, sowas! Wissenschaft, beharrte ich, und das eine schlösse das andere nicht aus, im Gegenteil! Er kenne doch den klassischen Ausspruch: zwischen Kot und Harn werden wir geboren. Das sei des Menschen tiefste Tragik, aus ihr entstünden alle Verirrungen, von ihr lebe die Kunst und, heute, fülle sie die Wartezimmer der Psychiater. Es sei schwer, dies Erbe von sich zu tun. Der Konsul sagte kleinlaut: »Aber bitte, Sie kennen mich lange genug, ich bin ein Handlungsgehilfe, kein studierter Mann, aber wenn das hier Wissenschaft ist, dann verstehe ich die Welt nicht mehr. Bei uns in Deutschland nennt man das Schweinerei!«

Ich hielt ihm entgegen, daß wir über die Schweinerei im Reich nicht einer Meinung seien, und bat ihn, auf Kosten meines Klienten an die Gesandtschaft in Madrid zu telegraphieren, um ein Veto gegen das Privaturteil des Zolldirektors zu erwirken. Ich selbst wolle einen Eilbrief an Miguel de Unamuno schreiben und ihm mitteilen, daß man in Spanien auch schon zu Bücherbränden übergehe wie im Dritten Reich. – Unamuno antwortete mit einer Postkarte, sarkastisch: in seinem Spanien bereite sich ein größerer Brand vor, es schwele an allen Ecken, Gott möge seinem Lande beistehn.

Der Zolldirektor bekundete dem Konsul des Dritten Reiches sein höfliches Bedauern: die Vernichtungsbulle sei schon ausgefertigt und unterschrieben. Er zeigte sie uns und deckte dann mit ihr die Blöße eines Dirnchens zu, es war eine symbolische Handlung. Der Fall sei erledigt: Scheiterhaufen, Auto-da-fé. Auf mein Andringen schlug der Konsul vor, die Kisten wieder an den Absender nach Deutschland zurückzuschicken. Der Direktor: Ausgeschlossen! Die Sauerei käme aus dem Schuppen nicht mehr hinaus. Ich sprang in die Bresche, im Namen meines Klienten bat ich, das gesamte wissenschaftliche Material, vier Kisten bordschäbevoll, an die Nationalbibliothek in Madrid zu schicken. Stiftung: Señor Adelfredo Silberstern aus Furzeburg.

Das schlug dem Faß den Boden aus. Es war dumm von mir, einen solchen Vorschlag zu machen. Der Bilderraub wäre ans Licht gekommen, der Direktor und seine Untergebenen der Maßregelung ausgesetzt worden. Sie hatten sich zu sehr mit Porquería eingedeckt. Bitter klang dem Vertreter des Führers die Rüge des Zolldirektors in die Ohren: Wie er, den er nun schon so lange kenne als rechtschaffenen Mann, sich für einen solchen Dreck habe einsetzen können!

Der Konsul ging, er hatte eine Niederlage erlitten.

Ich blieb. Ich wollte wenigstens die Einbände retten, Schweinsleder, Leder, Titelblätter ohne Unkeusches – man wies mir die Tür. Ich ging. Ich hatte eine doppelte Niederlage erlitten.

Mein Klient rang die Hände, als ich ihn von der Sachfälligkeit meiner juristischen Bemühungen in Kenntnis setzte. Meine Advokatentaxe veranschlagte ich im Geiste auf 100 Pta., aber Herr

Silberstern dachte nicht ans Bezahlen; er fragte nicht einmal, was er mir an Deserviten schuldig sei.

Der Auto-de-castidad wurde auf dem Hofplatz des Zollamtes vollzogen. Wertvolle Erstdrucke, viele nicht mehr im Handel befindliche Werke, Raritäten der Pornographie, aber auch harmlose Bücher wie Fuchsens Sittengeschichte, illustrierte Boccaccio-Ausgaben, alles flog auf den Scheiterhaufen. Sogar eine Monographie über die Oberammergauer Passionsspiele, bebilderte Bibeln und ein Handbuch der Gynäkologie wurden als unzüchtig den Flammen überantwortet. Mein Klient schaute durch ein Astloch des Bretterzauns der Einäscherung seiner Lustbarkeiten zu. Er schätzte den Verlust auf 25 000 Mark.

Mulet von der Tertulia, der einen guten Freund im Zollschuppen sitzen hatte, wohnte als Vertreter des Intellekts dem Brandopfer bei. Im Sacktuch trug er ein Häufchen Asche nach Hause. Ein angekohltes Blatt ließ noch eine nackte Stelle erkennen, aber auch der ausgelaugteste spanische Lustmolch hätte nicht mehr mit Sicherheit angeben können, wo die Blöße einmal, im Rahmen der gesamten Anatomie, ihre Reizwirkung ausgeübt haben mochte. Er tröstete mich indessen mit der Enthüllung, daß keine ganz- oder halbseitige Illustration verlorengegangen sei; er habe sich selbst überzeugt, daß man zuvor alles Reizvolle sorgfältig aus den Bänden herausgetrennt habe. Der Zolldirektor verfüge nun ohne Zweifel über die beste erotische Bildersammlung auf den Balearen. Er sei ein alter Kenner . . . »Nicht nur auf dem Papier!« erscholl es aus dem Hinterzimmer, wo die intime Tertulia tagte.

Der Juwelenraub

»Es war also auf der Rambla de Cataluña, und auf dieser elegantesten und belebtesten Geschäftsstraße Barcelonas war es ein Laden für orthopädische Artikel« – ohne zu stocken kam ich über die wunde Stelle hinweg, und auch der schwarze Herr Bahßetup billigte nun den ominösen Handelsartikel – »wo sich der merkwürdige Vorfall abgespielt hat, zu einer Zeit, die, wie ich Ihnen sagte, nichts zur Sache tut, das heißt, es war vor des Caudillos Staatsstreich; doch auch unter Francos augusteïscher Ära hätte sich alles um kein Härchen anders zugetragen, und in diesem Sinne ist sie eben zeitlos, meine Geschichte.«

»Wie alle Geschichten!« warf der Gelehrte ein.

»Gewiß, weil sie keinen Anfang und kein Ende hat. Aber hören Sie weiter. Ein eleganter Wagen fährt vor, einer der hochpferdigen Hispano-Suizas, wie sie der reiche Spanier damals bevorzugte, und heraus steigt eine nicht weniger elegante, nicht weniger – wenn ich vorgreifen darf – hochpferdige Dame, wie sie der Spanier immer bevorzugt. Ein Chauffeur in Livree – Sie würden von einem Trintanario sprechen – hat ihr den Schlag geöffnet. Das alles ist nichts Absonderliches, täglich fahren hochherrschaftliche Automobile, denen ebenso feine Frauen entsteigen, vor teuern Geschäften vor, Diener reißen die Schläge auf, auch heute noch, in unserer dienerarmen Zeit.«

»Ich habe zwei«, sagte der Schwarze, »aber sie sind mir wie Brüder, und einer ist sogar mein Schwager.«

»Ein christlicher Zug, Professor, aber hören Sie weiter. Auch Damen, die orthopädische Geschäfte betreten, gehören zu den Selbstverständlichkeiten des Lebens einer Zeit, die leben und leben lassen zur Devise erhoben hat. Seit es die orthopädische Wissenschaft, das orthopädische Handwerk gibt, sorgt der Mensch dafür, daß die Klingeln der betreffenden Läden aus dem Bimmeln nicht herauskommen. Jeder neue Krieg, ja die kleinste Revolution bringt diesen Gewerbszweig zu immer höherer Blüte. Das ist bei Ihnen im Brasil doch auch so? Zudem kannten ja die alten Ägypter schon künstliche Glieder.«

Bahßetup nickte, es schien also zu stimmen, ich hatte es nur so gesagt. Dann fuhr ich in meinem historischen Bericht fort:

»Ein Angestellter kam eilfertig herbeigeschossen, denn wie gesagt, die Geschichte spielt in Barcelona, die Katalanen sind ein fleißiger Menschenschlag. In jeder anderen Landschaft Spaniens wäre die Dame in keinem Geschäft bedient worden, und meine Erzählung wäre hier zu Ende. Der katalanische Handlungsdiener fragte, was der Schönen Wunsch sei, er wage es nicht, ihn ihr von den Lippen abzulesen, eine Redewendung, die wieder ganz allgemein spanisch ist. Kurz, die Dame wünschte den Leiter des Unternehmens zu sprechen.

Ob es unbedingt der Chef sein müsse, brachte der Angestellte vor, bedauernd, daß er die Gottes-Schöne nicht bedienen dürfe. Nein, nicht einmal den ersten Prokuristen wolle sie haben, den Herrn des Hauses, bitte, und es eile.

Der Chef kam, verbeugte sich, schätzte mit seinem am Körperbau des Menschen äußerst geschulten Blick die weibliche Erscheinung ab, er nahm ihr sozusagen das Liebesmaß und bat sie, ihm zu folgen, gewohnt, diskrete Fälle diskret und hinter geschlossenen Türen zu behandeln. Er führte sie in sein Privatkontor. Sie kennen, Professor, diese Privatkontore der hochspezialisierten Geschäfte ...«

Der Professor tat nicht dergleichen, als ob er solche Gemächer näher kenne, er wehrte vielmehr unmutig ab, so daß ich es nicht wagte, ihm das Kabinett des Gliederkünstlers als das zu schildern, was es war: ein Zwischending zwischen einer Folterkammer mit seinen schauerlichen Prothesen und den zum Gewerbe gehörigen Maschinen und dem Sanktuarium eines Wallfahrtsortes mit seinen noch schauerlicheren Votivgebilden aus Wachs, gebleichten Zeugen der wunderbarlichen Heilungen neben den Behelfen des Unheilbaren, die menschlicher Geist da erfinden muß, wo das Wunder nicht kommen will.

Man setzte sich, der Herr sei ganz Ohr, doch war er, ich schwöre, mehr Auge als Ohr. Das freilich war seine Sache. Und die der Schönen sei? So einem leckeren Weibe ein Bein anzumessen ... oder den Busen zu heben – aber Beine und Busen der Kundin waren in Schuß, die Beine hatte sie übereinandergeschlagen, caramba, nie hatte der Orthopäde vollkommenere Gehwerkzeuge gesehen an einer Stätte, wo aus Mißwuchs und Verkümmerung Kapital geschlagen wurde. Sie wären ihm wie eine Herausforderung vorgekommen, eine blutvolle Erhärtung dafür, daß er an den Bettelstab käme, wenn alle Menschen so gesunde Knochen hätten. Er betrachtete sie auch wohl mehr als Modell für seine Modelle.

Die Kundin zog auch die Beine nicht ein, als sie merkte, daß der Herr des Hauses sich auf sie eingestiert hatte. Sie war sich des Reizes ihrer Glieder bewußt und schämte sich ihrer nicht, wie oft verschämte Reiche die edlen Steine ihrer Ringe nach innen drehen, um den Armen nicht zu verletzen, so daß ihre Hände dann einen merkwürdig verwitweten Eindruck machen mit soviel schlichten Reifen.

»Man sei, so hatte der Chef gesagt, das beste Unternehmen dieses Zweiges auf der iberischen Halbinsel, wenn nicht in ganz Westeuropa, und die Dame sagte darauf: eben deshalb sei sie zu ihm gekommen, man habe sie an seine Firma verwiesen und an ihn, den Herrn, persönlich. Es handele sich, kurz, um eine sehr diskrete Angelegenheit, die sie nie mit einem gewöhnlichen Angestellten hätte zu besprechen gewagt.

Der Herr zog nun wieder seine Gedanken aus dem Werkstattbereich der künstlichen Glieder in das Eden seiner erotischen Träume zurück, wo aus dem Künstlichen der echte Spaß geworden, mit Schweiß und Alimenten das Leben lang, und die Dame machte eine kleine Pause, in der nur ihre Beine weiterredeten.

Selbst mit ihm, dem Herrn, sei es schwierig, das Ding zur Sprache zu bringen, meinte sie dann.

Hier wird der Chef des Hauses ihr in die Rede gefallen sein, mit sprechenden Gesten seinerseits, Beteuerungen, wobei er die Hand aufs Herz gelegt haben wird, in jener Haltung, die durch Grecos ›Caballero de la mano al pecho‹ weltberühmt geworden ist, ob sie da auch nicht als Liebe gedacht war; und als gelte es eine Liebeserklärung in einem lebensechten Schmierenstück: sie, die Dame, könne sich alles von der Seele reden, ihm alles beichten, ihm alles zeigen, denn zu helfen sei er da, so oder so! Doch um helfen zu können, müsse er wissen, wo sie der Schuh oder was immer drücke, wo ihr was immer fehle, wo er was immer ergänzen müsse, denn zu ergänzen sei er ja berufen.«

»Was zu ergänzen?« fragte Bahßetup. Er hatte wieder die Hand an die Ohrmuschel gelegt, doch merkte ich, daß es nicht geschah, um von meiner Erzählung kein Wörtchen zu verlieren. Ich kam mir vor, als sei ich nur ein sprechender Mund ihm gegenüber, mehr nicht. Darum antwortete ich auch nicht auf seine Frage, sondern fuhr fort, mein Garn der Verlegenheit zu Ende zu spinnen.

»Immer noch zauderte die Dame, mit ihrem Anliegen herauszurücken, ihr Herz dem Kavalier in die Hände zu legen, ihre Seele an seinem Eros zu schwichten. Denken Sie sich nur einmal selbst in die Lage einer solchen Frau hinein, Professor, und der Mann sitzt da, während die Zeit tatenlos verstreicht, und er nimmt sie auf wie ein Jäger das Wild. Es wäre angezeigt, das alles näher zu ergründen, aber ich sagte Ihnen schon, die Zeit verstrich mitleidlos, kostbare Zeit, sei es für ein Geschäft des Geschäftes oder eins der Liebe im Schatten der künstlichen Glieder. Alles an der Dame blitzte, auch das Armband mit der Uhr, auf die sie blickte, ein Zeichen, wie kostbar ihr die Zeit zu werden begann, kostbarer gewiß als ihr schimmernder Leib, den sie natürlich unter kostbaren Gewändern verborgen hielt – ehe sie zum Schlage ausholte. Denn darin, Professor, sind Sie doch mit mir eines Sinnes: hätte sich der Mensch beim Verlassen des Paradieses nicht in die Kleider gesteckt, die Geschichte der Menschheit hätte sich geheimnislos entwickelt.«

»War sie denn *so* schön, die Dame? Und jung wohl auch?«

Hoppla, dachte ich, du bist aufmerksamer, als du zu sein vorgibst, und auch verflixt intelligent! Sofort hatte er den schwachen Punkt meiner Theorie herausgefunden und mit seiner Frage eine unmißverständliche Antwort gegeben. Ich ließ mich aber nicht einschüchtern und fuhr fort:

»Schön und jung, Professor, so schön und so jung, wie sie eben sein muß, damit meine Geschichte nicht auffliegt; anders gesehen: wie könnte ich sie Ihnen erzählen, wenn sie gleich an dem Wichtigsten gescheitert wäre?«

»Schön und jung!« Der schwarze Zuhörer stieß einen schrillen Laut aus, es war ein Schrei, der wie das Gewieher eines Pferdes klang, hihihihihihi, ungezählte Male, es ging mir durch Mark und Bein. Darauf kam ein Stöhnen, mit vielen Ays, dem Wehlaut der portugiesischen Sprache, meist an den Namen des Erlösers geknüpft oder an den seiner Mutter, der Heiligen Jungfrau aller Himmel. Dann fuhr er sich mit der Hand über den Kopf.

Der Knabe kam herbeigestürzt, ich winkte ihm ab. Lachen kann man ungestört und über die Kräfte des Zwerchfells hinaus auch im gedämpftesten Hotel; aber schreien wie am Spieß sollte man nicht, auch nicht, wenn eine so strahlende Schönheit vor unseren Blicken ersteht, daß wir eben für einen Augenblick die Fassung verlieren – es ist der entscheidende Augenblick, die historische Sekunde des Schicksals, im Leben des Einzelwesens wie in dem der Völker, die alte Geschichte, kurz gesagt.

Auch ich fing an, mich im Erzählen für das Mädchen zu erwärmen – diese Beine, dieser schimmernde Busen, auf dem es vielkarätig funkelte, das lebendige Fleisch im Verein mit dem erstarrten Glast der Urvergangenheit, und dies alles in der Umwelt aus toten Gliedern, die sich nur bewegen, wenn sie richtig angesetzt und eingesetzt werden. Es zündete scharf in die Zukunft, bei dem spanischen Herrn nicht weniger als beim schwarzen Herrn Bahßetup und seinem Diener und Barden Vigoleis. Es waren unser sonach schon drei, die auf das fatale Frauenzimmer hereingeflogen wären, hätte sie Arges im Schilde geführt – doch hören wir, was sie eigentlich will:

»Sie kämpfte stumm ihre Hemmungen nieder, die gespielte Unbeholfenheit des Weibchens, das vor dem Männchen auf der Hut ist, bis es sich erwischen läßt und je nach Artung knurrt und röhrt, und brachte darauf in klarer, geschlossener und ungekünstelter Rede vor, weswegen sie gekommen sei:

Sie sei die Frau eines Großindustriellen, besser gesagt des Fabrikanten . . . Sie nannte einen bekannten Namen, der dem Orthopäden so wohl in den Ohren klang, daß er sich tief und nicht nur andeutungsweise auf dem Stuhl verbeugte – und im Begriffe sei sie, sich zu ihrem Manne zu begeben, den dringende Geschäfte im Auslande länger festhielten, als zu erwarten gewesen; in Frankreich, fügte sie hinzu, lauernd, wie es im Stile der ›Novelas rosas‹ heißen würde, käme je eine so anrüchige Geschichte da hinein.«

»Anrüchig? Wieso? Schöne Frauen, wenn sie jung sind . . .«

»Nicht deshalb, Professor, aber haben Sie Geduld, wir kommen gemeinsam ans Ziel.«

Viel war ja schon für mich gewonnen, daß er mir überhaupt zuhörte. So schwätzte ich nicht in die vornehme Stille des Saales hinein, wie ein Vortragskünstler, dem das Publikum davongelaufen ist bis auf den Manager.

»Den Wunsch, ihr früher, als vorgesehen, nachzureisen . . .«

»Da stimmt doch etwas nicht, mein Freund, wenn der Mann länger bleibt und die Frau früher kommt, es müßte doch umgekehrt sein.«

»Das sind Ihre juristisch-kriminalistischen Bedenken, Professor, an denen meine Erzählung aber nicht scheitern soll. Irgendwie wird es schon gestimmt haben, denn wie gesagt, sonst erzählte ich sie Ihnen doch nicht, gerade Ihnen! Der Spanier war obendrein erotisch schon so von ihr und von sich eingenommen, daß er keine Zeitvergleiche mehr anstellen konnte; zudem muß er da schon gespürt haben, daß seine Zeit nicht so schnell kommen werde. Befriedigt Sie das?«

Bahßetup nickte freundlich, er lächelte gar, was mich beglückte. Nichts ist peinlicher als vor Menschen zu erzählen, die das Wundern verlernt haben. Aber da sah ich, daß die Huld nicht mir galt, sondern dem Liftknirps, der sich wieder eingefunden hatte und nun, neuer Aufträge gewärtig, sich, ein wenig abseits stehend, still verhielt. Etwas begossen fuhr ich fort:

»Den Wunsch, ihr nachzureisen, besser, sie nachkommen zu lassen, habe ihr Mann erst tags zuvor telegrafisch geäußert. Sie beabsichtige, gleich zu fahren, ja sie wäre eigentlich schon längst über den Berg, womit sie die Pyrenäen meinte, im Deutschen etwa bekäme ein solcher Ausspruch einen hinterhältigen Doppelsinn; längst außer Landes wäre sie, wenn nicht das delikate Hindernis vorliege, ein schwieriger Sachverhalt, ›das Unaussprechliche, das mich zu Ihnen geführt hat, zu Ihnen selbst.‹

Abermals verbeugte sich der Gliedermeister. Er wird seine Züge, in neuer Hoffnung befangen, ernster als je zusammengefaßt haben – solche Beine, und dann: das Unaussprechliche.

Ohne Schüchternheit fuhr die Dame nach einer kleinen Pause

wieder fort. Sie hatte ihren Beinen eine andere Stellung gegeben, und das war klug berechnet. Denn jetzt konnte das Erwecken einer falschen Hoffnung das ganze Spiel verderben . . .«

»Also doch ein Spiel«, warf der Professor ein, »ich dachte es mir, so fängt es immer an.«

Ich überhörte den Einwand und ließ die Dame weiter am Wort:

»›Wir haben einen Diener, der – nun ja, der an einem Bruch laboriert, einem hartnäckigen Leiden, seit längerem schon; er ist ein tüchtiger, stiller Mensch und von menschenscheuer Art. Es hat allerlei abgesetzt, ihn überhaupt dahin zu bringen, einen Arzt aufzusuchen. Sie kennen unseren primitiven Schlag, der an keine medizinische Wissenschaft glaubt und die Quacksalberei und die Tausendkünste des Dorfbaders vorzieht.‹

Der Orthopäde nickte, er kannte das zur Genüge: ein Kampf auf Leben und Tod!

›Unser Hausarzt‹ – sie nannte einen klingenden Namen, der dem Gliederkünstler einen Ausruf der begeisterten Zustimmung entriß – o der! wird er gesagt haben; es war jedenfalls so, als habe sie einen Marañón oder Ramón y Cajal angegeben – ›unser Hausarzt legte das Tragen eines Bruchbandes ihm und meinem Manne als unumgänglich notwendig nahe; doch bis zur Stunde hat Pepe sich gesträubt, einen Bandagisten aufzusuchen. Kein Zureden hilft, nicht einmal Ihr Name. Wir sind verzweifelt.‹

Aber wie lächerlich, meinte der Orthopäde, das Anmessen und Anlegen der Pelotte sei ja völlig schmerzlos; wolle der gute Mann sich den Schaden etwa operativ beseitigen lassen? Ob das weniger unangenehm sei?

Er solle es nur versuchen!

Es sei nicht die Flucht vor dem körperlichen Unbehagen, Schmerzen habe Pepe genug, und er ertrage sie mannhaft, nein, er schäme sich, schäme sich rundheraus, sich eine Herniaire anmessen zu lassen – lächerlich, im Grunde! Die Dame stampfte mit dem Fuße auf, der Herr zuckte mit den Achseln, und die Dame fuhr fort: Ob nun nicht er, wenn sie ihm den Mann schicke, mit aller Diskretion, viel Takt, Geschick und Zureden wie bei einem Kinde, denn mehr sei ihr Pepe in diesem Falle nicht, ob er . . .

›Meine Dame, meine verehrte Dame, ich bitte Sie doch! Kein Wort mehr, das Sie kränken, das Sie erniedrigen muß – ich habe verstanden. Und seien Sie versichert, meine Dame, meine verehrte Dame, Ihr Pepe ist nicht der einzige Mann, der zum schamhaften Kinde wird, wenn es um – eben, um das alles geht. Oh, es sind die Schlechtesten nicht, diese keuschen Männer, diese virginalen Seelen, deren engelhafte Reinheit nie durch einen unreinen Gedanken getrübt wird, Brüder des heiligen Aloysius, die Freude unserer katholischen Kirche!‹

›Gonzaga immerdar!‹ rief die Dame begeistert – ›aber damit kommen wir nicht weiter.‹

›Still, meine Dame, meine verehrteste Dame! Schicken Sie den Pepe mir, schicken Sie ihn gleich, ich werde ihm die Pelotte anmessen, als wäre er der heilige Jüngling selbst und ich seine fromme Mutter, die ihn in religiöser Hingabe pflegt. Oh, meine Dame, vertrauen Sie ihn mir an, lassen Sie mich an ihm tun, für Sie, was ich ...‹

Er merkte, daß er im Begriffe war, eine große Offenbarung zu machen, er hielt inne, und so blieb es bei dem Bekenntnis zum keuschen Jüngling aus der Lombardei.

Die Dame hatte die Augen niedergeschlagen. Unerwartet war ihr der Bandagist mit der keuschen Note zu Hilfe gekommen – das führe auch ans Ziel, wird sie gedacht haben.«

»Wieso kommt man mit Keuschheit ans Ziel, bei Hernia?«

Der schwarze Herr Bahßetup seufzte, als er das Wort aussprach, dann ließ er sein Hihihihi erschallen, dem viele Ays folgten. Der Knirps trat einige Schritte näher, gefesselt von diesem Ausbruch unbekannter Gefühle.

»Geduld, Professor, es ist eine Geschichte mit Happy-End, wie jede Geschichte, in der es irgendwie engelhaft zugeht. Allen steht der Himmel offen. Die Dame wird ihn sich auch erschließen. Hören Sie:

›Ich wußte‹, sagte die Dame, sich erhebend und dem Herrn die Hand hinhaltend, was eine besondere Auszeichnung war, ›ich wußte, bei Ihnen, Herr, an die richtige Adresse zu kommen. Sie sind ein Mann des Guten, Ihnen kann ich meinen Pepe anvertrauen, ohne fürchten zu müssen für die zarte Seele dieses treuen Dieners. Ich eile nach Hause und bereite ihn vor, und ach, wie glücklich bin ich, daß ich nun von Gonzagas Entsagung zu ihm sprechen kann. In einer halben Stunde, denke ich, kann er hier sein. Nein, ich bringe ihn selbst, so ist es am besten. Ich fliege.‹

Den Herrn des Hauses wird das Bedauern sehr stark angewandelt haben, daß er an dieser schönen Fürbitterin, die er jetzt zur Türe begleitet, nicht das Messende hat vornehmen können – einen Diener bandagieren, wo man so gerne mit der Herrin ins Geschirr gegangen wäre. Ich kenne das, Professor ...«

Ich erinnere mich nicht mehr, ob ich mich zu Bekenntnissen habe hinreißen lassen, glaube es aber nicht. Wie hätte ich's auch wagen können, meine geheimen und reichlich infantilen Badefrauträume und Corsetièrenspekulationen vor einem fremden Menschen zu enthüllen, wo ich sie mir zuweilen selber nicht einzugestehen wage, übertrübt, wie mich das Leben hat.

Ich ließ den Hispano-Suiza sich vornehm und geräuschlos entfernen, den Chef des Hauses ins Privatkontor sich zurückbegeben, verdrießlich gestimmt, caramba, daß ihm dieses tolle Weibsstück nicht auf den Schragen kam, und ließ ihn seine Zeit mit erotisierenden Gedanken ausfüllen, die Zeit des Wartens auf den treuen Diener, dem er auf aloysianische Weise die Bruchpforte schließen sollte. O, wie gerne hätte er, der große Künstler im Verschließen, seiner Schönen die Pelotte gedrückt. Er war ein Spanier aus reinem Blute, so sagte ich; daher, daß er sich wurmte.

»Wenig später hielt der Wagen vor einem großen Juwelenladen, einer von denen, wo in jeder Schublade ein entsicherter Revolver liegt, elektrische Meldeanlagen das ganze Geschäft die kreuz und quer durchziehen, Mikrofotos von jedem Kunden aufgenommen werden und auch Fingerabdrücke, ohne daß er es merkt, und geheime Agenten ihm folgen, wenn er sich kostbare Stücke hat zeigen lassen. Ich brauche Ihnen, Professor, diese Läden nicht eigens zu schildern, in denen jeder Kunde als latenter Verbrecher betrachtet wird und der eine oder andere es glücklicherweise auch ist, denn sonst wären alle die kostspieligen Vorsichtsmaßnahmen umsonst, und Sie und alle Juristen der Welt könnten umsatteln. Ein derartiges Geschäft war es, und es hatte mehrere scharfe Hunde, und der Inhaber trank, wie alle Juweliere, nie einen Tropfen Alkohol, und hielt sich, wie alle Juweliere, keine unmittelbare Geliebte.«

Der Gelehrte fuhr sich mehrmals über die glänzende Kolbe. Seine Gedanken waren wieder anderswo, aber leider konnte ich ihm keine neue Schöne vorführen. Die samaritische ist die einzige Heldin dieser Begebenheit. Ihre Beine zeigt sie nicht mehr. Deren einmaliger Einsatz genügt, das glückliche Ende herbeizuführen.

»Um die weiteren Ereignisse so zu schildern, Professor, wie sie sich in Wirklichkeit zugetragen haben, müßte ich entweder selbst ein internationaler Juwelenräuber von reinstem Wasser sein oder ein Kriminalschriftsteller oder ein großer Detektiv, drei Wesenheiten, die einander auf merkwürdige Weise durchdringen und ergänzen. Ich bin leider dies alles nicht, zu dumm zum einen, zum anderen zu feige, und so bleibt man ein armer Schlucker, ohne das Geld, welches nicht nur die Welt regiert, sondern auch Gott, wie ich unlängst noch las in einer frommen Hauspostille meiner frommen Großmutter. Dabei frage ich mich, ob ein Schriftsteller, ich meine einen der allgemeinen Führung, einen Fall so bedenken kann, daß er schließend auch ins Leben paßt. Wird nicht ein Mordschriftsteller als Mörder jämmerlich versagen, wenn's ums Zucken des Messers geht? Werde ich meine Aufgabe, die jetzt die der schönen Frau ist, richtig lösen, die Aufgabe, die das Leben ihr gestellt hatte im Laden des Juweliers, den sie prellen wollte?«

»Wollte sie das denn?«

»Leider, ich meine: leider für die Pointe meiner Geschichte, denn ich habe mich schon um ihre Wirkung gebracht, die erzählerische. Die juristisch-verbrecherische bleibt unangetastet und wirkt lange nach, haben Sie nur noch ein wenig Geduld, Herr Bahßetup ...«

»Herr was ...?« Der so Angeredete setzte sich recht auf und blickte mir in die Augen. Ich wandte meine Blicke ab, ertappt beim Spiel mit der falschen Doppelung, die mir seiner gemäßer zu werden begann als der Professor oder die Exzellenz da Silva Ponto aus dem Lande Brasil.

»– Herr da Silva Ponto, haben Sie ein wenig Geduld. Geschichten sind doch nicht dazu da, daß sie rasch zu Ende gehen, da könnte man sich besser Witze erzählen, man lacht ein wenig und geht auseinander. Sie kommen aber auf Ihre Kosten, Professor, mit der Schönen. Sie ganz besonders betrifft es.«

»Die Hernia?« Nun stöhnte der schwarze Herr, als litte er selber an einer solchen Hervorstülpung, die zu allerlei Unpäßlichkeiten führen kann und leider auch zum Tode, wenn man nicht aufpaßt oder sich aus gonzagischen Gründen um die Pelotte bringt.

»Nicht dies Leiden, mein verehrter Freund, ich denke ausschließlich an die Untat, den Gesetzesbruch, den Raub, denn Juwelen sind vorzüglich dazu geschaffen, Gegenstand des Diebstahls zu sein. Es lohnt sich. Denken Sie nur an den Moonstone in Collins Roman. Sie sind doch Jurist.«

»Jurist?«

»Jurist, so sagte man mir, und nicht der unbedeutendste Ihres Landes. Da leben Sie vom Verbrechen, es ist Ihr tägliches Brot, Ihr Ja und Amen. Schaffen Sie die Missetat aus der Welt, und Sie können Ziegen weiden. Falls Sie das satt haben, drücken Sie dann ein Auge zu, wenn die Herde auf fremden Boden hinüberwechselt, und Ihr Beruf kommt wieder zu Ehren. In biblischen Zeiten waren fast alle Verbrechen solche um Schaf, Ackerkrume und nochmals Schaf und Ackerkrume, das Weib als Schaf und Acker gesehen, und sie waren Gott wohlgefällig, diese Befehdungen, denn sie liegen in der Logik seiner verfehlten Schöpfung. Hätte es zu Adams Zeiten schon Psychoanalytiker gegeben, so hätten sie, da der erste Mensch sein eigener Archetyp ist, den Bleiwurf in das Wesen des Schöpfergeistes senken müssen, in den Urgrund des Nichts, aus dem kein Maß zu gewinnen ist; und wäre es das, so fehlte uns immer noch das Urwort, es auszusagen. Jeder Verbrecher erfüllt ein göttliches Gebot, wir müssen nur ...«

»Auch die Schöne?«

»Sie haben recht, Professor, ich schweife ab in meine Lieblingswelt und vernachlässige die Geschichte der schönen Frau, die auf dem besten Weg des Betruges wandelt. Hören Sie –«

Herr Bahßetup wandte sich wieder den Geruchsverhältnissen seines Handrückens zu, die ihn in keiner Weise zu befriedigen schienen. Klebte Blut an seiner gelehrten Hand? Verfolgte es ihn über Land und Meer? Konnte er seinen Verstand nicht genügend in den Dienst seines Lebens stellen, wenn es schon ein Leben auf abseitigen Pfaden war? Ich kenne einige Mörder persönlich: keiner von ihnen hat je in meinem Beisein an seinen blutbefleckten Fingern gerochen; außerdem halte ich es noch für sehr fraglich, ob sie es tun, wenn sie allein sind. Vielleicht hat es aber eine ganz andere Bewandtnis mit dem Geruchszwang des schwarzen Gastes, und überhaupt ist das Wesen dieses sinnlichen Kitzels noch gar nicht erforscht. Darum will ich weiterfahren im Text, bestrebt sowohl hier in der Nacherzählung wie damals im ursprünglichen Vortrag, so schnell wie möglich die schöne Bruchbitterin ihr von allerlängster Hand vorbereitetes Ding drehen zu lassen, mit all der geistigen Schärfe, die ich, aus den genannten Gründen, geistiger Urheber von Verbrechen in litteris, nicht aufzubringen vermochte und auch heute nicht vermag, wo sich meine schriftstellerische Wirksamkeit aus dem Übersetzerischen mehr in das Eigenschreiberische verschoben hat.

Kurz, ich versuchte dem Gelehrten nachzuzeichnen, wie sich die Frau, die von Brillanten strotzte und so seltsamerweise über den ersten Verdacht erhaben war, ein paar Agraffen zeigen ließ – es können auch andere Stücke gewesen sein – und sich zum Kauf entschloß; dann langsam in höhere Preisklassen hinaufkletterte, mit Kenntnis und sicherem Geschmack dies und das von den samtenen Kissen hebend, und gegen das Licht, wenn das zur besseren Beurteilung des Objektes nötig war. Wie sie sich manches unter den vorsichtig anfeuernden Worten des Juweliers an ihre Finger, ihre Arme gestreift, ans Ohr gehalten, an den anziehenden Busen gelegt hat, Worte der eigenen, vermutlich zurückhaltenden Sachkunde einflechtend, die sie möglicherweise, falls sie nicht aus Liebhaberei stehlend sammelte, in Benvenuto Cellinis *Due trattati dell' orificeria e della scultura* eigens entnommen und ihrem Gedächtnis eingeprägt hatte, wie sie auch die Lebenserinnerungen dieses draufgängerischen Goldschmieds zu eignem Frommen studiert haben mag. Jeder hat sein Diebsgebäude, auf das er eingeschworen ist. Man erinnert sich vielleicht, daß Cellini, von Zeit zu

Zeit teils mit Recht, teils ohne jede Begründung, des Mordes geziehen, auch im Stehlen seinen Meister stellte und durch die Entwendung der Juwelen einer päpstlichen Krone – das bestahl sich damals gegenseitig – den Stoff für einen soviel ich weiß nie geschriebenen Kriminalroman hinterließ. Sein gepunztes Werk ist ja, des wertvollen Rohmaterials wegen, fast völlig untergegangen.

Der Geschmeidehändler, dem sie ja beiläufig ihren glänzenden Namen verraten hatte, wissend, daß die wirkliche Trägerin dort nicht bekannt war, weil sie in Oporto, Antwerpen oder Amsterdam ihre Juwelenkäufe zu tätigen pflegte, wird immer mehr auf die Wünsche der anspruchsvollen Kundin eingegangen sein; hier ein Kästchen hervorgeholt, dort eine Lade geöffnet, wie es so geht in dieser Branche, wo man den Kunden mit dem glühenden Dreizack in der behandschuhten Hand bedient. Es endet mit einem kleinen Wink: man habe etwas ganz Apartes, ein Schimmerstück aus königlichem Hause, ein Kleinod aus der Burgunderbeute – jeder kann die Auswahl nach seinen Kenntnissen und Wunschträumen ergänzen. Der Geschmeider geht ans Safe, kommt wieder, unsichtbare Pistolenläufe und Kameralinsen werden auf die Schöne gerichtet gewesen sein, die nun in den Ruf ausbricht, den man hier erwartet: Ohhhhhh, ohhhhhhhh – ist es ein Diadem, das sie sich, nach einem Spiegel Umschau haltend, über den Kopf hält? Vielleicht auch die Fußfessel der Königin eines untergegangenen Volkes, und sie hebt leicht das Bein, das schöne Bein? Ihre Handschuhe hatte sie längst abgestreift und wohlwollend hinterließ sie ihre Fingerabdrücke auf jedem Stück. Natürlich waren es künstliche. Sie hatte sich die Fingerhäutchen mit den Abdrücken eines chinesischen Töpfers aus der Yin-Dynastie (1401–1122 v. Chr.) übergezogen; und warum gerade diese und nicht die Fingermarke eines etruskischen Keramikers oder einfach die eines international gesuchten, aber nicht zu packenden Verbrechers? – das wird nicht zu ermitteln sein. Aberglaube dürfte dabei eine wesentliche Rolle spielen. Wie dem auch sei, sie war nicht gewillt, es den Daktyloskopen leicht zu machen.

Dann kaufte sie die paar Kleinigkeiten und entschied sich für das Diadem und einen mächtig gefaßten Rauchtopas, der für ihre

Hand wie geschnitten schien, eine Wiener Arbeit, meine ich mich zu erinnern. Ohne die Hand zu überladen, wirkte das Geschmeide wie eine Mandorla an ihren wenig heiligen Diebesfingern. Nur mit strahlenden Händen lassen sich die großen Betrügereien verwirklichen, bei denen es ohne Blutvergießen abgeht. Strahlendes kommt zum Strahlenden und macht es wahr und echtgläubig. Darum wird der Juwelier auch das bewundernde Bild von der christlichen Mandelglorie gebraucht haben, sakral unterlegt, wie seine Allgemeinbildung war und sein mußte in einem hochkatholischen Lande.

Der schwarze Herr Bahßetup regte sich in seinem Sessel. Er mochte wohl finden, daß meine Geschichte recht wenig erkleckte. Es geschah ja nichts. War der große Augenblick schon vorbei, und ich hatte ihn einfach mit Beiwerk überschwätzt? Es müßte doch knallen aus einem Perlmuttpistölchen, mit diskreten Detonationen und feinen Rauchwölkchen. Wird mit dem Pfeffersäckchen gearbeitet? Sind betäubende Gase aus der Puderdose ausgeströmt, gegen die die Schöne selbst durch giftwehrende Nasenzäpfchen gefeit ist? Was er glaube, frage ich den Juristen, ob solche verbrauchten Mittelchen wohl noch zögen? Man wunderte sich ja, auf welchen abgedroschenen Schwindel die Leute immer wieder hereinfielen. Das Genie des Verbrechers beweist sich am Einfachen, wie in der Kunst der Genius des Schöpferischen in die schlichten Maße paßt. Die Faust unter die Nase? Ja, das ist ein probates Mittel, wenn man der Fäuste genügend in Tateinheit versammelt. Oder denke der Herr Professor anders? Stellt er seinen Schülern denn keine Verbrecheraufgaben? Zum Beispiel die: Wie bringt eine schöne Frau in einem bewachten Augenblick einen Millionenschatz an sich, ohne zu bezahlen und ohne von ihren erotischen Waffen Gebrauch zu machen? Hat sie vielleicht den Trick des Paramentenräubers angewandt?

Der schwarze Herr Bahßetup schüttelte den Kopf. Nein, sagte er, ein wenig verstimmt, in seinem Lande sei das alles anders, da würden Leistenbrüche nicht mit Paramenten durch Juweliere geheilt. Paramenten seien etwas Heiliges, es räche sich, wenn man ihrer spotte.

»Spotten! Professor, da sei Gott vor! Das kirchliche Kunstgewerbe hat immer in hoher Blüte gestanden, zu Gottes Lob und Verherrlichung kann nichts kostbar genug sein. Wo denken Sie auch hin! In diese liturgischen Behänge werden oft unermeßliche Geldbeträge gesteckt, und immer wieder locken sie die frommen Diebe an. Die Kirche ist da nachsichtig, sie freut sich, daß der Sünder wenigstens seinen Fuß über die heilige Schwelle setzt. Stiehlt er, gut, wenn er nur das Knie vor dem Allerheiligsten beugt. Die Schöne, an deren Frömmigkeit wir nicht zweifeln wollen, hätte gut den gottesfürchtigen Kniff mit den Meßgewändern auch beim Juwelier ausüben können; sie hätte ihn nur mit den ganzen Geschmeiden zu behängen brauchen.«

»Zu behängen, sie, die Schöne . . .?« murmelte mein schwarzer Gast.

»Ja, ich will es Ihnen erklären, es ist ganz einfach. Eine langmütige, glaubensvolle Miene genügt, dazu Fingerfertigkeit und rasche Beine. Versuchen Sie es einmal selbst, Sie werden erstaunt sein, wie leicht Sie zum Ziele kommen. Sie betreten ein Paramentengeschäft, setzen das betreffende Gesicht auf, sonst aber brauchen Sie sich um das Heilige nicht den Teufel zu scheren. Benehmen Sie sich einfach wie ein Künstler, der abgebrüht ist im Umgang mit dem Überirdischen, ohne daß er sich der Unehrerbietigkeit schuldig macht. Dem nicht weniger fromm dreinblickenden liturgischen Verkäufer tragen Sie Ihre Wünsche vor. Ihr Neffe . . .«

»Er ist mein Schwager, ich sagte es Ihnen schon.«

»Wieso Ihr Schwager? Die Rechnung geht besser auf, wenn es Ihr Neffe ist, sonst ist es mir gleich.«

Bahßetup nickte, und ich fuhr fort, den heiligen Raub in Szene zu setzen, mit Hilfe seines Neffen.

»Ihr Neffe also, sagen Sie, schreite bald zur Primiz, er, die Freude seiner armen Eltern, der gottwohlgefällige Glanz der Hütte, der Fromme, Gescheite, ewig Betende, aber, das ist wichtig, der arme angehende Priester des Herrn. Doch Sie, Professor, der reiche Onkel, möchten dem Liebling Ihres Herzens, Ihres Alters, Ihrer Einsamkeit ein Geschenk machen, ein gehöriges Geschenk, es muß so sein, daß sich der Ärmste, wenn er am Altare steht, vor dem Allerhöchsten weiß Gott nicht zu schämen braucht. Da, Professor, müssen Sie dick auftragen, den Handel überglänzen, vergolden, ins Heilige heben, indem Sie beispielsweise erwähnen, dem Lamm Gottes, welches hinwegnimmt die Sünden der Welt, sei ein goldgesticktes Hirtenfähnlein lieber, wohlgefälliger als ein härener Sack, weil man ja sonst den härenen Lumpen dem geschmeideten Kultkleide vorziehen würde. Der Paramentierer wird's Ihnen nicht leugnen, im Gegenteil, er ist Ihres Sinnes und preist den Glanz, der den Herrn erhöht. Sonsten schnitte er sich ja selbst ins Fleisch. Es gibt gewisse Wahrheiten, die kein Geschäftsmann ausspricht, ohne seinen Umsatz zu gefährden, denn ein Geschäftsmann ist schließlich auch nur ein Mensch, der ums Brot geht.

Was man zu einem solch heiligen Anlaß am besten schenke, fragen Sie jetzt. Die Auswahl sei groß, wird Ihnen zur Antwort, und für jede Börse etwas, von der stillen Kerze mit dem Bildchen des heiligen Aloysius – aber dann fallen Sie dem Ladner ins Wort und pochen auf ihre Wohlhabenheit. Sofort wird er Ihnen raten, sich zum Beispiel auf den Bedarf für das heilige Meßopfer zu beschränken: Kelche, einer kostspieliger und wunderbarer als der andere, mit eingelegten Steinen; Leuchter mit sibyllinischem Fuß, in dem das Ungelachte, Ungeschminkte und Ungesalbte des Gottesgerichtes eingraviert steht; Rauchfässer, Patenen, beschriftet mit dem heiligen Wort, getürmte und baumblattige Monstranzen mit der schimmernden Lunula – der Wert wird hoch in die Tausende gehen, gerade bei diesen Stücken, die sich um das Opfer drehen. Das alles lassen Sie sich zeigen, nehmen es Stück für Stück in die Hand, behutsam und wissend, daß jedem die Stunde kommt, wo es geweiht wird und kein Ungesegneter es mehr ungestraft berühren darf.

Sie zaudern, sind unschlüssig, murmeln Unverständliches, dann bringen Sie den Einwand vor: das alles sei Ihnen zu unpersönlich, zu hehr und rein auf das Göttliche gestellt – ja, schämen Sie sich nicht, dem Paramentierer zu gestehen, mea culpa – klopfen Sie ungeniert an die Brust, es gehört dazu, doch Sie wissen es selbst. – Beichten Sie ihm, daß Sie ein Cadomane seien, da weiß er nicht, was das ist, und er fragt nicht, und Sie gehen einen Schritt weiter: ins Persönliche, ins Gewandhafte, in die Altarmode: ein Meßgewand für Ihren Neffen, so wie man einem Richter zum Staatsexamen die finstere Toga schenkt und einem Henker das Schwert.

Oh, sagt dann der Verkäufer, er verstehe. Immer wird in der Welt des großen Betruges verstanden, auf der ersten Stufe schon. Er verstehe, und da habe er Auswahl, wenn es etwas zum Anziehen sein solle: ein Humerale vielleicht oder die schöne Alba da, der Fürstbischof von Toledo trage die gleiche, der wolle keine andere mehr; ein Cingulum, auch nicht schlecht und werde immer wieder gern gekauft; die Manipel vielleicht, nein, dort, die besonders reich gewirkte Casula, von blinden Nonnen gestickt im Kloster auf dem Berge Athos ... Alles trägt der eifrige Verkäufer herbei, das Gewirke häuft sich auf der Theke neben dem geschmiedeten und gepunzten Gold. Und dann, Professor, stoßen Sie einen Ruf aus, ohne den es bei solchen Schwindeleien nie abgeht: ha, oder hihihihihihi und sagen: Welch ein Zufall, welch eine gleichsam göttliche Fügung – wobei Sie den Paramentierer entgeistert anstieren. Er wird – und auf tausend versagt nur einer, der Gottlose nur – er wird an sich niederblicken, als hätten Sie Flecken an seinem makellosen Kleide entdeckt. Dann fahren Sie fort: Siehe, mein Neffe ist ein Mann von Ihrer Statur, welch ein Zusammentreffen, ein Wink des Himmels? Der Paramentierer nickt, er hatte Schlimmeres erwartet. Das nutzen Sie: wie dem angehenden Priester die Casula wohl stehen möge? Oh, schon sähen Sie ihn die Stufen zum Altare seines, nein, keine Blöße jetzt, unseres, unseres gemeinsamen Gottes emporsteigen, im vollen Ornat, vom göttlichen Feuer der Altarkerzen angestrahlt, umsummt von der raunenden Andacht des Volkes, um Gott dem Allerhöchsten das immerwährende Opfer des neuen Bundes darzubringen mit dem wahren Leibe Jesu Christi und dem wahren Blute Jesu Christi unter den Gestalten des Brotes und des Weines – und das alles in Ihrem, des Stifters, heiligen Kleid.

Der kleine Fernando, so fahren Sie fort, gestern noch ein Bübchen, und jetzt schon ein erwachsener Priester des Herrn, Ihrer Schwester ...«

»Aber, mein Freund«, fiel mir Bahßetup in die Rede, »erstens heißt er nicht Fernando, sondern Safranio, und dann will er gar nicht auf Kaplan studieren, sondern Pilot werden, er spielt ja nichts anderes.«

»Professor, begreifen Sie doch, ich lasse ihn ja auch hier nur Priester spielen, und Sie den reichen Onkel, der das Gewand stiftet, um es stehlen zu können. Er ist ja nur ein Diener Gottes im Geiste, ein Helfershelfer der übelsten Sorte. Gönnen wir ihm dies kleine klerikale Zwischenspiel, nachher fliegt er sowieso.«

»Mein armer Safranio! Wie würde die Mutter sich freuen, wenn er wirklich in den geistlichen Stand träte.«

»Was nicht ist, Professor, kann noch werden; doch lassen Sie mich ihn jetzt rasch zum Altare führen. Das heißt, spielen Sie Ihre Rolle weiter, die Rolle des Hochstaplers ...«

»Aber ich bitte! Ein Hochstapler, ich? Uppa!« Er lachte kurz auf.

»Die Schöne wird kriegen, was sie will, wenn sie es anstellt wie Sie jetzt mit dem Paramentierer, den Sie schon gerührt haben mit Ihrer Vorschau auf die Feier der Primiz, wo der Safranio das hymnische *Veni Sancte Spiritus* spricht und durch Handauflegen dem Volke die priesterliche Benediktion erteilt.«

Der schwarze Herr Bahßetup war nun selbst so gerührt wie der Paramentenmann, der willig auf des Kunden Vorschläge eingeht:

»Die heiligen Kostüme einmal probeweise überzuwerfen, damit Sie sich, Professor, den kleinen Fant besser zum unblutigen Speiseopfer gewandet vorstellen können. Gern willfahrt Ihnen der Händler, wie ein Mannequin schmückt er sich mit dem Ornat, und Sie, der reiche Onkel, werden übermannt von den frommen Gefühlen, die in Ihnen wallen, und Sie denken an die Zeit, wo Sie noch glaubten ...«

»Noch? Ich glaube immer noch!«

»Also noch glauben, schön, um so leichter spielen Sie den gläubig Erschütterten und rufen, wie getroffen vom Licht in der dunkelsten Not Ihrer Seele, jene Eingangsworte der Messe, *Introite ad altare Dei ...*«

»Ad Deum, qui laetificat animam meam«, ergänzte der schwarze Herr Bahßetup, dabei hob er wie zum Segen die Hand.

Der Liftknirps wußte nicht, wie ihm geschah. Hilfesuchend blickte er durch die Schwingtür zur Rezeption hinüber. Messen waren an diesem Ort noch nie gelesen worden. Ob der Römer doch recht getan hatte, den einen der beiden seltsamen Kunden zu verbrühen?«

»Ich sehe, Professor, Sie spielen Ihre geistliche Rolle besser, als ich erwartet habe für das Gelingen des Tricks. Selbst habe ich nur ein einziges Mal mit Stimme und Hand einen opfernden Priester bei der Messe unterstützt, so daß ich mich nicht mehr erinnere, was hierauf respondiert wird. Es wäre ja zu schön, wenn der Ladenmann auf das ins Freventliche gehende Geschäft so weit einginge, daß er die Antwort gäbe ...«

»Per omnia saecula saeculorum ...« fiel Bahßetup ein.

»Amen, und danke, Professor. Ja, so ist die Reihenfolge; und nun, kaum hat der liturgisch aufgedonnerte Paramentierer richtig oder falsch respondiert, am Dienst am Kunden mehr interessiert als am Dienste des Herrn, seines Gottes, dann lassen Sie die improvisierte Laienmesse in der stiebendsten Weise und ohne das von allen Scheingläubigen sowieso immer mit Ungeduld erwartete *Ite, missa est,* zu Ende gehen und zwar so: Kaum hat Sie der heilige Schauer überlaufen angesichts des den Neffen spielenden Mannes in seiner kultischen Pracht, und schon ziehen Sie einen Sack hervor, blitzschnell, niemand fragt, wo Sie ihn herholen, es ist der Zauber allen Schwindels, dessen auch Sie jetzt mächtig sind, und mit Ihrer schönen Hand fegen Sie die Theke leer, der ganze goldene und diamantene Plunder fliegt scheppernd in das Felleisen, einen frommen Spruch rufen Sie noch höhnend dem verdutzten Priester zu: Zu uns komme Dein Reich, oder so etwas im Stil der Messe, und dann müssen Sie schon draußen sein in Ihrem Wagen. Sie haben ja zwei, nehmen Sie den schnellsten und geben Sie Vollgas, ehe der Priester, seines heiligen Mittleramtes zwischen Gott und dem Volke vergessend, sich auf seine Mittlerstellung zwischen Volk und Priester besinnen kann und hinter Ihnen drein rast, auf die Straße.«

»Uppa!« rief der schwarze Herr Bahßetup erregt. »Uppa! Uppa!«

»Das mögen Sie wohl sagen, denn Sie haben das Spiel so gut wie gewonnen. Denn Zeit, sich der Altargewänder zu entledigen, nimmt sich der Geprellte nicht, die Sekunden sind kostbar, jede wiegt eine Monstranz, einen Kelch, eine Patene auf, und er schreit in der Verzweiflung: Haltet den Dieb, den Irrsinnigen, den Schänder der Heiligkeit – das heißt, hier beginnt die Geschichte tragisch zu werden, hier spüren wir den Finger Gottes, der seiner nicht spotten läßt, vor allem nicht mit Maskeraden, mögen sie noch so teuer sein. Und dann sind wir in Spanien, wo in religiösen Dingen Schein und Wirklichkeit nicht mehr voneinander getrennt werden können, wo der größte Anarchist und Gottesleugner der Gottesmutter aus der Hand frißt. Kurz, Professor, Sie sind es, der Dieb, der Betrüger, der Schelm, der dem Betrogenen die Worte vorwegnimmt. Das müssen Sie bewerkstelligen, ehe Sie davonfahren, mit einem Helfershelfer vielleicht, ich überlasse es Ihnen, zudem sind Sie Jurist und lernen täglich dazu. Glauben Sie mir, noch keine drei Schritte hat der Paramentierer in seiner Meßverkleidung getan, da wird er aufgehalten und als Gotteslästerer, Frevler, ruchloser Mensch von den empörten, erregten, in ihren heiligsten Gefühlen verletzten Straßenpassanten bedroht. Nur ein rasch herbeigeeilter Schutzmann kann verhindern, daß man die Lynchjustiz auf der Stelle walten läßt. Immerhin blutet er schon von den Fausthieben der frommen Eiferer – bis er, entkräftet, röchelnd, halb zertreten auf dem Pflaster liegt und man erkennt, einem teuflischen Irrtum zum Opfer gefallen zu sein. Die Gewänder in Fetzen – es ist das schlimmste nicht, da die unheilige Messe doch noch mit einem *Laudate Domine* zu Ende gegangen ist. Denn, so sagt ein Zuschauer, der Dieb hätte dem Mann ja auch einen Schuß in den Bauch verabfolgen können.

Da atmet der Mann auf, er ist nicht durchlöchert. Die Gewänder haben alles aufgefangen, sie waren die wahre Kugelweste.

Der Dieb hat das Weite gesucht und ist schon damit beschäftigt, in seinem Auto die heiligen Geräte einzuschmelzen.

Monatelang diskutiert man nun in Laienkreisen, auf wessen Seite sich Gott in diesem Streit um seine äußere Macht gestellt hat.«

Der schwarze Herr Bahßetup war vor Erregung ins Schwitzen

gekommen. Nie wird er sich so unmittelbar in ein freventliches Spiel mit heiligen Geräten verwickelt gesehen haben, vielleicht nicht einmal als Mann des Rechtes, und womöglich mißfiel ihm auch die etwas lockere Art, wie ich die Geschichte erzählte, die in der anderen Geschichte steckte und sie nun zu überwuchern gedroht hatte. Ich hätte den Vorgang auch kaum anders wiedergeben können – etwa salbungsvoll und mit dem Donnerwetter der sittlichen Empörung über ausgeschämte Wichte, die nicht einmal die eucharistischen Handelsartikel achten? Ein Hostienbäcker spuckt sich genau so in die Hände, wenn es ans Mengen geht, wie jeder andere. Oder schwitzte der Gelehrte, weil er Hunger hatte? Das gibt es auch, erst im längeren Umgang mit dem fremden Menschen würde ich derartig feine Regungen seines Innenlebens auf ihren Wert abschätzen lernen, und danach könnte ich dann mein Verhalten bestimmen. Hatte er aber Hunger, dann sollte man essen gehen.

Weder das Mienenspiel noch die Gewohnheiten der Exzellenz waren mir bekannt, und von seiner Drüsentätigkeit hatte ich nur ein paar Proben zu Gesicht bekommen; so mußte ich es auf das gute Glück ankommen lassen, immer das Rechte zu treffen im Umgang mit ihm – falls dieser Verkehr überhaupt andauern würde. Ich dachte: Nun erzählst du ihm rasch die Geschichte zu Ende – ein Händedruck, und du gehst nach Hause, ans Manuskript.

Ein grinsenhaftes Spannen belebte jetzt den Mund meines Herrn, so daß der Lippenspalt ein wenig klaffte und die rosafarbene Zunge sichtbar wurde, wie bei einer Schildkröte, die ihren fleischigen Zungenkolben vorschiebt um ein Blättchen Salat, das sie stundenlang unbeweglich angestiert hat, endlich mit einem vorschnellenden Biß in den tausendfältigen Harmonikahals zu ziehen. Was geht in einem derartigen Wesen vor sich in den Stunden, die zwischen dem Erblicken und dem Verschlingen des Futters liegen? Lag Bahßetups innere Welt klarer vor mir als die eines solchen Kriechtiers? Die Essenszeit hatte jedenfalls geschlagen, der Knirps war weggetreten, er hatte Dienst im Speisesaal; doch das alles ließ mich unbekümmert. Ich mußte reinen Tisch machen mit der Erzählung, koste es, was es wolle, und es würde mich viel kosten, denn ich wußte nicht einmal mehr, wo ich stehengeblieben war, als ich die Schöne versetzte und den Priester nahm.

Glücklicherweise fiel mir in diesem kritischen Augenblick eine geniale Prellgeschichte ein, wobei es sich um ein paar Knöpfstiefel handelte, derart, daß sie dem Beutelschneider genau so als Lockfriesel dienen wie der Schönen der Leistenbruch und dem Professor das Meßgewand. Es ging, natürlich, wieder um Millionen. Nur auf italienischen Märkten wird das Genie noch in den Dienst des kleinen Betrugs gestellt, sonst muß es immer gleich in viele Nullen gehen, wollen wir die Aufmerksamkeit für den Schwindel wachhalten. Ob ich sie einflechte? Des Erzählens wäre kein Ende gewesen, und der Mahlzeit kein Beginn. Auch, bitte Vigoleis, verliere nicht die Tatsache aus dem Auge, daß der schwarze Herr Bahßetup morgen, nein noch selbigen Tages weiterzureisen gedenkt, nach des Grafen Haag, wo ein Kongreß für Fragen des internationalen Rechts seine Pforten öffnet und den Brasilianer als Abgesandten seines Kontinents erwartet.

Der Gesellschaftsraum hatte sich inzwischen geleert, nur ein Herr war dageblieben, der mir schräg gegenüber saß und schrieb. Er hatte Akten vor sich ausgebreitet und trug Aufzeichnungen aus einer Agenda in Durchschreibeblätter ein, wobei er zuweilen die Blicke hob und sie, wie hohl, auf mich gerichtet hielt. Unsere Rede schien er nicht zu verstehen, mit keiner Miene verriet er, daß mein schweifender Bericht ihn beträfe. Er wird einer jener bedauernswerten Existenzen gewesen sein, ein Vertreter, wie deren auch in den teuersten Hotels anzutreffen sind, über ihre Rapporte gebeugt, Jammerknechte der Weltwirtschaft, denen ein Schreckgespenst keine Ruhe läßt: die Konkurrenz. Kein Parapsychologe kann sie erlösen, kein Medizinmann des Atomkults ihnen das Chrysam des Heiles reichen. Sie müssen überbieten, um verkaufen zu können, wollen sie nicht auf die Straße fliegen, und das wollen sie »partout« nicht, denn sie haben Frau und Kind. Trieben sie's wie die Hochstapler, dann säßen sie zwar auch, um den Schein zu wahren, in den erstklassigen Hotels, wenn sie einen erstklassigen Artikel vertreten; doch könnten sie am Tische des Römers sitzen und ihr Hähnchen verspeisen (Hähnchen hier ganz allgemein sinnverwandt mit teuer), statt in der Halle über die Ziffern gebeugt. Das Rechnen besorgt dem Hochstapler immer noch das dumme Volk.

Wo sie auch kommen, die dummen Vertreter einer immer gescheiter werdenden Wirtschaft, hält man es ihnen vor: die Konkurrenz; dann kriegen sie den Schlag mit der Narrenpritsche und ziehen ein Haus weiter. Sogar die Schriftsteller gehen gebückt unter dem Tauziehen zwischen Angebot und Absatz, und viele und die schlechtesten nicht, wie ich weiß, atmen auf, wenn wieder ein Großer, ein Vielgelesener stirbt: Aus dem kommt nichts mehr, den sind wir los, falls nicht der Verleger im Verein mit der Witwe noch den Nachlaß und den Briefwechsel in bare Münze umsetzt. Kurz und gut, lassen wir den Geplagten da seinen verzweifelten Bericht an das Mutterhaus schreiben. Verfasser auch er, dessen Nachlaß auf keine Nachwelt kommt.

Wer nicht schießen will, muß schuften.

»Die Schöne schoß nicht, aber sie brauchte sich auch nicht abzurackern. Sie war eines der gottbegnadeten Ausnahmewesen, die uns erst das rechte Maß einer Freiheit vermitteln, nach der wir uns sehnen. Gasangriff? Nichts dergleichen, auch kein eucharistischer Überfall; keine gefälschten Banknoten werden hingezahlt, keine plump-biederen Machenschaften mit Hund- und Kellerwechseln versucht, noch auch begeht die Gnadenreiche etwa die Geschmacklosigkeit, einen kleinen Betrag in blanker Münze anzuzahlen. Ich will es kürzer machen und ihr das Wort geben, sei es auch in der indirekten Rede: Mit diesem Kauf habe sie nicht gerechnet, das heißt nicht damit, daß der Juwelier gerade dieses Diadem zum Verkauf anbiete. Nun sei sie dem Bann verfallen, sie müsse es haben, nicht coûte que coûte, sie fände den Preis noch mäßig, aber – sie stehe im Begriffe, ins Ausland zu verreisen – kühnes Weib, dies zu sagen! – und nicht ohne dies Geschmeide: es sei ihr fester Entschluß!

Der Juwelier nickt, es wird ihm unbehaglich. Ein Telefongespräch? – ob sie ein Gespräch führen könne, mit einem Geschäftsfreunde ihres Mannes, dem Orthopäden Don Fulano, der ihr sicher in der etwas peinlichen Angelegenheit aus der Klemme helfen werde, mit dem Geld, das sie nicht habe, im Augenblick ...

Der Juwelier ist mißtrauisch, solche Gespräche kennt er. Aber er bleibt höflich. Selbstverständlich könne sie den ihm bekannten Herrn anrufen, bitte ...

Ach nein, Herr Juwelier, er solle es nur für sie erledigen, dies kleine Informationsgespräch: den Herrn bitte fragen, ob sie, Frau Sowieso, ihn in einer etwas peinlichen und etwas dringenden Angelegenheit sofort sprechen könne.

Die Verbindung wird hergestellt, der Juwelier bekommt den Gliederkünstler an den Apparat, er richtet die Bitte aus. Zuvorkommend, mit Wortschwall, wird ihm geantwortet, versichert, alles werde er, Gliedermann, für sie, die Schöne tun, alte Bekannte – dann reicht der Juwelier der Dame den Hörer.

Das weitere Gespräch, das übrigens von einem Angestellten überhört und mitstenographiert wird, befriedigt alle Beteiligten. Aus den Worten der Schönen schließt der Juwelenhändler, daß die Dame nur kommen möge, alles werde sofort und unter Wahrung der strengsten Diskretion ins reine gebracht, eine Kleinigkeit – nein, bitte, im Namen der Jungfrau und des heiligen Aloysius, kein Dank! Er werde alles mit ihrem Manne regeln, er rechne mit ihm ab, für jeden Betrag, für den Preis der Welt, und ihr zu Füßen, er, Gliedermeister, der schönsten Frau der Welt ...

Diese letzten Brocken des Gesprächs wurden wenige Sekunden später dem Juwelier im Stenogramm durch eine Art Rohrpost unter die Theke geblasen, wo er alles in einem Spiegel lesen konnte, ohne daß die Schönste der Welt es merkte. Der Angestellte hatte seine geheimen Zinken hinzugefügt: keine Bedenken, solide Firma, Chef des Hauses steht für Millionen gut.

Beruhigend hatte auch gewirkt, daß sie fragte, ob sie den betreffenden Herrn (Juwelier) mitbringen könne, gleich. – Er solle gleich mitkommen, natürlich, und er, Orthopäde, regele alles mit diesem Herrn.

Das ist so klar, Professor, wie ich mich nur ausdrücken kann; wer hätte da nicht das Geschäft spruchreif gemacht?

Dieser gleich-mitzubringende-Mann ist die hochbewaffnete Vertrauensperson des Juweliers, ein alter Kühnendegen, der Furchtlosigkeit mit Umsicht zu paaren weiß und dem jede Großbank einen

Goldtransport anvertrauen könnte, ohne daß nachher auch nur ein Barren fehlte, und selber treu wie das Geld, das er hütet. Er wird der Dame als Träger der Juwelen mitgegeben. Im Augenblick, wo er eine solche Aufgabe übernimmt, weiß sein Chef: Es ist nichts gewagt und alles gewonnen.

Die Geschmeide werden in Samt und Seide eingeschlagen, der Wert berechnet, es ist eine glatte Summe, ein Kassenjubel ohnegleichen erfüllt das Herz des Juweliers. So muß einer Eule zu Mute sein, die lange nur von niederem Gewürm gelebt hat und plötzlich eine fette Maus in ihren Fängen hält.

Der Abschied ist herzlich. Geld ist die beste Schmeiche des Umgangs. Diskretion wird unter Verbeugungen nochmals zugesichert. Unverhofft kommt oft.

Der Juwelenknappe hält das Kästchen der Schönen fest in der Hand, nur gegen bar gibt er es heraus, und er weiß, daß ihm ein zweiter Knappe, der den Weltrekord im Schnellauf innehält, und ein dritter, der boxen kann, auf dem Fuße folgen. Zudem werden schon die Fingerabdrücke des Töpfers aus der Yin-Dynastie registriert und polizeifertig entwickelt.

Ob er wie ein Kammerdiener ausgesehen hat, der Knappe? Wir müssen das annehmen, Professor, sonst wäre in letzter Minute alles noch aufgeflogen. Zudem, wer maßt sich noch an, gewisse Herren von gewissen Dienern zu unterscheiden? Die Spielarten sind da so mannigfach, daß man es schon wagen kann, ein großes Gaunerstück auf die Schleierhaftigkeit solcher weltbürgerlichen Hierarchien zu setzen. Vor allem, das werden Sie zugeben, in Spanien, wo man in den Klubs doch nie weiß, wer von zwei Mitgliedern dem andern die Schuhe putzt, so schön ist dort der Sinn des Menschlichen ausgebildet. Zudem wollen wir dem Zufall auch seine nicht geringe Rolle zuweisen, sonst fühlt er sich zurückgesetzt und pfuscht einem ins Handwerk, statt es zu fördern.

Und über beiden, dem Juwelenknappen und der Juwelenschönen, schwebten die Schutzengel, mit lautlosem Flügelschlag, ein Hauch nur, den Transport begleitend. Sie hatten das letzte Wort; ich meine, der Kampf entschied sich da oben, nicht hinieden, wo nur der Mammon herrscht.«

»Und eine Frau?« fragte der schwarze Herr Bahßetup.

»Eine Frau? Wie soll ich das verstehen? Engel sind übergeschlechtliche Wesen, wenn sie auch je nach den Aufgaben, die sie gestellt kriegen, in männlicher oder weiblicher Gestalt unter die Menschen treten.«

»Nicht so, mein Freund! Wenn der Juwelier eine Frau als Hüterin seiner Horte bestellt hätte, was dann?«

»Das tut kein Juwelier, den Wolf zum Hirten machen. Sie halten sich die Frauen zu anderen Zwecken, und auch da kommt es sie noch teuer zu stehen, vor allem in Spanien. Das wußte die Schöne, die jetzt mit ihrem Diener den orthopädischen Laden betritt, wo die lebendigen und toten Körper und Körperteile Spalier bilden.

Die Engel senken sich sachte herab und schweben den langen Gang entlang, den Dame und Diener nun durchschreiten. Niemand sieht sie, die Wesen aus der himmlischen Heerschar, und darum sieht niemand, wie sich plötzlich einer der beiden Lichtgeister in ein künstliches Bein verfängt, durch dessen Gesperre er hindurchfliegen wollte, um dem Engel der anderen Partei eine Flügellänge voraus zu sein im entscheidenden Augenblick. Denn schon öffnet sich die Tür des Privatkontors, und heraus tritt der gute Samaritan. Je mehr der Engel mit den Flügeln schlägt wie eine Lerche, die statt ins Kartoffelkraut der blühenden Natur in der bösen Menschen Stacheldraht niedergesunken ist, je mehr verfitzt er sich in dem komplizierten Mechanismus, der ja ein echtes Bein zu ersetzen vermag, und, kurz, dieser Engel ist ausgeschaltet, er hat noch eine gute Stunde zu tun, sich aus dem orthopädischen Kunstwerk zu befreien, falls ihm das überhaupt gelingt. Es war der Engel des Knappen. Gott hatte sich für die Schöne entschieden, gegen den Geschmeider. Sein Werkzeug war der Gliederfürst.

Dieser steht unter der Tür seines Heiligtums, er lächelt diskret, er verbeugt sich, er denkt: Warte, du Schöne, jetzt kriegst du alles nach deinem Sinn mit dem da, dem Mann. Aber eines Tages werde ich dich, dich niederzwingen auf meinen Pfühl, und wenn ich dir nachreisen muß bis ans Ende der Welt – wozu er in diesem Augenblick fest entschlossen war.

Ach, sagte er dann mit verschelmter Höflichkeit, das also sei der gute Mann, der sein Geheimnis hüte wie einen Schatz, und wie glücklich er sich schätze, der Schönen solch kleinen Dienst zu erweisen.

Die Schöne drauf: ja, er sei es, der Hüter und Treue, und ob er, Gliederkönig, ihr zuliebe und mit aller Schicklichkeit ... müsse sie erst noch betonen, wie peinlich es ihr sei ... in einem solchen Falle ... Sie bäte ihn, nachher alles mit ihrem Manne zu verrechnen, auf eine Weise, die ihn die beste dünke, geschäftlich, bankmäßig gesehen. –

Sie hatte ohne zu stocken gesprochen, der Engel des Lichts hatte ihr Wort für Wort eingegeben, keines zu viel, keines am falschen Ort, keines mit falscher Betonung. Es war wie das Wort, das am Anfang war und aus dem für den Schöpfer aller Glanz, und für das Geschöpf alle Finsternis hervorging, das Licht der Geschmeide, die Düstere der unbezahlbaren Schuld.

Der Gliederkönig, ein Mann von allergrößter Welt, der auch kraft seines Berufes das Krümmste wieder einrenkt und auch dem lendenlahmsten Eros noch flinke Beine macht, er sagt jetzt, die Hand beteuernd auf der Brust, er habe schon ganz anderen aus der Patsche geholfen; da seien keine großen Worte vonnöten, es sei ihm eine Auszeichnung, gerade Ihr, der Schönen, der er die Hand küsse – was er nicht konnte, denn der Knappe mit dem Kästchen stand zwischen ihnen. Und der Herr da solle alles vertrauensvoll in seine Hände legen, in wenigen Minuten sei die ganze Geschichte geregelt – schmerzlos, wird er mit einem Lächeln, das dem Hüter galt, hinzugefügt haben.

Der Engel des Hüters schlug seine Flügel wie wild, aber die künstlichen Glieder des Fürsten waren solide gebaut und gut geschmiert in den Gelenken, sie gaben allen Regungen des Himmlischen nach, aber ihn freilassen aus der Umstrickung, das nimmer!

Wie gesagt, wenn der Gliederkünstler dieses Wörtchen »schmerzlos« wirklich gebraucht hat, dann hätte im allerletzten Augenblick doch noch der so fein eingefädelte Betrug zunichte werden können. Indessen wurde der Knappe nicht stutzig, durch den täglichen Umgang mit Kapitalisten und kapitaler Handelsware war er zu der Einsicht gekommen, daß Geld und Schmerz aus ein und derselben etymologischen Wurzel sich nähren. Es sind sinnverwandte Begriffe, wie auch Vieh und Geld, pecus und pecunia, es bei den Alten waren, die es ja wissen mußten. Wir Heutigen haben uns nur ihrer Weisheit entschlagen, weil wir glauben, alles noch besser zu wissen. Aber gut, das sei hier nicht angesichts eines von Juwelen strotzenden Bruchleidenden erörtert, noch vor Ihnen, Professor. Als Laie in Geldverhältnissen zöge ich den kürzeren, und wir wollen auch dem anderen Engel keine Gelegenheit geben, sich aus dem Bein zu befreien. Es muß nun so zu Ende gehen, wie es sich zugetragen hat; hüten wir uns, die Vorsehung spielen zu wollen, um des Geldes willen.«

Der schwarze Herr Bahßetup nickte, vor Geld strotzend, wie ich ihn wußte, ein Geldvieh der großen Klasse.

›Man verschmerzt einen Verlust‹, das hat er sagen wollen. Der Großindustrielle, der Schönen stadtbekannter Gemahl, für den täglich Millionen und aber Millionen Weberschiffchen durch die Ketten seiner Textilwerke sausten, würde auch diese allerkleinste Kleinigkeit überwinden. Also aufgefaßt, hatte der Knappe keinen Grund zur Besorgnis; ein Scherz, mehr war es nicht.

Der Orthopäde lächelt wieder, die Schöne lächelt wieder, der Diener lächelt auch, als die Schöne dann sagt, so könne sie in Frieden ihrer Wege gehen. Sie nahm das Kästchen in Empfang und ging auch diesen Weg des Friedens, vom Gliederfürsten durch den ganzen Laden hindurch bis an die Tür begleitet.

Den Rest, Professor, ahnen Sie selbst, ich meine den Abschied unter der Tür: Handkuß und Vollgas.

›Und Sie, mein Freund‹, sagte der Gliedermann zu dem um seinen Hort erleichterten, schwerbewaffneten Kühnendegen, der gar nicht so aussah, als versauere ihm ein Leistenbruch das Leben bis zu dem Augenblick, wo der Orthopäde ihm die Pelotte auf das fürwitzig vorfallende Ingeräusch drücke, nach Maß und mit einer feinen Feder versehen, denn unser Künstler arbeitet nach dem jüngsten Verfahren eines Professors der Sorbonne – ›Sie, mein Freund, treten Sie bitte näher.‹

Hinter den beiden schloß sich die Tür des Privatkontors, an dem zwar kein Schildchen hing mit der Aufforderung: Fasse dich kurz.

Was aber da drinnen geschah, hätte dieser Regel, nicht mit der Zeit zu geuden, aufs Wörtchen entsprochen: es wurden kurze Metten gemacht, die kürzesten wohl, die je einem Menschen gesungen worden sind.

Statt den Angestellten des Juweliers zu fragen: Bitte, wieviel macht es, die Kleinigkeit? und ihm dann einen Scheck auszustellen oder ihm, was weniger wahrscheinlich wäre, einen großen Betrag in barer Münze in die Hand zu zahlen, ward der Gliederkünstler barsch; und gegen die Vereinbarung, die er mit der Schönen getroffen, herrschte er den erwartungsvoll dastehenden Diener an: es werde nun nicht mehr länger gefackelt, entweder man sei ein Mann oder man sei keiner, geziert werde sich nicht – ›Bitte, lassen Sie mal Ihre Hose herunter!‹ «

Des Bettlers Buckel

Vor der Kathedrale lungerte das Heer der gesunden und kranken, der aussätzigen, verstümmelten und idiotischen Bettler, die ebenso malerischen wie Abscheu erweckenden Türhüter aller Gotteshäuser in südlichen Ländern. Kein Kostümier wäre imstande, solches Kleid des Elends zu entwerfen, wie es die Brüder Habenichtse tragen. Spanien wimmelt von diesen Gäuchen, die eine Gilde für sich bilden, eine Berufsklasse streng genommen. Dem, der etwas gibt, flehen sie den Segen des Himmels herab, und wer sich ihrem heruntergeleierten Gebettel verschließt mit dem abwehrenden »perdone hermano«, Bruder verzeih, den treffen Fluch und Verwünschung. Da aber Himmel und Hölle mit diesen Trockenkiemen der Nation übers Kreuz im Bunde sind, bleibt alles wie es ist, ob man gibt oder nicht – sollte man meinen. Die meisten Fremden entrichten freilich ihren kupfernen Obolus, auch ohne abergläubisch zu sein, nur um die Plage so schnell wie möglich los zu werden.

Einer unter der stinkenden Bettlerschaft galt als Berühmtheit, und man mußte ihn fast ebenso gesehen haben wie die Kathedrale selbst, in deren ewigem Lichtkreis er die milden Gaben sammelte. Er sprach »alle« Sprachen, worunter die Spanier gemeinhin Deutsch, Englisch und Französisch verstehen, und darüber hinaus beherrschte er noch das Italienische. Die Legende dichtete ihm auch die klassischen Idiome und das Hebräische an. Nachher stellte sich heraus, daß die Legende die Geschichte nicht zu verbessern brauchte, denn der Bucklige hätte auch in diesen Zungen Segen und Fluch auf die Opfer herabflehen können. Der Bucklige: ein gewaltiger Höcker ragte aus den Fetzen seines Gewandes, verhüllt mit andersfarbigen Lumpen. Wer den Scheußlichen sah, wurde mit Abscheu und Ekel erfüllt. Aus seinen Augen triefte es grünlich, Haupt- und Barthaar waren verlaust, er stank aus allen Poren Leibes und der Hadern.

Der greinende Bettelkönig hockte auch da, als wir über die Stufen der Calle de la Seo zum gleichnamigen Platze gelangten, auf dem die Kathedrale sich erhebt. Porfirio, so hieß der Verwachsene, schob sich an uns heran und leierte seinen Spruch auf Deutsch. Ich gab ihm ein paar Münzen und erhielt die Versicherung, daß der Himmel sich meiner annehmen würde, nicht erst da droben, ein grün verschleiertes Auge wies in die überlieferte Richtung, sondern schon hier auf Erden, »und bereits heute, mein Herr, ehe es Abend wird!«

*

Zuweilen leistete der bucklige Bettler uns Gesellschaft. Er hatte herausbekommen, daß wir uns in Schwierigkeiten befanden und erteilte uns Ratschläge, wie man in Spanien auch ohne Geld an seinen Unterhalt und Lebensabend kommen könnte. Beatrice setzte sich meist eine Bank weiter, was der Aussätzige ihr nicht einmal übel nahm. Er lausenze ihr wohl zu sehr, aber das gehöre zu seinem Gott wohlgefälligen Erdenwallen. Er habe in vielen Ländern die Hand nach milden Gaben ausgestreckt, doch so reichlich wie in Spanien gäbe man nirgendwo, nicht einmal an der Pforte der Peterskirche flösse der Segen wie hier. Ich bewunderte die vielseitige Bildung des Krummen, die er gewiß nicht wie seine Almosen bruchstückweise hatte zusammentragen können. Allen diesbezüglichen Fragen wich er geschickt aus, es gelang mir nicht, in seine Vergangenheit einzudringen. Man behauptete, es mit einem abgefallenen Priester oder aus einem Bettelorden weggelaufenen Klosterbruder zu tun zu haben. Beide Möglichkeiten bieten Möglichkeiten, die letzte immerhin die greifbarste: Der mit dem hohen Rücken hat sich selbständig gemacht, mit einer Anzeige im Kirchenblatt: »Den verehrten Spendern milder Gaben zur gottgefälligen Kenntnis, daß ich mich nach gründlicher Ausbildung im Gelübde der Armut und in der Demut des Bettelns in dem seit 1210 päpstlich anerkannten Bettelorden des hl. Franziskus auf meine eigenen Barfüße gestellt habe. Wer Barmherzigkeit üben will an seinem Nächsten, der tue es an mir! Kein Zwischenhandel, daher größere Ablaßkraft! Auf Wunsch Fürsprache auch beim Teufel! English spoken. On parle français und so weiter. Gelobt sei Jesus Christus! Porfirio, Bettler strengster Observanz.«

Wenn sich Porfirio nach einem längeren Gesprächsel zur Pforte zurückbegeben hatte, mußte ich erst die Flöhe aus den Kleidern klopfen. Insektenpulver hatten wir als Luxus abgeschafft. Beatrice wollte immer noch nichts von dem Menschen wissen, den Gott mit einem Höcker geschlagen hatte. Ich ließ mich aber nicht beirren und spielte weiterhin den Anwalt eines Bettelfürsten, der mir nach zwanzig Jahren noch meine Fürsprache dadurch vergilt, daß er mir die Aufzeichnungen ein wenig beleben hilft an einer Stelle, wo durch das Versagen des anarchistischen Grafen weiter nichts geschieht. Des Minderbruders Ende sei noch mit einem Strich gezeichnet: Man fand ihn eines Tages tot auf einem Haufen Lumpen in seiner Kammer liegen. Ein Arzt stellte fest: Hungers gestorben. Er entdeckte aber auch den überraschenden Umstand, daß der Buckel ein künstliches Gebilde war, eine Art Tornister aus Leder, der angeschnallt werden konnte. Darin befanden sich Wertpapiere, Banknoten und Schuldverschreibungen aus vieler Herren Länder, im Werte von Millionen Peseten. Nachgelassene Schriften wiesen ihn als einen Deutschen aus, weshalb der deutsche Konsul die Rechte seines Landes geltend machte. Er legte Beschlag auf die

Hinterlassenschaft, ehe noch die spanischen Behörden ihr Wörtchen gesprochen hatten. Diese kamen, wie immer, zu spät, vertrieben aber den voreiligen Nachlaßverwalter und setzten sich selbst in den Besitz der Millionen, da sich keine Erben meldeten. Im Buckel soll sich auch ein Bündel beschriebener Blätter befunden haben, Aufzeichnungen des Simulanten, dessen lahmes Bein auch noch aufgebunden war. An diesen Schriften war ich sehr interessiert, der Schriftsteller Bernanos nicht weniger, aber keinem gelang es, ihrer habhaft zu werden. In den literarischen Kreisen der Insel wurde der Fall eifrigst diskutiert, und wir alle haben gewiß nicht wenig zu der Legende beigetragen, die sich um den räudigen Millionär im Lausegewand zu weben begann. Priester? Mönch? Später tauchte ein anderer Bettler auf, der einen echten Buckel hatte, an dem ein ärztliches Zeugnis hing. Doch wie das Gevögel auf den Aufstoß, stürzten sich die Kollegen auf den bresthaften Mann und vertrieben ihn von der heiligen Pforte.

Hutchinson und das Einstuhlsystem

Der Jüngling heißt Hutchinson, mit Vornamen: George und Brewis. Über George ist nichts zu sagen, ein Dutzendname; Brewis kannte ich als »Christian name« nicht, erfuhr aber, daß es Brühe bedeute, Kraftbrühe, eine Art Liebigs Fleischextrakt. Es war auch sein Rufname.

Er ist Amerikaner, schwindsüchtig und Inhaber eines niederen akademischen Grades der Universität von Princeton, und darüber hinaus mit einem feuerroten Haarschopf ausgestattet, um den ihn jede Frau hätte beneiden können, die ihr Heil in der Küpe sucht. Vielleicht tue ich aber besser daran zu sagen, daß er dieses alles war, denn vermutlich ist er schon lange tot. Seine Tuberkulose war nicht gutartig, und er neigte zu Ausschweifungen auch über das Geistige hinaus. Vieles spricht selbst dafür, daß es gerade die organische

Zehrung war, die ihn ins Abenteuer trieb: mit Frauen, mit der Erkenntnis des Ewigen und Unvergänglichen und auch mit Vigoleis. Indessen soll das Mutmaßliche seines nachmaligen Schicksals nicht der Sporn sein, seiner hier mit Namen zu gedenken, noch war die Gespaltenheit seiner Person so klaffend, daß sie jeglicher Mißtat als Vorspann hätte dienen können. Im übrigen tritt hier jeder mit dem Angesicht auf, das er mir hingehalten hat.

Nein, ich habe nichts Ehrenrühriges von dem Jüngling zu berichten, keine Umstände, für die mich der angehende Herr Kommilitone einer deutschen Universität auf scharfe Säbel, oder, da er katholisch war, auf Ohrfeigen hätte fordern können. Das Gegenteil ist selbst der Fall: ich verdanke dem Fellow eine meiner vielen Erfindungen.

Wir hatten uns noch nicht mit neuen Möbeln emporgerungen, alles war jungfräulich wie am Tage des Einzuges. Kisten bildeten die bürgerlich-mobiliäre Unterbauung unseres Daseins. Nur der Lladó hob sich mit seinen Klängen wie ein Pik über die Brandung des Nichts. Der kleine Schwabe und die zwei großen, norddeutscheren Herren, die zusammen Hasenbank, Schmidt und Kleinschmitt hießen und zusammen als German Booksellers mit unbeschränkter Haftung und unbeschränktem Vertrauen den winzigen Laden steuerten, hatten uns Makulatur überlassen, das Kilogramm für ein paar Centimos, meist unverkäufliche Zeitungen aus dem Dritten Reich. Unter einen Haufen Kleider gemischt, ergab das eine ganz brauchbare Schlafschütte, die zudem noch den Vorteil hatte, mit ein paar Fußtritten aufgelockert werden zu können. Sonstige Vorzüge waren der Jämmerlichkeit kaum abzugewinnen. Der Leser kann sich zudem selbst eine Vorstellung davon machen, wie ein Mensch lebt, dem alle Felle weggeschwommen sind. Heute, wo um uns herum die Welt noch in Trümmern liegt und Menschen in Höhlen hausen, klingt das alles nicht so erschrekkend. Damals aber war für uns jener psychologische Zustand der Selbstverständlichkeit nicht gegeben, wie ihn jeder Ausgebombte kennt. So lebten wir noch in der metaphysischen Luftschicht, die hoch über der Welt des Existenzkampfes lagert und von der Nietzsche, der bürgerliche Antibürger, behauptet, daß erst in ihr die wahre Bildung beginne. In diesem Sinne ist Vigoleis wiederholt sehr gebildet gewesen. Doch war er darin weniger der Adept des säkularen Erschütterers, als vielmehr ein mit einer schönen Mimikry ausgerüsteter Mensch, und als solcher wieder ganz ein Schüler von Max Scheler. Doch lassen wir diese hybriden Geister aus dem Spiel, sie könnten das Kapitel erneut gefährden; vielleicht kann ich sie später noch einmal gebührend heranziehen. Jetzt muß ich endlich Mister Hutchinson ans Wort lassen. Als schwer zahlender Inselkunde hat er Vorzugsrechte, und außerdem genüge ich damit einer ob auch wieder verspäteten Höflichkeitspflicht gegenüber dem Leser, der der Amerikaner seinerseits mit einem kurzen »Hutchinson« entspricht, ganz so, als hätte er auf das Stichwort gewartet. Das meinige gebe ich mir selbst. Souffleur, Schauspieler und Dramatiker in einer Person, verbeuge ich mich leicht: »Vigoleis« – und beide waren wir angenehm berührt, einander kennenzulernen.

Angenehm berührt? Warum versuche ich, meine Verfassung zu bemänteln durch die Anwendung einer Redensart, die auf Straßen und Schwellen täglich gedankenlos hingeschwätzt wird? Berührt – ja, aber man frage mich nicht wie! Es rührte mich nämlich der Schlag, es warf mich gegen die Wand, ich traute meinen Augen nicht, als ich in der wie immer abgedunkelten Entrada den waschechten Jüngling vom Schiff vor mir sah, den Helmanersatz ohne Albatros, und nun auch ohne das saratogische Attribut, aber angetan mit dem Pelz, auf den schon Schwärme von Motten warteten, um ihn aufzufressen. Die folgenden Sekunden waren ein wirres Traumspiel. Halb Helman, halb Saratogaknabe, war der Fremde da, und sicher hat er gewinnend gelächelt, denn das war seine Art. Ich stand blöde dabei. Der Himmel hat aber in seinem Entwurf alles so gefügt, daß auch des Ärmsten Hütte in den Augenblicken der Bestürzung durch das Unfaßbare, worin er sich gerne überbietet, dann immer noch eine Tür hat, die man auftun kann. So trat der Besucher in die Stube, in eine der sieben ausgeräumten Stuben, die der Entrada am nächsten lag.

Wie am Tage des Einzuges hatten wir wieder Kisten und Koffer über die Räume verteilt, in denen »morgen tapeziert werden sollte«. Eine spanische Familie, für die der Piso ja auch gebaut war, hätte denselben Effekt mit Kindern erzielt. Da wir den Zimmern auch das nicht bieten konnten, liehen wir ihnen wenigstens schöne Namen. Namen können zudem wertgebend sein; jeder Mystiker weiß das, die Philosophie weniger. In Amarante habe ich einen Mann gekannt, der hieß Homem Cristo, Mann Christus oder Christus Mensch. Er hatte eine Taberne, deren größter Kunde er selber war. Dort ging es immer hoch her, Huren und Zuhälter gaben sich ihr Stelldichein, und es war bewegend zu hören, wenn der Patron bei seinem Namen gerufen wurde. In Lissabon lebt ein Milliardär, dessen Bankhaus seinen Namen trägt: Banco Espirito Santo e Commercial. Der Mann heißt Espirito Santo, Heiliger Geist, die Bank demnach Heilige Geist- und Handelsbank, in freier Übersetzung, was auch dem Geiste solcher Gründungen entspricht: Bank vom Heiligen Handelsgeist. Ich liebe es, so mit den Mächten im Bunde zu sein. Indem ich unseren Zimmern beziehungsreiche Namen verlieh, nahm ich ihnen zugleich die gähnende Leere. Koffer und Bücherkisten mußten Pate stehen: wir hatten ein Mädlerzimmer; eine Dünndruckstube, nach den Kisten mit deutscher Dünndruckphilosophie; eine Sala de Africa, nach dem echten Afrikatrunk; eine Kabinenkammer, die mit ck-dt noch näher umschrieben wurde, weil darin einer der ck-dt-Überseekoffer stand. Das Schlafzimmer, bis dahin schlicht Dormitorio, nannten wir nach der Makulatur, und mit rein dichterischer Überlügung, die Sala immaculata.

Den Fremdling hatte ich mit gut gespielter Beherrschung in den Raum geführt, den wir schlechthin das Zimmer nannten, weil er das einzige Möbel aufwies, das die Etage zur wahren Beletage hätte machen können: einen echten Mallorquiner Stuhl, bodenständige Drechslerarbeit, mit rotem und blauem Lack, gleichsam auf Goldgrund gemalt, eine Leihgabe übrigens aus einem unserer Paläste, die später in den rechtmäßigen Besitz des Don Vigoleis überging. Auf dieses Stück nötigte ich den Jüngling Platz zu nehmen, und womit ich dienen könne?

Ja, er komme spornstreichs von der Deutschen Buchhandlung am Borne; man habe ihm dort meinen Namen genannt und mich empfohlen als Lehrer der deutschen Sprache. Er beabsichtige, ein halbes Jahr oder länger auf der Insel zu bleiben, seiner Lunge wegen, der das mediterrane Klima zuträglich sein solle. Dann begebe er sich nach Heidelberg, um dort das Studium der Philosophie weiter zu betreiben. Er sei in Princeton erzogen worden, auch der Sprache Kants ein wenig mächtig, nur das Einlesen in die Urtexte mache ihm Schwierigkeiten; und da hätten die Gentlemen der Librería – und ob ich Zeit und Lust hätte – es sei ja mein Fach . . .

Ja, Zeit hatte ich, ich hatte Lust, und es war, cum grano salis, auch wohl mein Fach. Ein Preis wurde abgemacht, die Stunden vereinbart: dreimal in der Woche je eine Stunde, er könne am folgenden Tage schon beginnen, gegen den Abend am besten, wegen der Hitze. Hutchinson dankte für diese kleine Aufmerksamkeit, die er seiner Lunge zugedacht glaubte und die zum Pelzmantel scharf kontrastierte. Auch ohne Tb betreibt man in Spanien gern alle Geschäfte im natürlichen Schatten, einzig der Stierkampf braucht und liebt die Sonne eben über den Zenith. Das wußte der Neuling natürlich nicht, und deshalb buchte er, was Landessitte und die eigene Fromme heischten, auf die Rechnung meiner Zuvorkommenheit und Rücksichtnahme auf seine gefährdeten Atemwege.

Nun ist Deutsch eine Sprache, in der ich mich ein wenig auszukennen glaube, wenn auch meine Haussprache seit Jahren Portugiesisch ist und ich auch portugiesisch denke und fluche. Es ist und bleibt meine Muttersprache; und dann habe ich mit ihr nämlich geistig sehr rege verkehrt. Ich lese, um ein Beispiel anzuführen, Goethe ohne Erläuterungen, George ohne steifen Nacken und Kant ohne das medizinische noch liturgische Miserere. Hingegen zum Erteilen von Unterricht tauge ich nicht. Dazu muß man zu einer Sprache in einem ganz anderen Verhältnis stehen, auf keinen Fall in dem meditativen, das ich unterhalte. Doch der Philosophiebeflissene wollte sogenannte Konversation, und dazu bin ich seit eh und je bereit und auch schon von vielen als tauglich befunden worden. Meistens schwätze ich ins Blaue hinein, als hätte ich mich selbst zum Gesprächspartner, oder Don Matías, oder, um einen ganz hohen Fall zu nehmen, den mystischen Freund Pascoaes. Das rührt an die Sterne ... Und hier wurde mir für diese Tugend bare Münze geboten – immerzu! Ich war doch auch Führer. Außerdem schien mir das mit der Konversation noch einen mildernden Umstand aufzuweisen: sie war nicht an eine Schulmethode und noch weniger an Schulmöbel gebunden. Ein freies Schweifen im freien Raum nicht nur des Geistes, des konnte ich mich mit dem einzigen Stuhl des Hauses schon erkühnen. »Bis morgen denn, ja, um sechs, auf Wiedersehen.«

Anschließend an diesen Besuch hatten Beatrice und ich ein Gespräch, das strategischer Art war. Im Mittelpunkt stand der vorhandene, an der dialektischen Peripherie ein noch zu erstehender Stuhl, und irgendwo, in Gefilden über die atembare Lufthülle hinaus, schwebte ein Tisch – ob er zu uns niederstiege? Er löste sich auf in Dunst, als ich erklärte, meinem Lehrtalent so sehr zu mißtrauen, daß es mir ratsamer erschiene, mit zusätzlichen Anschaffungen noch zu warten, sagen wir einen Monat. Wolle der Adept dann noch weiter seiner Lunge und meiner Zunge auf der Insel pflegen, sei es gewagt.

Und wie ich den Unterricht erteilen wolle, nur mit einem Stuhl, bitte, wie ich mir das gedacht hätte?

In solchen Augenblicken von Kleinmut und Verzagtheit spiele ich gern fromme Trümpfe aus, die bei der verlorenen Theologentochter selten verschlagen; und mir, dem verketzerten Bischofsneffen, geraten sie leicht: »Wir stehen in Gottes Hand, Chérie, was können uns Menschen tun?«

Was Menschen uns trotz alledem tun können, wenn wir ihnen nicht mit unserem Tun zuvorkommen, wird sich herausstellen. Begeben wir uns darum wieder in das Zimmer, wo der Schüler auf seinen Lehrer wartet, und fördern wir die Handlung.

In den ersten Stunden spielten sich kleine Höflichkeitsscharmützel ab. Der Jüngling, aus gutem Hause mit entsprechender Kinderstube, wollte nicht sitzen, dieweil sein Lehrer stünde; doch immer wieder wurde er von diesem mit einem lächelnden Wort, einer philosophischen Maxime auf die einzige Sitzfläche des Hauses gezwungen, die sich in der seit Menschengedenken überkommenen anatomischen Höhe befand. Er ließ es dabei aber nicht bewenden. Er saß doch wie auf der Lauer, das merkte ich.

Eines Tages, wir hatten einander genügend abgetastet und manches Persönliche, auf beiden Seiten, war in die Konversation geflossen, wagte der junge Mann die fatale Frage: Was der tiefere Sinn dieser verwirrenden Zimmereinrichtung sei? Dabei entschuldigte er sich vielmals, war auch sehr verlegen, und fügte hinzu: »Es erzeugt in mir ein wachsendes Unbehagen, daß ich sitzen kann oder selbst muß, wo mein Präzeptor steht.«

Das war heraus, so hatte es kommen müssen, und es lag nun an mir, Herr der Lage zu bleiben oder es eigentlich erst zu werden. Beatrice hatte diesen Augenblick vorausgesehen – natürlich, sie dozierte ja auch – und mich immer wieder gedrängelt, doch eine Ausrede bereitzuhalten, um nicht überrumpelt dazustehen. Ich aber vertraute meinem Stern und meinem Führergeist und bedachte nichts. Nun hieß es Segel setzen zur Fahrt ins Ungewisse.

Hutchinson selbst hatte mir das Stichwort gegeben, das mich auf die schiefe Ebene der Mystifikation brachte, indem er nach dem »tieferen Sinn« der Innenarchitektur des Klassenzimmers forschte, bei einem Deutschen das Tiefe als a priori stellend. Dieses Wort war ein glückliches Wort. Es wurde mein Lotse. Ich folgte der Eingebung des Augenblicks, der nun im Zeichen des Tiefen stand, derselben auch, die mir einmal einen Schnorchel beschert, den selbstwogenden Busenhalter für flachere Damen, oder für auf Sauberkeit bedachte Herren den durch Reibung am Rock sich selbst reinradierenden Gummikragen.

»Mein lieber Freund«, so ungefähr fabulierte ich, »halten Sie es meiner angeborenen Bescheidenheit zugute, wenn ich Sie nicht gleich mit einer Eigentümlichkeit meiner Person bekannt gemacht habe. Ich bin nämlich, wenn Sie gestatten« – hier verbeugte ich mich – »der Erfinder des Einstuhlsystems, eines Systems, das nur darum nicht nach mir benannt ist, weil es noch nicht den Weg in die Öffentlichkeit gefunden hat. Niemand kennt es. Ich halte es auch bei weitem noch nicht für so reif, durchdacht, durchknetet und an der unberechenbaren Massenseele der Schüler bewährt, daß ich's wagen könnte, pädagogische Stellen darauf aufmerksam zu machen. Ich beschränke mich vorderhand immer noch auf Proben, statistische und rein pädagogisch-psychologische. Die letzten übrigens, dann trete ich aus dieser niederen Phase heraus. Sie nun, aufgeschlossener Vertreter der gelehrten Welt von Übersee, sind mir ein willkommenes Versuchsobjekt, unbelastet wie Sie sind vom abgestandenen abendländischen Bildungsramsch. Der Himmel hat Sie mir in diese nackte Miniaturaula geschickt und keineswegs der Bookseller vom Borne. Dieser ist nur das blindgefügige Werkzeug einer Vorsehung, die auf eine Höherentwicklung des durch Pestalozzi begründeten Erziehungswesens bedacht ist.«

Der Jüngling lauschte aufmerksam. Seine grünen Augen bekamen den wundervollen Glanz, wie er in Kinderaugen tritt, wenn sie vor einer Jahrmarktsbude stehen. Und um so mehr war sein Interesse geweckt, als das One-chair-system seinem auf Synthetisierung gestellten amerikanischen Geist wie liebliche Musik erklang. Er war weiterhin ganz Auge und Ohr.

Welche Bewandtnis es nun genau mit diesem Verfahren habe?

»Passen Sie auf. Jeder Gegenstand, besser: jedes Ding der uns umgebenden Welt ist eine Welt an sich. Jede neue Sprache, die ein Mensch erlernt, um bei der Linguistik zu bleiben, ist wiederum eine Welt an, aber auch für sich. Man spricht ja heute schon ganz allgemein vom Weltbild einer Sprache. Bei Ihnen drüben doch wohl auch?«

»In der Tat, wir nennen es nur anders . . .«

»Behavior, nicht wahr? Gut. Diese beiden Welten oder, um es aristotelisch zu sagen, Kategorien . . .« Der Schüler nickte und bestätigte auch diesen sehr hohen Blödsinn; Princeton hatte ihm nicht die Mittel an die Hand gegeben, mich als Bönhasen und Scharlatan zu entlarven, – »diese beiden Kategorien geraten in Widerstreit, wenn sie aufeinander losgelassen werden, was immer dann der Fall ist, wenn ein Lernender sich einem Ding, gleich Welt, gegenüber sieht.«

Hutchinson sah das alles greifbar vor sich. Ich fuhr fort:

»In meiner langjährigen Erfahrung als Linguistiker« – noch staune ich, wie ich das so frech in meinen und seinen Hals habe hineinlügen können, doch es mußte sein – »habe ich erkannt, daß eine fortschreitende Sublimierung der Umwelt die Aufnahmefähigkeit des Schülers erhöht. In Deutschland, und noch als Student, ist es mir, zu Füßen von Max Scheler, zum ersten Male recht klar geworden, soweit einem in einem Kolleg dieses Philosophen etwas klar werden konnte, daß die Gegenstandssphäre mit Gewalt aus unserem Um-, nicht Unbewußten herausgerissen werden muß, wollen wir zur reinen Erfassung vorstoßen. Mit anderen Worten, mein Freund: je weniger sich im Klassenzimmer oder Hörsaal an Umwelt befindet, je kleiner wird der Ablenkungskoeffizient bei der lernenden Masse, wobei natürlich in Rechnung zu bringen ist, daß auch die Hörer wieder eine Umwelt bilden, die sogenannte Umumwelt, die einer Eigengesetzlichkeit unterliegt. Diese ist bislang vernachlässigt worden, unsere Philosophen gehen um die Umumwelt herum wie die Katzen um den heißen Brei, und doch muß eine Verabsolutierung ins Anonyme im Sinne von Jaspers angestrebt werden, sollen die in meinem System schlummernden pädagogischen Weltmöglichkeiten nicht mit dem Kinde aus der Badewanne gegossen werden.«

Mit schöner Beredsamkeit, manchmal stotternd und wie suchend nach der klarsten Formulierung, da sich das Letzte doch nicht sagen läßt, brachte ich dies alles und mehr Afterwissenschaft an den Jüngling. Diesem leuchtete das System ein. Fieber hatte ihn ergriffen, er rauchte in hastigen Zügen und streifte nervös die Asche seiner Zigarette in den Umschlag der feinen Tuchhose. Den Höhepunkt aber erreichte seine hektische Begeisterung, die er durch Aufspringen von der einzigen Sitzgelegenheit des nach ihr benannten Systems noch unterstrich – ich schätzte ihn auf 38^5 – als ich, selbst gefesselt vom Schwung meines Unfugs und schon im Begriffe, etwas Wahres im Quatsch zu wittern und an die Parthenogenesis meines ökologischen Systems zu glauben, zum großen Schlag ausholte: ich zitierte die weisen Peripatetiker aus den Wandelgängen des hellenischen Lykeions in die traurige Emigrantenstube auf der Barceló. Die sanften Spaziergänger der Aristotelischen Philosophenschule wußten, so erörterte ich, nun selbst auf- und niedergehend vor dem Schüler, der sich wieder gesetzt hatte, warum sie ihre Vorträge, die an unseren heutigen Universitäten in Vor*lesungen* entartet seien, wandelnd in den Galerien hielten, statt in einem geschlossenen Raum, wo der Blick an allem haften bliebe, ja sich feststiere, bis sich der Geist zu guter Letzt verschlösse und umdüstere, falls er nicht schon längst durch die auf ihn zukommende Umwelt erdrückt worden sei. Hier bräche zudem eine ganz neue Deutung der Antike auf.

Hutchinson rauchte ungestümer, beinahe wie ein Zirkusaffe, der einen brennenden Stummel erwischt hat.

So hätte ich im Laufe der Jahre, Leidensjahre im Ringen um die wahre Erkenntnis und endliche Vollendung dessen, was mir vorschwebe, Jahre der Verkennung und Befehdung auch: ich hätte aus den Räumlichkeiten, worin ich meinen Unterricht erteilen mußte, nach und nach alle entbehrlichen Dinge hinausgeschmissen, vorsichtig wie ein Tierpsychologe auf der Versuchsstation, und damit die Gefahr der »Umweltquetschung« gemildert, deren Opfer ich, nebenbei bemerkt, selbst auf eine schulbeispielhafte Weise sei. Mit den Bildern an der Wand und auf Kommoden, den Nippes auf dem Sofaumbau hätte ich den Anfang gemacht – »doch um das einzufügen, begreifen Sie jetzt, Mister Hutchinson, warum in den Zellen der Mönche – Sie erinnern sich unseres gestrigen Gespräches über die Entstehung des Klosterkults – oder in den sogenannten Lauren der Wüstenheiligen aus der Frühzeit der monastischen Bewegung das gottsuchende Auge nur die nackten Wände treffen durfte? Diese schon heiligen oder heiligmäßigen Menschen lernten, mit Gott zu sein, nur mit Gott, und erst auf dem Stylolith hat jener berühmte Simeon, der Säulensteher, die uns hier beschäftigende Umweltentäußerung bis in die letzte Folgerung vorgetrieben.«

Nicht vertraut mit der frühchristlichen Literatur des Abendlandes, hätte der Jüngling gerne noch mehr gehört über die faszinierenden Asketengestalten des wilden Ostens. Ich versprach es ihm für ein andermal, flocht indessen schnell noch den historischen Anti-Vigoleis ein, jenen frommen und ob seiner Gelehrsamkeit geschätzten römischen Diakon Arsenius, den Kaiser Theodosius seinem Sohn Arcadius als Erzieher beigegeben hatte. Theodosius schätzte den im Geruche der Heiligkeit stehenden Priester so sehr, daß der Prinz nur stehend den Unterricht empfangen durfte.

Arcadius, um jene Zeit schon zum Augustus ernannt, erblickte in dieser Maßnahme eine Erniedrigung seiner Person und trachtete dem Palastmagister nach dem Leben. Arsenius floh in die Wüste und entging so der Rache des kaiserlichen Zöglings. Die Rollen seien vertauscht, sagte ich, aber Mister Hutchinson brauche keine Angst zu haben, ich hätte es nicht auf sein Leben abgesehen – »aber bitte, nun bleiben Sie schon sitzen, und ja, wo waren wir stehengeblieben?«

»All the pictures.«

»Richtig, die Bilder also alle raus ...« – die Wände ratzekahl. Etageren seien hinterdrein geflogen, Pfeifenreckchen, Brautkränze, Meisterbriefe, Kuckucksuhren; dann die Kommoden, Blumenständer – alles an die Luft. Daß dies nicht immer reibungslos vor sich gegangen sei, begreife er wohl; doch jene empörte Hospita auf der Klinkhammerstraße in Münster, die mich wegen »Umweltraserei mit Sachbeschädigung« strafrechtlich verfolgen ließ, sei, zur Rehabilitierung des deutschen Geistes sei es gesagt, eine beschämende Ausnahme geblieben.

Heute sonach und in diesem Zimmer sei auch ich zum Äußersten übergegangen, gleichsam der Simeon-Vigoleis unseres wenig zur Askese neigenden Säkulums, und, um bei den legendarischen Vergleichen zu bleiben, ich hätte den Kaiserschnitt an der Geburt meines entrümpelnden Systems vollzogen. »Sie sehen hier, lieber Hutchinson, nichts außer sich selbst, Ihrem Stuhl und Ihrem Lehrer, wobei Sie bedenken mögen, daß Stuhl und Lehrer die letzten, leider noch notwendigen Behelfe meines Verfahrens sind. Ich hoffe aber, im Laufe der Zeit so weit zu kommen, auch diese lästigen Blickfänger noch zu sublimieren, bis schließlich der paradiesische Zustand im modernen Sprachunterricht erreicht sein wird – Adam noch vor der Erschaffung des Weibes und einzig angewiesen auf den Monolog.«

Den Luxus, so beschloß ich mein Kolleg, des wandelnden Lehrens und Lernens könne sich unsere Zeit ja längst nicht mehr erlauben, vor allem in den großen Volkszentren nicht, wo allein die Straßen- und selbst Untergrundbahnen genügten, den peripatetischen Kandidaten aller Bildungsnöte zu entheben.

Der Amerikaner, an die Verkehrsunglücke seines Landes gewöhnt, bestätigte diese Gefahr.

Das Schreiben auf dem Knie schließlich, zu dem meine Methode den Schüler zwinge – der Jüngling hatte es darin schon zu einer rühmenswerten Fertigkeit gebracht, der geborene Aphorist – sei keineswegs nachteilig, wie es auf den ersten Blick erscheinen könne, denn es sei ja immer des Lernenden eigenes Knie, das als Unterlage diene – und mit diesem sophistischen Stein schloß ich die Kuppel meines Einstuhlsystems.

Der Amerikaner, nun sicher schon über 39, schlug sich vor Begeisterung auf den Schenkel, es klatschte sehr wenig philosophisch, dann sprang er wieder auf und redete rasend schnell auf mich ein, vergessend, daß unsere peripatetische Umgangssprache die deutsche war: sofort müsse er über mich und meine Lehrmethode in einer Fachzeitschrift der Staaten berichten, wolle Gelehrte auf mich aufmerksam machen, ich müsse selbst nach drüben kommen und das Verfahren an den Colleges einführen.

»Gemach, mein Freund! Ihre Apperzeptibilität spricht für Ihre Aufgeschlossenheit unserer abendländischen Kultur überhaupt gegenüber. Indessen wollen wir nicht durch eine voreilige Veröffentlichung die noch auf dem Halm stehende Ernte gefährden. Wir sind nicht versichert gegen den Hagelschlag der Dummheit. Mein System hat noch diesen und jenen schwachen Punkt, die Fontanelle ist noch nicht zusammengewachsen. Zudem schreibe ich selbst eine Monographie über den Einstuhl; die Arbeit wird in einem münsterischen Universitätsverlag erscheinen, mit einem Vorwort von Rudolf Pannwitz, der bereits für das System gewonnen ist. Nachher, mein Bester, steht es Ihnen frei, über Ihre persönliche Begegnung mit mir und meinem Stuhl in der Welt zu berichten.«

Aus der Stunde waren zwei oder drei geworden, wir glühten beide. Beschwingt warf der Jüngling seinen Gehpelz über die Schulter und begab sich ins Hotel »Principe« zurück, beschwingt fand er sich zu den Stunden wieder ein. Er lernte wie am Schnürchen. Unsere Gespräche umfaßten immer weitere und verwickeltere Gebiete, wir schraken vor nichts zurück, was ja auch das Wesen der Philosophie ist. Doch als folgten wir einer heimlichen

Vereinbarung: das System, das diese Erfolge erst möglich machte, wurde mit keinem Wort mehr erwähnt. Wir waren wie Liebende, die ihr Geheimnis wahren, Verschworene, Mystagogen beide, die nicht einmal eines Augenzwinkerns mehr bedurften, um den Zauber wirksam zu halten.

Dann mußte ein Text bestimmt werden, um endlich den Ausschweifungen ein Ziel zu setzen. An Hand der Lektüre und ihrer Auslegung gelange der Schüler noch schneller ans Ziel. Ich hatte Schopenhauers »Aphorismen zur Lebensweisheit« vorgeschlagen, einmal um dem Amerikaner zu beweisen, daß es auch deutsche Philosophen gibt, die ein jedermann begreifliches, wenn auch nicht immer faßbares Deutsch schreiben; und dann rührten die Themen an die letzten Dinge, so daß unserem peripatetischen Drange doch wieder keine Schranke gesetzt sei. Ich empfahl die Reclam-Ausgabe, falls Hutchinson nicht gleich den ganzen Schopenhauer in der Großherzog-Wilhelm-Ernst-Ausgabe kaufen wolle.

Mit diesem sachlichen Vorschlag endete dann mein Bildungsversuch an dem künftigen Schüler von Jaspers und Heidegger. Denn George Brewis Hutchinson hat nie wieder den Weg in die Straße des Generals zurückgefunden. Der Einstuhl stand jetzt noch verwaister als zuvor im Raum. Verwaist blieb auch Vigos Börse, und das zum unausgesprochenen Kummer von uns beiden. Was war geschehen? War ein Äderchen in der Lunge meines vielversprechenden Adepten geplatzt? Hatte er bei einer weniger geistigen Ausschweifung einen Stich mit dem Stilett von einer fatalen Frau davongetragen? Der Bursche war nicht wählerisch, wenn es um die Nöte des unteren Eros ging, dabei immer noch ungenügend vertraut mit den Sitten eines Landes, wo der Dolch locker im Strumpfband der Schönen steckt. Hatte das Bankhaus des Vaters über Nacht seine Zahlungen eingestellt? Wir zerbrachen uns den Kopf, dieweil der Schüler verschollen blieb.

Folgendes hatte sich zugetragen: Von unserer Wohnung bis zum Buchshop war es nur ein Sprung, keine drei Minuten über die Straße Apuntadores, am Lädchen der Doña Angelita vorbei, wo Hutchinson gerne etwas kaufte, um sich an dem schönen Mädchen zu freuen. Noch glühend vom geistigen Erlebnis, noch beschwingt vom Flug der Stunde, betrat der Jüngling den Laden und bestellte Schopenhauer in Dünndruck, Inselausgabe, Leder. Es war nebenbei bemerkt der größte Auftrag, den die Firma je zu buchen bekommen hat. Die Herren strahlten – und wie man zufrieden sei mit dem Lehrer?

Auch der Amerikaner strahlte. Zufrieden? Er finde das Wort nicht, seinem Danke Ausdruck zu geben, ihn an diese einzigartige Lehrkraft verwiesen zu haben: keine geschicktere Adresse wohl auf der Insel, was sage er, auf der ganzen Welt! Dieses One-chair-system sei die Lehrmethode der Zukunft. Hamilton, Jacotots, Berlitz, Toussaint-Langenscheidt, Gaspey-Otto-Sauer: alles nur Stümper, Dilettanten! An dem bescheidenen Mietshause in der General Barceló werde in Zukunft eine Tafel verkünden: HIER LEHRTE VIGOLEIS.

Es scheint eine Weile gedauert zu haben, ehe die drei Buchhändler begriffen, wo der Hase im Pfeffer lag. Dann muß ein schallendes Gelächter erfolgt sein, das der Amerikaner seinerseits wieder nicht hat deuten können, bis endlich ein aufklärendes Gespräch haarfein alles zerpflückte: Der Erfinder der bahnbrechenden Sprachmethode sei ein phantasiebegabter Verseschreiber, eine vielfältig verkrachte Existenz, den man nicht gleich einen Schwindler heißen wolle; und was sein System betreffe, sei es nicht ohne Witz nach dem einzigen Möbelstück benannt, das Don Vigo sein eigen nenne, denn es gehe ihm saudreckig; und es würde noch schlimmer kommen, wenn er sich nicht baldigst zu seinem Führer bekenne. Doch gebe es zum Glück noch Mittel, auch einen Auslandsdeutschen zur vaterländischen Pflicht zurückzurufen – und so weiter, ein jeder kennt die inzwischen gesprungene Platte, die aber im Augenblick, wo Vigoleis das schreibt, wieder geleimt wird.

Dem Amerikaner seien die Tränen gekommen, einmal, weil ihm ein Traum zerschlagen wurde, und wohl auch, weil ich ihn dauerte. Denn er hatte eine tiefe Zuneigung zu mir gefaßt. Sein Gemüt war weich und noch unverbildet von seiner Berührung mit dem Abendland; um so empfindlicher traf ihn daher der Scherz. In der Ohnmächtigkeit seiner Tränenwut habe er dann auf das Scheckbuch seines Vaters gewiesen, der sei Millionär, nur ein Wort, und er hätte mir die ganze Etage ausmöbliert, ohne weiteres den zehnfachen Preis für die einstühlige Aula entrichtet! Dies aber! what a shame! er könne mich nicht mehr sehen, ich hätte sein Vertrauen mißbraucht, hätte gespielt mit seinem Wissensdrang und, fahrlässiger noch, mit seiner Ignoranz. Überhaupt, er schäme sich, und für mich mit. Eine Welt sei ins Wanken gekommen …

Selbstmordgedanken

Es wird hoch auf den Mittag zugegangen sein, da sagte Beatrice leise, doch sehr entschlossen: »Komm, mach dich fertig, wir gehen ins Wasser.«

Sie sagte: ins Wasser, und nicht etwa ins Kino, ins Café Alhambra oder an die Kathedrale. Aber sie hatte auch gesagt, ich solle mich fertigmachen, also fertigmachen zum Fertigmachen, und darum fing ich erst einmal an, mich zu rasieren.

Die verflossene Nacht war zuviel für sie gewesen, das begriff ich, doch sagte ich nichts; ich schor mich mit ungewöhnlicher Sorgfalt. Das hat nichts mit einem standesgemäßen Selbstmordreglement zu tun, wie es von farbentragenden Studenten oder Offizieren in Ehren gehalten wird: schwarzer Anzug und steifer Hut. Ich säuberte mich, weil ich das schon zwei Tage nicht mehr besorgt hatte. Ich bin nie frei von Eitelkeit gewesen, was meine äußere Erscheinung betrifft. Kein Spiegelgeck, das bei weitem nicht, aber die Stiefel habe ich gerne blank, und die Falten der Hose sollten sich nicht verleugnen. Als Raucher hätte ich mir nach einer solchen Aufforderung sicher eine Zigarette angezündet.

Dieser Tag hat sich als ein ungewöhnlich heißer in unser beider Erinnerung gebrannt, ein wahrer Hundstag war es, ob auch der betreffende Stern schon nicht mehr regierte. Die Schilderung des Ganges an den Ort der Selbstvernichtung kann daher nicht ohne dicke Schweißtropfen und geballte Staubwolken auskommen. Haben wir einen letzten Blick auf unsere Habe geworfen, ade du mein Bidetto, mein Schreibmaschinchen, mein lyrisches Werk; leb wohl Pantoffel und Kragenknopf, Dachshaarpinsel und Büstenhalter, Indianerkleid und Unkulunkulu (das war Beatricens Schirm, von dem noch zu sprechen sein wird), tschüß das allesamt, auf Nimmerwiedersehen! Ich schloß die Zellentür mit dem Schlüssel ab, das taten wir sonst nie, aber wer ewig wegbleibt, nimmt seine Vorsorge.

Die Köchin des Stundenturms, ein schon älteres Mädchen mit eisernen Knochen und einem Busen, der sich noch unter den Armen breitmachte, Bet-Maria, begrüßte uns lebhaft und wies über uns in den Tag hinauf, wo ein flimmernder Dunst das Blau verhüllte, mit Worten, die ich nie mehr vergessen habe: welch ein strahlender Tag, möge der Herr uns auch morgen diese Sonne bescheren, und daß die allerreinste, die allerseligste, die unbefleckt empfangene Gottesmutter auf der Docke denen allen ihren gnädigen Beistand gewähre – und nun zeigte sie auf die Hochburg der Lust, die wir für immer verließen.

Langsam und würdig, wie die Leidtragenden unseres eigenen Begräbnisses, gingen wir in die Stadt hinein, durch die Stadt hindurch und an den Hafen hinaus, um uns am äußersten Ende des Piers ins Meer zu stürzen. Dort steht der Leuchtturm auf einem erhöhten Umgang, ich hülfe erst Beatrice aufs eiserne Geländer, sie ist so schlecht im Klettern und auch nicht schwindelfrei, und stiege hinterher. Ich bin auch kein behender Turner, aber so ein Gitter bereitet mir keine Schwierigkeiten. Das war nebenbei bemerkt eine wortlose Übereinkunft, wie wir nachträglich feststellen mußten, eine der vielen, wo zwei mit Leib und Seele aufeinander eingestellte Menschen im richtigen Augenblick das Verkehrte tun.

Beim ersten Dock angekommen, sahen wir etwas, das uns zwang den Plan zu ändern. Zwischen Orangenschalen und Sardinenbüchsen, Kehricht und Strohwischen und einer in den Farben des Regenbogens schimmernden Lache Öl ragte der aufgetriebene Balg einer Katze aus dem Wasser; darauf saß eine Ratte und fraß ein

Loch in das Floß. Ich wies auf dieses Symbol der Vergänglichkeit und wollte gerade Trakl aufsagen, da zog Beatrice mich fort von solcher Stätte der Verwesung, die einem Zahn noch Leckerbissen bot: ». . . in Verfaultem süß und schal lautlos ihre Schnäbel mähen.« Das wäre uns doch auch so gegangen, pardon, das würde uns doch auch so gehen, hat sie gedacht, also fort an einen rattenfreien Strand: – »komm, wir gehen nach Porto Pi!«

Porto Pi? Natürlich, dort ragt ein Felsen übers Meer hinaus. Wir hatten einmal dagestanden als und wie Touristen, die wir aber schon lange nicht mehr waren. Die goldene Insel war schon zur Satansinsel geworden, und nun sollte sie uns zur Insel der Seligen werden: auf nach Porto Pi.

Ob ich mich erinnere an Porto Pi, hatte Beatrice gefragt. Und ob sich Vigoleis erinnerte an den Felsen überm Meer! Da hatte er gestanden in jenen Tagen, wo Pilar noch nicht zur rasenden Bettfurie entartet war, und sie neben ihm: die Rauschende neben dem Berauschten, und hatte seinen Arm gefaßt und auf etwas hingezeigt, in der Ferne, und Vigoleis hatte dabei heftig an das Leben gedacht und auch an das Meer und an Schwimmen und woran man dann eben denkt, wenn es soweit ist, daß man zusammen auf einen fernen Punkt stiert. Die Selbstmordtopographie hatte er sich natürlich nicht eingeprägt, er hatte sie nicht einmal als ideal erkannt. Doch wenn Beatrice nun dahin wollte, mußte die Felsnabe ein gutes Sprungbrett sein, kein federndes – aber einmal im Leben kann man das selbst besorgen. Ich folgte ihr.

Wir brauchten drei Stunden sicherlich für die Wanderung, der Hafenbucht entlang nach Santa Catalina, der Arbeitervorstadt von Palma; dann durch das Villendorf El Terreno, damals schon die beliebte Fremdensiedlung, und weiter, weiter auf der Straße nach Andraitx dem Felsen zu. Endlich erblickten wir ihn, eine Wegkrümme gab die Aussicht frei. Unten lag winzig der Hafen, silbrig flimmerte das Meer, kühn ragte der Fels: noch eine halbe Stunde, dann stünden wir am Absprung.

Stehen ist viel gesagt nach einem solchen Gewaltmarsch. Wenn wir uns bis an die Felszinne geschleppt hätten, würden wir ein wenig ausruhen müssen. Vorab einmal zur Besinnung kommen, ehe man den Sprung aus dem Elend wagen konnte. Katapulte für Selbstmörder gab es noch nicht auf Mallorca, der Verkehrsverein wollte sie erst anlegen lassen, wenn die geplante Spielhölle genehmigt worden sei. Na, da blieb uns wohl nur der Startkniff der Fledermäuse übrig. Die Natur weiß auch den Zukurzgekommenen unter die Arme zu greifen: wir würden uns einfach fallen lassen wie ein Handflügler, denn nachher raufzukraxeln brauchten wir ja nicht mehr.

Zugleich mit dem Fels der Heimsuchung war auch ein Gebäude in unser Gesichtsfeld getreten, ein großer Palast mit einem wie ein Campanile freistehenden Turm, den ein riesiger Sonnenschirm überdachte: das Hotel »Principe Alfonso« – ein Wunder, daß wir unsere Schritte hemmten? Wir sicherten wie Wild, das Gefahr wittert, aber wieso sollte Gefahr im Anzuge sein? Wir gingen weiter. Mit Zwingli hatten wir uns auf die ehrlichste Weise überworfen, was ging der uns fürder an? Wir gingen weiter. An das »Principe« hatten wir beide nicht gedacht, als wir uns auf den Todesweg machten – aber, was haben wir mit dem Hotel zu tun, und . . .

Und ein Unglück kommt selten allein. Doch wir hatten ja schon eine ganze Anthologie zusammengetragen, Porra und Puta hatten wir über uns regnen lassen, der Syphilis ward ins Auge geblickt: da kann ruhig auch noch der Urheber unseres letzten Ganges im Portal des Hauses stehen in eben dem Augenblick, wo wir mit der oft erprobten nachtwandlerischen Sicherheit Mondsüchtiger da vorüber müssen und auch vorüber gehen, schleichen besser gesagt, falls unsere Sprachwustmänner den Begriff des Schleichens billigen bei einer menschlichen Fortbewegung mit erhobenem Haupt. Denn das senken wir nicht, verdammt und zugepicht, und so geht es Schritt für Schritt, ohne den Angehörigen eines Blickes zu würdigen aus unseren schon fast brechenden Augen.

»Olá he! ihr zwei, Bice, Vigo, was macht ihr dahier? zu Fuß, bei der Hitze, ihr kriegt noch einen Sonnenstich!«

Zwingli sagte noch mehr, er hielt eine ganze Rede; der Rest seiner Ermahnungen verlor sich in schweizerischen Kehlgeräuschen, wo er großartig mit seinem amerikanischen Slang begonnen hatte. Wir hatten den Punkt, wo wir zur Gefahr im Lot standen, schon überschritten; hören taten wir natürlich nichts. Andere Stimmen riefen uns. Denen folgten wir.

Getrappel hinter uns, das liefe wohl auf eine öffentliche Anranzung hinaus. Zwingli hatte uns erwischt, einen jeden faßte er beim Arm, spaltete uns, und da konnte Beatrice lange sagen: »Bitte, laß das«, oder: »Mach daß du fortkommst«, oder was man in solchen Fällen sagt, ich erinnere mich nicht mehr, auch nicht an den Urtext, mit dem uns der saubere Bruder zur Rechenschaft zog. Was wir hier draußen wollten, wo wir schon nicht zu ihm zu wollen schienen? Mir war das alles mehr als peinlich, dies Waschen der Familienwäsche auf offener Straße, in Spanien zwar kein so ungewöhnliches Schauspiel, aber trotzdem, das durfte bei unsereins nicht einreißen. Ich hasse Szenen sowieso, ich bin viel zu dekadent fürs robuste Dreinschlagen und Randalieren, und die zwei, das ist häuslicher Knies, den sollen sie alleine ausbaden und sich in die Büsche schlagen – aber die dürftigen Pinien, alle zehn Meter eine, das bleibt öffentlicher Bereich. Und du, Vigoleis, gesteh es heute, hast du damals beim unliebsam unterbrochenen letzten Gang nicht mehr an dich denn an Zwinglis Schwester gedacht?

Zwingli überhebt mich der Antwort. Er hat kurzen Prozeß gemacht mit den störrischen Selbstmördersleuten, er hat sie einfach auf der Stelle umgedreht und ins Hotel gezogen, erst starken, dann geringeren und dann gar keinen Widerstand mehr überwindend. Er herrschte über uns mit seiner gut genährten Kraft und seinem an Pelmanismus gestählten Willen, und wir gerieten auf die schiefe Ebene. Alle sittlichen Verworfenheiten fangen so an. Nachträglich betrachtet, komme ich zu dem Schluß, daß man vor der Selbstentleibung erst ein gutes Gabelfrühstück zu sich nehmen soll, am besten mit Sekt, und auch die Verdauung wäre ins Auge zu fassen, damit von dieser Seite keine unliebsamen Notlösungen aufgenötigt werden, und dann erst schreite man ins Unvermeidliche. Sonst, und uns ist es ja nicht anders ergangen, kann der erstbeste lockere Bruder unsere schönsten Vorsätze über den Haufen werfen, wir werden schwach wie eine Jungfrau nach dem dritten Stoßgebet: o laß nicht ab – da meint sie die Kraft wider den Anfechter, und der meint sich selbst, und es ist vollbracht.

Welch ein Zynismus, denkt vielleicht ein Leser, der nie aus einem Stundenturm den Weg zum Fels der Ewigkeit angetreten hat neben einer geliebten Frau. Wäre ich zynisch, dann ließe ich Beatrice jetzt eine Handkarre über die Carretera de Andraitx schieben, mich selbst gewiß mit schräger Schulter vorgeseilt, und die Karre wäre vollgeladen mit den Trümmern des von der Hure vorvernichteten Pianos. In einem früheren Kapitel habe ich ja eine Anspielung gemacht auf den Leukadischen Fels, von dem die Dichterin Sappho mit ihrem Instrument sich in die Tiefe geworfen – der Handwagen mit dem Klavier käme also nicht unvorbereitet, auch er wäre Vorsehung wie das Seil, an dem ich ihn ziehen hülfe, und ein wenig auch eine Ausgeburt meiner Phantasie, deren ich genügend habe, eine Situation nach der biblischen Seite hin auszugestalten. Und doch fehlt dann immer noch etwas bei mir, denn sonst wären wir ja nicht auf dem Wege nach Porto Pi gestrandet. Ihr Sohn, so haben Lehrer meinem Vater wiederholt mitgeteilt, wird das Klassenziel nicht erreichen. Dann wird er Schuster, pflegte der Vater, kein Mann vieler Worte, zu antworten, und beide, Lehrer und Vater, teilten mir diese Zukunftsaussichten mit. Das Klassenziel habe ich nie erreicht, aber Schuster bin ich leider auch nicht geworden. Gott hatte anderes mit mir vor, obwohl er einen guten Besohler aus mir hätte machen können. Setze ich nun hier statt Klasse Fels, dann ist mein Vater prophetisch gewesen. Ich habe nie Ziele erreicht, die mir von anderen gesteckt worden sind, und selber Fähnchen setzen, darin bin ich immer vorsichtig gewesen. Der Fels war Beatricens geweistes Mal, ich lief nur so mit im Rennen, da kam die Panne, und was nun aus uns werden sollte, sagte uns niemand, nicht einmal Zwingli, der uns jetzt als Don Helvecio mit Anstand in die Halle seines »Principe« schob.

Unsere Existenz war gebrochen, der Traum des Nichts, der Sturz in die Wasserfluten, alles zunichte gegangen an einem leeren Magen! Wir standen beschämt, und ich brauche nicht zu sagen wie müde und ausgelaugt, in der Empfangshalle eines Hotels, wo das billigste Mansardenzimmer mehr kostete für eine Nacht, als was wir auf dem Leibe trugen. Wir waren verdreckt und schäbig anzusehen, ich erschien mir trotz des glatten Kinns als verludert, und Zwingli hätte nun den Spieß umkehren können: »Nanu, ihr seid ja heruntergekommen!«

Er aber, Don Helvecio, der wieder obenauf war, tat nichts dergleichen, er zahlte nicht mit solcher Münze heim. Fein stak er in der Wäsche, die Stiefelkappen spiegelten, das Haar lag schwarz und gekräuselt um einen gepflegten Kopf, nirgends rieselte es, überall war die Bürste am Werk gewesen, und siehe da, am kleinen Finger der Rechten wuchs der Pfriem wieder in die Welt, er schien noch länger jetzt getragen zu werden als damals, ach damals am Hafen und auf der Straße der Soledad. Kein Fleckchen Schwarz bei der Kuppe, und die übrigen neun: alles ohne Makel, Maniküre mit Mandelmilch, kein Häutchen zuviel: Zwingli, der gesuchte schweizerische Hotelfachmann und auch sonst ganz Mann der internationalen Welt, die hier in einer teueren Auslese versammelt war zum Fünfuhrtee. Fünfe, so spät war es geworden, ein Samstagnachmittag, Mitte September, noch ein paar Wochen und Vigoleis feiert seinen Geburtstag. Doch lassen wir ihn erst die Feier seiner Auferstehung bestehen.

Zwingli, nein Don Helvecio hob den geschülpten Finger, und sofort kamen sie alle herzugelaufen, große und kleine Kellner, ein Headwaiter, ein Oberheadwaiter und noch einer über allen: und sie richteten eine Tafel im kleinen Saal, – »oder Bice, wollt ihr vielleicht lieber in der Rotunde sitzen, ja, das ist recht«, und wieder der Finger und ein nicht ganz geräuschloses Flitzen: nicht weil die da nicht wüßten, was sich gehört, aber viele Fremde haben gerne den echt spanischen Spektakel, und wo um diese Tageszeit die Angelsachsen den Tee einnahmen, fanden auch wir es recht: ganz hinten sei ein Tisch frei, da hätten wir zugleich auch einen schönen Blick aufs Meer, »mare nostrum«, sagte Zwingli und meinte Tacitus, und wir meinten den bestimmt nicht. »Hier sind die Felsen besonders steil und malerisch, luëget emol da, den Fels, wie pittoresk, der bringt uns jährlich einen netten Bollen ein.«

Ja, nun zeigte Zwingli mit dem Wundernagel auf die Leukadische Klippe, die haushoch aus den Fluten ragte, ein wenig nach vorne geneigt, rötlich angeschienen, unten von weißem Gischt umflockt. Eine zitternde Säule stand über dem Kegel und verlor sich in Dunst. Uns flimmerte es vor den Augen, das war wohl die Schwäche, denn es ist uns erst viel später aufgegangen, daß wir unser Henkersmahl im Angesicht der verpaßten Todesstätte eingenommen haben.

»Wollt ihr euch nicht ein wenig richten, ein Bad!«

Das wollten wir nicht, gar nichts wollten wir. Wir waren wunschlos geworden. Während der Nagel weiter Zauberzeichen in die Luft malte, deckte sich das Tischlein, goldbetreßte Knaben sprangen, Kellner kreisten, Schwebendes kam, soll ich alles beschreiben? Ich weiß seltsamerweise noch genau, was aufgetragen wurde, doch es gehört so wenig hierher, wie es damals dorthin gehörte. Gäste kamen und gingen, der Betrieb war flott, viele grüßten in ihrem Baedeker-Spanisch den beliebten Don Helvecio, der wunderbar diskret anzudeuten wußte, daß er mit besonders hohen Gästen beschäftigt sei: es seien seine Leute, Schwester und Schwager – es blieb natürlich nicht bei der Andeutung – Künstler beide, sie hätten gewandert, man stelle sich das vor, um diese Hundsstunde, da seien sie über Génova nach Schloß Bendinat hinaufgezogen, und nun müsse er sie wieder zu Menschen machen. Es war eine lustige Fabel, die alten Ladys hörten das gern, die auf ihren verkehrt eingesetzten Beinen doch nie weiter kamen als bis an die Straßenbahn, aber, wer weiß, an einem kühlen Tage würden sie das auch mal wagen, und Don Helvecio sagte, gewiß, der Wagen des Hotels stände ihnen zur Verfügung.

War er verlegen, daß er so schwätzte? Mitnichten. Er tat uns sogar die Ehre an, mit ihm zu speisen, denn er langte schon zu, und was sah ich, potzhenker, er hatte die Eier des Generals vor sich stehen und hieb in sie hinein, und Wein, den Roten der Julietta: da war er also noch oder wieder mit einer Pilar zusammen, obzwar in gemäßigter Hingabe, denn sonst hätte er ja unseren Leichenwagen nicht vor dem Portal seines Hotels zum Entgleisen gebracht. Wir aßen nichts.

»Aber so langt doch zu, haut doch drein, geniert euch doch

nicht, das habt ihr doch nicht nötig, ihr seid Touristen, und du, Bice, sicher nicht, du hast doch mit Fürsten und Königen getafelt, und ihr müßt mal wieder kommen und dann erzählst du unserem Es Mestre, dem Küchenmeister, vom Schloß der Colloredo-Mansfeld, wo der Leibkoch des letzten Zaren die Herrlichkeiten der Tafel bestritt. Mon cher Vigoló kann das ja immer wieder hören – aber was ist denn los mit euch ...?«

Der Wasserfall plätscherte weiter. Wir schwiegen, was hätten wir sagen sollen? Essen konnten wir nicht. Wir tranken einen Tee, der unserem warmen Wasser noch sehr angepaßt werden mußte, und brockten Zwieback hinein, fein war das auch nicht, aber Touristen und Künstler stehen über allen Tischmanieren.

Was nur über uns gekommen sei? Müsse er uns denn die Würmer aus der Nase ziehen? Doch wohl nicht eingeschnappt wegen der dummen Geschichte mit seiner Pilar, und wo wir wohnten; Emmerich habe ihm gesagt, wir seien zu dem Grafen gezogen, den kenne er gut, das sei ein feiner Typ, überlegener Anarchist, fast ein Künstler, mit einer Privatgalerie zum Gruselnlernen; dort habe er uns mal aufsuchen wollen, um den Quatsch aus der Welt zu schaffen, – »Weiber, wüsset ihr, – da wart ihr schon wieder ausgezogen, Don Alonso wußte nicht wohin. Auch Antonio hatte keinen Schimmer, und mit dem hat man euch noch häufig gesehen, ein guter Kerl. Habt euch inzwischen wohl an spanische Verhältnisse gewöhnt, das geht schnell, man darf sich nur nicht unterkriegen lassen; man muß vom ersten Tage an spanisch denken, dann geht es von selbst.«

Ich sagte ihm, wir hätten vor der Stadt ein Zimmer bezogen, in einem Hause, das hieße die »Torre del Reloj«.

Da brach dem Eidgenossen fast der Nagel ab: Im »Turm der Uhr«?! Da hätte er uns nie im Leben gesucht, Beatrice in *dem* Betrieb, er griff sich an den Kopf und stierte seine Schwester an. Mich fand er da wohl mehr am Platze, endlich die gute Stube gefunden, wo ich hocken könne. »Das berüchtigtste Haus auf der Insel! Puff! Schmugglerhöhle! Absteigequartier! Falschmünzerei! Alles, was das Licht scheut und auch am offenen Tage sein finsteres Wesen treibt, findet sich unter des Riesen Dach zusammen. Da müßt ihr auf dem Quivive sein, ihr kriegt Stunk mit der Polizei, die hat Arsenio seit Jahren in Verdacht, daß er den Opiumschmuggel auf den Balearen organisiert. Das muß ich Don Darío erzählen, die zwei sind alte Bekannte, eine Mordaffäre spielt da hinein und der Bankier Juan March, ihr wißt, der Milliardär, ganz große Sachen das alles, mit Blutrache wie auf Korsika. Und der Liebesbetrieb, hab das alles mitgemacht! Wenn die Corridas sind und die ganze Truppe vom Festlande kommt, ist die Kirmes perfekt, alle Boxen besetzt mit Picadors, Chulos, die ganze Fechterschar überschwemmt den Stundenturm. Wir lassen oft Pritschen reservieren für unsere Gäste. Mal von der Buttlarschen Rotte gehört? Pietismus und erotische Muckerei, aber das war nichts gegen die Torre da draußen mit den Kabauzen und dem Prunkgemach für die reichen Torreros. Das müßt ihr euch mal von Adeleide zeigen lassen, hat Tausende gekostet, einzig auf der Insel!«

Zwingli lachte, daß es ihn schüttelte. »›Torre del Reloj‹, wartet mal, morgen ist doch Corrida . . .«

Die Schöpfungsnacht hatte ihre Erklärung gefunden: die Truppe war den Tag zuvor an Land gegangen. Morgen würden die Kerzen auf dem Altar der Madonna in der Arena brennen – Ave Maria Purissima.

Die Gäste hatten die Rotunde verlassen, nur wir saßen noch da, ein ganz klein wenig gestärkt, und nun sich ausstrecken können und schlafen in einem richtigen Bett!

Dann zogen wir wie geprügelte Hunde davon.

»Wie steht es mit eurer Vermögenslage? Vermutlich ungünstig, mal sehen« – Zwingli griff in die Tasche und klimperte mit Metall. »Hier mal fürs erste etwas Kleingeld, Tram und so, den Rest der Schulden bereinigen wir ein andermal; zu dumm damals, Bice, deine Skrupel, aber ihr bleibt ja noch ein Weilchen auf der Insel. Wir müssen uns häufiger sehen, ich muß das alles organisieren, meine Pläne mit euch, ich komme mal raus zum ›Turm‹, Vigo kann da was lernen, für seine Bücher, meine ich. Letztes Jahr hat ein Photograph sich oben ins Gebälk gehängt, um eine Blitzlichtaufnahme aus der Vogelschau zu machen in der Kampfnacht. Der wollte Millionär werden, aber die Picadors haben ihn frühzeitig entdeckt und halb tot geschlagen. Ich komme bestimmt, Arsenio hat besondere Weine und Adeleide ist berühmt für ihre Tintenfische in der Tinte, mon cher Vigo!«

»Auf die Tinte kommt es an, mon cher Zwingli, besonders, wenn man selber drin sitzt.«

»So long!«

»Ciau!«

»Tschüß!«

*

Wortlos schlichen wir in die Stadt zurück. Uns schien nichts zu verbinden, nicht einmal mehr das sonst so sprechende Schweigen. Wir waren Feinde geworden, jeder hatte den anderen wie mit ruchloser Hand an der Tat gehindert, und jeder schämte sich vor dem anderen. Selbstmord zu zweit setzt eine völlige Homousie voraus. In Romanen geht das auf einer Seite spielend. Wir hatten ein ganzes Kapitel dafür vorgesehen, und noch war nichts daraus geworden. Wir mußten von vorne anfangen.

Als wir auf der Plaza de la Libertad ankamen, war es gerade noch Zeit, auf der Post nachzufragen, ob Geld oder Briefe gekommen seien. Der Beamte im blauen Kittel kannte mich nicht, so daß alles in analphabetischer Sachlichkeit vor sich ging: nichts unter den postlagernden Vorräten. Ob er auch wirklich gut nachgesehen habe, getraute ich mich zu fragen. In Spanien kann man das, in Deutschland hätte ich es nie gewagt. Der Mann im Kittel wurde auch gar nicht böse, von Anranzung nicht das Geschabte des Martersteigschen Käse, er lächelte höflich, – »ach so, Sie meinen, wir könnten hier nicht lesen, weil wir ein so fatales analphabetisches Erbe aus der Klerikalmonarchie angetreten haben? Das denken alle Ausländer, und irren sich alle. Aber bitte, wenn Sie sich selbst bemühen wollen« – er schob mir einen ganzen Stapel Post zu und beschäftigte sich wieder mit seinem Kreuzworträtsel, wo noch Felder offen waren.

Ich fand nach kurzem Stöbern einen Brief aus Stuttgart, Deutsche Verlags-Anstalt, das mußte die Anweisung sein. »Na also, doch noch was rausgefischt?« Ich zeigte meinen Paß, der Mann sagte, »schon lange gut«, und dann strahlte er förmlich auf; halt, rief er, ich sei von allen Heiligen gesandt, ob ich mich nicht der Mühe unterziehen wolle, einen anderen Stoß durchzusehen, der liege schon Jahre da, man wisse nicht, was anfangen damit, vielleicht –? »Vielleicht«, sagte ich und fingerte den Haufen durch. Da war noch dies und das für uns dabei, alte Kamellen, überfällige Korrespondenz, ich nahm es an mich.

Der Beamte wollte mir noch mehr aufdrängen, es waren wichtig aussehende, schwer versiegelte Stücke darunter, die wäre er gerne losgeworden, aber ich ließ mich nicht bestechen. »Ein ander Mal vielleicht, so Gott will!«

»So Gott will! Aber bitte, einen Moment!« Er zeigte auf sein Kreuzwortblatt. »Berühmter deutscher Schriftsteller, mit Doppel-V?«

»Vigoleis.«

»Sie? Mensch!«

»Inkognito, sonst kann man sich nicht lassen vor Bewunderern, Sie verstehen.«

Er verstand es doch nicht so ganz, und mit Jakob Wassermann wäre er entschieden weiter gekommen. Er drückte mir die Hand.

Beatrice saß unter den Palmen des Triangulums und hörte die Mär von des Vigoleis Reichtum, über Nacht in seinen Schoß gefallen, ein Scheck auf einige hundert Peseten, Früchte seines, zwar wenig wassermännischen, Federfleißes, seiner pygmäischen Schriftstellerei, der in bare Münze hinzuzahlende Beweis seines Daseins als Verfasser, durch tückische Mächte ein paar Wochen zu spät an den Mann gekommen, durch dieselben kabbalistischen Wesen, die im letzten Augenblick von der über uns verhängten Prüfung abstanden und an Zwingli den Befehl ergehen ließen, uns über den Weg zu laufen. Das ging alles ohne den üblichen Sicherheitszuschlag, beginnend im Bordell bei dem über uns erkannten Hochgericht, à chandelle éteinte, fast mittelalterlichem Rechtsbrauche gemäß – und Beatrice brach ja auch zusammen, als die letzte Kerze erlosch. Kein Stern schien aufzugehen. Rein äußerlich ist das alles anders, einfacher zu erklären, ganz unter Umgehung der Vorsehung: die Spaltung meiner Persönlichkeit erstreckt sich bis in die standesamtliche Erfassung meiner Person. Mein Reisepaß vermeldete damals nur, die aus der Taufe gehobene Hälfte meines Seins. Vigoleis stand da nicht vermerkt. Den Beamten traf also keine Schuld.

Herr Emmerich fand sich ohne weiteres bereit, uns fünfzig Peseten zu borgen. Ich wollte ihm den Scheck zeigen, da lachte er, wir hätten bei ihm Kredit, wir sähen so ehrlich aus wie selten Menschen, die nach Mallorca kämen. Hundert hätte er auch gegeben. – Wer einem Luftikus die Schulden abtrage, mache selber keine.

Wir kauften leichte Eßwaren ein, ein Krankensüppchen sollte gebraut werden; dazu eine Kerze, Oropax für Beatrice, für den Frieden der Nacht, die wir statt in Oktopus' Armen nun wieder im Gehege des »Turms« verbringen sollten. Wir schritten – nein, natürlich nichts von Schreiten: ich winkte einem Taxi, es war zufällig dasselbe, mit dem sich Vigoleis im vorhergehenden Kapitel seiner Beatrice gegenüber aufgespielt hatte. »Wohin die Fahrt?«

»›Torre del Reloj‹!« – da sehen wir gleich, ob das Haus so berüchtigt ist, wie Zwingli behauptet.

»›Torre del Reloj‹? Sehr gut, sehr gut, man muß seinen Mann stehen!« – und der Wagen war fast schon da.

Von braunen Verbrechern

Hätten am Tage von Hitlers Machtergreifung alle Menschen in Deutschland, die sich für Christen ausgaben, im Geiste des Christentums gehandelt, dann wäre das Ebenbild des Herrn in eine Heilanstalt gewandert und dort auf Kosten der Gesellschaft bis ans Lebensende versorgt worden. Der Führer wäre ein Fall für Hochschulprofessoren gewesen. So wurde er ein Fall für die Menschheit.

1933

In einem südlichen Lande lebt der am besten, dem es gelingt, den Sinn für die Zeit ganz und den für das Räumliche nach Möglichkeit auszuschalten.

Manchmal ist es schon der morgige Tag, und man meint, es sei immer noch gestern oder vorgestern oder, in glücklichen Fällen völliger Zeitverwahrlosung: überhaupt nicht. Das Heute scheidet immer aus; es ist nur eine philosophische Abstraktion. Der iberische Mensch, und um den geht es hier, steht aber mit beiden Füßen auf seiner Wolkenerde.

Während der sieben Jahre unseres politisch-dichterisch-mystischen Exils auf Schloß Pascoaes in São Jão de Gatão – die Insel und Spanien lagen schon hinter uns; auch die Schweiz, auch Frankreich und die bangen Stunden der zweiten Flucht durch Spanien – da sagte ich eines Tages zu Beatrice, vom Manuskript aufblickend: »Du, wann ist eigentlich Ostern? Ich möchte Mutter ein paar Auferstehungsgrüße senden ins immer größer und immer blutleerer werdende Reich.«

Telegraphisch übermittelt, entgegnete die zeitwägende Beatrice, kämen feurige Zungen noch zeitig an: in drei Tagen schrieben wir nämlich Pfingsten.

Und selbst bei dieser über-iberischen Zeitraffung war noch ein kleiner Reibungsverlust im Spiel gewesen, denn es stellte sich heraus, daß die Ergießung des Heiligen Geistes schon am folgenden Tage vor sich gehen sollte.

Es war also soweit, wir hatten es nur nicht gemerkt. Während wir unseren Inselschlaf gehalten mit der sich so laut gebärdenden Tagtraumwelt der Mamús, Patucos und Uluas, der streunenden Suredas und des immer besser malenden Pedro; mit Porras und Putas Pilar; Toten, die nicht tot, Lebendigen, die ums Verrecken nicht tot sein wollten – da war Deutschland erwacht. Und da zu einem erwachenden Deutschland ein verreckendes Juda gehörte – es gibt kein Heldentum ohne Opfer – scharte sich das Volk der Dichter und Denker, das auch Hagens Volk ist, um den Führer.

Wieviele mochten das wohl sein, die da mit starr von sich gestreckten Gliedmaßen sterben sollten? Es ginge gewiß in die Millionen. Zwei konnten von vornherein von der Liste gestrichen werden, um die brauchte sich der Führer nicht mehr zu kümmern: Adele Gerstenberg und ihr Sohn ruhten vom eigenen Tode auf dem Cementerio in Alicante. Millionen weniger zwei, macht das denn etwas aus? Wo eine Million verrecken, spielen da zwei noch eine Rolle? Wenn alle tüchtig mitmachen, schafft es das Volk im Handumdrehen. Sie müssen eben alle mitmachen. Alle! Keiner darf sich ums Morden herumdrücken, sonst wird er selber abgemurkst. So wollen es Hitler und die Geschichte. Und da behauptet Vigoleis noch, nicht an Geschichte zu glauben. Nur nicht die Toten zählen: Don Patuco und Hölderlin sagen es auch.

Nach Jahren der vaterländischen Schmach, der völkischen Erniedrigung, der nationalen Umdunkelung: endlich die Morgenröte, die Götterdämmerung, der Aufbruch mit Kind und Kegel und Mann und Maus. O, da konnte man sich wieder geschlossen freuen, in Reih und Glied zum Jux angetreten; und je mehr man mordete, je freudiger wurde einem ums Herz. Und da aus Freude Kraft erwächst, nannte man die so gewonnene Kraft die Kraft durch Freude; und mit dieser Kraft durch Freude bestieg man Kraft-durch-Freude-Schiffe und segelte in die Welt hinaus, denn war man nicht auch ein Volk ohne Raum?

So kamen die Erwachten auch nach Mallorca, das Ende der Welt, die Hinterwelt, die Unterwelt, aber immerhin noch Welt. Das wollte man sich einmal ansehen, Freude schöpfen aus dem Anblick des Niedrigen, gegen das das eigene Hohe um so ragender steht: Bei uns ist alles viel besser! Aber das wird natürlich bald ganz anders werden. So eine totale Schweinerei, nicht mal Bier hat dieses Volk – »Herr Führer, im Namen des Führers, sagen Sie mal, wo kann man hier mal anständig ...« Doch ehe ich als Herr Führer dieser Volksgenossen den Protest annehmen und an den Führer weiterleiten kann, muß ich selbst erst wissen, woran wir sind.

Ich erfahre es von Herrn von Martersteig, einer nationalen Quelle also, denn wie gesagt: es war so weit gekommen und wir hatten es nicht gemerkt. Wir waren auf keine Zeitung abonniert, mein Heimatblatt kam unregelmäßig, und im deutschen Shop lasen wir nur, was unterm Strich stand. In Mulets Tertulia wurden die internationalen Tagesfragen zwar eingehend, aber zeitlos behandelt. In den Sesseln Mamús bärmte das königliche Backpulver, auf den Mehlsäcken Jaumes entschied sich das Schicksal Honduras', auf dem dreibeinigen Stuhl der Suredas das Schicksal der Suredas –: jeder denkt nur seine eigene Welt. So wußte ich nicht, daß ich über Nacht zum Angehörigen eines Herrenvolkes geworden war, und mein Führer in Anführungszeichen war das Ebenbild des Herrn.

Hitler als Fall für den Psychiater

1933 wurde Christus in Deutschland ans Hakenkreuz geschlagen unter dem tosenden Jubel von Millionen und der wortlosen Billigung von Milliarden. Die Menschen waren nicht mehr so engherzig wie nach dem kaiserlichen Krieg; sie anerkannten dies jüngste expressionistische Kunstwerk, bis auf einige wenige nach, die es immer und überall gibt, die blutten Kunstbanausen der Weltgeschichte, die Nörgler und Kritikaster. Sie zählen nicht. Vigoleis und Beatrice zählten ja auch nicht. Man ließ sie links liegen.

Hätten am Tage von Hitlers Machtergreifung alle Menschen in Deutschland, die sich für Christen ausgaben, im Geiste des Christentums gehandelt, dann wäre das Ebenbild des Herrn in eine Heilanstalt gewandert und dort auf Kosten der Gesellschaft bis ans Lebensende versorgt worden. Der Führer wäre ein Fall für Hochschulprofessoren gewesen, an dem Studenten hätten lernen können. So wurde er ein Fall für die Menschheit, an dem niemand lernte. Es gab aber keine Christen mehr in Deutschland. Gott war tot, Christus war tot, es lebte nur noch der Führer. Als man aus Taumel und sturer Faste erwachte, war es zu spät: Trägheit des Herzens.

Die Geschichte des Nationalsozialismus wird nie geschrieben werden können, solange die christliche Verlogenheit andauert. Denn ohne die Entchristlichung des Abendlandes wäre der Einbruch der heidnischen Barbarei nicht möglich gewesen. Wir sind aber noch lange nicht soweit, uns einzugestehen, daß wir keine christliche Welt mehr haben. Immer noch wird Theologie doziert, der Name Gottes für ein Brotgedinge vergeblich geführt; es werden Knochen mit Pulver gefüllt und Schwerter mit saftigen Blutrinnen geschmiedet.

Das Jahr 1933 wurde auch für uns auf der Insel ein Meilenstein. Wir seien weit vom Schuß, meinte Don Matias, was ginge die ganze Schweinerei uns an? Er irrte sich. Hitler war kein Don Patuco, wenn er auch nur einen Arm hob, der aber weiter reichte als der des Hondurensers. Bald hatte er die Insel in seinem Griff. Volksgenossen, die täglich das Hakenkreuz schlugen im Namen des Führers und des Führers und des heiligen Führers Amen, wollten Vigoleis und seine verdächtig unarisch aussehende Beatrice umbringen, weil sie dem neuen Gott den Zehnten weigerten. Wir glaubten nicht an den Schwindel, abgesehen davon, daß er schmutzig war. Da hätten wir noch eher auf den Beverwijnschen Hund geschworen. Mevrouw van Beverwijn aber glaubte sofort an den neuen Heiland und wurde auch böse, als ich einmal vor versammelter christlicher Damenwissenschaft meinen Spott mit dem Führer trieb. Viele der Schwärmerinnen, denen ich sowieso ein Ärgernis war, weil Mamú mich nicht des Hauses verwies, kriegten einen gefährlichen Glanz in die Augen, wenn die Rede auf den Erlöser der Deutschen kam. Man konnte den Mann nicht mehr totschweigen, wie es die Welt mit Don Patuco tat. Der zählte fürwahr die Toten auch nicht, aber sonst schien er mir alles verkehrt anzustellen, während Hitler alles richtig machte. Der Deutsche hatte es gleich erblickt: Gott ist tot, kein Schwein glaubt mehr an ihn, aber alle tun sie so als ob, und das gibt mir die große Möglichkeit.

Wie aber verhielt sich Mamú selbst zur Führerfrage? Auch darin war sie großartig. Trotz ihrer Millionen, trotz des wichtigen Hinterlandes für das Backpulver, das immer noch ihr Backpulver war, lehnte sie den Heiland ab. Mit den Damen ihres Bibelkränzchens hatte sie Mitleid; man könne von alten Scharteken nichts anderes erwarten, die seien im Leben zu kurz gekommen, und nun erwärmten sie sich an der neuen Glut; das sei rein sexuell zu erklären, fügte sie hinzu. Mamú kannte auch diese verschütteten Zusammenhänge. Sie war mit Freud sehr befreundet gewesen und berief sich gerne auf ihn. – Ob sie denn nicht an ihrem Bibelchristus genug hätten, der sei doch auch so schön? Da legte Mamú den Finger auf den Mund und sagte: »bet my life!«

Die Kinderfrau, die von der biblischen Wissenschaft nichts wissen wollte, aber aus dem Schwarzwald stammte, betete den Führer an, der ein Führer ganz nach ihrem in der Fremde alt gewordenen Herzen war. Nun sehnte sie sich auf einmal nach Deutschland zurück. Auch empfand sie es plötzlich als eine völkische Schmach, daß sie vor Jahren dem Drängen ihrer Herrin nachgegeben hatte und amerikanische Bürgerin geworden war. Sie lag Mamú ständig in den Ohren, uns das Haus zu verbieten: denn nicht an Gott *und* an den Führer nicht glauben, sei der Gipfel der Verworfenheit. Mamú erhöhte ihren Lohn und hatte geraume Zeit Ruhe.

Der Staatsanwalt, der in eigener Herzenssache schlecht plädierte, so daß er Aumas Muschelhorn immer noch nicht so an sein Ohr halten konnte, wie es für beider Gesundheit das beste gewesen wäre, erklärte sich auch für den Führer. Auma war gegen ihn. Das führte zu neuen Spannungen, die so weit gingen, daß sie sich haßten, während sie sich im unpolitischen Fleische stärker begehrten als je. Sie waren gar zum Auseinanderfallen. Mamú hätte die beiden am liebsten eigenhändig auf die Pilarière gelegt, in Wien mache man das immer so. Aber in Spanien macht man das so sowieso nicht, und wie es die Finnen tun, weiß ich nicht.

In der Tertulia wurde ich, wie gesagt, zum Munde des deutschen Schicksals. Man hielt mich fast für einen Propheten, aber natürlich einen schlechten. Dabei tat ich nicht mehr, als für bare Münze nehmen, was der Führer und seine Sprüchemacher tagtäglich verkündeten: am Ende einer jeden nationalen Bewegung stehe der Krieg.

Ballade vom Hungerkünstler

Der Hungerkünstler Vennemann
aus Bielheim an der Bield
den Hungerweltrekord gewann,
den der Franzose René Cannes
mit dreißig Tagen hielt.

Sein Lebenslauf sei hier gezeigt
mit einem herben Strich:
Der Säugling schon zum Hungern neigt,
weil seiner Mutter Milch nicht reicht,
und Nüggel gab es nicht.

Doch Karlchen trug sein Hungerlos
mit seltener Geduld.
Er wurde ohne Pulle groß –
der Vater war viel arbeitslos,
das mildert seine Schuld.

Auch später gabs Gelegenheit
am Hungertuch zu kaun
Der Junge tats, und weit und breit
bestaunt man seine Magerkeit –
Den wirds in bälde haun!

Von wegen haun! Der Alte strahlt,
denn Höheres er wähnt.
Die Mutter, fromm, im Geiste malt
ihn zum Kaplan, weil schlecht bezahlt
und Freitags abstinent.

Dann Lehre mit Gesellenstück.
Von Großem keine Spur.
Der ersten Liebe schwüles Glück,

dann Ehe, Kinder und zurück
zur alten Hungerkur.

Dann Weltkrieg. Vennemann Soldat.
Dann Kohldampfschieberei.
Dann sozialer Demokrat
und Mitglied vom Soldatenrat.
Dann Flucht von Wilhelm zwei.

Dann Ebert, Noske, Hindenburg
als Reichsverfallsymbol.
Auch Karle hungert stramm sich durch,
der Magen platt wien Wasserlurch,
die Wangen gelb und hohl.

Da dämmerts auf wie Morgenrot
in Karls Proletentum:
Ich mache aus der Hungernot
ein Kunstgewerb fürs täglich Brot –
das bringt mir Geld und Ruhm.

Der Plan ist einfach genial,
hätt Vater das erlebt!
Die Mutter sieht sich dieses Mal
gefeiert im gefüllten Saal,
was auch den Busen hebt.

Der Sohn jedoch mit kaltem Blut
trifft die Bereitung vor.
Für Training sind sechs Wochen gut,
den Rest besorgt mit steifem Hut
und schlichtem Trauerflor

der Manager. – In Vaters Stadt
steigt Vennemanns Debüt.
Die Bürgerschaft ist restlos platt,

daß sie in ihren Mauern hat
ein solches Kunstgenie.

Versiegelt im Panoptikum
zeigt er die Hungerei,
den Blick getrübt, die Lippen stumm . . .
auf Zehen schleicht das Publikum
am großen Sohn vorbei.

Was geht in seinem Innern vor?
Betretenen Gesichts
ein Mann in Grübeln sich verlor,
dann flammt es sein Gehirn empor:
Im Bauch natürlich nichts!

Herr Vennemann, so sagt ein Schild,
ist absolut verhindert
und auch zu sprechen nicht gewillt,
weil Schweigen seinen Hunger stillt
beziehungsweise lindert.

Wer Butterbrötliches verzehrt,
so warnt ein andres Schild,
vor Augen dessen, der entbehrt,
ist solcher hohen Kunst nicht wert, –
und macht zudem ihn wild.

Im Hintergrund mit weißem Haar
sitzt still ein Mütterlein.
Sie ists, die diesen Sohn gebar!
O Gott, nun bringt das Hungern gar
dem Jungen noch was ein.

Im Schanklokale das Klavier
hämmert mit voller Kraft.
In Strömen fließen Schnaps und Bier,

man säuft und frißt bis früh um vier –
dieweil der Künstler schafft.

Vier Wochen ist sein Werk gediehn,
da trägt sich etwas zu,
was seiner Kunst den Ruhm verliehn,
den ihm die Neider nie verziehn,
des Hungerns höchster Clou:

Der Arbeitslosen langer Zug
trotz Polizeiverbot
sein Elend durch die Straßen trug
und wechselnd laut im Chore frug:
Wer gibt uns Brot?

So kommen sie zum »Weißen Schwan«.
Am Saal hängt ein Plakat,
das zeigt mit Kurven deutlich an
die Tage, die Herr Vennemann
bis jetzt verhungert hat.

Noch einmal schallt mit dumpfem Klang
der Schrei ums täglich Brot.
Dann fährt ein Ruck die Reihn entlang,
die Demonstranten stehen bang
und werden puterrot:

Da leidet jemand dreißig Tag,
was sie zu Sozis macht,
und nicht ein einzig Wort der Klag,
vielmehr, er schlägt mit stummem Schlag
die große Hungerschlacht.

Und gruppenweise vier und vier,
vom Beispiel tief bewegt,
marschieren alle durch die Tür,

auf Vennemann die Blicke stier,
das Herz zum Halse schlägt.

Dann plötzlich bricht der sture Bann,
man reift zu großer Tat.
im Chor erschallts: Karl Vennemann
steh auf der Liste obenan
als Reichstagskandidat!

Des Reiches Hungerdezernent
mit Anwartschaft auf Führer!
Das Wort auf aller Lippen brennt
und wie im Nu die Stadt durchrennt:
Sieg Heil dem Hungerführer!

Herr Vennemann begreift nur schwach,
was draußen vor sich geht.
Längst sind die Sinne nicht mehr wach,
und bei dem fürchterlichen Krach
er nicht ein Wort versteht.

Die Drüsen seines Innentums
sind gleichfalls ramponiert
mitsamt den Peristaltikums.
Wer zahlt nicht hoch den Preis des Ruhms,
wenn er zum Führer führt?

Doch ists noch lange nicht soweit,
es fehlt zum Weltrekord
noch eine kleine Ewigkeit, –
was nachher kommt, ergibt die Zeit,
die ihm die Därme dorrt.

Geduld! Ein jegliches Genie
hat seine Passion.
Und Hungerkünstler wissen nie,

Die Brüder Josef, Ludwig und Albert Thelen (v. l.) um 1908. Den zweiten Vornamen »Vigoleis« legte sich Thelen zu Beginn der dreißiger Jahre selbst zu.

Oben: Bruder Josef, Vater Louis, Bruder Julius, Albert und Mutter Johanna während eines Ferienaufenthaltes in Garmisch-Partenkirchen im Sommer 1924.
Unten: Palma de Mallorca mit Kathedrale um 1930.

Der portugiesische Mystiker Teixeira de Pascoaes (r.) und sein Übersetzer Albert Vigoleis Thelen 1945 auf dem Anwesen von Pascoaes.

N.º 3

REPÚBLICA PORTUGUESA

Câmara Municipal do Concelho de Amarante

SECRETARIA

TÍTULO DE RESIDÊNCIA

Decretos n.ºs 13.919 de 7 de Junho de 1927, 15.884 de 27-8-928, 16.122 de 2-11-928, 16.386 de 18-1-929 e 22.269 de 2-3-933.

Nome Albert Thelen

Estado Casado *Filiação* Luiz Thelen e Johanna Scheifes

Nacionalidade Alemã *Naturalidade* Süchteln

Profissão Escritor e Tradutor *Procedência* Suissa

Local onde vai residir Casa de Pascoais, freguesia de Gatão-Amarante.

Êste Título é válido por Seis mezes *e deverá ser substituído pelo bilhete de identidade se o portador continuar a residir no território da República.*

O portador é obrigado a participar a mudança de residência e a apresentar êste Título a qualquer autoridade ou agente policial que o reclame.

Câmara Municipal do Concelho de Amarante, 24 *de* Julho *de 19*46.

O Presidente da Câmara Municipal,

10$00 24-7-946 DEZ ESCUDOS

O Chefe da Secretaria,

Conta:

Estado–Sêlo	10$00	
Cont. industrial	$75	
3 % C. M. I. (arrd)	1$00	11$75
Câmara Municipal		3$25
Total		15$00

QUINSE escudos, sendo 10$00 em selo e 5$00 por guia m/7

AVISO

Sempre que o estrangeiro mude de residencia, ainda que dentro da mesma localidade, deve participá-lo à Secção ... ional da P. V. D. E. da mesma localidade, e se a não houver, à Autoridade

Passados em virtude do determinado no of.º n.º 5076/SJ, de 3-7-946 do Sr. Sub-Director da Polícia Internacional de Vigilância e de Defe-

Oben: Mit dem niederländischen und dem deutschen Verleger der »Insel des zweiten Gesichts«, Geert van Oorschot (l.) und Peter Diederichs (r.) 1953 in Amsterdam.

Links: Thelen überlebte auf dem Weingut von Teixeira de Pascoaes die Zeit der Nazidiktatur. Die in portugiesischer Sprache ausgestellte offizielle Aufenthaltsgenehmigung mußte alle sechs Monate erneuert werden.

Unten: Mit seiner Frau Beatrice 1956 in Ascona.

Um 1965 im schweizerischen Blonay auf dem Landsitz einer Mexikanerin, den Thelen von 1960 bis 1973 verwaltete.

Um 1967 in Blonay. Mit Beatrice bei der nachmittäglichen Lektüre (oben) und sein Arbeitszimmer mit der im »Bahßetup« erwähnten Olivetti »Lexikon 80«.

1983 in ihrer Etagenwohnung in Lausanne-Vennes: Beatrice Thelen (oben) und Albert Vigoleis Thelen an seinem Tüftler-Schreibtisch.

ob sie verzehren, wo und wie
die Frucht vom Hungerlohn.

Der Zustrom wächst phänomenal,
das Volk rennt wild zuhauf.
Im Lande hebt sich die Moral
und richtet sich ganz kolossal
am Hungerbeispiel auf.

Nach vierzig Tagen Kunstbetrieb
klopft Vennemann ans Glas.
Es lebt, was von ihm übrig blieb!
Fanfarentusch und Paukenhieb.
Viel Kehlen werden naß.

Kaputt wie eine Wöchnerin
nach einem Kaiserschnitt
vermacht man ihn der Medizin.
Sechs Ärzte sich um ihn bemühn –
wo blieb da der Profit?

Dann folgt der Aufstieg steil und schnell.
Wer hätte je geahnt,
daß Karl den Weg zur höchsten Stell
statt wie normal übers Kartell
sich mit dem Hungern bahnt?

Noch ist der Bauch nicht ganz entknüllt,
schlägt ihn das Volk zum Führer,
auf daß er aller Hunger stillt –
und wie ein Mund die Masse brüllt:
Sieg Heil dem Hungerführer!

Der Sieg bleibt aus, das Heil ward mies,
und so blieb nur das Hungern.
In Asche sank das Paradies,

und was so frech sein Siegheil blies,
sieht man auf Trümmern lungern.

Und damit endet die Geschicht
vom deutschen Hungersprinter.
Ihr saht sein wahres Angesicht.
Die blinde Masse sieht es nicht
und kommt auch nie dahinter ...

Parteigenosse Molch

Ich bin Parteigenosse Molch
mit Hakenkreuz und Ehrendolch
und blutigen Allüren,
des Führers Sach zu führen.

Das Braunhemd steht mir zu Gesicht
wie jedem andern Bösewicht,
und unterm Hemd die Rasse
ist reinste Arierklasse.

Zum Gruße hebe ich die Hand
der deutschen Treue Unterpfand,
zum Schlag den Gummiknüppel,
der deutschen Freiheit Büttel.

Ich bin gefürchtet im Revier;
Parteimitglied einhundertvier
und Alter-Kämpfer-Orden
fürs forsche Judenmorden.

Ich denunziere meine Braut,
wenn sie dem neuen Heil mißtraut, –
des Nazimichels Liebe
geht durchs Parteigetriebe.

Und feind bin ich dem Intellekt,
an dem die Menschheit noch verreckt.
Die Dichter und die Denker
sind ihres Volkes Henker, –

doch ich, Parteigenosse Molch
mit Hakenkreuz und Ehrendolch,
ich trage sichtlich Spuren
als Träger von Kulturen.

Kein Treuebekenntnis zum Führer

In Scharen verließen deutsche Menschen das Dritte Reich und brachten sich in den benachbarten Ländern in Sicherheit. Zur Ruhe gekommen, dachten sie über ihr Schicksal und die damit verbundene Geldfrage nach. Wer es konnte, zog weiter. Spanien? Warum nicht, da braucht man im Winter keine Kohlen (dachten sie), und Mallorca? Die Insel stand immer noch im Ruf des idealen Klimas und einer noch viel idealeren Billigkeit. Die Gastlichkeit schwankte zwischen beiden, soweit Inselmenschen zur Gastlichkeit neigen. Wer von den Flüchtlingen den Weg bis nach Palma gefunden hatte, fand auch noch das kleinere Stückchen zur »Librería Alemana« und trug dort seinen Fall vor, Landsmann dem Landsmann. Gerieten sie an den willfährigen Schwaben, dann mußten sie sich noch ein paar Sträßchen weiter fragen bis zur Barceló. Dort, Nr. 23, wohne auch ein Deutscher, der könne raten. Nein, kein Emigrant, alter Inselkrebs mit sehr besonderen Inselerfahrungen …

Das erste Hitleropfer, das so bis vor meine Tür geleitet wurde, war ein Jude.

Der Fall erledigte sich reibungslos und mit einer Logik, die zu den reinsten Erkenntnissen hätte führen können, wenn er nicht im Dunkeln hätte bleiben müssen.

Der Herr war etwa sechzig Jahre alt, hochkultiviert, wie ich bald feststellte, und schwarz gekleidet, daß er mir fast wie ein katholischer Geistlicher vorkam, der er denn schließlich auch war. Er war seinem Rabbiner untreu geworden und in die wahre Kirche Christi hinübergewechselt. Seine ersten Weihen erhielt er, als er schon gegen die Fünfzig ging. Er war Rechtsanwalt gewesen, ehe er »den falschen Sendboten Gottes« in die Finger fiel. Die Nazis hatten ihn lynchen wollen, weil er als Jude arischen Menschen die Beichte abgenommen habe. Ich erzählte, daß ein Onkel, Bischof, auch einmal fast gelyncht worden sei, weil er einem vom Baugerüst gefallenen Arbeiter die letzte Ölung gespendet habe. Man hatte ihn zu einem Sterbenden geholt. Natürlich fragt kein Priester in einem solchen Falle: Mann Gottes, bist du auch katholisch? Der Arbeiter war aber Jude, und da wurde das fromme Volk ungemütlich; es hätte nicht viel gefehlt, und man hätte den Priester gesteinigt. An Steinen, meinte der Märtyrer, habe es an der Baustelle ja nicht gefehlt.

Das war dem Emigrantenpriester kein Trost. Er wolle nicht mehr in den Urwald zurück. Ich begann über die katholische Kirche zu schimpfen, die Hitler toleriere, statt jeden Katholiken aus der kirchlichen Gemeinschaft auszuschließen, der den Arm höbe. Und in seinem besonderen Falle grenze die Exemtion schon ans Verbrecherische. Der Konvertit war nicht meiner Meinung, im Gegenteil, er, der so still und wie geprügelt angeschlichen gekommen war, legte plötzlich eine jesuitische Rabulisterei an den Tag, die nicht mehr schön war. Er verteidigte die Haltung Roms. Die Kirche müsse fortdauern; und ginge sie über Leichen, über seine zum Beispiel: ad maiorem Dei gloriam ...

»Hochwürden«, sagte ich, »warum sind Sie dann nicht im Reich geblieben? Da wären Sie mittlerweile schon in den entsprechenden Leichenzustand versetzt worden. Und warum sind Sie zu mir gekommen? Hat der kleine Schwabe Ihnen vorgeflunkert, ich könnte Sie schmerzlos ins Jenseits befördern? Wünschen Hochwürden eine seidene Schnur für Ihren gesalbten Hals? Gehen Sie lieber zu den Wilden nach Afrika und lassen Sie sich dort von der protestantischen Konkurrenz noch einmal bekehren. Sonst bleibt Ihnen nur das Gift. Grad um die Ecke ist eine Farmacia. Veronal kriegen Sie ohne Rezept als Schlafmittel. Ein Bett für Sie haben wir nicht. Aber wenn Sie bleiben wollen, Essen und Stuhl teilen wir altchristlich.«

Hätte es eine Heilsarmee auf Mallorca gegeben, ich hätte den Verirrten dorthin geschickt. Von seinen Confratres wollte er nichts mehr wissen. Ich sprach noch mit einem der Patres vom Kloster gegenüber; der wollte helfen. Aber der Jude half sich selbst. In einer obskuren Pension nahm er sich das Leben. Der Fall wurde vertuscht, weder die weltlichen noch die kirchlichen Behörden wollten etwas mit dem deutschen Marranen zu tun haben.

Überhaupt begannen viele Emigranten ihr Leben wegzuwerfen, wodurch sie sich im Auslande unbeliebt machten. Erst nimmt man sie gastfreundlich auf und dann verdrecken sie einem die Bude und verursachen die größten Scherereien! Rücksichten schienen keine mehr genommen zu werden.

Fast gleichzeitig mit den ersten Flüchtlingen kamen die ersten Spitzel auf die Insel, und hinter diesen die Mörder, um gefährliche Gegner der Bewegung kaltzumachen. Ein aufregendes Leben begann wieder für Vigoleis und Beatrice. Gegen den Strom schwimmen erfordert starke Arme. Dabei hätten wir steinreich werden können, an Gelegenheit fehlte es nicht. Nur den Arm heben, Vigoleis, so tun als ob, und dann einkassieren. Was du glaubst, will keiner wissen.

Als ich, zehn Jahre alt, zum ersten Male antreten mußte, um in der Kapelle des Krankenhauses den Meßdiener zu spielen, bekannte ich dem zelebrierenden Priester, der auch mein Freund und Rektor meiner Schule war, daß ich die lateinischen Gebete noch nicht auswendig könne. Ein Waisenkind war ausgekniffen, und ich mußte einspringen. Da sagte der Priester – wir steckten beide schon in den Gewändern –: »Männeken, murmele nur etwas in deinen Bart, ich mach's auch so.«

Auf die Gebete kommt es nicht an. Wenn alle Priester, die am Altar stehen, an Gott glaubten, wäre die Kirche schon längst in die Binsen gegangen. – Es bimmelte, und ich murmelte in meinen Milchbart. So tun als ob . . . Ich habe eine gute Lehre hinter mir. Dem Priester bin ich noch heute dankbar für dieses offene Wort am Altare Gottes. Warum sagte ich dann aber nicht Heil Hitler in meinen starken Bart, 1933, auf Mallorca?

Ins Deutsche Konsulat war ein neuer Konsul eingezogen. Der bisherige Geschäftsträger, eine Art Kanzler und beeidigter Bürolist, pflichtbewußter Mann, der seine Stempelkissen immer feucht hielt und keiner Fliege ein Bein ausriß, außerdem in der Kolonie den Beinamen »Kartoffelkeim« hatte, weil er trotz der goldenen Sonne nicht braun werden wollte und immer aussah, als hätte man ihn gerade aus der Miete seiner ewigen Überwinterung gezogen, dieser Herr legte sein Amt nieder, oder es wurde ihm niedergelegt, und dann wusch er seine Hände in Unschuld und handelte weiter en gros mit Apfelsinen. Sein Nachfolger kam auch nicht gerade aus der Sommerfrische, aber er war braun, von Angesicht erst, dann der Gesinnung nach; eine kleine Umfärbung, und es war geschafft. Wir kannten uns gut. Er stand ganz links, war ganz klein gewesen, ein kleiner Angestellter in einem Reisebüro, sprachbegabt, und wollte hoch hinaus. Er hatte es schon zum Leiter der Agencia in Palma gebracht, für die ich mich als Führer in Lügen überbot. Er billigte das, es gehöre zum Führertum. Er spähte aus nach Hammer und Sichel; da witterte er anderes Heil. Das meine war ein Gedicht, später der Braten bei Mamú und noch später der Esel auf dem Meerschloß des Erzherzogs, und immer wieder der Stierkampf! Wie oft haben wir uns das Eintrittsgeld nicht vom Munde abgespart! Beatrice, die Mantilla auf dem Haar, wurde dann ganz Inkatochter. Das Baslerische mit allen ck-dt's fiel von ihr ab, sobald der Koloß in die weißglühende Bahn stürmte.

Der Konsul beorderte mich eines Tages vor seine amtliche Person. Er war ganz braun geworden und schrecklich wichtig, wie er da unterm Bild des Führers des Führers Lob sang. Dann kam die amtliche Verlautbarung: als Auslandsdeutschen müsse er mich parteipolitisch erfassen, und ich müsse das da – einen Wisch – unterschreiben. Es war eine Art Treuebekenntnis zum Führer, unverbrüchlich. Unverrücklich verließ ich das Lokal. Nun wußte der Konsul, mit wem er es zu tun hatte. Keine Antwort schuldig bleiben! hatte er mir einmal eingeschärft. Ich war auch ihm die Antwort nicht schuldig geblieben. Auf der Stelle erschossen wurde ich indessen nicht, denn der Herr Konsul wußte, was ich wußte – und da er, gut deutsch, als Einling feige war, sah er sich vor. Dies um so mehr, wo ich beim ersten Gespräch nicht verschwiegen hatte, ein engster Landsmann von Joseph Goebbels zu sein und mit diesem zwar nicht die Schulbank, aber doch mit größter Tuchfühlung die eines germanistischen Seminars gedrückt zu haben; und er wisse vielleicht, daß wir beide verkrachte Lyriker-Philologen seien. Ich ließ durchblicken, daß wir uns duzten – und vom Duzen zur Denunziation ist nur ein Schritt – Hagens Volk! Man braucht nicht besonders helle zu sein, um herauszufinden, daß in einem Terrorstaat niemand niemandem traut. Dem haben wir es zu verdanken, daß uns die Nazis nicht Dutzende Male erschossen haben. Spitzel haben nie an mir oder an Beatrice etwas verdienen können. Wir sagten offen, welche Schufte die waren, die es waren. Da dachten die Spitzel: aufgepaßt, das sind sicher Spitzel!

Sonst aber war der Neue ein guter Kerl, dem der Führer, ich sage es lieber mit Nietzsches Worten, den Gummiknüppel über die Inseldeutschen mit Trompetenschall in die Hand gedrückt hatte –: dem Schaf, dem Esel, der Gans und allem, was unheilbar flach und Schreihals und reif für das Narrenhaus der modernen Idee war.

*

Martin Heidegger hatte inzwischen das »Zuhandene« seiner Existenz durch einen Kniefall vor dem Führer um ein neues Geworfensein ins Schicksal vermehrt, und Thomas Mann, der Deutschland für immer verlassen hatte, saß in seiner Villa am Zürichsee und wahrte noch beide Gesichter, das des Dichters und das des Bürgers, um es mit ter Braak zu sagen. Daß er seine Bücher noch bei Fischer in Berlin erscheinen ließ, hat viel Staub aufgewirbelt. Bei Heidegger wußte man nun, woran man war. Aber bei Thomas Mann? Wenige kamen dahinter. Ich habe es auch nicht begriffen.

Dr. ter Braak hatte seinen Lehrerberuf aufgegeben und war als Nachfolger von Henri Borel zum Redakteur für Kunst und Literatur bei der renommierten Haager Zeitung »Het Vaderland« ernannt worden. Er entwickelte sich zu einem der schärfsten und geistreichsten Bekämpfer der nationalsozialistischen Rancunelehre. Als Kulturphilosoph gewann sein Name immer mehr an Bedeutung. Nun konnten seine Bücher in Deutschland nicht mehr erscheinen, er selbst auch nicht mehr, man hätte ihn aufgespießt. Über meinen Patucos und Uluas hatte ich zudem vergessen, daß noch einige meiner Übersetzungen aus dem Holländischen und Spanischen benebst eigenem literarischem Laßreis in den Schubladen deutscher Verleger in Vergessenheit geraten waren. Beim Weckruf des Führers trat man zum großen Ausmisten an. Die Verleger hatten es eilig, sich gleichzuschalten, und Vigoleis ging zurück an den Absender, falls er nicht im Klein-Auschwitz der Lektorate als Manuskript verbrannt wurde.

Der erste Band von Thomas Manns ägyptischen Geschichten war bei Fischer in Berlin erschienen. Das Buch wanderte zur Besprechung ans »Vaderland«, ter Braak leitete es weiter an seinen Referenten für deutsche Literatur, Dr. F. M. Huebner. Dieser lehnte es ab, einen Autor zu besprechen, der zwar noch in Deutschland erscheine, draußen aber auf den Führer schimpfte. Huebner hatte Angst, erschossen zu werden, wenn er sich mit dem heiklen Buch einließe; die Nazis kannten keinen Pardon. Niemand ist gerne erschossen. Ter Braak wußte sich zu helfen. Er erinnerte sich seines deutschen Übersetzers auf Mallorca und schickte ihm ein Telegramm: willst du die heimatlos gewordenen deutschen Autoren inskünftig für uns besprechen? Ich drahtete meine Zustimmung. Ein langer Brief kam, worin alles Technische der Mitarbeit behandelt wurde. Auch schlug ter Braak mir vor, unter einem Decknamen zu schreiben, damit ich nicht gleich erschossen werden könne. Einverstanden. So bekam ich einen kleinen Marktstand beim »Vaderland« unter dem Krämernamen Leopold Fabrizius.

Ich schrieb forsch von der Leber weg, was ich über jedes mir vorgelegte Buch und seinen Verfasser dachte. Bei vielen dachte ich gar nichts und ich sagte es auch. Den Autoren ist es immer schnuppe, was die Rezensenten zu lästern haben, aber die Verleger haben gerne den Superlativ des Lobes. Das nimmt sich gut auf der Bauchbinde aus. Bei anderen wieder dachte ich: wie schade, daß die Emigration nichts Besseres auf die Beine bringt, und wie mancher Schreiber findet nun einen Verleger, weil er anti ist. Und immer wieder und wieder wurde ich mit der Nase auf das Problem gestoßen: die Liebe zum Vaterlande, zur Heimat. Wie lächerlich ist so ein Gefühl, und wie gefährlich! Wo fängt ein Vaterland an, wann deckt es sich mit der Heimat? Und wo – mit uns?

Überall saßen jetzt vertriebene Schriftsteller und teilten das Los eines Heinrich Heine, Ludwig Börne oder Gracias a Dios, und schrieben und schrieben.

Immer wieder gab ein Buch mir Anlaß zu menschlichen Exkursionen, die aber politisch gedeutet wurden. Schrieb ich: Hitler ein Verbrecher an der Menschheit, die billigste Binsenweisheit überhaupt, so war das verkehrt und wurde auch prompt von der Redaktion gestrichen. Ter Braak bot mir dann umgehend seine Entschuldigungen an: er würde es durchgehen lassen, aber sein Vaterland meine, nicht dulden zu können, daß das Haupt einer befreundeten Nation in seiner Ehre gekränkt werde. Auch der Papst schien solch unfehlbares Haupt zu sein. Denn als ein Roman mir Gelegenheit bot, meinen Gedanken über ein Konkordat Ausdruck zu geben, das Millionen argloser Katholiken dem Führer in die Arme getrieben, war das auch vom Argen. Freilich hatte ich mein Dafürhalten nicht in klügelnde Worte gekleidet, vielmehr rundheraus geschrieben, der Heilige Vater habe die Monstranz seines göttlichen Herrn für einen Sputino gehalten und dementsprechend mit sehr römischer Grandezza gehandelt. Es wurde gestrichen. Ich hätte alles im Geiste Loyolas umschreiben sollen, die Stilmittel dazu standen mir sicherlich zur Verfügung. So darf man nicht schreiben, aber handeln: jederzeit. Heute würde ich solche Schnitzer nicht mehr machen; einiges habe ich hinzugelernt, ob auch nicht viel.

Bis zum Mai 1940 habe ich als Leopold Fabrizius meinen Marktstand beim »Vaderland« hochgehalten und Chroniken geschrieben auf spanischer, schweizerischer, französischer und portugiesischer »Erde«. Immer wurde an meinen Ausführungen herumgestrichen, die Maschen meines Maulkorbs waren noch stets zu weit. Ich vergaß eines: das Dritte Reich war das große Hinterland fürs holländische Gemüse. Herr van Beverwijn, Kolonist, an Untermenschen reich geworden, meinte, wenn Holland den Führer erzürne: wohin dann mit dem Blumenkohl? Meine letzte Besprechung brauchte die Redaktion nicht mehr zusammenzustreichen, das tat die befreundete Nation selbst. Und da das betreffende Volk für seine Gründlichkeit bekannt ist, hat es in Holland auch niemanden verwundert, daß man das Land gleich mit zusammenstrich. Vigoleis-Fabrizius, der sich nie für intelligent gehalten hat, dachte: Waren die Holländer denn so dumm? Nein, sie waren nicht dümmer als die Franzosen oder Engländer, nur war ihr vegetabiles Hinterland größer als sie selbst.

Ehe Menno ter Braak von den Nazis gepackt werden konnte, nahm er sich das Leben: am Tage, wo der größte Gemüsekonsument des Königreiches der Niederlande den Handelsspieß endgültig umgedreht hatte.

Immer wieder bohrte der Konsul an mir herum. Unser Verhältnis war ja ein doppeltes geworden: ich war sein Führer und sollte nun auch sein Geführter sein. Er hatte es mit einem Verstockten zu tun, einem von denen, die sich gegen das Glück sträuben. Er schickte mir Späher ins Haus, heftete Spitzel an meine Fersen, die berichteten, daß bei mir nichts zu schnüffeln sei; alles träte offen zu Tage, die Armut nicht weniger als die politische Gesinnung. Da verlegte er sich aufs Warnen, er wurde väterlich und blieb, bei aller konsularischen Strenge, fast freundlich. Auch rechnete er mir gerne etwas vor: es sei doch schade, daß eine solche Kraft, wie in mir verschlossen, brach liege; man müsse sie für die nationale Bewegung nutzbar machen, das »Reich« ließe sich schon nicht lumpen. Was ja noch schöner sei, meinte ich, ein Erzlump, der sich lumpen lasse! Mein Spanisch war sehr zungenfertig geworden, geschult in Tertulias, auf Mehlsäcken, im täglichen Umgang mit Suredas: ein Grund mehr, diese Zunge in den Dienst des Führers zu stellen. Sie blieb aber tätig, mitsamt meiner Feder, gegen den Führer, wodurch das eigene Hungerideal bedeutend gehoben wurde. In Deutschland, meinte der Konsul, würde man für sowas eingesperrt, wenn nicht erschossen, und auf der Insel ... er warne mich! Selbst unternahm er nichts; dagegen waren Parteigenossen und auch Spitzel und Mörder über ganz Spanien verteilt, um unliebsamen Elementen den Zaum anzulegen. Auch murkste man ab.

Bei uns begann es mit einem Boykott. Wir merkten auf einmal, daß wir weniger verdienten. Die feinen Leute in den Palästen zogen sich zurück. Wußten die Töchter schon genug? Nein, sagte Pedro, aber wir seien als Kommunisten verschrien in ganz Palma; in den Geschäften wiesen wir deutsche Erzeugnisse zurück, das komme uns teuer zu stehen. Kommunismus kommt immer teuer zu stehen, die Welt kann sich einen solchen Luxus noch lange nicht leisten. Die Tore wurden vor uns geschlossen, man mied uns wie die Meute Don Juan Suredas um die Stunde des fallenden Abends. Vigoleis, der katholische Deutsche, und Doña Beatriz, dieser hochmütige Inzest zwischen Basel und dem Titicacasee, endlich entlarvt: Kommunisten!

Erste Warnung

Beatrice rackerte sich in einem der uns treu gebliebenen Palacios mit einer Señorita ab, in deren Katzengedächtnis keine Vokabel haften blieb. Es brachte zudem nicht viel ein, denn die gräflichen Eltern waren so heruntergekommen, daß ihnen das Schreckgespenst des Kommunismus gar nichts anhaben konnte, wo zudem der Palast schon der Bank verfallen war. Ich saß an meiner Maschine und schrieb für die Ewigkeit. Da kam der Mann.

Warum sich verleugnen in der Leibung der eigenen Tür, wenn

man kein Bösewicht ist? Ja, ich sei Vigoleis, und der Mann, triumphierend: »Endlich!«

Er war ärmlich gekleidet, klein und mager schlotterte er in dem verwaschenen Mallorquinerdrill; die Wangen hohl, und unrasiert die ganze Partie; das Haupthaar weiß, die Haut an den Händen nur locker über die Knochen gezogen, mit denen er mir einen Zettel hinhielt: Ob ich die Unterschrift kenne und anerkenne? Kennen tat ich sie nicht, es war dunkel in der Entrada, und anerkennen, das schmeckte nach Zwingli. Ein trauriger Nachzügler? Ich will ihn beschwichtigen. »Herr«, sagte ich, »gut, daß Sie gekommen sind, da kann ich Ihnen gleich sagen, daß Don Helvecio schon lange nicht mehr auf der Insel weilt. Er lag nämlich im Sterben und da hat er sich in die Schweiz schaffen lassen, wo ihn der berühmte Professor Scheidegger entgiftet. Er wird wieder ganz gesund, was in diesem Falle gar keine ärztliche Redensart ist: die Homöopathie nämlich ...«

Da sagte der Mann mit einer Entrüstung, die ich nie bei einem solchen Kakerlak für möglich gehalten hätte: Was Homöopathie, was Don Helvecio! die gingen ihn nichts an, die kenne er nicht; Doña Beatriz habe das da unterschrieben und dafür sei er wohl bei mir an der richtigen Adresse?

Beatrice macht Schulden auf meinen unbefleckten Namen! Mein Herz setzte aus. Das war arg. Im Käseblättchen meiner Vaterstadt hatte ich häufig die erniedrigenden Anzeigen gelesen, in denen ehrbare Bürger die Öffentlichkeit warnten, ihrer Frau etwas zu borgen, da sie für nichts aufkämen. Die Schmach, wie hatte ich alles mitempfunden, zumal, wenn ich den Betroffenen kannte! Und nun ging es mir selber so. Beatrice! Ich führte den Mann in die Kammer.

Der spuckte dort erst einmal gründlich auf den Boden. Wäre ich mit spanischen Sitten nicht so vertraut gewesen, diese Verachtung hätte mich doppelt gehöhnt. Aber das habe ich aufgewischt, ehe Beatrice kommt; wenn sie nur jetzt nicht käme, denn sie wäre imstande, dem Mann eine Szene zu machen wegen – »bitte«, sagte ich, »nehmen Sie doch Platz, und womit kann ich dienen?«

Der Mann war nicht nur schlecht erzogen, er war auch grausam und ein kalter Rechner. Die Erklärungen waren so überwältigend, daß ich mich gegen die Wand lehnen mußte, um nicht umzufallen. Kurz, er wollte 3000 Peseten haben für ein zertrümmertes Klavier. Hure Pilar, wie trifft deine Rache noch übers Meer hinaus!

»Zahlen!« sagte der Mann, »oder gerichtliche Gant!«

Zahlen könne ich nicht. Dann Zwangsversteigerung, alles unter den Hammer.

Ich sagte: »Bitte sehr!« Ich war nun ganz Herr der Lage. Wie hatte ich Beatrice nur mit meinem spießigen Verdacht beschmutzen können?!

Der Mann stand auf und sagte: »Momento«, was jeder versteht. Das Folgende wird wieder unbegreiflich. Er ging zur Tür und zur Etage hinaus. Fort war er! Ich atmete auf und wischte den Boden sauber. Nun kann Beatrice kommen. Es kam aber wieder der Mann, und hinter ihm drein stapften noch andere Männer, verwegene Kerle, jeder Zoll eines jeden ein Robert von Ranke Graves. Ich glaubte mein letztes Stündlein gekommen, und so sehr ich es immer herbeigesehnt und herbeimetaphysiziert hatte – so nicht!

Der Mann sagte: er habe sich alles noch einmal überlegt. Gericht, Zwangsvollstreckung, Advokaten, das sei Nonsens, das Geld könnten wir uns selbst verdienen. Ich dachte an Mamús verbissene Backpulveraffäre: nein, lieber keinen Prozeß! Der Mann nickte und gab den Männern ein Zeichen. Die waren geschult, hatten starke Muskelpakete und gewannen rasch den häuslichen Überblick. Die Türen schepperten, als sie das wenige, was wir besaßen, aus dem Piso trugen. Das Bett wollte er uns lassen; dafür nähme er alle Bücher mit, sie seien zwar nichts wert, aber – ein Wink, und die Packer trafen Anstalten, sich am Geist zu vergreifen. Ich fuhr dazwischen: »Das nie, eher den Schragen und meinen schwarzen Anzug!« –

»Wie Sie wollen, der ganze Plunder deckt sowieso nur ein Sechstel des gesamten Betrages. Wenn Sie sich wieder eingerichtet haben, komme ich zurück.« Er bückte sich und warf den Packern noch die Fußmatte nach, die seit drei Tagen vor der Tür lag.

Ab mit Schaden! Anwalts- und Sporteltaxen hätten sich auf mehr belaufen. Die verfluchte Hurenstrunzel!

»Ist denn die verfluchte Hurenstrunzel wieder auf der Insel?« fragte ich, als der Mann schon auf der Treppe stand.

»Was Hure? Nichts von Hure. Recht ist Recht!«

»Wie kommen Sie dann an meine Adresse, wenn Recht Recht ist und Sie es nicht von der Pilar haben?«

»Merken Sie sich, Don Vigoleis, die Politik und die Familie sind das größte Übel in Spanien! Adios!«

Die Nazis! fuhr es mir durch den Kopf, der erste, feingesponnene Anschlag des Führers auf unser Eigentum! Aber die Bücher hat er nicht erwischt!

Der Schaden, ob auch nicht unübersehlich und nicht durch Versicherung gedeckt, war zum Händeringen. Ich tat es, aber nicht lange, denn es mußte gehandelt werden. Beatrice durfte die Zwangsdreckerei im Hause nicht antreffen. Ich fegte und wischte, der gelernte Hausknecht. Alles blinkte freundlich, als Beatrice kam, zermürbt und geschunden von der Palastwursterei, die sie leider mit einem Einsatz betrieb, der sogar den Schülern unbequem wurde.

Dachte sie angesichts der ausgeräumten Wohnung, ich wolle sie mit einem Umzug in ein standesgemäßeres Viertel überraschen, wie in den goldenen Tagen unseres Auszuges aus dem »Turm der Uhr«? Sie sprach französisch, hatte also düstere Ahnungen. Wir hatten die Etage durchmessen bis in den Raum, der einmal unser Dormitorium gewesen war. – »Und?«

Dann spannte ich einen großen Bogen und erklärte meiner Chérie, es wäre besser gewesen, wir hätten uns damals vom Leukadischen Felsen ins Meer gestürzt; dann hätte des Führers Arm nicht nach uns langen können.

»Der Führer?« Beatrice hatte Tränen in den Augen stehen, andere liefen schon die Wangen hinunter, und eine fiel selbst auf den blanken Ladrillo. Beatrice tupfte sie auf.

»Die Nazis, Liebling, die Kossäten des Führers haben uns den Klaviermann auf den Hals geschickt mit einer Forderung von 3000 Peseten für den zusammengehauenen Kasten. Ich habe die Kleinigkeit geregelt, unter Umgehung der Gerichte, das brächte doch nur unnötige Kosten und Schererei. Wenn wir uns wieder emporgerappelt hätten, meinte der Encargado, käme er wieder, und noch vier Mal, dann sei alles abgezahlt. Aber bis dahin hat Hitler uns längst erschießen lassen, das heute ist nur eine Warnung. Paß auf, jetzt geht es los.«

»Ich hab's mir noch halb gedacht!«

Das war ein Glück im Unglück, denn wenn Beatrice ein kommendes Unheil schon halb gedacht hat, ist der erste Schritt zur Abwehr getan. Was ich zu tun gedächte?

»Ein Wörtchen, Chérie, und der Konsul besorgt mir einen Posten in der Auslandsorganisation der Partei, Madrid, Barcelona; er hat es wiederholt unmißverständlich angedeutet. 1000 Peseten im Monat mindestens. Da verduften wir hier. Der Klaviermann soll das Nachsehen haben.«

»Jamais!« sagte Beatrice.

»Nunca jamás!« fiel ich mit der noch stärkeren spanischen Ablehnung ein.

In dieser Nacht schliefen wir auf einem Haufen Kleider.

Ein verlockendes Angebot

Aber vorher kam noch der andere Mann.

Dieser Mann war ein Herr, der nicht spuckte und sich nirgendwo kratzte. Auch war er gut genährt, groß und seiner Größe und Nahrung entsprechend stark, fein gekleidet, teures Tropical, die Aktentasche gewichtig, zu klein für einen Handlungsreisenden, zu groß für einen Generaldirektor: was wollte er von mir? Versicherungsagent? Kaum. Solche Gesellschaften haben für jedes Stadtviertel ihre entsprechend angezogenen Vertreter. Der Besucher schien aber keinerlei soziale Mimikry zu beobachten. Ein Verfasser, dem ich etwas abtippen mußte? Das wäre ein Segen. Die Maschine hatte der Klaviermann nicht mitgenommen; sie sei nicht oder noch nicht mein Eigentum, hatte ich gesagt, Abzahlung, und das respektieren die Firmen unter sich. Nein, der Herr schrieb nicht in meinem höheren Sinne. Er kam aus dem Reich, der Konsul habe ihn geschickt, mit Grüßen, und wie es mir ginge? Bei diesen Worten blickte der Herr, den ich ins leere Dünndruckzimmer geführt hatte, vielsagend um sich. Ich beeilte mich, ihn zu bitten, der Leere weiter nicht zu achten, es würde morgen im Hause alles neu gestrichen; morgen, na ja, in den nächsten Tagen, in Spanien müsse man Geduld üben.

Der Herr aus dem Reich: »Unser Konsul hat mich also nicht falsch informiert. Es geht Ihnen dreckig und Sie verfügen über eine gewisse Schlagfertigkeit, morgen tapeziert oder gestrichen, kurzum, deswegen bin ich hier.«

Ich: »Verzeihen Sie, aber man ist schlagfertig oder man ist es nicht. Das ›gewisse‹ ist eine Einschränkung, die dem anderen Zeit gibt zu parieren. Bitte!« Ich deutete auf eine Kiste. Der Herr setzte sich.

Der Herr: »Ausgezeichnet, Sie sind mein Mann. Erlauben Sie nun, daß ich mein Anliegen vorbringe und einige Akten zur Demonstration bereithalte. Ich darf wohl alles auf dem Boden ausbreiten?«

Ich: »Ich bitte darum, sich den Verhältnissen anzupassen.«

Der Herr aus dem Reich war Parteigenosse, alter Kämpfer, Ehrendolch, Blutorden, Meuchelstrippe; dazu Doktortitel aus der Systemzeit, der aber noch gute Dienste tat. Er bekleidete einen sehr hohen, wenn nicht den höchsten Posten im Außenpolitischen Amt der NSDAP, Auslandsorganisation Hamburg, Reichsleitung. Er wies sich entsprechend aus, indem er mit einem langen Bleistift auf die einzelnen Dokumente tippte, die er auf dem Steinflur ausgebreitet hatte. Der Mann gefiel mir nicht übel, er hatte Humor. Er kam aus Madrid, von der Gesandtschaft, wo, wenn mein Gedächtnis nicht versagt, damals ein Graf Welsceck das Hakenkreuz vertrat.

»Und?«

»Sie werden gleich sehen, ich will alles der Reihe nach entwikkeln.«

Er tat es gewandt und mit immer mehr über den Boden sich

ausbreitendem Anschauungsmaterial. Man suche einen Herrn, fest im Sattel in Wort und Schrift, vor allem der spanischen Sprache mächtig, nach Möglichkeit akademisch gebildet, gute Umgangsformen, gewandtes Auftreten, schlagfertig, phantasiebegabt, gutes Äußere, verheiratet und nach Möglichkeit mit einer Spanierin, keinesfalls aber mit einer Deutschen – so jemand suche man.

»Sehr schön, sehr schön. Ein beneidenswerter Mann, der alle diese Eigenschaften in seiner Person vereinigt«, sagte ich. »Wozu braucht man denn so einen?«

Es gelte, die Leitung einer deutschen Zeitung in Madrid zu übernehmen, daneben Vortragsreisen in ganz Spanien zu halten, innerhalb der deutschen Kolonie und auch für Spanien. Der Konsul in Palma, wie alle Konsulate um Informationen angegangen, habe meinen Namen eingereicht, und ein paar Daten gegeben, die man von Hamburg aus habe ergänzen lassen. Der Agent nahm neue Blätter aus der Mappe und reichte sie. »Bitte, wollen Sie das eben prüfen.«

Ich las aufmerksam und mit erzwungener Langsamkeit alles laut vor. Es stimmte bis auf ein paar Kleinigkeiten, die Verirrungen meiner vielen verkrachten Berufe betreffend. Da war einiges durcheinandergeworfen. In Münster hatte ich mich wohl mit Theologie beschäftigt, dieses »Fach« aber nicht studiert. »Gute Arbeit«, lobte ich und legte den Steckbrief zu den anderen Akten auf den Boden, »bis auf eines: der Konsul hat vergessen durchzugeben, daß ich ein ausgesprochener Gegner Ihres Führers bin; ich mache nicht mit, und er weiß es.«

Der Herr tat einen neuen Griff in seine Mappe und zog Papiere heraus, die er in der Hand behielt. »Sie dürften im Irrtum sein, der Konsul hat auch das gemeldet, und darüber hinaus verfügen wir über einen kleinen politischen Befund Ihrer Person, den uns Ihre Heimatbehörde zugeleitet hat. Man behält Sie auch dort im Auge, Ihres Briefwechsels wegen. Ihr Vater ist dieserhalb schon gemaßregelt worden.«

»Ich weiß, aber das muß seine Sache bleiben.«

»Wie man's nimmt. Wir kennen kein Pardon.« Also da wäre er dann selbst mal rübergekommen, um mit mir zu sprechen, denn von allen Kandidaten halte er mich für den geeignetsten: der Onkel Bischof; ohne Zweifel phantasiebegabt, aufgefangene Briefe und vor allem die Spottgedichte aus dem Zyklus – ein Blick in neue Akten – aus dem Zyklus »Parteigenosse Molch« zeugten von Talent, doch leider, leider alles verspielt und ins Leere gespritzt. Beim Wort Leere ließ er seine Blicke wieder durch das nackte Zimmer gleiten. Er hatte auch Talent, aber vielleicht keinen Onkel, der Bischof war.

Mir wurde beim Namen Molch doch ein wenig bänglich zumute. Ich hatte eine Reihe Reimsatiren in Umlauf gesetzt, darunter den Parteigenossen Molch mit Hakenkreuz und Ehrendolch und blutigen Allüren, des Führers Sach' zu führen, der sich wüst gebärdet, und in der letzten Strophe: trägt er sichtlich Spuren als Träger von Kulturen. Das hatten sie schon herausgefunden, verdammt! Wenn ich Pech habe, wissen die Kerle auch, daß ich der Verfasser der Parodie auf das Horst-Wessel-Lied bin!

Ich sei arm, fuhr der Reichsleiter fort, unverschuldete Umstände. Meine Frau oder denn die Dame, mit der ich zusammenlebe, sei zwar keine Spanierin, aber doch Schweizerin, aus einer bekannten Gelehrtendynastie, dazu das indianische Bluterbe ...

»Und wenn die Inkas, Herr Doktor, nun mal nicht arisch wären? Dann fliegt doch alles auf!«

»Nicht so, wie Sie denken. Heiraten müssen Sie natürlich, nicht unseretwegen, aber der Spanier, der Gesellschaft, der Kirche wegen. Die Inkafrage wird von zuständiger Stelle gelöst, machen Sie sich da keine Sorgen. Wer arisch ist, bestimmt der Führer.«

Folgendes wurde vereinbart: ich übernähme den Posten in Madrid, 1000 Peseten Anfangsgehalt, freie Wohnung, nach eigenem Geschmack einzurichten, Zuschuß in Höhe von zig × 1000 Peseten, die Kosten trage das Reich. Einmal im Jahre hätte ich in Hamburg zur persönlichen Berichterstattung zu erscheinen, Reise I. Klasse, alles frei, Ferien zwei Monate im Jahr, freie Fahrt auf allen deutschen Bahnen; auf den nicht-deutschen 60 % Ermäßigung durch Zuschuß. Umzugskosten? Natürlich würden sie vergütet. Wir lächelten beide. Wir wußten schon schnell, was wir aneinander hatten.

»Haben Sie noch irgend etwas zu fragen, irgend etwas zur Sache vorzubringen?«

Ich stand auf und sagte sehr gelassen: »Zu fragen habe ich nur das eine: wie kommen Sie zu dieser Frechheit, mir hier ihre Kolportage auszupacken? Bitte, verlassen Sie das Haus!«

Vigoleis hatte Mut. Woher kam ihm der? Hatte er Cascarilla geschluckt? Wirkte Don Patuco aus der Ferne seinen Heldenzauber? So einer geht stiften vor der Klinge der Pilar, würgt ein Henkersmahl hinunter, statt sich ins Meer zu stürzen; händigt einem halbverrückten Eintreiber Hab und Gut aus; er leidet Hunger und macht Traubenkuren; er hat kein Bett; noch ist Claudius der Kaiser und Gott nicht abgetippt, und wie will er weiter tippen ohne einen Tisch? Und da kommt das Dritte Reich in der Gestalt eines Herrn mit Titeln, Orden, Vollmachten und Geld, Geld wie Dreck, und sagt: was du, Vigoleis, über den Führer denkst, wollen wir nicht wissen; was du andere denken machst, dafür bezahlen wir dich, denn wir haben ja Milliarden × Milliarden; und wenn er wolle, könne seine Beatrice zugleich seine Sekretärin werden, seine ganz private, mit der er auch schlafen könne, also eine richtige Privatsekretärin, wie sie jeder hat, der was zu verbergen hat, und 500 Peseten im Monat könnten dafür ausgezogen werden – und so ein Vigolo steht auf, räumt mit dem Fuß gemächlich die Akten auf dem Boden zu einem Häufchen zusammen und sagt: »Raus!« War er verrückt geworden? Traf ihn schon das Los der Insel?

Der aus dem Reich blieb sitzen, zündete sich eine Zigarette an und lehnte sich gemütlich gegen die Wand: »Auch Mut haben Sie, das ist wichtig. Ich werde dem Führer persönlich über diese Begegnung berichten. Er ist . . .«

Laut schreiend rief ich nun, wenn er, der Kerl, nicht sofort das Zimmer verließe, dann schmisse ich ihn zur Türe hinaus. Und dann kam mir das glückliche Wort über die Lippen, es war wie der Stoß aus dem Unbewußten, wo es jahrelang verschüttet gelegen hatte: »Na, wird's bald!«

Es schwamm da allerlei vor meinen Augen in diesem historischen Augenblick meines Mutes. Vorzüglich waren es drei Fäuste, die ich erblickte. Die Doppelfaust des hondurensischen Generals und die winzige, aber nicht weniger fürchterlich verkrampfte meines Bruders Jupp – o Kindheit, o entgleitende Vergleiche! Der Werber muß diese magische Faust sich haben ballen sehen, denn ehe ich das Donnerwort zum dritten Male und nun mit Brüllstimme gegen ihn geschmettert hatte, als wär ich selber ein Herrenmensch und jener da der Muschik, der Mietling und Jochochse, hatte er alle Akten schon wieder in die Mappe gepackt und seinen Hut ergriffen und, sich noch in der Tür verirrend, da überall die gleiche Leere war, schritt er eiligst aus dem Haus, nicht ohne dunkle Drohungen auszustoßen. Sie wiederzugeben erübrigt sich, da von ihrer Einlösung noch die Rede sein wird.

Sein Zigarettenetui, es war aus purem Golde, ließ der Reichsleiter auf der Bücherkiste liegen. Ohne Finderlohn zu beanspruchen, gab ich es am anderen Tage auf dem Konsulat ab.

Schlechte Kunde aus der Heimat

»Heil Hitler!«

»Guten Morgen.«

Der deutsche Konsul hatte mich zu sich beschieden, er müsse einige Fragen an mich stellen. »Bitte!«

»Haben Sie Feinde in Ihrer Heimatgemeinde?« Der Konsul hatte sein amtliches Gesicht aufgesetzt, das auf mich aber keinen Eindruck machte. Bedeutungsvoll raschelte er mit Papieren, was auch keinen Eindruck auf mich machte. Die Zeiten waren vorbei, wo ich vor einem bürokratischen Wildesel die Flucht ergriff. »Ja«, entgegnete ich, »ich bin von Feinden umringt.«

»Können Sie mir die Personen nennen, die Ihnen übel wollen, und die Gründe? Es steht einiges für Sie auf dem Spiel.«

»Das kann ich, Herr Konsul, aber es nimmt Zeit in Anspruch, bis ich sie alle aufgezählt habe. Notieren Sie: der Totengräber und seine Spatenknechte, alle Stoppelhopser, Schlunzhämmel und Pagenstecher, sämtliche Tippfräuleins, sämtliche Geistlichen aller Glauben und Unglauben, die Kolonialwarenhändler und alle Vorführdamen, Schuster, Schneider, Küster und Apotheker, die Inhaberin eines exklusiven Freudenhauses und deren Bouquet, der Bürgermeister, der Direktor der Müll . . .«

»Sie treiben Ihren Spott mit mir! Was soll das heißen? Geben Sie Antwort auf meine Fragen; ich bin hier eine amtliche Person!«

»Eben darum, – also Müllabfuhr, und der von der Stadtkasse, die Milchhändler und Sömmerer, alle Steuerausrechner, -einnehmer und -hinterzieher, alle Kinder, ausgenommen . . .«

Der Konsul wurde böse und verwahrte sich gegen eine solche Verhöhnung des Reiches. Ich mache mich der Verunglimpfung des Führers schuldig, auf deutschem Boden, denn sein Amtszimmer sei Hoheitsgebiet. Das wußte ich. Dann wurde mir mitgeteilt, daß mein Vater von den Parteibütteln behufs Einvernahme über den mißratenen Sohn bereits festgenommen worden sei. Wenn ich weiterhin meinen Angehörigen Schmähbriefe über den Führer schriebe, sähe sich die Partei genötigt, an Leib und Leben meiner Familie Vergeltung zu üben. Er warne mich.

»Herr Konsul, Sie wollen doch nicht sagen, daß meiner Auslassungen wegen, ich streite sie nicht ab, meinen Leuten ein Haar gekrümmt werden könne?!«

Das schien aber der Fall zu sein; man kenne im Dritten Reich keinen Pardon, und ich stände auf der Liste der Volksschädlinge. Meine Heimatbehörde beantrage die Ausmerzung. – »Verstanden?«

Der Konsul, vor seinem Fall ein bescheidener, höflicher, gut erzogener und sehr umgänglicher Auslandsdeutscher, wurde nun ganz groß, ganz unumgänglich, jeder Zoll ein durchflaserter Dünkling der Bewegung. Er stand auf und berührte fast mit seinem Kopf den Rahmen des Führerbildes. Ich stand noch immer und sagte: »Herr Konsul, seit Jahrhunderten blüht unser Geschlecht an der Niers, bis in die graueste Vorzeit läßt sich der Name Thelen zurückverfolgen. Im Mittelhochdeutschen nannten wir uns Diuten, bei den Angelsachsen hießen wir Géthidan und Theodan und Thiudan, bei einigen Stämmen auch Thiudisk. Im Altnordischen stoßen wir auf einen Urschoß mit Namen Thiuda, das heißt Volk, altirisch Tuat, das heißt der im Lande Völkische oder Völkernde, Herumdeihende, Heimzeugende, das Land Habende; es bedeutet aber auch so viel wie Heide. Also Heiden waren wir auch schon, und Deutsche schlechthin, mit dem von Nietzsche besonders hervorgehobenen Anklang an tiuschen, täuschen, Spiegelfechterei, verborgener Tänteltrug, denn darauf läuft es hinaus: Thelen, wenn Sie gestatten, ist synonym für Deutscher. Die Italiener, Sie wissen es, nennen uns heute noch Tedeschi, die Thelen, und, das wissen Sie wieder nicht, es greifen Bande hinüber nach Portugal, wo die blutrünstige Doña Leonor Telles sich zur Königin emporfrevelte. Diese kleine Gründelpartie in den trüben Tümpeln der Vorzeit soll Ihnen nur zeigen, daß ich aus ältester Geburt stamme, indessen: Helden, von denen Bar und Bänkel noch nach Jahrhunderten singen, hat unser Geschlecht, abgesehen von jenem fragwürdigen Gotenkönig Theudis, nicht hervorgebracht, und da kommt Adolf Hitler und gibt uns verbutteten Spätlingen die große Gelegenheit. Meine Angehörigen lieben den Führer, sie haben es mir selbst geschrieben. Sie werden sich glücklich preisen, wenn sie ihr Leben für ihn und seine Sache hingeben können. Auch das haben sie mir geschrieben. Meine Mutter schließt den neuen Heiland sogar in ihr Gebet ein. Wenn ich dann das Meinige dazu beitragen kann, daß meinen Lieben daheim ihre patriotischen Wünsche in Erfüllung gehen, daß sie Dünger sein können auf der Scholle des Vaterlandes: Herr Konsul, so verkommen bin ich noch nicht, daß ich es denen wehrte! Ich bin das schwarze Schaf des Hauses, und heute, wo ich ums Verwerfen nicht braun werden will, bin ich ihnen noch schwärzer geworden. Man schämt sich meiner in meiner Vaterstadt. Berichten Sie also der Heimatbehörde, daß ich mit dem Vorschlag einverstanden sei. In diesem Sinne werde ich mit gleicher Post auch meinem Vater schreiben. Wünschen Sie eine Abschrift für Ihr Archiv? Dann darf ich mich wohl empfehlen. Guten Morgen!«

»Heil Hitler!«

Unter der Tür rief der Konsul mir nach: »Übermorgen kommt die ›Monte Rosa‹ mit 2000 Touristen, da brauche ich Sie wieder. Sie sind mein bester Führer!«

»Danke, ich weiß diese Steigerungsform zu schätzen, pünktlich werde ich an der Mole stehen. Also nochmals, guten Morgen!«

»Guten Morgen!«

Den Schergen entgangen

Unsere Namen standen auf der Kopfliste, die von deutscher Seite aufgestellt worden war. Die Spanier hatten an sich kein großes Interesse daran, uns den Garaus zu machen; aber wo einmal zur Generalreinigung geblasen wurde, sträubten sie sich nicht, uns antifaschistische Elemente mit zu beseitigen. Eine Gunst sei die andere wert. Verdaguers Bericht stimmte mit dem des deutschen Konsuls in vielem überein. Nach drei Wochen vergeblicher Pirsch hatte der Führer des Exekutionstrupps es satt, er wollte uns laufen lassen; da sagte man ihm, Don Joaquin Verdaguer sei sehr befreundet gewesen mit dem zu erschießenden deutschen Ehepaar, der könne vielleicht nähere Auskunft geben. Verdaguer wurde verhört. Er sagte alles aus über mich, was er wußte: Ich sei Mitglied der literarischen Tertulia des Mannes Mulet gewesen, sonst unbescholten. »Einmischung in spanische Politik?« Davon sei ihm nichts bekannt, er halte es für höchst unwahrscheinlich, doch – die beste Stelle sei da wohl der Eigentümer der Leihbibliothek, Señor Don Jaime Escát, der kaum schlechter für mich zeugen würde.

Der Henkersknecht suchte den genannten Herrn auf. Er traf ihn im Hinterzimmer der Bücherei, wo wir so oft politisiert und philosophiert hatten, und wo Don Jaime sich fast betrunken hatte aus Freude über den Wahlsieg des roten Azaña; und wo er dann Don Vigoleis bat, doch auch mit anzustoßen auf die rote Fahne. »Ach«, sagte da Vigoleis, »ihr mit eurer Politik!« Er würde alt und grau, ehe er ein Jota davon kapiere, und zudem interessiere es ihn auch nicht und – es stünde dem Gast eines Landes wenig an, sich in dessen interne Fragen zu mischen. Für Hitler, da bleibt er erste Autorität.

Don Jaime, fuhr Verdaguer fort, habe den Henker gefragt, was er denn eigentlich von diesem verflixten katholischen Deutschen wolle. Natürlich kenne er den, und nur zu gut. Der Bandenführer habe da den Mordschein vorgewiesen: Mann und Frau, beide gegen die Wand! Da sei Don Jaime aufgesprungen; ha, habe er gerufen, her mit dem Wisch! das sei seine Sache, nun kriege er sie, mit solchen rechne er selber ab, Hochverräter, die Kugel! Daraufhin habe er den Rockaufschlag gelupft und sich als Chef der Geheimen Polizei der Insel ausgewiesen. Der Henker habe den Schein abgegeben und eine Quittung über Vigoleis und Beatrice bekommen, und damit sei er den lästigen Kram los gewesen. Bei sich würde er gedacht haben, das müsse ein ganz gefährliches Gelichter sein, daß der Chef sie selber umlegen wolle; na, mochte er! Aber kaum draußen, habe Don Jaime den Exekutionsschein verbrannt und zu dem versteinerten Mulet gesagt: Ein Glück, daß sich dieser katholische Deutsche nicht um spanische Politik gekümmert habe, sonst hätte er ihn suchen und abknallen lassen. Doch die Nazis sollten sich ihre Gegner nur selber aus dem Weg räumen – womit der Fall auch für Don Jaime erledigt gewesen sei.

Nun konnten mich höchstens noch die Damen der Christlichen Wissenschaft den Feinden ans Messer liefern. Vor diesen habe ich tatsächlich Angst gehabt.

Keiner von den Anhängern der Muletschen Tertulia hat übrigens gewußt, daß der Inhaber des Unternehmens schon seit Jahren ein geheimes Mitglied der Franco-Bewegung war. Er galt als ein verbissener Linksradikaler.

Bei Bauzá, dem ersten Schneider der Stadt, hatte ich noch Schulden. Ich konnte sie nicht bezahlen, wollte aber nicht fliehen, ohne meine Schweizer Adresse aufzugeben. Schulden? meinte der Besitzer, ich sei wohl verrückt geworden, und was er mit der Baseler Adresse solle? Jetzt wirst du erschossen, dachte ich, denn man erschoß auch Leute, die zwar an Gott glaubten, aber einem anderen Gläubigen wirtschaftlich im Wege standen. Der Krieg, fuhr der Besitzer fort, dauere nicht mehr lange. Franco habe den

Sieg schon in der Hand, und dann kämen wir ja zurück; er wisse von Paquita, wie gut es uns auf Mallorca gefalle. Und um nicht arm und in abgetragenen Kleidern bei der Verwandtschaft zu erscheinen, was ein schlechtes Licht auf Franco und den Heiligen Krieg werfen könnte, wolle er mir noch zwei Anzüge machen lassen. Er klatschte in die Hände, Personal sprang herbei, man zeigte mir feinste englische Kammgarne. Ich verstehe etwas von Tuchen, darum erschrak ich wieder: das war erste Qualität. Ich log, ich fleuchte schon morgigen Tags. Kein Grund: in 24 Stunden sei die Maßarbeit fertig; bezahlen könne ich, wenn wir wiederkämen, man brauche das Geld nicht, Uniformen trügen jetzt mehr ein als in Friedenszeiten. Ich troff im Schweiß. Die Welt war irrsinnig geworden. Erst soll ich erschossen werden, dann will mir der Führer aus der eigenen Kommode Trikotage besorgen, und nun läßt mir General Franco aus Prestigegründen zwei Anzüge auf den Leib schneidern – ich drückte hastig ein paar Hände und stürzte aus dem Laden.

Das englische Rettungsschiff aber kam nicht.

Plötzlich erinnerte sich Beatrice, daß in unserer Wohnung noch zwei Bücher lägen aus der Leihbibliothek. Man könne doch nicht weggehen, ohne sie zurückgebracht zu haben, gerade Bücher! Sie wagte nochmals den Gang in die gefährlichste Gegend der Stadt, holte die Bücher und brachte sie Mulet. Dieser konnte, ihrer ansichtig werdend, zuerst kein Wort hervorbringen. Dann sagte er: »Wollt ihr denn durchaus erschossen werden?« Nein, meinte Beatrice, aber Bücher seien Bücher, die gehörten zurückgegeben, selbst im Kriege. Auch Mamús kostbaren Fernstecher, ein Stück aus der militärischen Ausrüstung ihres hochseligen Fürsten, den sie uns geliehen hatte, brachten wir zurück. Da Mamú schon geflohen war, gaben wir ihn der Köchin. Die Dummen werden nicht alle, auch im Kriege nicht; was sage ich, gerade im Kriege erweist sich des Menschen Dummheit von der göttlichsten Seite.

Einmal schlenderte ich über den Borne, da fiel mein Auge auf den »Fomento del Turismo« und ich dachte, na, geh mal rein, der Direktor war immer so nett mit dir, alter Auslandsdeutscher, schon ganz veriberisiert, 30 Jahre Dienst im Verkehrsverein. Müller oder

Schulze hieß er, einzig das hatte sich noch nicht abgeschliffen. Sowas bleibt man oft ewig. Wir unterhielten uns; über Mord und Totschlag wollte der Herr aber nicht sprechen, begreiflich bei einem Staatsbeamten, und dann ist man in Mordzeiten schnell ausgesprochen. Er sagte, so nebenbei, zuweilen hole man ihn als Dolmetscher, und einmal, ja, verdammt, da suchten sie einen berüchtigten Deutschen, Schriftsteller oder sowas, ganz gefährliche Hornisse, von der Calle del General Barceló. Nicht gefunden, aber drei Wochen lang hätte er immer mit rausgemußt, auf dem Lastwagen, als Dolmetscher. Hätten beide abgeknallt werden sollen, Frau übrigens Schweizerin.

Seien es aber nicht, sagte ich, bei der spanischen Schlamperei seien sie durch die Maschen geschlüpft. Ob er sie gekannt habe? Nein, nie gesehen; er schriftstellere so'n bissel, sie gab Stunden: gescheiterte Existenzen. Ob er mich denn auch für verkracht hielte? Natürlich nicht, der Insel bester Führer! Er lachte. Da gab ich mich zu erkennen. Wieder lachte Meier oder Schulze. Wir lehnten beide gemütlich mit den Ellenbogen auf der Theke. Ich zeigte ihm meinen Paß. Als es zu ihm durchdrang, daß ich identisch sei mit meinem Doppelgänger, kam er um die Theke herum, packte meinen Arm und schob mich zur Tür hinaus: »Hinaus, Mann Gottes, Sie werden ja erschossen, und kompromittieren Sie mich nicht!« – Meine Tötung sei längst niedergeschlagen, wollte ich noch als mildernden Umstand bemerken, aber ich stand schon auf dem Borne. Herr Müller riegelte seinen Verkehrsverein hinter mir zu.

Wo ich auch kam, überall war ich zuviel. O schmölze doch dies allzufeste Fleisch, zerging' und löst' in einen Tau sich auf, hätte Hamlet unter solchen Umständen gesagt. Vigoleis, weniger klassisch, ging aber nochmals auf das englische Konsulat. »Gute Nachricht, eben eingetroffen: morgen um vier Uhr früh am Hafen sein, H. M. Destroyer Grenville.« – God bless you, hätte der waschechte Engländer nun gesagt. Ich stürmte mit einem: Porra! davon.

Auf der Flucht

Wir fuhren jetzt mit einer Geschwindigkeit, die gegen 180 ging, der Wind pfiff; ein verdammt guter Wagen, dachte ich, ebenso plump wie gelenkig, ein Wunder der Technik, und wenn wir so weiter sausen, müssen wir bald in Amarante sein.

Mit Franz Blei nach Marseille

Ringsum hatte sich die graue Schicht der Nacht völlig gehoben, als wir das Achterdeck betraten, unausgeschlafen, zermürbt und leicht fröstelnd in der Brise, welche die Kimm reinfegte und uns in nie gesehener Schönheit das Schauspiel der langsam entgleitenden Steilküsten der Insel bot. Es begann rot und golden zu flammen in den Felsbrüchen, es flammte auf den spiegelnden Flächen; hier und da war das Meer noch schwarz und von keinem Hauch der Frühe angerührt. Möwen gaben uns das Ausgeleite.

Auch an Bord des Zerstörers blieben die Fähnlein beieinander. Wir suchten uns einen Platz auf den Taurollen. Ein Herr saß schon dort, mit Bärtchen und blauer Baskenmütze, in dem ich Franz Blei erkannte, den österreichischen Schriftsteller, den ich immer mit Genuß gelesen habe. Ich ließ mich neben ihm nieder. Zur anderen Seite hatte ich einen Mann, der wie ein Mallorquiner Bauer gekleidet war. Er saß tief in sich gekauert und brütete, um dann plötzlich fürchterliche Laute auszustoßen, es war schon ein Brüllen: gekreuzigt habe man seinen Sohn! und doch: er glaube nicht an Gott, auch er nicht, nein und ewig nein! und schlüge man ihn selbst ans Kreuz, er bleibe ungläubig, wie ihn das Leben gemacht! Er sackte wieder in sich. Ich hörte ihn weinen. Kein Mallorquiner; er sprach das Spanisch eines Südamerikaners.

Die englischen Offiziere und Matrosen waren die vollendeten Gastherren auf H. M. Schiff. Es fehlte an nichts. Offiziere spielten die Nurse, damit erschöpfte Mütter in ihren Kajüten ruhen könnten. Das Essen war wunderbar, wie in Friedenszeiten – der ewigalte Vergleich unserer Zivilisation.

Ich kam mit Franz Blei ins Gespräch: über die Lage, über Keßler, über die Schwierigkeit, als Antinazi mit einem deutschen Paß zu reisen. Dann begann der Bauer wieder zu brüllen.

Er war Argentinier, der sich vor vielen Jahren auf Mallorca niedergelassen hatte. Nun hatte er ein kleines Gut, eine Frau und viele Kinder. Sein ältester Sohn ward von den Fanatikern Gottes ergriffen, und sie führten ihn ab, um ihn seines Unglaubens wegen, zu dem er sich freimütig bekannte, an einen Olivenbaum zu schlagen: Kreuziget ihn! hätten die Burschen geschrien. Vor den Augen des Vaters gab der Sohn den Geist auf. Jener, immer das Gebrüll seines Kindes in den Ohren, sei zu sich selbst erwacht und geflohen; wie? er wußte es nicht mehr. Alles hatte er im Stich gelassen, Frau, Kinder, Haus und Hof. Und nun brüllte er, dem Wahnsinn halb verfallen, seinen Schmerz und seinen Unglauben übers Meer hinaus. Denn hätte man ihn gefangen, hätte dasselbe Schicksal auch ihn ereilt: ibis ad crucem!

An Bord waren noch mehr argentinische Bauern, eine ganze Gruppe, mit Kind und Kegel; verwegene Gesellen, die empört das schneeweiße Brot der Engländer zurückwiesen. Bauern, heischten sie ihre schwarzen Krusten. Mit einem, einem Freunde des Getroffenen, kam ich ins Gespräch. Gott, meinte er, was wisse ein Bauer schon von Gott? Daß er regnen lasse, wenn's nicht nötig sei? Und Dürre schicke, wenn die Erde nach einem Tropfen schmachte? Davon verstünden sie nichts, es sei Sache der Curas und der Betschwestern. Und das mit dem Kreuzestod, was seinen Kameraden um den Verstand gebracht zu haben schiene: ja, was solle er dazu sagen? Das verstehe wer wolle, er nicht. Da würde also dem Pepe sein Sohn ans Kreuz genagelt, weil der Junge nicht an Gott geglaubt habe, und Christus, der aus der Bibel, sei doch auch gekreuzigt worden, hieße es, er könne selbst nicht lesen; und dieser Christus, hieße es weiter in demselben heiligen Buch, habe wohl an Gott geglaubt, wenigstens habe er es immer beteuert. Vielleicht sei das aber alles Schwindel, was der Cura erzähle, um den Dummen dumm zu halten. Ihm sei's gleich – »me cago en Dios!«

Ich war erschüttert.

In der Ferne stand ein Wölkchen, war es ein Segel? Nebel? Die Bauern machten sich auf die Erscheinung aufmerksam. Wir fuhren mit mächtiger Schraube unter dem allmählich schwarz gewordenen Himmelblau auf den Flecken zu, bis wir auf einmal mitten in ihm waren. Man konnte die Hand nicht mehr vor den Augen sehen. Die Nebelhörner begannen zu heulen, die Maschinen fielen zurück, das Stampfen und Rollen hatte aufgehört. Die »Grenville« schien ohne Schraube auszulaufen. Unheimlich die Stille inmitten der kalten Wolke. Dauerte sie Stunden? Plötzlich zerriß die Wand, die Nebelhörner brachen ab, der Zerstörer schoß mit vollen Knoten in die neu erstandene Welt. Blau, Blau, soweit das Auge sah.

Ein Offizier kam an Deck, er hob die Hand, man sah, daß er sprechen wollte. Einen Speech, dachte ich, komisch, ohne das geht es wohl nicht, und nachher alle aufstehn und singen: God save the King.

Der Offizier sagte es kurz und bündig: Dispositionsänderungen, man führe nicht, wie vorgesehen, nach Marseille, sondern halte direkt auf Genua zu. Dort lägen andere Schiffe bereit, die Flüchtlinge an ihre Bestimmungshäfen zu bringen.

Italien! Aus dem Regen in die Traufe! Sollten wir doch noch in den Hünengräbern meiner Lieben beigesetzt werden? Ans Hakenkreuz geschlagen? Jemand rief: Mussolini!

Franz Blei erhob sich, und es soll um der Erhabenheit des historischen Augenblicks willen auch noch vermeldet werden, daß sich der Schriftsteller auf die Taurolle stellte. Er wandte sich an den Offizier. Er spräche nicht in eigener Sache, er sei als Österreicher noch ein freier Mensch. Doch seien verfolgte Deutsche an Bord, auch Staatenlose, und da ginge es nicht an, diese Menschen in Italien an Land zu setzen; es bedeute für sie alle: Drittes Reich, Konzentrationslager, Tod! Darauf kletterte er von seinem Podest herunter und setzte sich. Der Offizier sagte nichts und verschwand durch eine Luke.

Nur Wasser und schwarzes Himmelblau. Ein schnellender Delphin, und die Musik der schütternden Fahrt. Kein Wölkchen über uns, keines am Horizont. Am Kielwasser sahen wir, daß man in einem riesigen Bogen den Kurs auf Mussolini genommen hatte.

Der Vater des Gekreuzigten war wieder zu sich gekommen. Das weiße Brot, die Pappe für Säuglinge, hatte das Wunder bewirkt. Er schimpfte sich aus. Zum Glück hatte er eine schwarze Kruste in der Tasche.

Gott, sagte Franz Blei, der es auch sah, segne jedem sein Brot.

Mit neuer Meldung kam der Offizier wieder an Deck. Man habe sich in Verbindung gestellt mit dem Admiral auf H. M. Flaggschiff »London« im Hafen von Barcelona. Die Mittelmeerflotte Seiner

Britischen Majestät, so laute der Funkspruch, setze keinen Menschen gegen seinen Willen in einem unfreien Lande an Land. Nach Marseille könne man indessen nicht, die »Grenville« habe Order für Genua. Darum laufe man Barcelona an, dort würden die Flüchtlinge die Nacht auf dem Flaggschiff verbringen, und am anderen Morgen ginge es mit einem anderen Zerstörer nach Marseille weiter – »All right?«

»All right!« sagte Franz Blei, an den sich der Offizier ausschließlich gewandt hatte, »God bless the King!«

»God bless him!« fügte Beatrice, die eine Schwäche für alles Englische hat und mit solchen Sprüchen vertraut ist, aufatmend hinzu. Ich war sprachlos über diesen Meerstreich von Old England: groß zur See, wo auf dem Lande ein Konsul sich an seine Anweisungen hielt! Ein Wink dem Rudergänger, und man beschreibt eine Schleife für die Freiheit. Am Kielwasser war nun deutlich die neuerliche Kursänderung zu sehen. Der Kreis hatte sich geschlossen, und gegen den mählich verwogenden Doppelsog rauschte der Zerstörer in die alte Spur zurück, um dann scharf nach backbord abzudrehen.

Die Natur sorgte für einen letzten Effekt, der bei allem Gleisen doch nicht zu theatralisch genommen sein will. Wieder heulten die Sirenen auf, und im selben Augenblick schloß sich die Wolke. Wer hatte sie fallen sehen? Ein weißlicher Schein umhüllte uns, starr war die Planke, lautlos die Welt. Unsichtbar über uns blaute der glühende Meertag, und unten wallte die Nacht, die das Ziel verhüllte.

Das Ziel hieß: Freiheit.

Grenzstein der Freiheit

Gewiß, wir waren auf der Flucht, wir hatten es eilig, jede Minute war, wie man sagt, kostbar: Hunkiar Hitler konnte zum Weltuntergang blasen, jetzt, in diesem Augenblick; vielleicht hatten seine

Heerhaufen schon die polnische Grenze überschritten, und es war ein Gemetzel, wo immer er wollte, daß Blut vergossen werde. Doch so eilig hatten wir es auch wieder nicht, daß nun unser Gepäck in den Dreck geworfen wurde, und hätte ich selber mit Hand anlegen sollen? – indes muß ich's gestehen: meine Linke deckte schämlich den Hosenlatz, als ich mich aus der Limousine schob.

Zum Glück hatte ich meine Schreibmaschine nicht aus der Hand gegeben, sie wäre auch auf den Platz geschmettert worden und trotz des dämpfenden Mulms für meine Literatur verloren gewesen.

Beatrice schob sich nicht weniger langsam und gar mit Bedacht aus dem Sedan – warum das ehmals so großmögende Fuhrwerk verfluchen? wird sie mit ihrem hoch entwickelten Sinn für Gerechtigkeit gedacht haben; es hat uns doch heil an die ersehnte Grenze gebracht. Aber jetzt, was ist das? Höre ich recht? Mein Spanisch hat nichts an Frische und Griffigkeit eingebüßt in den Jahren, wo es nicht mehr ausschließlich unsere Haus- und Umgangs-Sprache war, da Holländisch vorherrschte, – doch nun: »Ihr Hunde, ihr verfluchten Hunde; Gepöbel, Auswurf der Menschheit, Feinde ihr: von Gott und Caudillo und Duce und Führer und Papst und Vaterland – raus mit euch, raus aus dem Wagen, und fix mal, raus in den Dreck, in den Staub; man soll euch zertreten.«

Es folgten noch viele Verfluchungen, in denen das Wort Hure vorkam in den vielfältigsten Abwandlungen, und ein Wort sagte er auf Deutsch, er hatte es bei der Legion Kondor von seinen deutschen Lufthelden aufgeschnappt, vermutlich von Göring selbst: ich unterschlage es.

O Gott, dieser kotige Anwurf wider uns! Und er setzte Feindschaft zwischen sich und uns und unsere Fahrnis, über die sich die Wolken gelegt hatten, daß sie nun lagerten wie die Cherube des Herrn, den Weg zum Baume der Erkenntnis zu bewachen.

Es waren aber da die Sterne noch nicht vollzählig aufgezogen, doch füllte sich das Gewölbe mit ihrer mich gleißenden Pracht, in wenigen Sekunden. Meinen Sinnen ward es taumelig – »– und meine Hose«, sagte ich zu dem fluchenden Menschen, wobei ich in die Tasche griff, das Portefeuille meines seligen Vaters hervorzuholen. Es enthielt die Verleger-Fluchtgulden, den Vorschuß auf das Buch Napoleon. Spiegel des Antichrist, dessen forscher General Massena bei Fuentes de Oñoro auf's Haupt geschlagen wurde, und wer weiß, ob er nicht gerade an der Stelle sein Heerlager gehabt, wo wir nun standen, und auch, wie es mir schien, auf's Haupt geschlagen werden sollten – denn das mit den Hunden, den verfluchten, und mit dem Kotwort, und dem Hurenunglimpf, falls all das Gemeine uns galt – und wem anders hätte die Beschimpfung zugedacht sein können: das war Kampfansage, Herausforderung – aber warum in Dreiteufels Namen?

Wir brachten dem Wagenlenker einen tüchtigen Batzen ein mit unserer Flucht, und so sagte ich, die Hose und deren Loch vorerst einmal auf sich beruhen lassend, damit der Kainsmann nicht denken möge, ich wolle ihm noch für die Fünf im Gesäß einen Fünfer vom vereinbarten Fuhrlohn abmarkten; ich sagte also, indem ich das Geld hervorholte, die vier Hunderter, und noch im Gefach der Groschen nach einem tüchtigen Trinkgeld fingerte; na, sagte ich, sagen wir zehn Prozent, oder besser, für so einen alten Kämpfer, – fünfzehn, das wären dann – ach Beatrice, bitte, rechne schnell, fünfzehn Prozent von vierhund- –

»Vierhundert?« rief der Mann der Kraftkarosse, »hahha, glauben Sie wirklich, daß ich solch ein Verräterpack für vierhundert lumpige Peseten, achtzig lumpige Duros, befördert habe!?, ha« – und es plätzern die Flüche, für die Gott, die Mutter Gottes, die Heiligen Gottes, die Dreifaltigkeit Gottes, und noch ein paar Hilfsheilige Gottes aus verstaubten Kirchenwinkeln herhalten mußten – »tausend, Sie! Und mal fix!«

»Tau – mil? Aber Herr, Mann Gottes, guter Freund, es war doch unter uns vereinbart worden, in Medina –«

»Vereinbart? In Medina? Her mit dem Gelde, tausend, sage ich, und nicht gefackelt, sonst –« Bei diesem Wörtchen zeigte der Verräter mit einem Finger, den er, obwohl er an sich schon schmutzig war, auch noch rütteln ließ, er zeigte auf das runde Portal des Bahnhofes, wo allerlei Kriegsvolk lungerte, mit Knarre und Plempe, Flintspieß und Faustbüchse; auch Polizei lungerte; und herumlungerten, zuhauf, die bunten Söldner des Generalissimus – mit einem Wort, es starrte wieder einmal von Waffen.

Beatrice, die den Menschen keines Blickes mehr würdigte, diese abgegriffene Redensart ist hier wieder gehörig am Platz – sie sagte, »rasch, Vigo, gib dem Halunken die Tausend, es wird nämlich jetzt gefährlich, er hat uns in der Hand.«

Ich gab dem Halunken die Tausend, rasch; rasch steckte er den Schein in die Hand, es hatte nun keiner mehr etwas in der Hand.

Während wir die Arme sinken ließen, unsere Habe aufzulesen, hob Kain den seinen zum Hunkiargruß, der seinem Lande, seinem Führer, und zugleich dem Führer meines Landes galt; jagte den fluchbeladenen Sprüchen noch einen letzten, persönlichen Fluch für uns beide hinterdrein, dem zufolge wir ihm die reinsten Schweine gewesen sein müssen, oder waren es wieder Hunde – kurz, Verräter von Führer und Vaterland, – und dann schwang er sich in den Wagen, er gab Gas, der Kasten raste davon. – Wie konnte der auf einmal so ins Rasen kommen?

Es war nun wohl alles rasend geworden; einzig die Leute von der Truppe verhielten sich still; die verschiedenen Einheiten schauten zu uns hinüber; na, das war ein Schauspiel gewesen, so eines wird denen auch nicht jeden Tag geboten.

Hatten die Kämpfer die Kampfansage wohl vernommen? Wußten sie nun, daß da Verfluchte kamen?

Wie spät mochte es überdem geworden sein?

Die Sonne stand tiefer, sie hatte aber noch nichts an Glut eingebüßt. Die hält sich, ging es mir durch den Kopf, der klarer wurde; und mein Bart, an den ich jetzt plötzlich griff, das heißt, ich griff an meine treffliche Kinnlade, mein Bart war in den verflossenen Stunden sicher um das doppelte gewachsen, er war klebrig obendrein, verschwitzt, vermutlich war mein ganzes Gesicht verdreckt. Verflucht, verdreckt – und dann?

Wortlos langten wir unsere Habe zusammen, und siehe, nicht ein einziger Koffer, nicht ein einziges Bündel war geplatzt; heute spricht man von weicher Landung; die dicken Staubpolster hatten den Aufprall gedämpft. Wie gut, daß ich mir in Locarno noch Riemen hatte schneiden lassen, so Arges und Ärgerliches zu verhüten wie das Platzen eines Koffers auf einem Bahnsteig, wenn der Zug eben einläuft. Hier auf der Walstatt von Fuentes de Oñoro wäre alles noch schlimmer gewesen, dieser braungelbe Mulm, der zwar nicht mehr mit dem Blute der Tapferen von Anno 1811 getränkt war; doch immerhin, er hätte unser Eigentum besudelt.

Ich schulterte das Hauptgepäck, Beatrice nahm wieder die leichten Stücke auf, wir stapften über den Vorplatz und betraten durch eines der runden Portale eine weiträumige Halle. Da wurden wir angehalten.

»Halt, wer da? und so mir nichts dir nichts wird hier nicht hereinspaziert!«

Ein junger Waffenträger, vielleicht ein Fähnrich oder gar der Ambosat des Roßmeisters, im allerbuntesten Tuch, der lässig an seinem Stutzen fingerte, wies uns zurück: »Zurückgetreten!«

Das geht hier aber preußisch zu, dachte ich, während Beatrice, immer nur auf Holländisch sagte: »Da haben wir's!«

Hatte der Haufe begriffen, um was es hier ging? Wir traten zurück, ich stand Rede und Antwort – woher? wohin?

Darauf wurden wir in barschem Tone aufgefordert, die Halle zu betreten. Der ungezogene Pistolenschnösel winkte noch ein paar Waffenkumpane herbei, Gemeine, Gefreite, auch sonst noch allerlei Getrupps und herrschte uns an: die Koffer und Bündel seien auf den Boden zu stellen; alles müsse geöffnet werden; der gesamte Inhalt sei auf dem Flur auszubreiten, was – er zeigte mit seinem Stutzen auf Beatrice – die Dame da zu besorgen habe; den Herrn angehend – er wies mit dem Knauf seiner Faustbüchse, die er umgedreht hatte, auf mich, was lächerlich war, denn ich war unter all diesem verköttelten Kroppzeug sowieso der einzige Herr, was den betreffe, man führe ihn hinauf, zur Kontrolle von Paß und Geleitpapier.

Ich reichte Beatrice, ohne jede Hast, den Schlüsselbund, und ließ mich dann von einem der Söldlinge abführen. Es ging eine Treppe hinauf.

Tschüß, rief ich der wirklich einzigen Dame des Heerbanns zu, doch war mir, ehrlich gesagt, gar nicht zumute nach dem Tschüß und Ciau unserer guten alten Zeit, der Zeit unserer Insel des zweiten Gesichts. Hier steckten wir, freilich ohne es zu wissen, schon mitten drin im Gesicht der zweiten Insel. Alles mußte nun bestanden werden.

»Eine Treppe hoch«, ranzte mich der Kämpel an, »und halten Sie Ihre Ausweisstücke bereit. Sie wollen sicher das Land verlassen, oder –«

»Sie haben es erraten, mein Herr, wir sind tatsächlich auf der Durchreise.«

»Erste Tür links, da werden die Formulare ausgefüllt.«

»Das habe ich mir längst gedacht.«

»Was haben Sie sich gedacht?«

»Daß nun wieder Formulare kommen. Wer nichts ausfüllt, kann nichts erfüllen.«

»Bitte? – Dann hier links.«

Wir waren oben angekommen, der Waffenfant machte auf den Hacken kehrt – wo haben die das alles nur gelernt? Aber ja, es hatte schon zu Ende unserer Ur-Insel-Zeit angefangen.

Er ließ mich stehen.

Als wir auf dem Vorplatz unseren Kram zusammengelesen hatten, waren da nicht an den Fenstern der ersten Etage, die ein wenig zurückzuliegen schien, allerlei Gestalten zu sehen gewesen, teils in Uniform, zum Teil hemdärmelig? – na für diese muß das auch ein erbauliches Schauspiel gewesen sein, die Art, wie Kain uns gewissermaßen vor die Tür seiner Limousine gesetzt und das Gepäck wie Plunder uns hinterhergeschmissen! Mußte ich da an die Pilar denken, Schwager Zwinglis Kebse, das gottverfluchte Schluntstück, das uns, wieviele Jahre ist's her, auch unsere Fahrhabe hinterdrein geworfen hatte? und wir hatten damals noch heilfroh sein müssen, daß sie uns nicht noch den Dolch zwischen die Rippen gestoßen. Ich glaube indessen nicht, daß mir in dem Augenblick, wo mich der Wehrmatz in dem ziemlich breiten und öden Flur hatte stehen lassen, die Hurenluppe in den Sinn gekommen; eher werde ich bedacht gewesen sein, die Formalitäten so rasch wie möglich zu erledigen. Einen klaren Kopf bewahren, Vigoleis, nicht in die Gründe der Vergangenheit untertauchen, die Gegenwart braucht dich. Gut, klaren Kopfes, doch mit der mir eigenen Amtsbefangenheit, die Dokumente brav in der Hand, suchte ich die erste Tür links. Sie war nur angelehnt, ich pochte an die Leibung, da keine Inschrift mich aufforderte, ohne anzuklopfen den Raum zu betreten.

Da drinnen rührte sich nichts, kein Herein ertönte; so klopfte ich ein zweites Mal, und betrat zugleich das Zimmer.

Dort saßen zwei Gestalten an einem Tisch, Soldaten natürlich, die ich wohl aus ihrem Mittagsschlaf geweckt haben mochte, denn sie fuhren erst auf und dann fuhren sie mich an: Was ich bei ihnen zu suchen habe?

Na, meinte ich, zu suchen hätte ich, genau genommen, nichts; indessen habe man mir eben diese Tür angewiesen, die erste links; ich wolle das Land verlassen, – bitte, Ihr Herren: da gelte es, Fragebogen auszufüllen, und ich bäte die Herren auf's höflichste und mit aller Ergebenheit, mir die betreffenden Vordrucke auszuhändigen. – Was hier nach Unterwürfigkeit klingt, im deutschen Sprachgewande, war aber nur spanische Höflichkeit mit Floskeln. Da sagte ich zu mir: Dein Spanisch, Vigoleis, ist wieder großartig, und da sagte einer der zwei, nicht zu sich selbst, doch mir vernehmlich, ich sei an die falsche Tür gekommen, ich solle machen, daß ich weiterkäme; mit Formularen habe man nicht das mindeste zu tun.

Ich verließ die unfreundlichen Leute mit einem freundlichen Gruß. Gleiches mit Gleichem zu vergelten ist nicht meine Art, noch daß ich's in jener Lage gewagt hätte, mich vor denen aufzuspielen.

Auf dem Flur hielt ich ein wenig Umschau. Es dämmerte da oben, alle Fensterläden hatte man wieder geschlossen, wegen der Fliegen, wir kennen das zur genüge, und gerade diese Wehreinheiten, die man an die Grenze verlegt hatte, wollten sicherlich nicht unnötig mit dem Geschmeiß in Berührung kommen; denen hatte der iberische Hunkiar andere Aufgaben ins Dienstbüchelchen geschrieben; eine davon war die, meine Beatrice unten in der Halle mit dem Gepäck zu triezen. Sie mag den Pöbel nicht, aber der Pöbel wühlte nun in unseren Sachen.

Eine zweite Tür, der ersten schräg gegenüber, links, war ebenfalls nur angelehnt; ich klopfte wieder, feste dieses Mal, und bekam sogleich eine kräftige Antwort: Herein! – Ein preußischer Feldwebel hätte hinzugefügt: marschmarsch, oder wird's bald, oder irgend so eine Anranzung an den Unsichtbaren, die das Gefühl schon hebt, ehe das Opfer die Meldestelle auch nur betreten hat. Der preußische Drill ist weltberühmt: er hat meinem Vaterlande nie zur Ehre gereicht, doch läßt sich ihm eine gewisse aristokratische Note nicht absprechen, mit der Einschränkung, daß die »áristos« nicht immer die besten sind. Als dann freilich mit Adolf Hitler das bare Pack aus dem Bilgenwasser der Nation nach oben kam und reichstonangebend wurde, war es überhaupt aus mit dem Benimm der Truppe. Sogar die hohen, die adligen Offiziere sanken auf die Stufe des soldatischen Proletariats, Waffenplebejer; und sie waren nur noch Knechte, niedrigste Diener eines ach wie niedrigen Herrn. Ein paar Wochen Dienst unter dem Hakenkreuz, und was übrig blieb, war, mit einem Wort von Graf Harry Keßler, Offizierscanaille. Er sagte es mir anläßlich der Ermordung des unsoldatischen Ränkespinners Kurt von Schleicher, den er für einen ganz besonders ehrlosen Offizier hielt. Ob so einer hinter der Tür saß? Die Spanier sind ja eine stolze Rasse; doch auch der stolzeste Mensch kann zuschanden kommen, wenn er einem Herrn hörig ist, der von der Würde des Menschen nichts wissen will – kurzum, ich trat ein, nicht leisen Tritts, doch auch nicht mit der Geste des Freilings, der von sich selbst überzeugt ist: hier bin ich!

Der Raum war spärlich ausgestattet; wenn ich recht erinnere, standen an den Wänden nur ein paar Schränke, die mein preußischer Weibel Spind genannt hätte, und in der Mitte wieder ein Tisch, zum Schreiben und zum Schlafen; man legt die Arme auf die Platte, läßt den Kopf in die Beuge sinken und nickt ein.

Meine Großmutter hat in den letzten Jahren ihres Lebens immer so ihr Nickerchen gehalten, nach dem Mittagessen; es war dies ihre heilige Stunde. Untern, so nannte man es noch zu ihrer Zeit, und für eine alte Frau schickt sich diese Art des Schummerns sehr wohl; indes für einen Kerl von der Truppe? Ich habe da keine Vorurteile; ja, ehrlich gestanden ist mir ein Soldat, der mit dem Schädel auf der Tischplatte seinen Schnarch hält, weitaus lieber als der strammstehende Kriegsknecht, der jeden anfährt und über die Klinge springen läßt.

Der aber dort am Tische saß, im Dämmer von Zimmer zwei, und so kraftstrotzend mich zum Hereinspazieren aufgefordert hatte, das war ein schon älterer Mann, in einer blauen Bluse, Ordensplakate auf der Brust.

Dieser Soldat trug eine rote Baskenmütze, und sonach wußte ich Bescheid: Requetés, Carlist, ultra-katholisch, ultra-monarchisch, treu der heiligen Jungfrau Maria, treu dem Könige, treu dem Generalisssimus und Hunkiar aller Spaniarden.

Diesem zeigst du, Vigoleis, treu nur dir selbst und deiner Beatrice, sogleich das lateinisch abgefaßte Brevet deines bischöflichen Onkels; doch halte ihm die Rückseite hin, wo das Sigillum des Erzbischofs von Katalunien, und Bischofs von Mallorca beigedrückt ist: Josefus Episcopus Arciepiscopus Majoricensis. Dann den englischen Gruß gesprochen. Ave Maria Purissima ... und sofort bekommst du deine Stempel – warte da unten, Beatrice, noch ein Weilchen –, ja, vielleicht verzichtet der frömmige Schlagetot sogar darauf, mich überhaupt Formulare ausfüllen zu lassen.

Was mein Begehr sei? Die Frage wurde höflich gestellt.

Vordrucke auszufertigen sei ich herbeschieden worden, zu mittagschlafender Zeit, man möge es entschuldigen; und da hätte ich mich in der Tür geirrt: die erste links habe man mir gesagt, doch sei es die falsche gewesen – diese, die seine, »ist es die richtige?«

Leider sei es wiederum die falsche! Schräg gegenüber, bitte, und Gott möge mich segnen. Dann ließ der Fromme den Hunkiar-Ruf erschallen, besser gesagt, verlauten; und mir gefiel die Art, wie der angegraute Monarchist seinen im Grunde genommen falschen Herrn hochleben ließ, einen Menschen, der ihnen allen verheißen hatte, er werde dem Volke außer dem Frieden auch den König wiedergeben. Na, alte Kriegshaut, da kannst du lange warten, ihr habt den nichtsnutzigen General auf den Schild erhoben; da hockt er nun, bis ihn irgendwer herunterschießt, oder er vor lauter Altersschwäche von der Tartsche purzelt. Menschen, die in Erwartung eines verheißenen Ereignisses grau geworden, sind meist friedfertigen Sinnes; der Messianismus hebt sie gewissermaßen über Raum und Zeit hinaus; sie stehen auf einer Höhe, von wo aus sie den Heilskönig der Zukunft unbewaffneten Auges erblicken können. Darum schießen solche Treulinge von dem Zeitpunkte an nicht mehr, wo sie den Vorläufer des Erlösers mit Hilfe ihrer Waffen, seien es solche geistiger Art, oder die des betreffenden Handels, an die Macht gebracht haben. Der Rest ist und bleibt Erwartung. So konnte ich, ohne auf Rückendeckung bedacht zu sein, die Stube verlassen, wo der Wegbereiter seinem messianischen Heilsgedanken nachsann. Er würde niemanden mehr durch einen Nackenschuß zur Strecke bringen.

Beim Dritten Reich liegen die Dinge etwas anders. Da ist der Erlöser auf den Trümmern einer Republik aufgestanden; nennt sich die Quelle allen Glücks für einen jeden, der an ihn glaubt und ihm die Hand bietet, nieder zu metzeln, was nicht seines Blutes, noch seines Willens ist. Die Verheißung war nicht Er, vielmehr war es die ewige Dauer seines Reiches – darum müsse getötet werden, heute, morgen und immerdar.

So wie über den Ursprung der Welt nichts bekannt ist, wir vielmehr auf Mutmaßungen angewiesen sind, die je nach dem Stande unserer Erkenntnis die Zeichen des Ammenmärchens tragen; die einer unerschütterlichen Glaubenszucht; des durch nichts, was immer ausginge vom Verstande, zu widerlegenden Gedichts; des spekulativ-übersinnlichen Traumgespinstes oder der schieren Jahrmarktsscharlatanerie – so wissen wir auch über den Ursprung vieler Erscheinungen oder Begebenheiten auf der erkalteten Erdfeste nichts und sind da gleichfalls auf die Gespinste unseres Hirns angewiesen, oder auf das Wissen der Besserwisser, die sich nicht mit dem abfinden können, was einem vor der Hand liegt. Unwissenheit ist überhaupt vom Übel, da lasse man lieber den Schein der Weisheit, im Latein der Jäger vorgebracht, zu vollem Glanze kommen.

Wer, um den Faden weiter zu spinnen, wir haben ja Zeit – wer hat den Fingerhut erfunden, den Fahneneid, den Kaiserschnitt oder den Läusekamm – ich nenne nur ein paar nützliche, teils segensreiche, zum anderen todbringend fragwürdige Dinge. Sie lassen sich bis ins Mythische zurückverfolgen, und allesamt haben sie ein religiöses Gepräge.

Darum ist es auch gar nicht so verblüffend, daß wir über den Ursprung des Kartenspiels nichts wissen und wir somit den Mutmaßungen der Forscher ausgeliefert sind. Da die Spielkarten über den ganzen Erdball verbreitet sind, bietet fast jeder Kontinent seine eigene Mär und Ausdeutelei über deren Herkunft an, zumal jedes Land stolz darauf ist, sie erfunden zu haben – eine menschliche Schwäche wie jede andere auch.

Die Spanier schreiben den Einfall, mit Karten zu spielen, einem Landsmanne namens Vila oder Vilhán zu, das war ein Stapelbruder, der auch die Tünchkelle zu führen verstand und sich hin und wieder sogar als Küster verdingte, denn er hatte mit dem von ihm ausgeknobelten Spiel der Ciencia de Vilhán, sein Hab und Gut verpulvert. Auf einer seiner Tippelzüge fiel er Straßenräubern in die Hände, die ihn fesselten und in einen Brunnen warfen – das war sein Ende.

Hinwieder behaupten die Franzosen, das Kartenspiel sei in ihrem Lande, und zwar unter Karl VI. aufgekommen. Dieser liebestolle König, Le Bien-Aimé, war geistig umnachtet, und man suchte ihn mit dem neuen Spiel aufzumuntern oder ihm zumindest Ablenkung zu verschaffen, wenn er brütete. Ablenkung gewährte das Tarock ohne Zweifel, weshalb es bei den Chinesen, schon zu Olims Zeiten eingeführt worden ist. Seine Kaiserliche Hoheit Se-Un-Ho soll es ausgetiftelt haben, den Schwarm seiner Konkubinen zu beschäftigen, wodurch er mehr zu ihrem Befrieder als Befriediger wurde, folglich selbst auch seinen Frieden hatte und seinem Himmlischen Gliede immer die geläuterte Glückseligkeit gewähren konnte, wenn Es ihn mahnte, daß Es auch für irdische Geschäfte einzustehen hatte. So mag es einleuchten, daß die Karten aus dem Liebes-Concubinaculum ihren Siegeszug antraten durch den ganzen Orient; überall bewährten sie sich; sogar die Kreuzritter, die sich am Heiligen Grabe sehr unheilig schlugen, indessen sich auch auf das unheiligste dortigen Ortes langweilten, selbst sie griffen das Spielchen begierig auf. Sie brachten es als eine Art übersinnlicher Beute heim ins Abendland, meiner Meinung nach ihre einzige rühmliche Tat.

So wurden die Spielkarten rasch zum geistigen Kartenspiel, an dem auch der Teufel seinen Anteil hat; denn wo gespielt wird, ist er immer mit von der Partie – Vilhán galt schon, wenn ich das nachtragen darf, als die Inkarnation des Spielteufels.

Wo aber vom Teufel die Rede ist, darf der Himmel nicht zu kurz kommen, und wie es an den Orten der Verdammten oder Seligen zugeht, wissen wir einzig von Entrückten, die ihre Himmelsreise, oder sei es die Höllenfahrt, angetreten haben und heil wieder zur Erde zurückgekehrt sind. Daß man aber im Himmel, einer Stätte der vollendeten Herrlichkeit, der unsagbaren Wonnen, auch Karten spielt, davon wird in den frommen oder ketzerischen Chroniken kaum berichtet, weshalb ich es mir nicht versagen möchte, den spanischen Universalgelehrten Benito Jerónimo Feijóo hier vorzustellen mit einer Geschichte, die uns unmittelbar angeht.

Der Benediktinermönch litt zeitlebens am »pavor al sepelio anticipado«, also an der auf das höchste gesteigerten Angst, als Scheintoter lebendig begraben zu werden; und das war in der Zeit, wo er lebte und sich den Problemen der Biologie und dem entsprechenden Aberglauben widmete, genau so schlimm wie heutigentages, wo auch niemand lebendig begraben sein will, obwohl tausende in die Massengräber geschüttet werden, ohne völlig aus dem Leben geschieden zu sein. Feijóo selbst lebte von 1676 bis 1764, und er berichtet in einem seiner Bände des »Teatro crítico universal« die folgende Schauermär, die ich frei wiedergebe:

Ein Missetäter wurde zum Tode durch den Strang verurteilt, was in unseren Tagen des neu hereingebrochenen Mittelalters auch Wohltätern zustoßen kann, wenn sie in die falschen Hände geraten oder man sich ihrer sonstwie entledigen will. Das Henken verläuft ohne Blutvergießen, fast geräuschlos, weshalb sich bei dieser sanften Art des peinlichen Halsgerichts immer eine besondere Art von Neugierigen einfindet, da es auch erbaulich zu sehen ist, wenn ein Beichtvater das Opfer auf dem Wege zum Schafott begleitet. Öffentliche Füsilierungen wurden früher gemieden, und auch heute noch bringen sie nicht viel Volk auf die Beine.

Wie dem auch sei, unserem Galgenstrick stand ein Beichtiger bei, sprach mit ihm die vorgeschriebenen Gebete, sprach ihn dann von allen seinen Sünden frei und verhieß ihm die ewige Seligkeit, die er, während die Henker den Strick seiften und über den Galgen warfen, dem Armsünder in den schönsten Farben ausmalte; vom Augenblicke an, wo er seines jämmerlichen Leibes entohnigt worden, trete er ein in ein Reich, dessen Freuden kein Ende sei, der Wonnen ungezählte, und so weiter und so weiter – wie eben geistlicher Beistand und Trost in Todesnot gespendet werden muß. Als die Hinrichtung vollzogen war und man den Leichnam absacken ließ, stellten die Schinder allerlei Anzeichen fest, aus denen sie schlossen, der Gerichtete sei womöglich noch gar nicht richtig tot. Ein Mann der Waffen-SS hätte bei einem solchen Verdacht mit gestrecktem Arm seinen Revolver in das Grempelgelumpe von Totenleben leergeschossen, aber unsere Schergen hatten, aus Angst vor dem eigenen Scheintode, Mitleid mit dem Kadaver, in dem ja noch ein Fünkchen Leben glühen mochte. So trugen sie ihn in das nächstgelegene Haus und beorderten eine besondere Wache, der es oblag, den Leib, der von Rechtes wegen tot zu sein hatte, scharf im Auge zu behalten. Auferstehungen von den Toten sind immer mißlich für die einen, und den anderen sind sie das große Wunder, die irdische Vorwegnahme der Auferstehung des Fleisches schlechthin, mit einem Wort, Vorbote der Unsterblichkeit.

Sich nicht zu langweilen – ehe ein Toter sich selbst zum Leben erweckt, da können Stunden, Tage, ja selbst zeitlich ungegründete Zeiten vergehen – was tat die aufgezogene Wache? Nun, die Kerle griffen zu den Karten, ein Spielchen zu machen, das klopfte und klopfte; doch wie sehr man auch bei der Sache war, man ließ die Pflicht nicht aus den Augen, das heißt hier: die Leiche. Hin und wieder warfen die Wächter einen Blick auf den Erhängten, der sich, blaurot gedunsenen Gesichts, ruhig verhielt. Das Auge war nicht gebrochen, was aber an sich nichts besagt, denn bei der Strangulation, das wußten die Knechte, kommt es nie oder nur selten zu diesem gebrochenen Totenauge.

Das klopfte und klopfte.

Überdem war der Hingerichtete wieder zu sich gekommen, der Strang hatte ihm das Lebenslicht nicht auszulöschen vermocht. Doch dessen war er sich im Taumel der Belebung nicht bewußt, vielmehr deutete er das seltsame Röcheln, das sich seiner Brust entrang, als die Anpassung seines gestorbenen Lebens an den neuen Atembereich des Himmels, des Gefildes der Seligen, wie es ihm der Beichtvater im Augenblick der Abfertigung durch den Strick mit auf den Todesweg gegeben hatte. Diese mit frommgläubigem Eifer vorgebrachten Schilderungen hatten sich seinem Hirn beim Übergang vom Leben in den Tod, von dieser Welt in die andere Welt so eingebrannt, daß er sich, beigott, tatsächlich im Himmel wähnen mußte – aber – na ja, er hörte klopfen, Totendämonen? oder gar Gott? Zum Leben war er ja wieder erwacht, indes versagten ihm die Augen vorerst noch den Dienst, obwohl gerade sie sich seiner Hinrichtungsart entsprechend verhalten hatten. Es verging eine geraume Zeit, die Wächter spielten und schielten nach ihm; dann plötzlich sah er sie, und es überkam den Missetäter oder was immer ihn an den Galgen mochte gebracht haben, einen Rausch des überirdischen Glücks: im Himmel wird Karten gespielt! Welch' alte Karnoffelratte möchte da nicht auch in den Himmel kommen! Dann erst erkannte er die kartenden Engel in ihrer Verwandlung, und ein Lichtglanz des Herrn umleuchtete ihn.

Von dieser himmlischen Inkarnation, oder sei es die Beseelung des beregten Spiels, ist es nur ein Schritt, und die Karten erscheinen unter den gemeinen Soldaten, die mir Padre Feijóo freilich schon vorweggenommen hat.

In den Mordpausen wird Schafskopf gedroschen; man setzt alles auf's Spiel, da man ja nicht weiß, ob man nach der morgigen Schlacht noch wird auftrumpfen können. Eigentlich weiß auch der in Frieden lebende Bürgersmann oder gar ein Etappenschwein nicht: werden wir über ein Weilchen wieder eine schöne Karte stechen können, – oder man ist selber in den Skat gelegt. Ja, im Grunde wissen wir überhaupt nicht, was gespielt wird. Ich jedenfalls wußte nicht, was meiner zu gewarten stand hinter der Tür, zu der ich mich begab, immer noch die Pässe und Begleitpapiere in der linken Hand. Die rechte brauchte ich zum Klopfen an alle Türen des Bahngebäudes, das zur Kaserne entartet war.

Doch während es unten ziemlich lebhaft zuging, blieb hier oben alles still – totenstill? Nein, das auch wieder nicht, vielmehr vernahm ich nun selber ein Klopfen, sah aber niemanden, der es hätte besorgt haben können. Klopfgeister? Totendämonen? Oder gar Gott? Das klopfte und klopfte. Ich hielt horchend inne, eine Sekunde, zwei oder drei, dann schöpfte ich tief Atem, was ich übrigens immer tue, wenn ich eine amtliche Stelle betreten muß.

Klopfen, Vigoleis, anklopfen, es eilt, du bist doch auf der Flucht, geude nicht mit der Stunde, wo eine Minute womöglich euch zur Rettung irgendwo bleiben mag.

So klopfte ich an die Tür.

Stimmen? Ihrer mehrere, wie mir schien, forderten den unbekannten, und gleich sei es gesagt, auch ungebetenen Besucher auf, einzutreten.

So trat ich ein.

Der Raum war größer als die anderen Gemächer, in die ich bereits Einblick genommen hatte, doch war er nicht weniger dürftig, und obendrein schäbig möbliert, was wohl ganz allgemein auf die spartanische Zucht und strenge Entsagung des Soldatentums hinweist. Nur ein Feldmarschall des großdeutschen Hunkiars, der in Wirklichkeit ein Jahrmarktsmuskote war, liebte den Luxus und umgab sich und seine Marketenderinnen mit dem teuersten Raub.

Inmitten des Zimmers befand sich ein runder oder zumindest an den Kanten stark abgerundeter Tisch, um den herum Männer saßen, vier an der Zahl, oder waren es fünf, oder sieben – ich weiß es nicht mehr auf den Mann genau; doch könnte, wer mit dem spanischen Jaß vertraut ist, der da geklopft wurde, die Zahl der Runde genau angeben – mit einem Wort, es wurde Karten gespielt.

Spanische Offiziere, und solche mochten es sein, die spielen hier Karten, statt sich die dienstfreie Zeit mit einer satten Schwarte im Bett zu vertreiben? Das war mein erster Gedanke, dem in Blitzesschnelle eine andere Überlegung folgte: wird Allvater Noah in der Arche mit den Seinen die Zeit, die sein Gott brauchte, die sündige Menschheit zu ersäufen, auch mit dieser idealen Kurzweil totgeschlagen haben? Und Beatrice da unten, was mögen die Horden mit der wohl alles anstellen?

Auf keine der Fragen konnte ich mir Antwort geben, denn einer der Spieler, die alle vollkommene Herren waren, wie sich alsbald herausstellen wird, fragte sachlich, kühl, ohne jede Anranzerei: was ich denn eigentlich bei ihnen wolle – man spiele, man liebe die Störung nicht.

Diese grammatikalische Feinheit mit dem Eigentlichen des Wollens war nun verblüffend, obwohl die spanische Sprache an derlei Überrumpelungen ziemlich reich ist; und so entgegnete ich in der mir leider eigentlichen eigenen Umständlichkeit, und, bitte, in bestem Spanisch: Meine Herren, ich sei an ihre Tür gekommen, Fragebogen auszufüllen, und nach der Erledigung all der leidigen Förmlichkeiten wolle ich die Grenze überschreiten.

»So denn«, versetzte ein anderer Offizier, über dessen Züge ein befremdend spöttisches Lächeln spielte, »liegt es in Ihrer Absicht, die spanische Grenze bei uns zu überschreiten? Sie wollen – nach Portugal?«

»Ja«, erwiderte ich und hob zur Bekräftigung dieses Vorsatzes, der mir an einer Grenze durchaus nichts Ungewöhnliches zu sein schien, die Linke mit dem Stoß Papiere empor, wobei mir auf den Plotz zu Bewußtsein kam, daß man mich nicht mit dem Römischen Gruß empfangen hatte. War das der Einfluß des Kartenklopfens, das sich so segensreich auswirkte? Der Volksmund nennt diesen Zeitvertreib des Teufels Betbüchlein – wie dem indessen auch sei, ich hatte das meinige gesagt und stand nun da, die Linke immer noch erhoben.

Es muß beschwörend gewirkt haben, solches Winken mit Dokumenten, die die reinen Schandpapiere waren, die Schmach meines Lebens, der Pestfleck, mit dem ich nun einmal gezeichnet war.

Diese Ausweisbüchlein hatten die grau-grüne Farbe, die in der internationalen Farbenskala dem Reich der Deutschen vorbehalten war. Jeder Grenzbeamte kannte sie, und darum kam jetzt ein wenig Bewegung in die Kartenrunde, wenn auch zuerst nur eine der Spielratten, die ich mitten aus ihrem Vergnügen gerissen, aus dem

Taumel des Jeus zum Leben der Grenze zurückfand. Er fragte nämlich, wobei er sich, wie mir schien, ganz leicht vom Stuhl erhob, was dann freilich schon Höflichkeit gewesen wäre: ob ich gar ein Deutscher sei?

Da ließ ich die Linke sinken, als hätte ich die Flagge eingeholt, und sagte: »Ja, das bin ich allerdings.«

Das war das Zeichen für die Herren alle, nicht nur den Hosenboden mir zu Ehren ein wenig zu lüpfen; nein, sie lösten ihn vollends vom durchgeschwitzten Sitz, sprangen auf, der und jener schob mit der Kniekehle den Stuhl zurück; ein Schemel polterte schlitternd über den Boden und schmetterte gegen die Wand. Es rieselte Kalk.

Die Herren standen aufrecht da, ich sah ihre Waffenhosen, die teils des Spielchens, teils der Hitze wegen, und wohl auch mit Rücksicht auf die Verdauungsvorgänge, im Bund geöffnet waren. Ihre Kragen standen gleichfalls offen. Mit raschem Griff schloß jeder sich zu, dann sprengten alle wie auf Kommando auseinander; weiß leuchteten ihre Hemden, falls sie überhaupt weiß waren, im Dämmer.

Einen Augenblick lang stand ich allein vor dem leeren Tisch, auf dem sich nur noch die Karten befanden, ein befremdlich wirkender Aschenbecher, ein paar Pistolen, und ein Stück Kreide.

Als die Herren Kartenkumpane sich wieder um den Tisch gruppierten, jeder an seinem Platz, doch mir zugewandt, da hatten sie alle ihre Waffenröcke an und waren dabei, sie mit fliegenden Fingern zuzuknöpfen.

Es waren diese Herren tatsächlich Stück für Stück Offiziere, auch wenn sie nicht, oder besser gesagt: noch nicht, untergeschnallt hatten. Doch was sage ich – wird in der spanischen Armee überhaupt untergeschnallt? Ist das nicht eine Eigentümlichkeit des kaiserlichen deutschen Heeres, die im Wilhelminischen Weltkriege so recht erst zur Geltung kam? Wurde aber in Spanien der Säbel untergeschnallt, und die Herren Offiziere hatten das noch nicht besorgt: konnten sie dann eine soldatische Diensthandlung an mir überhaupt rechtens vollziehen?

Wie man im Traumzeit einer Sekunde Stunden oder gar Tage

durchlebt, so beflogen mich jetzt Bruchstücke von Gelesenem, Gehörtem, Erlebtem, über das Unterschnallen der Plempe, während die Offiziere umgeschnallt, untergeschnallt oder überhaupt nicht geschnallt vor mir standen und noch an ihren Klamotten herumnestelten – hatte ich's gelesen, hatte mir Graf Keßler, Kaiser Wilhelms Adjutant, die Geschichte erzählt, als er im Exil an seinen Erinnerungen schrieb?

Da war einmal –

Da war also einmal ein gemeiner Soldat, der sich gleich vier Jahre vor seines Obersten Kriegsherrn Fahnenflucht entschloß, die betreffende Flucht in eigener Person zu ergreifen. Gepackt vom Granatfieber, der derzeit forensisch-psychiatrisch so gefürchteten »motorischen Unruhe«, wollte er nicht mehr dienen: Gott nicht, dem Kaiser nicht; dem Vaterlande nicht – heim wollte er, heim zu Muttern. So schmiedete er den Plan der unerlaubten Entfernung von der Truppe; und mit solcher Komißschläue ging er zu Werke, daß man ihm nicht so leicht ein Vergehen gegen das Aushalten im militärischen Dienste werde vorwerfen können, so wahr ihm Gott helfe! Indes Gott half ihm nicht: gleich beim ersten Fluchtschritt wurde er vom Grabenältesten ertappt und vor einen Offizier gebracht. Dieser verhörte den Deserteur und ließ ihn in Arrest abführen. Bei der zweiten Einvernahme, die schon einem Kriegsgericht ähnelte, denn mein Fall lag ja vor dem Feinde, stritt er alles ab, was er dem Kompagnieführer zu Protokoll gegeben hatte, und er wurde frech, als dieser einwand: »Na, Gemeiner, es steht hier schwarz auf weiß!«

Der gemeine Soldat wußte es aber besser, er kannte sich aus im Reglement und er entgegnete, nun ganz sachlich: »Sie, Herr Kompagnieführer, haben mir überhaupt keine Vorhaltungen zu machen. – Sie hatten nämlich, als Sie mich verhörten, nicht einmal untergeschnallt!«

Das Wort platzte wie eine Eierhandgranate in die Kriegsgerichtsverhandlung hinein; aller Blicke waren auf den pflichtvergessenen Kompagniechef gerichtet, der sich mit einem Griff vergewisserte, ob er wenigstens jetzt untergeschnallt hatte. Das hatte er allerdings, aber von der Fahnenflucht des Muskoten konnte nicht mehr die Rede sein; der Offizier selbst mußte gemaßregelt werden, was wiederum nur durch einen Sondergeneralauditoriat geschehen konnte, weshalb man den Koppelmeuterer für's erste einmal seines Postens enthob; man stellte ihn zur Verfügung. Palaver entstand, die Herren wurden tumultuös und der fahrlässigerweise nicht durch ein Kettchen hinter der Ohrmuschel abgesicherte Pincenez eines Obermilitärgerichtsassessors ging in Splitter. Unser gemeiner Soldat benutzte den Klamauk sich dünn zu machen. Er ward nie mehr gesehen.

Unterschnallen, meine Herren, dachte ich, sonst kommt ihr alle vor ein Kriegsgericht, oder –

Es waren diese Herren, wenn ich zurückgreifen darf, damit wir endlich wieder ein Stück vorwärts kommen, diese Herren waren Mann für Mann Offiziere.

Welche Ränge sie freilich in der Hierarchie ihres Obersten Kriegsherrn Franco bekleideten, weiß ich nicht. Sie trugen Sterne und Streifen auf den Borten, die Ärmelaufschläge waren verziert, ich gewahrte Franzenbesatz – sicherlich waren ein paar ganz hohe Chargen dabei.

Als ich mich sonach zum Deutschen bekannt, und die Hauptleute alle aufgesprungen waren, schob ich die Geschichte des ununtergeschnallten preußischen Michelbruders ein, und nun will ich, damit uns keine dienstrechtlichen Verwicklungen erneut aufhalten, den Hauptleuten auch allen zubilligen, daß sie inzwischen untergeschnallt hatten; der letzte Hosenknopf, der letzte Knopf an Hemd und Waffenrock war geschlossen – weiter im Text:

»– und Sie sind«, fuhr der Oberst, der mich ausfragte, mit fast verhaltener Stimme fort, »Sie sind, bitte, ich meine, Sie sind –?«

»Nun, was soll ich sein, Herr Major?«

»Sie sind, mein Herr, womöglich nicht nur Deutscher, sondern auch – Offizier?«

Atemlose Stille im Raum der Offiziere. Alle Augenpaare waren auf mich gerichtet, die Spanier standen in fast strammer Haltung da, jedenfalls war es für jene Breiten vorbildlich, wie sie dastanden, und sie an meinem Munde hingen, aus dem nur ein einziges Wort kommen durfte, das Jawort meiner eigenen Aushebung und schnellen Beförderung.

Doch ach, werter Leserfreund, auch wenn es um Sein oder Nichtsein geht, spricht mein Vigoleis dieses eine Wort nur aus in der Umkleidung vieler Worte, ja selbst Wörter. Hier denn die wortgetreue Wiedergabe meiner Antwort, die ich auf dem Sterbebett noch werde aufsagen können; denn der Geist des Allerhöchsten war über mich gekommen, wieder ein Mal; nein, nicht der des allerhöchsten Henkers und Hunkiars meines zuschanden gesunkenen Volkes, dem immer noch anzugehören meine Papiere dartaten: es war der Geist der Freiheit, der zuweilen in Zungen spricht, aber immer dann, wenn es, eben, um Sein und Nichtsein geht, von unmißverständlicher Klarheit ist. Hört:

»Ich bin, meine Herren Offiziere, wenn Sie erlauben, daß ich's bekenne, und es vor Ihnen zu bekennen, ist mir die Ehre selbst; ich bin, Ihr Offiziere alle, tatsächlich auch Offizier.« Aufrechter denn je in meinem Leben stand ich da, von Gestalt nicht eben unansehnlich; zwar kein Gardemaß, indes auch nicht schlecht gekleidet, obwohl mein Anzug Falten warf, die Hose durchlöchert war und was sich an Bart gebildet hatte, umdunkelte mein Antlitz. Als das Wort heraus war, verbeugte ich mich mit einer so vollkommenen Würde und edelmännisch bühnenreifen Artigkeit, daß ich Spaß an mir selber hatte, während den echten Offizieren nicht einmal aufzufallen schien, daß ich, der deutsche Offizier, nicht die Hacken zusammenknallte. Dann verbeugte ich mich nochmals, um die Leere auszufüllen, die zufolge meiner militärischen Offenbarung entstanden war, und zu allem Überflusse führte ich mit der Rechten eine alles umfassende Bewegung aus.

Da sprengten meine Herren Hauptleute davon; sie rasten durch die Bude – was suchen sie, was erwischen sie? ha, die Dienstmützen; sie setzten sie auf, zogen sie in rascher Eitelkeit noch zurecht, dann flogen die Hände zum Gruß an den Schirm, die Handflächen wie weiße Tischtennisschläger nach außen gekehrt – so hohe Offiziere waren das, allerhöchste Patente selbst.

»– und, bitte, im Range eines . . .?«

»Eines Hauptmanns, Herr Oberhauptmann, Artillerie – schwerste Kaliber habe ich die Ehre unter meinem Befehl zu haben.«

Ich verbeugte mich, und reihum taten es die galonierten Kriegsgurgeln mir nach.

Vigoleis war zum Schlafwandler geworden, der mit geschlossenen Augen den Weg findet. Hier wählte er aus ein paar Dutzend Truppengattungen die vornehmste aus, ohne zu wissen, daß sie es war; denn er hatte ja von militärischem Tuten und Blasen und Schießen keine Ahnung; ihm gehören Steinbeil und Atombombe der selben Mordordnung an. Er hatte eben die Witterung für den hohen Rang, und er würde sich heute, gut fünfundzwanzig Jahre nach der Kabale in Fuentes de Oñoro, allsogleich in die gesellschaftsfähige Klasse eines Atomkanoniers erhoben haben. »Womöglich dann, Herr Hauptmann, sind Sie – na, wie soll ich sagen – hm, Sie sind – in einer geheimen Mission begriffen?«

Es war dies aber ein anderer Offizier, der so heikel zu fragen sich unterstand.

»Sie haben recht, Herr Oberstleutnant, ich bin in geheimstem Auftrage unterwegs, für meinen Herrn und Führer, meine Herren« – reihum blickte ich jeder Gurgel ins Auge – »komme aus Frankreich, und trachte nun, so rasch wie möglich, Lissabon zu erreichen, wo unser Panzerkreuzer ›Deutschland‹ – ich verbeugte mich – vor Anker liegt, im Tejo, und er wird sie erst lichten, wenn ich die Planken betrete.«

»Deutschland, Herr Hauptmann«, sagte der Jüngste der untergeschnallten Kartenbrüder, »hat seinen großen Führer, und jetzt kommt auch seine große Stunde.«

»Die Stunde des Jahrhunderts, die ein Jahrtausend währt, meine Herren Offiziere, und alle, wir alle müssen uns ihrer würdig erweisen. Hier denn unsere Pässe und die besonderen Führerpapiere.«

Ich hielt dem mir zunächst befindlichen Offizier die Kreditive hin, wobei ich ihn scharf ins Auge faßte, während er seinerseits die Augenbrauen ein wenig hochzog, was Mißtrauen so gut wie Verwunderung ausdrücken konnte.

»Unsere? Befinden Herr Hauptmann sich in Begleitung? – aber gewiß, Ihr Bursch . . .«

»Mein Bursche ist mit dem großen Gepäck gleich ins Reich gefahren; wer mich begleitet, Herr Oberst, das –«

»Das wäre –?«

»Das ist meine Frau.«

»Ihre, pardon, Sie sagen –?«

»Ja, meine Frau.«

Es kam Bewegung in den Kreis der Untergeschnallten, man rief Sakrament, Potztausend und ähnliches.

»– und wo, bitte, halten Madame sich auf?«

»Wo anders, meine Herren, könnte sie sein als da unten in der Halle, bei der Zollabfertigung. Man durchsucht nämlich, meine Herren, unser Reisegepäck.«

»Zum Henker, Hostia!« rief nun der wohl Rangälteste des Kartenstabes, »Sie sind doch in geheimer Mission und somit exterritorial! Solch eine Schlamperei da unten, wo höchste Eile geboten ist.«

»Mehr als geboten, Herr General, wir sind in fliegender Eile sogar mit einem Taximeter gekommen, da wir den Anschluß an den Lusitania-Expreß in Medina del Campo verpaßten. Sie hätten sehen sollen, wie der Kutscher der Kraftdroschke unsere Koffer vom Verdeck des Wagens auf den Boden schmiß; das ging wie der Blitz!«

»Wir haben es ja gesehen, Herr Hauptmann – ha! also das war's!«

Nun prasselte ein Feuerwerk von Worten, Flüchen, Befehlen; ich wußte wieder einmal nicht, wo mir der Kopf stand ob dieses hellen Spotts, und da niemand mir meine Beglaubigungsschreiben abnahm, steckte ich sie ein; es war auch besser so, da man meine Gerechtsame hätte anzweifeln können.

Wo immer ein Dieb sich dünn machen will, erschallt der Ruf: Haltet den Dieb! Hier, in Fuentes de Oñoro, erscholl uns, die wir zwar keine Diebe waren, indessen allen Grund hatten, uns so dünn wie nur möglich zu machen, der Ruf: Haltet den Zug!

Ja, rief nun der Chor der Kartenritter, man solle den Zug

anhalten, des Führers Plenipotenciario müsse noch mit – »Hauptmann, kommen Sie, der Führer ruft!«

Vom gesamten Generalstabe umschwärmt, verließ ich, der einzige, der nicht untergeschnallt hatte, sei es denn, daß ich gegürtet war mit dem schieren Schwindel, das große Hauptquartier, auf dessen Tisch die ungestochenen Karten lagen, um die sich keine Spielsau mehr kümmerte.

Vom Gerüfte angelockt, hatte sich der alte Carlist unter die Tür seiner Stube gestellt; er wollte wissen, was es da gebe. Als er mich erblickte, und er auch wohl gehört haben mochte, daß ich mit Hauptmann angeredet wurde, legte er die Rechte salutierend an seine Boina, führte sie dann an den Mund, so als hielte er eine Trompete, und schmetterte dreimal die Fanfare seiner Legion, requeté, re-queté, re-queté!

Ich kam an die Treppe, da sah ich unten, o du lieber Himmel! die ganze Bescherung! Die Halle war übersät mit dem Inhalt unserer Koffer und Bündel, eine bewaffnete Meute wühlte in dem Kram, so wie ich selbst auf Plundermärkten oft im Brast gewühlt habe auf der Suche nach einer Schraube, einem Vogelkäfig, einem verschollenen Buch, oder was immer ein armer Dichter so nötig braucht. Was da unten sich abspielte, das freilich war nicht mehr und nicht weniger als eine Verhöhnung des Völkerrechts; es war ein Eingriff in meine Exterritorialität, die sich, das wußte ich aus dem Umgang mit dem exterritorialen Grafen Harry Keßler, ausdehnte auf meine Gemahlin und die uns beiden gehörigen Sachen. Wir waren immun, ich hatte Anspruch auf Exemtion; ja, würde ich mit einem Hauskaplan reisen, stände mir sogar das Kapellenrecht zu – und unten, da wurden nicht nur meine Befugnisse mit Füßen getreten, man trat buchstäblich alles, was mein war, in den Dreck. Da hätten die Koffer gleich auf dem Vorplatz platzen können!

Die Hauptleute, sie flogen die Stufen hinunter, als hätten sie Knallfrösche in den Gesäßen, die zu lüften sie so schwer angekommen, während Beatrice zu uns hinauf blickte und ich selber gerade noch die Zeit hatte, ihr auf Holländisch zuzurufen, sie solle mich machen lassen – »nein, jetzt keine Fragen, es geht, wieder einmal um's ganze.«

Einer der Herren vom Stabe bot ihr seine Entschuldigung an, und seine Hilfe. Die niederen Waffenburschen wurden barsch beiseite geschoben und zusammengeranzt; verflucht – Sakrament, he, wie das nun zuging!

Die Offiziere bückten sich, rafften unsere Sachen auf, stopften alles in die Koffer, ich bündelte den Rest – und schon kam eine Ordonanz angetrabt und erstattete Meldung: der Zug sei zum Halten gebracht, ein Abteil Erster Klasse werde für die Exzellenzen geräumt.

Die Herren Hauptleute ergriffen das Gepäck, selbst nahm ich nur die Schreibmaschine in die Linke.

Unser Zug setzte sich in Bewegung – nein, nicht der expresse, der von Irun über Medina del Campo, Fuentes de Oñoro und Vilar Formoso nach Lissabon fuhr; vorerst war es unser eigener Zug, der kleine Trupp, der wie aus dem Nichts entstanden war: an der Spitze der höchste Offizier, auf dessen Kragenspiegel in Rankenstickerei und goldenen Borten sein Rang vermeldet stand, zweifelsohne ein General.

Der General hatte seinen Flederwisch aus dem Waffenschlitz des Rockes gezogen und trug ihn, gesenkt, vor dem Bauch. Hinter ihm schritt ich, Sonderbeauftragter des Führers in geheimer Mission; hinter mir die völlig verdutzte Beatrice, im nu zur Frau Hauptmann geworden, was sie zum Glück nicht wußte, sonst hätten ihre Augen noch mehr Feuer gesprüht, als sie's schon taten.

Im Gefolge die Stabsoffiziere mit dem exterritorialen Gepäck.

So betraten wir den Bahnsteig, der wie tot dalag, da alle Reisenden schon abgefertigt worden waren und in den Abteilen mehr oder weniger unter Siegel standen. Nur ganz vorne, im ersten Wagen, ließ Lärm sich vernehmen, es wurde geschimpft, geflucht, in hundert Zungen. Feinste und reichste Leute wichen der Gewalt, sie wurden nämlich aus ihrem Abteil Erster Klasse hinausbefördert und drückten sich mitsamt ihrer Bagage in die schon überfüllten Coupés der Zweiten Klasse. An allen Fenstern drängten sich die Köpfe der Schaulustigen; da gab es wieder etwas zu sehen, und sieh einer an, stand da nicht unser Krummer, der Geheime, der Pferdegesichtige, der hinkende Teufel, der uns in Medina nicht in den Expreß hatte steigen lassen, vielmehr den Wachen überantwortet? Er war's, er stand wie gepfostet, und starrte uns an; doch nicht lange gab er sich dem Bemühen hin, sein Geheimagentenhirn mit der Frage zu foltern, ob's denn wirklich wir zwei beiden seien, denen er in Medina del Campo ein Bein gestellt – denn was sich nun um uns herum zutrug, zeigte ihm, daß es an der Zeit sei, sich aus dem Staube zu machen. Ich sah noch gerade, wie er sein heiles Bein auf ein Trittbrett schwang, das lahme nachzog und mit dem Rest seiner ganzen schnöden Leibhaftigkeit verschwand. Dann mußte ich meine Aufmerksamkeit der Rolle zuwenden, die zu spielen mir hier zugefallen war.

Auf dem Bahnsteig lagerten viele Truppengattungen; alle Formationen des Caudillo waren vertreten, es fehlte einzig die Reiterei, sie hatte nicht rechtzeitig einschwenken können; und hätte ich nicht anderes zu bedenken gehabt, damals, als man mich zum Hauptmann geschlagen, ich hätte mir die bunten Reiterscharen meiner niederrheinischen Heimat mit ins Bild gedacht, Krefelder Husaren und den Düsseldorfer Ulan.

Nun erschallten die Kommandorufe, wer sich gelümmelt hatte, und das hatten sie alle, denn es war ja fast totenstill auf den Bahnsteigen, als der Tanz begann; oder wer auf seinem Flintenkolben gehockt, wo immer er gestanden, gesessen oder gelegen hatte; alles flitzte herbei, fügte sich einer Ordnung, Adjutanten flogen die Reihen entlang, man trat ins Gewehr und einander auch wiederum in den Weg, der Wirrwar war groß, die Plempen blitzten, Gewäff jeglicher Art ward präsentiert. Eine Zeile waffenstarrender Gestalten, vom Milchbart bis zum Greise, Köttelgarde und Veteran, führte, als sie einmal sich festgefügt, bis an die Lokomotive des Lusitania-Expreß, der noch länger geworden war als in Medina del Campo.

Der General winkte mir, er hob den Degen zum höchst militärischen Ehrerweis. Der Stab mit dem Gepäck, jeden Grußes überhoben, blieb mir auf den Fersen, und Beatrice, ach, die Ahnungslose, blieb mir auch auf den Fersen, von einem baumlangen Eskorte-Fähnrich galant geführt.

In der linken Hand trug ich die Schreibmaschine, die rechte war frei.

Was wird unser Vigoleis mit dieser freien Rechten tun, fragt sich der gewierige Leser, der dem Helden ebenfalls auf Schritt und Tritt gefolgt ist bis zu diesem Augenblick, wo er sich anschickt, die Front abzuschreiten und die Parade abzunehmen – wird er den freien Arm heben, er, der ihn nicht gehoben hatte, als im spanischen Bürgerkriege Pistolenläufe auf ihn und seine Beatrice gerichtet waren und sie beide Arriba España! Viva Franco! und Heil Hitler hätten rufen sollen? Um sie herum lagen die Leichen im Feld, aber Vigoleis hob den Arm nicht, zu geschweigen von Beatrice, die die Mordbrenner voll Verachtung übersah. Da sagte Vigoleis: Schießt, ihr Rotzlöffel – denn es waren junge Burschen, die den Haufen Heilrufer bedrohten – abgezogen den Hahn, ihr seid ja die Stärkeren, heute noch – ob aber morgen? Los! nicht feige sein, wo es um den heiligen Krieg eures Caudillo geht – hier die Brust!

Die Rotzlöffel zogen nicht ab, mit baffem Maule standen sie da und ließen die Faustflinten sinken; dann hieß es, wir sollten uns aus dem Staube machen, was im heißen spanischen Sommer die einfachste Sache von der Welt ist. Würdig, langsam, immer der Kugel im Nacken gewärtig, verließen wir die Walstatt. Wir hatten wieder eine Schlacht gewonnen. Und hier, wird er den Arm heben? Die bange Frage! Gar keine bange Frage; und keine Bange nicht, mein Leser, du kommst nicht um deinen Spaß. Vigoleis *hebt* den Arm, und der zur Pöbelgeste entartete Caesarengruß geht ihm sogar ganz gut von der Hand; daß es eine Uraufführung war, hätte niemand ihm angemerkt – hätte? Man merkte ihm nichts an, wo ja die ganze Köpenickiade wie einstudiert klappte.

Also er kroch zu Kreuz, unser aufrechter Ritter Wigalois? fragst du, nun schon leicht empörter Leser. Gar nicht, mein Freund, er setzte nur das Spiel fort, das oben in der Generalstabsredoute begonnen hatte; ein Spiel, bitte, mit dem Tode; denn hätten sich die Kartenkumpane seine *litterae credentiales* einmal näher angesehen, alles wäre gleich aufgeflogen; ein Schuß in den Nacken, und – he! Burschen, schafft den Kadaver hier weg, man verscharre ihn in der Schlackenhalde, und weiter klopfen die Karten auf den Tisch. Du mußt es, mein Leser, anders sehen: denke dir die Läufe der Gewehre, die man jetzt zu unseres Helden Ehre präsentiert, auf ihn und seine Beatrice gerichtet, und er und seine Beatrice hätten sich loskaufen können mit dem Hunkiarschrei – sei des versichert, die beiden hätten wieder gesagt: schießt, ihr Rotzlöffel, ihr seid die Stärkeren, heute noch – ob aber morgen?

So habe deinen Jux, mein Freund, frage aber nicht, ob ich den meinen hatte, als ich so dahinschritt mit erhobenem Arm, hinter mir die Beatrice wissend, die wohl denken mochte, ihr Vigo sei verrückt geworden; denn daß er Verrat üben könne, selbst bei Rad und Pfahl, das hätte sie ihm nicht zugetraut.

Musik mit Kalbfell und Bombardon war keine auf dem Bahnsteig aufgezogen, kein Tambourmajor schwang den bunten Stab, kein Schellenbaum klimperte, und um die Ecke brausend bricht's, wie Tubaton des Weltgerichts, – so hatte ich's als Zögling einer Kaiser-Wilhelm-Schule aufsagen müssen, am Geburtstage dieses Kaisers.

Außer unseren Schritten war kein Laut mehr zu vernehmen. Die Menschen in den Zugfenstern aber sahen mit Staunen, wie da einem hohen zivil getarnten Haupte mit militärischem Klimbim das Ausgeleite gegeben wurde, – viele von ihnen waren Zeuge gewesen, wie der hinkende Scherge das Paar wollte an die Wand stellen lassen; und nun diese Erhöhung! Als unser feierlich einherschreitender Zug die Spitze des angehaltenen Zuges erreicht hatte, stiegen die Offiziere mit dem Gepäck in das requirierte Abteil.

Der General pflanzte sich vor der Wagentür auf und senkte den Flederwisch. Ich wollte ihm die Hand geben, da merkte ich allsogleich, daß dies ein Fehler gewesen wäre; immerhin hatte ich meinen Arm sinken lassen, und merkwürdig, ich war mir des nicht einmal mehr inne, daß er die ganze Zeit oben in der Luft gewesen war. Wie von unsichtbaren Fäden gehalten, hatte er sein Marionettenspiel vollführt.

Der General klemmte den Degen unter den linken Arm – wollte er mir die Hand geben? Da merkte auch er, daß dies ein faux-pas gewesen wäre; wieder ergriff er die Waffe, salutierte, ehrerbietig, vor Beatrice, ließ den Stahl sinken und wünschte uns eine gute Reise. Dann wurde er förmlich, schulterte den Säbel auf echt spanische Art und trug mir Empfehlungen an meinen Führer auf, im Namen des seinigen, und den Flamberg schwenkend, im Namen seiner Schwiete.

Es rasselten die Wehrgehänge, Griffe wurden geklopft; mit einer alles umfassenden Geste dankte ich, im Namen der Freiheit. Da jeder die Freiheit auf seine Art auslegt, war dieses mein Wort ein gutes Wort, und recht am Platze.

Dann stiegen wir ein, die Servisdeputationsoffiziere wiesen uns unsere Plätze an in dem Abteil, das völlig leer war – aber natürlich, man hatte ja den territorialen Plebs hinausgeworfen, unseretwegen, die wir auf Kosten eines wirklich pöbelhaften Haufens exterritorial geworden waren.

Die Herren stiegen aus, die Coupétür fiel ins Schloß.

Beatrice ließ sich in den Sitz fallen, sie starrte ins Leere. Die hat es, so übel ihr auch zumute sein mag, überstanden; unser Vigoleis indessen muß seine Rolle weiter spielen, das Stück ist noch nicht zu Ende.

Ich lehnte mich zum Fenster hinaus, unten stand der General, im Halbkreise um ihn geschart die Hauptleute. Ohne mit der Wimper zu zucken, blickte ich jedem der Tapferen unerbittlich ins Auge. Da kam ein Meldejunker angejagt und flüsterte dem General ganz unmilitärisch etwas ins Ohr. Meine Knie begannen zu wanken – ertappt! An die Wand mit dem Schelm! Nun sagte der General, das Paraderapier wieder hebend: »Herr Hauptmann, wenn Sie erlauben, lasse ich dem Bahnhofsvorsteher die Weisung zugehen, daß er dem Zugführer das Zeichen zur Abfahrt gebe.«

»Zu Befehl, mein General! Was uns betrifft, möge der Fahrdienstleiter seine Kelle heben.«

Winke, Getümmel, Pfiffe, ein Stoß ins Horn; und wieder trat der ganze Heerhaufe in die Waffen, der Flederwisch des Kommandeurs hob sich, feierlich, segnend fast, als sei es Altekläre, das heilige Schwert des Heidenschlächters von Roncesvalle; noch andere Säbel sah ich in Hirnhöhe blankern, und wer keinen Mordstahl zum Heben hatte, hob den Arm.

Aber da, was ist das? – ich verspürte einen Zwang im eigenen Arm – war es der faustische Höllenzwang, der mächtiger ist als Gold und Flinten? Unsichtbare Schnüre zogen ihn wieder hoch, ruckten ihn zum Fenster ganz hinaus, bis er unbeweglich in der Schwebe stand. Ich hörte Vigoleis sagen, mit fester Stimme: »Herr General, ihr Hauptleute alle, tausend Dank! Ich werde meinem Führer berichten, was man in Fuentes de Oñoro in großer, und, vielleicht letzter Stunde für ein großes Brudervolk getan.«

Man schlug an die Schilde – wie im spielmännischen Hildebrandslied: welaga nu waltant got ... ein gellender Pfiff, das Sirenengeheul iberischer Lokomotiven, der Zug ruckte an, keuchend stampfte die Maschine, Dampf wurde abgelassen; langsam, langsam fuhren wir aus dem Bahnhof hinaus.

Vigoleis, jetzt noch ein paar Minuten! Richte deine Augen stetig auf den General, nimm nur ihn in den Blick, kümmere dich um weiter niemand, auch nicht um deinen Arm, der bleibt noch oben, die Drähte halten gut, der Poppenspäler im Kaste kennt die Regie – oder kommen die Fäden geradewegs aus dem Himmel, wo unser aller Schritte gelenkt werden sollen? Zum Glück war kein Laternenpfahl da, der ihn unserem Hauptmann von Köpenick abgeschlagen hätte.

Als der General seine Plinte sinken ließ, und die Ehrengarde auf einen weithin verhallenden Ruf in die rührende Lümmelei zurückfiel, fiel auch mein Arm aus der Luft, dann fiel ich selbst in die Polster. Schlotterten die Knie? Wurde es naß um die Fünf meines Hosenbodens?

Ich war wie erschossen, wie gerädert, wie gelähmt, wie ..., doch was biete ich noch Vergleiche mit Lebendigem auf, in Wirklichkeit war ich tot.

Beatrice sah den toten Mann an, selber auch nicht lebendig – so boten unsere Helden das Bild einer Leichlege, bei der keine Träne floß. Einige Minuten weilte ich dergestalt im Jenseits, der Zug war schon in rasche Fahrt gekommen, im Unterbewußten hörte ich die Schwellen schlagen, da spürte ich auf einmal, wie jemand meine rechte Schulter berührte – also doch! Ich sah mich um, hinter mir stand ein Mann in grauer Uniform, eine rotlackierte Tasche umgebunden, eine Art Zeppelinmütze mit speckig-schwarzem Schilde auf dem Kopf, ein dicker Schnauzbart vervollkommnete das Gesicht – ein Schaffner!

Der Schaffner sagte, teils auf Spanisch, teils in gebrochenes Französisch fallend: »Mein Herr, Madame, Sie brauchen nicht länger Theater zu spielen, wir haben schon portugiesischen Boden unter uns. Sie sind frei! Seien Sie willkommen in unserem Lande.«

Der Hölle entronnen

Wir fuhren jetzt mit einer Geschwindigkeit, die gegen 180 ging, der Wind pfiff; ein verdammt guter Wagen, dachte ich, ebenso plump wie gelenkig, ein Wunder der Technik, und wenn wir so weiter sausen, müssen wir bald in Amarante sein.

Wir biegen ab vor der Stadt und es geht bergauf, einige Sekunden lang, dann bremst der Fahrer scharf, die Reifen heulen, er sagt, zu spät natürlich: Achtung!, wir fliegen nach vorne, stützen uns ab, der Wagen steht fast still. Niemand hat Schaden gelitten. Doktor Angelo lächelt ob seiner verwegenen Künste, dann eine Schwenkung nach links, wieder gerade, rechts und links der kleinen Straße Weingelände, Reben, Reben; winzige Häuser in ihrer bunten Landestracht, Staub, ein paar Hunde, und Menschen, die sich in die Weingebreiten aus dem Staube machen.

»Häusler«, sagte der Anwalt, »das alles ist schon Pascoaes.«

Erneut bergauf, in mäßiger Steigung, auch war die Nadel des Tachometers um einige Striche zurückgefallen. Dieses gemächlichere Tempo ermöglichte es uns, kleine nackte Kinder zu sehen, die sich im Mulme spielend wälzten, von kleinen Ferkeln, die mit derselben Schutzfarbe angetan waren, dennoch zu unterscheiden.

Doktor Angelo nahm jetzt den Fuß vom Gas, er ließ den Volvo ausrollen, wir atmeten auf, aber von einem Hause, einer Casa Solarenga, einem Schloß, war freilich nichts zu sehen.

Die ganze Zeit über hatte ich mich gefragt, wie ich den Meister wohl anzureden hätte, ganz gleich in welcher Sprache. Herr Doktor, das erschien mir von vornherein als unstättig. Im größten Handbuch des Weltwissens, dem spanischen Espasa Calpe, wird Teixeira de Pascoaes als Sprößling eines gräflichen Hauses geführt – doch nun zu sagen, Herr Graf, das ging nicht an. Den Grafen Harry Kessler hatte ich immer nur mit »mein Graf« oder »Graf Kessler« angeredet, indessen jetzt: Senhor Conde des Pascoaes, nö, und nochmals nö – der Dichter mit seinen liberalen Tendenzen und freiheitlicher Bestrebung würde mich gleich die Freitreppe seines Feodums hinunterwerfen oder zumindest von seinem leibeigenen Troß durch eine andere Öffnung des Solars an die Luft befördern lassen, vorausgesetzt, daß er einem Heer von Ingesinde vorstehe und wir überhaupt lebendig sein geliebtes «Pascoaes« erreichen würden.

Das nun, Vigoleis, solltest du getrost dem Zufall überlassen. Der ist dir in ärgeren Lagen getreulich zur Seite gestanden; ja, er hat zuweilen mit harter Hand in dein Leben eingreifen müssen, dich überhaupt am Leben zu halten, damit du uns hier die Befahrnisse dieses Lebens weiter erzählen kannst. Unser Doktor Angelo Cesar, du hast es schon längst festgestellt, spricht immer nur von Pascoaes, wo der Dichter und Anwärter auf die Pairs-Würde seines Landes, sollte es je wieder zur Monarchie auf- oder absinken, sich ja Joaquim Pereira Teixeira de Vasconcellos schreibt – ist da das schlicht im Gespräch so hingesagte »Pascoaes« nicht ein Fingerzeig? Zudem sind Dichter und Übersetzer durch eigene Bande verknüpft, die keiner Heraldik bedürfen; sie können ihresgleichen sein, ja sie müssen es sein, der eine im Original, der andere in seiner Einfühlung in die ihm artverwandte Welt – sie stehen auf ein und derselben Stufe – kurz, überlasse alles der Vorsehung, die dich an ihn gebracht hat, es braucht längst nicht die eines Gottes zu sein, und bedenke, bitte, jetzt nicht, wie der gesellschaftliche Ton zu finden sei, den du anschlagen mußt, wo das geistige Band längst geknüpft ist, schöner als eine Schärpe bei Hof. Deine Briefe an den Dichter in all den Jahren eurer Korrespondenz – da hub es immer an, mon cher confrère, estimado con frado, confrater oder einfach

Meu Senhor – das alles ist doch unwichtig in einem Augenblick, wo du in völliger Freiheit einem gastlichen Hause zustrebst, während in den Ländern, die der Führer deines Volkes vernichten will, die Bomben platzen; und man läßt, in der Morgenröte eines neuen vaterländischen Denkens, die bewaffneten Horden überall einschwärmen. Entfacht sind die völkischen Leidenschaften, ein ganzes Volk, dein Volk, brennt in der Waberlohe des Haßwahns auf alles, was nicht seines arischen Blutes ist – und da sollte dir bangen um ein Wort – Du, Sie, Herr Graf, Herr Doktor, Euer Gnaden, Gnä' Herr, Confrater, Kollege – hinweg mit all dem Firlefanz, es findet sich der rechte Ton, die gute Lösung – freilich, in Spanien wäre das alles viel einfacher, da gibt es den Titel Don für jeden, der akademisch gebildet ist oder dann zumindest eine gesellschaftliche Stufe erklommen hat, selbst als Analphabet, die einem akademischen Grade gleichkommt. Unamuno, den nannte alle Welt nur Don Miguel. In Portugal geht das mit dem Dom nicht so ohne weiteres an, das Dom oder Dominus steht nur den Trägern des Uradels aus königlicher Erbfolge zu, somit: Dom Joaquim? Das ist zu gewagt, du weißt ja nicht, ob der Meister in poeticis gefürsteten Ranges ist.

Ehe der Volvo zum Stehen kam, sah ich ein Kind, das wie alle, die wir bisher gesehen hatten, nahezu nackt war. Es erhob sich aus dem Staube, stand noch eine Weile eingeschlossen in der Wolke, trat dann aus der alttestamentarischen Umhüllung heraus und streckte eine Bettelhand zum Wagen hin. Das Wort, das die Geste begleitete, verstand ich nicht.

»Dies ewige Gebettel«, sagte Doktor Angelo Cesar, wobei er dem Kinde einen Wink gab, es solle sich aus dem Staube machen, was natürlich einzig zur Folge hatte, daß es wieder zum Staube zurückkehrte, aus dem es gekommen. Wo noch sieht man die Genesis so unbemäntelt dargestellt im Alltag – et in pulverem reverteris. Das Kind freilich dachte nicht an diese verzwickten Dinge der christlichen Scheinkultur, noch an den Tod; es hatte einfach Hunger und wollte die kleine Münze ergattern für einen armen Brocken Maisbrot.

»Nachher«, sagte Angelo, »gebe ich allen etwas, bezahle alle überfahrenen Hühner, Karnickel, Schafe, was immer unter meine Räder kommt, jetzt müssen wir einfahren.«

»Einfahren? Hier? Das Schloß?«

»Geduld, mein Freund, noch zwei gefährliche Kurven, totes Getier vielleicht, dann ist das Ziel erreicht.«

So gab er denn wieder Gas, unser verwegen-gutmütiger Zubringer, schwenkte die Luxuskarre scharf nach rechts in einen Weg ein, der einem dunklen Torgegänge glich; zur rechten eine hohe Mauer aus gewaltigen Granitblöcken aufgetürmt, linker Hand gewaltige Bäume, und über uns das, was der Deutsche mit seiner Waldromantik den Blätterdom nennen würde, wo Barden und Druiden hausen und ihren Zauber üben, wie er ja auch im deutschen Volke wieder getrieben ward: zurück in die Wilde der Urgermanen.

»Korkeichen«, sagte Doktor Angelo, »jeder Baum so an die tausend Jahre alt, und nie geschält! Ein Vermögen steckt da in den Rinden.«

Er verlangsamte die Fahrt, der Druidenweg war schlecht gepflastert, das heißt, er war überhaupt nicht mit irgendeiner Packlage versehen, so daß er zerkarstet war wie ein Schrattenfeld. Der Geologe spricht da, soviel ich mich erinnere, von Karren. Tatsächlich hatten die verteufelten Schrunden etwas mit Karre zu tun, wie wir später erfahren sollten. Es waren die von den Scheibenrädern der Ochsenkarren ausgemahlenen Furchen, entstanden in jahrhundertelanger Zugfron – und niemand im Schloß, der die Zufahrt ausbessert?

Rückwärts geneigt, bat der Anwalt Beatrice um Entschuldigung wegen des Geschaukels, denn wie sorgsam er auch den Volvo lenkte, immer sackte er mit einem Rad in eine Karstrinne, bugsierte sich wieder hinaus und in eine andere hinein, dies alles sehr geschickt, er kannte ja die Schloßprunkschlucht und deren Topographie von Loch zu Loch.

Groß war die Düstere, die uns jetzt umgab, aber am Ende klarte es auf, ich sah wieder winzige Häuser, eigentlich nur Steinblöcke mit einem Eingangsloch, strohgedeckt. Hühner scharrten Löcher hinein auf der Picke nach einem Gewürm, eine Ziege stand unbeweglich auf dem First, verzweifelt über das mulmige Geströhde.

Vor der Behausung spielten Kinder, einige Männer zogen ihre Strohhüte und hielten sie ehrerbietig vor der Brust, auch Frauen nahmen ihre Hüte ab und ließen uns wortlos vorüberrollen; sie alle kannten den Doktor Angelo und seine freigebige Hand.

Dieser Angelo ließ nun die Hupe ertönen, langgezogen, dreimal in musisch fein ermitteltem Intervall, dann wieder eine Schwenkung nach rechts, scharf, 45 Grad auf den Strich genau, wir fuhren durch ein großes, schmiedeeisernes Tor: rechter Hand das Rot und Gelb von Orangen, Zitronen, Mandarinen, linker Hand das gleiche Rot von Mandarinen, Zitronen und Orangen, dann vor dem Blick das ragende Einfahrtstor, der Bogen aus Granit; sofort erkannte ich den grandiosen Portikus von einem Lichtbild, das der Dichter mir einmal geschickt hatte; auf den Gesimsen die in Stein gehauenen Rittergestalten der großen Zeit, im Krag das geborstene Wappen des ehemals gefürsteten Hauses – ehe ich mich noch des Hauses selbst versehen konnte.

Der Wagen stand still, wir waren im »terreiro grande«, das heißt, im inneren Schloßhof.

Ich rührte mich nicht. Beatrice rührte sich nicht. Niemand sprach ein Wort.

Köter, ja, Köter hatten wir viele gesehen auf unserer Fahrt, in den Dörfern, den Weilern, im Felde streunend, dies schuppig-räudige Hungergewölf – hier hingegen war alles leer, nicht einmal ein Hund, das Hofgeviert – leer. Die Sonne brannte noch auf den rötlichen, fest gestampften Boden, einzig schwarze Schatten lagen wie ausgestochen da.

Noch einmal ließ Dr. Angelo sein Horn erschallen – ein Rolandsruf? Nur ein kurzer Stoß. Dann gab es Getümmel.

»Nous voici«, sagte endlich der Anwalt, obwohl wir, nach all der lebensgefährlichen Hast doch schon eine Ewigkeit in der Stille ausgeharrt hatten. Er öffnete den Schlag und zwängte sich mit seiner beachtlichen Körperlichkeit aus dem Sedan.

Warum, das weiß ich nicht mehr zu sagen, werde es auch damals nicht haben sagen können: eine Sekunde dachte ich an Rilkes Kornet, den ich in meiner Jugend besser auswendig vortragen konnte als der berühmte Dr. Ludwig Wüllner: Und mit verschlagenem Atem stammeln Hörner im Hof – aber hier war doch kein Brand und niemand mehr lag uns auf den Bränden: weit, weit zurück die Waberlohe des Reiches.

Zur Linken die Kapelle, und vor uns die Freitreppe, die nach einigen zehn oder zwölf breiten, ausgetretenen Stufen rechts und links abschweifte, ich erinnere mich an diesen Augenblick, wo ich jede Einzelheit in mir aufnahm; immer noch wie angegossen auf meinem Sitz, meines Atems nicht mehr Herr, den Blick auf das Haus gerichtet; die gerauteten Fenster des Mitteltraktes, das bunte Spiel der Ladrilhos, die granitene Brustwehr.

Aus dem Doppeltor des rechten Porticos schoß jetzt eine winzige Person hervor, ein zwergiges Menschenwesen, über dessen bannend häßliche Zwingnis der Gesichtszüge ich tief erschrak. Dieses knirpsige Geschöpf wieselte die Stufen hinunter, es war eine uralte Frau: die millionenschwere Herrin der Casa Solarenga de Pascoaes, des Dichters Mutter. Ich erkannte sie, zu spät für mein Gemüt, von einem Gruppenbilde, das uns Pascoaes auch einmal zugeschickt hatte.

Hinter ihr trat eine junge Frau ins Freie, mit ernster Würde; lange, leicht gekräuselte Favoris, die schon ins Graue spielten, gaben ihrem Gesicht etwas Hoheitsvolles, doch bezeugte die weiße Kleidung ihren Stand als Dienerin; der Busen platt und in der Wäsche gestärkt wie der Brustlatz eines altertümlichen Frackhemdes. Es war Emilia, die Gouvernante, und später unsere vertraute Freundin, der alles oblag, die Sorge um Mutter und Sohn, Kinder beide. Mehrere Mädchen kamen angelaufen, deren zwei besonders schön waren, junge Dinger, so um die 14, mit der koketten Reife ihres maurischen Schlages.

Doktor Angelo flog die Stufen hinauf und prallte mit der Schloßherrin zusammen, auf dem mittleren Patamar. Sie umarmten sich wie Mutter und Sohn nach langer Abwesenheit. Freilich, von der Mutter war bei dieser fülligen Szene fast nichts mehr zu sehen.

Dann erschien der Dichter.

Sichernd wie witterndes Wild steckte er erst den Kopf durch die Tür und nahm die Lage zur Kenntnis; dann rief er, frohlockend fast: O Angelo!

Dieses »O« ist kein Laut des Ausrufs, kein Exklamativum, es ist der persönliche Artikel, doch klingt er, vor einem Namen, wie ein Ruf: o Angelo!

Er war für uns das Zeichen, endlich nun selber auszusteigen. Die Knie schwankten mir, aber auch Beatrice stand nicht allzu fest auf den Beinen, als sie nun, unterstützt von einem barfüßigen Diener, der, unsichtbar herbeigeeilt, plötzlich am Wagenschlag stand.

»O Tellen!«, rief der Dichter, kam die Treppe herunter, klein, mager, Haut und Knochen – doch welch ein Kopf. Die Stirn über sich selbst hinauswachsend, hinaufweisend in jene Gefilde, wo ihm das Mysterium aller Mysterien west, Gott nämlich in seiner erbarmungslosen Gottlosigkeit, den er niederzieht in sein Werk, indes um welchen Preis! Es ist der Preis des Leidens aller Dichter, die an ihrer Unruhe zugrunde gehen. »Unruhe«, sagt Unamuno, »ist erste Menschenpflicht.«

»O Tellen!« – »A Madame!«

»Ich bringe«, sprach nun Doktor Angelo Cesar mit der Feierlichkeit, wie sie die Stunde gebot, »die letzten Nachrichten vom soeben ausgebrochenen Kriege, und hier, Pascoaes, die ersten Flüchtlinge, sie sind der Hölle entronnen.«

Langsamen Schrittes stieg ich hinauf, machte eine tiefe Verbeugung in die Runde, vor allen, den Herrschaften des Schlosses, Freunden, die zufällig, doch wie immer, sich eingefunden, Dienern, vielen Dienern beiderlei Geschlechts, und dann erst schloß ich den Meister in die Arme. Sein Gewicht spürte ich kaum, als ich ihn stützen mußte, denn ich stand im Gesenk einer ausgetretenen Stufe, und wir wären fast gefallen.

Ich überragte ihn um die Länge meines Kopfes und noch um einen Halswirbel mehr.

Dann küßte ich der Uralten die Hand, es war die Hand einer Toten.

Ein Wortschwall ergoß sich jetzt über uns, er kam aus ihrem strahlend weiß bezahnten Munde: jeder Zahn ein Vermögen, wie sie uns noch in selbiger Nacht verriet. Von uns sprach niemand ein Wort. Mars, heißt es dann in Romanen, regiert die Stunde.

Befehle wurden erteilt, Weisungen gegeben, immer mehr Dienerinnen, Knechte, kleine Hütejungen, alle barfuß, kamen aus den Portalen, Stalltüren, Remisen; Gott mag wissen, woher sie alle kamen. Nun waren sie da und machten sich über uns und unser Gepäck her; die uralt-Greisige wieselte davon, ich hörte noch, wie sie nach dem Major Domus rief, er möge die Königszimmer aufschließen, worüber der Dichter sichtlich erschrak; und so schritten wir langsam, langsam, fast peripathetisch, im bannenden Gespräch, weiter die Stufen empor.

Pascoaes und Angelo hatten einander umarmt, sie gingen vor uns, jede Rangordnung war aufgehoben, es war Krieg, und wir waren schließlich sowieso alle Dichter. Rückblickend machte mich Pascoaes auf verbrannte Ladrillos des Treppengeganges aufmerksam: »Noch Spuren von der Brandschatzung meines Hauses durch General Soult, im zweiten iberischen Feldzuge. Krieg und kein Ende!«

Eine schöne, stattliche Frau erschien, die ich nun Dame nennen muß; sie war nicht mehr ganz jung, sprach ein verzwunzenes Französisch und nahm sich, ohne daß man uns vorgestellt hätte, mit rührender Selbstverständlichkeit unserer Beatrice an.

»Haben Sie Kanonendonner gehört?« fragte plötzlich der Dichter, der noch am Buch über »Napoleon, den Spiegel des Antichrist«, schrieb. Er bediente sich der französischen Sprache. – »Wo wird denn eigentlich geschossen? An der Maginot-Linie?«

»Nein, Pascoaes« – Da war das Wort heraus! – »es donnert in Polen, und wir sind noch weit vom Schuß, wie der Preuße sagt. Vier Tage und vier Nächte nur Flucht, Flucht – Flucht um unser bißchen kümmerliches Leben.«

»Ach, Tellen«, sagte der Meister, »der Mensch ist nur gegenwärtig, ist nur lebendiger Mensch in den Tränen, die um seine Abwesenheit vergossen werden, das steht in meinem Dunklen Wort, Seite . . . – doch das wissen Sie selbst. Sie haben es ja schon in zwei Sprachen übersetzt.«

So er dies sagte, und ich als sein Übersetzer und späterer Leibhumanist sowieso hinter ihm herging, sah ich, daß des Meisters Hose ein Loch hatte. Links, an gesäßiger Stelle. Aus diesem Loch winkte ein weißer Latz heraus, ein Hemd? Etwas vom Unterzeug? Der Fetzen war schmutzig, oder laß mich sagen: reichlich angeschmuddelt.

Ich erschrak, ohne daß ich abergläubisch sei: war das die Fahne der Kapitulation, sinnbildhaft uns vorgehalten am Ende des langen Fluchtwegs?

Mystische Einblicke

Der »São Paulo« von Teixeira de Pascoaes wurde das große Abenteuer meines Lebens. Probleme, die mich seit Jahren bewegten, Dinge jenseits der letzten Dinge fand ich angerührt in einer faszinierenden, oft dunklen, oft armen Sprache.

Das große Abenteuer meines Lebens

Von einem Buch über San Pablo, und noch von einem Portugiesen geschrieben, sagte die Frau im Laden, wisse sie nichts. Von einem Portugiesen! Sie lachte, wie jedermann in Spanien lacht über Portugal, und ob ich den Zweizeiler nicht kenne: »Los portugueses pocos y estos pocos locos!« Daß es der Portugiesen nur wenige gäbe, wisse ich aus der Geographie: kleine iberische Anklitterung nach dem Atlantik hin; aber daß die wenigen dazu noch verrückt seien – ist es denn möglich? Gibt es nach Spanien, nach Don Juan, Don José, Don Matías, Don Pedro noch eine Steigerung, gewissermaßen einen siebten Himmel der Locura, der alle erfaßt? Ich war auf der richtigen Fährte. Beatrice würde den Duro nicht mehr wiedersehen. Ich ließ mich nicht abweisen. Ob ich auf eigene Faust in den Regalen stöbern dürfe? Ja, das dürfe ich, das müsse ich sogar, denn sie wolle nicht belästigt werden, und erst recht nicht mit Büchern! Da könne ja jeder kommen und nach einem Paulus fragen, und noch von einem Portugiesen! Da wie in meiner eigenen Bibliothek die Bücher weder nach Sprachen, noch nach Autoren oder Sachgruppen geordnet waren, hatte ich in wenigen Minuten das Gesuchte gefunden: eine Ausgabe der »Editorial Apolo«, Barcelona, Verdaguers Verleger, also eine Empfehlung. Der Umschlag: ein iberisches Paulusbildnis, Titel: »San Pablo«, Verfasser: Teixeira de Pascoaes, Geleitwort: Miguel de Unamuno – rühmlicher konnte das Kleeblatt nicht sein. Drei Exemplare standen noch auf der Planke. Ich klemmte eines unter den Arm und fragte nach dem Preis. Die Frau rührte sich nicht, sie begnügte sich damit, feindselig auf mein Buch zu blicken. Ich wurde sehr verlegen, wie immer, wenn ich einem Analphabeten gegenüberstand. Dann schämte ich mich des Alphabetes, das ich auswendig kann. Erst in Portugal, in der Bergwelt von Travanca do Monte, wo noch Wölfe nachts um unser Haus kreisten und nur ein Mensch lesen und etwas schreiben konnte, habe ich mit Erschütterung erfahren müssen, daß das Problem nach einer ganz anderen Seite hin betrachtet werden muß. Immerhin, mit der Frau kam ich nicht weiter, aber zum Glück trat ein Mann aus einer Hintertür in den Laden, an den ich mich, in ihm den Buchhändler vermutend, der er auch war, aufatmend wandte – Preis? Ich hielt ihm das Buch hin, was genügte, in dem Mann einen kleinen Koller auszulösen. Auf Mallorquinisch, wovon ich sozusagen nichts verstand, fauchte er seine Frau an; dann, höflich ins Kastilische übergehend, erläuterte er mir, daß seine Frau eine Eselei nach der anderen begehe, zum Beispiel glaube, eine Buchhandlung sei ein Bäckerladen, wo man nur immer weggibt, bis nichts mehr auf den Börtern läge; doch was verstünde die Ärmste schon von Literatur! Den »San Pablo« also wolle ich ihm entführen? Zum Glück sei er noch zeitig dazugekommen, sonst sei auch dieses Exemplar zur Tür hinaus, auf Nimmerwiedersehen! Nein, das gäb's bei ihm nicht, und bitte, ich möge mich selbst überzeugen, nur noch drei Exemplare, drei! Vor einer Woche habe er noch zwei Dutzend gehabt, und davor an die fünfzig, das Buch ginge wie geschmiert, da stecke Don Miguel dahinter, und ob ich auch Ausländer zu sein scheine, so wüßte ich ja schon, daß damit Unamuno gemeint sei – »aber nein, Señor, geben Sie das Buch wieder her, es gehört da auf den Schapp. Wir haben hier nämlich eine Buchhandlung, mein Herr, und keinen Brotkram.«

Der Buchhändler stellte mein Exemplar wieder zu seinen Ladenhütern. Ich schwieg betroffen. Don Joaquín Verdaguer hatte mir eine ähnliche Geschichte erzählt, und ich hatte es für seine feine »broma«, seinen lichtenbergischen Spaß gehalten.

»Und was kostet so ein Buch?« wagte ich doch noch zu fragen, »vielleicht übersteigt es sogar meine Verhältnisse.«

»Vielleicht, Bücherkäufer lassen sich schwer auf Kaufkraft abschätzen; eine Ausgabe von Apolo, 8 Peseten.«

»Das beruhigt mich, ich habe nämlich nur einen Duro.«

»Wunderbar, ein Kunde nach meinem Herzen. Sie behalten Ihren Duro und ich behalte mein Buch.«

»Und dürfte ich mir noch eben den Verfasser notieren?«

»Nicht nötig, ich gebe Ihnen einen Prospekt, versuchen Sie's mal auf der San Miguel, da hat man jetzt eine neue Buchhandlung aufgemacht, moderne Ambitionen, die verkaufen alles, alles, sage ich Ihnen.« Daran ginge die Literatur zugrunde: am totalen

Ausverkauf durch Analphabeten, rief er mir noch unter der Tür drohend nach. Meinte er mich oder seine Frau? Vermutlich uns beide.

Mulet hatte das Buch nicht, er kannte aber den Portugiesen, und er wollte mir gerne den Paulus aus Barcelona kommen lassen, in ein paar Tagen, sagen wir übermorgen, könne er da sein, nein, sei er bestimmt schon da. Ich hatte also ein paar Wochen Zeit. Verrat müßte geübt werden an dem Mengelbergschen Freundschafts-Duro. Dazu mußte ich mich in einen Handel mit einem Bettler an der Kathedrale einlassen. Erst ließ ich mich gehörig anjammern, spielte den Verlegenen, der wohl gerne geben würde, aber – eben erst habe er die Erfahrung gemacht, daß sein letzter Duro ein echter Sevillano sei, und nun müsse er auch noch zu Fuß nach Hause, nach Génova. Der Bettler meinte: fifty – fifty; ich gab ihm die 5 Peseten, erhielt 2,50 zurück und den Segen aller Heiligen und obendrein einen Ablaß von 100 Tagen. Die zwei noch fehlenden Reales würde mir Mulet schon stunden, ich war ja nicht sein einziger »intelectual con su carcoma«, um es mit dem Titel eines Romans von Mario Verdaguer zu sagen.

Der »São Paulo« von Teixeira de Pascoaes wurde das große Abenteuer meines Lebens. Don Juan Sureda Bimet: dein katholischer Deutscher dankt dir und deinen goldenen Adern dafür, daß du ihn mit Pascoaes und seinem iberischen Paulus in den Himmel des Gottlosen entrückt hast.

Ich hatte ein religiöses Genie entdeckt.

*

Beinahe zwanzig Jahre sind seit dem Tage vergangen, wo ich die erste Zeile von Pascoaes las – und nach der ersten Seite schon wußte, daß mich ein Genius angerührt hatte, dem ich verfallen würde. Und als ich, auf den letzten Seiten, mit dem lusitanischen Seher meditierte, wo auf Erden des Apostels armer, bresthafter, von so unsäglicher Mühsal ausgemüdeter Leib der Erde mochte wiedergegeben worden sein: »in Spanien, in Rom, in Asien, in Mazedonien? Haben Lydia und Timotheus ihm die Augen geschlossen und ihn, von ihren Tränen naß, ins Grab gelegt?« – damals, als Ausgrabungen in Katalonien es als sicher erscheinen ließen, daß der Apostel die vielumstrittene iberische Reise hat ausführen können, was den Pascoalinischen Paulus in den Augen Unamunos doppelt zu einem iberischen machte, und er, Unamuno, nach der Lektüre des Werkes ausrufen konnte: »San Pablo, erschließe du uns Spanien!« – damals wußte ich, daß ich der Übersetzter dieses Dichters werden würde. Ich bin es geworden, und mehr noch: sein Leibhumanist, wie Menno ter Braak mich getauft hat. Und nun, so Gott will, der »gottlose« Gott von Pascoaes, werde ich auch noch sein Biograph.

Ich hatte das Werk in einem Zuge ausgelesen, was mir selten bei einem Buch gelingt, und am wenigsten, wenn die Thematik religiös ist. Probleme, die mich seit Jahren bewegten, Dinge jenseits der letzten Dinge fand ich angerührt in einer faszinierenden, oft dunklen, oft armen Sprache: die Gottessünde, die Welterneuerung, die Einsheit von Verbrechen und Erlösung, der Mensch nicht als Sünder, sondern als Sünde, und, in der logischen Weiterentwicklung dieses mir vertrauten Gedankens: Theologie als Totengräbertum Gottes; und die Wirklichkeit als Vorhof des Zaubertempels der Illusion; und das Illusorische aller geschichtlichen Überlieferung; und das Mysterium tremendum neben der Tremenda ... lieber Leser, lies den »Paulus« selbst und du weißt, was ich der Goldenen Ader Don Juan Suredas verdanke; was ich für einen echten Duro, einen zweiten falschen und für den kleinen Freundeskredit des Mannes Mulet in den Händen hielt. Nimm und lies, auf die Gefahr hin, daß auch dir die Pixedes stiften geht. Ob du mit Notgeld bezahlst, muß deine Sorge bleiben; beim Buchhändler wirst du jedenfalls mit offenen Armen empfangen, denn Pascoaes hat sich zu einem Autor für die »happy few« entwickelt, das heißt: zum Ladenhüter.

Während der Lektüre ertappte ich mich dabei, daß ich ganze Stellen übersetzend las, es also in mir schon feststand, daß ich den »São Paulo« in meine Sprache hinüberbringen würde. Auch merkte ich, daß die spanische Fassung nicht überall »stimmen« konnte, nicht ans Ziel gelangt sei, es sei denn, meine Vordeutungen stimmten nicht und schössen über das Ziel hinaus. Eine spätere Vergleichung der Texte belehrte mich, daß ich auf der richtigen Fährte war. Mein Instinkt hatte noch nicht gelitten, Spanien mich noch nicht so in seine Walkmühle genommen, daß ich auf morgen verschob, womit ich gleich einen Anfang machen müßte: Portugiesisch lernen, um mehr von diesem ungewöhnlichen Autor lesen zu können. Portugiesisch galt als eine schwierigere Sprache als Spanisch. Ich würde meinem Gehirn mehr Phosphor zuführen müssen, um der Aufgabe gewachsen zu sein. Dann schrieb ich an den Dichter und bat um die Rechte für eine deutsche Ausgabe seines »São Paulo«. Pascoaes, Herr auf Pascoaes, antwortete mir postwendend, was eine hohe Auszeichnung war, wie ich später erfahren sollte. Der Gedanke, in die ihm verschlossene deutsche Sprache übersetzt zu werden, bedeute ihm viel. Deutschland: ihm sei es mehr das Land des nebelhaften Philosophen von Königsberg als des olympischen Strahlers von Weimar. Ein Briefwechsel setzte ein, der, nur während der sieben Jahre meines Lebens auf Pascoaes unterbrochen, bis wenige Wochen vor dem Tode des Meisters aufrechterhalten worden ist.

Hünengräber, Rechts- und Geschlechtsberatung, Graf Keßler, Leopold Fabrizius, alles litt unter meinem Aufbruch ins Reich der »Saudade«, und am meisten unsere Portokasse, denn gezählte 37 Verleger lehnten die Herausgabe meines Pascoaes ab, bis Rascher in Zürich sich entschloß, das Abenteuer des Geistes zu wagen. Ich hatte somit den Bumerangrekord der Literatur gebrochen, der bis dahin von Remarque mit 33 Absagen für sein Buch »Im Westen nichts Neues« gehalten wurde. Ich schrieb es dem Dichter. In einer Epoche, wo auf 1000 Menschen, dic Bücher schreiben könnten, einer käme, imstande eins zu lesen, sei es gewiß eine Spitzenleistung, daß ich bereits 37 deutschsprachige Leser für sein Buch gefunden hätte: so lautete die Antwort.

Teixeira de Pascoaes

Wenn das Gedicht zivilisierte, die Wissenschaft indessen transformierte Magie ist, wie einmal ein deutscher Schriftsteller, dessen Name mir entfallen ist, gesagt hat, dann sind die Bücher von Pascoaes unzivilisierte, nach seinem eigenen Ausspruch: barbarische Magie. Je barbarischer nun der Zauber, je stärker dem mythischen Sagen verhaftet, dem Bannen mit dem ursprünglichen Wort, und je weniger durch ein übergeordnetes Denken überwacht, um so unmittelbarer greift er ans Herz. Da wird das also Geschriebene zur Fastebene des Erlebens und das mitgestaltete Lesen zum Miterleben. Die Bücher von Pascoaes, Pascoaes – wer ist das? Anläßlich seines Todes – er starb auf Pascoaes am 14. Dezember 1952, seines Alters 75 Jahre – konnte ich schreiben: – als am Sonntagabend, um neun Uhr fünfundzwanzig Minuten irdischer Mittelzeit, das Herz des Dichters ausgeschlagen hatte, beigestanden von der Familie und noch in der sich über Tage hinziehenden Agonie verhöhnt von einer seligmachenden Kirche, die ihn zeitlebens verfolgt hat, da verlor Iberien seinen letzten Mystiker, dieweil die portugiesische Literatur um einen zwar noch unerwünschten Klassiker reicher wurde.

Nur eine kleine Elite, die berühmten happy few der abendländischen Geistigkeit, hat sich bislang mit diesem Ikonoklasten verstaubter Dogmenbilder, diesem mystischen Kosmophoniker, Himmelsstürmer und Insten eines ungeglaubten Gottes beschäftigt. Ist es denn so schwer, Eingang in sein Werk zu finden? Liegen uns dessen Themen so fern, weil sie vielleicht erst die von übermorgen sind? Weil alles um ein Gotteserlebnis kreist, das einst seiner Halbinsel Inquisition und Scheiterhaufen flammen ließ (einst? – noch 1933 oder 1934 wurde in einem dem Schlosse Pascoaes benachbarten Sprengel eine Frau als Hexe bei lebendigem Leibe öffentlich verbrannt) und heute in ihm den berufenen Künder des religiösen Atheismus hat, des Atheotheismus, wie der Dichter in seinem Buch über Christus die fromm-verzweifelte Gotteszerquältheit nennt, in Ermangelung eines bessern Wortes, eines, in dem Gott noch inniger seines Gottseins entohnigt wird? Ein wenig Heimatrecht sollte man diesem Geist schon geben können in unserer entgötterten Welt und in einem Jahrhundert, das sich nicht wenig zugute hält auf seine Raumschiffmetanpsychose. Aber gut, wer ist nun dieser, dem die Winde und das Meer des Worts gehorchen?

Dr. Joaquim Pereira Teixeira de Vasconcellos, genannt Teixeira de Pascoaes oder Pascoaes schlechthin, wurde geboren am 2. November des Jahres – doch da hapert es schon beim ersten Markstein, den es zu setzen gilt, denn das Geburtsjahr ist nicht mehr festzustellen. War es 1877 oder 1878? Pascoaes erzählte mir: einer Eintragung im Kirchenbuch des winzigen Kirchleins im Schloßsprengel São João de Gatão nach müsse er im Jahre 1877 das Licht der Welt erblickt haben; doch sei dieser Vermerk von einem des Lesens und Schreibens seit mehr als einem halben Jahrhundert wieder entwöhnten Landpfarrer vorgenommen worden, so daß er dem Haushaltsbuch seiner Mutter mehr Glauben schenke, die alle Eingänge genau gebucht habe, auch die ihrer vielen Kinder. Da heiße es: so viele Fuder Wein, so viele Karren Mais, so viele Scheffel Bohnen von den Häuslern gezahlt – und auch ein Sohn geboren, der nach ihrem Vater Joaquim heißen solle. Der Dichter glaube seiner Mutter mehr als dem Priester, der übrigens weit über die Grenzen des Kirchspiels hinaus dafür berühmt war, daß er an Gott glaubte und darüber seine Pflicht als Seelsorger versäumte, was ihm seine Schäflein nicht übel nahmen, hart werkelnde Bauern und Hirten, die noch den Wolf zu bestehen haben. Man könne ja nicht zwei Herren zugleich dienen, sagte mir ein fast hundertjähriger Berghirte, der den Wundermann noch gekannt hatte, zu dem selbst Miguel de Unamuno, von religiöser Unruhe ewig geplagt, hinausgepilgert war. Bis zum siebenzigsten Lebensjahr hat sich Pascoaes immer an das Datum der Mutter gehalten, zeitlebens von einer furchtbaren Angst getrieben vor den letzten Dingen, die er im Gedicht zu ergründen suchte und so der Ewigkeit beharrlich ein Jährchen abzutrotzen versuchte. Dann schlug die Angst in eine fast rührende Alterseitelkeit um; er übersprang das kritische Jahr: seht mich, schon 71, ein alter Mann, und fängt noch an, Romane zu schreiben.

Geboren also unbestimmten Jahres – wie Hieronymus, dem er eines seiner besten Bücher gewidmet hat, und wie dieser unter

Umständen gestorben, die dem künftigen Biographen die Schilderung der Sterbestunde fast mit des Dichters Worten über den Tod des Hieronymus ermöglichen – geboren als zweitältester Sohn des letzten Pairs des letzten Königs von Portugal auf dem Weinschloß Pascoaes in São João de Gatão bei Amarante im Norden des Landes, rückte der Dichter in jungen Jahren schon ins Morganat auf, als sich der Bruder in Coimbra entleibte, »um den Abstand zu verringern, der ihn als Geschöpf von seinem Schöpfer trennte«, eine mystische Form des Selbsttodes. Er studierte Rechts- und Staatswissenschaften in Coimbra, gründete nach vollzogener Promotion eine Advokatur in Oporto, wurde schon bald berühmt als Verteidiger in einem Kindsmordprozeß, weil es ihm gelang, für die »entmenschte« Mutter den Freispruch des Gerichts zu erwirken: denn der Mensch ist nicht der Sünder, sondern die Sünde (Gottes); und später, als Richter des Landkreises Amarante öffnete er das Gefängnis und ließ die Sträflinge laufen, denn der Mensch ist nicht der Sünder, sondern die Sünde. Das war das Ende seiner Rechtsbeflissenheit, und, getrieben von einem nur im Gedicht sagbaren Heimweh nach seiner feudalen Klasse, dem Fenster seiner Bibliothek, dem Blick aus dem Fenster auf die Bergkette des Marão, die ihn in ihrer Nacktheit täglich neu erschütterte, schloß er sich von der Welt ab. Das Eremitentum dauerte fünfzig Jahre, nur unterbrochen von gelegentlichen Abstechern nach Lissabon, wo er, weltmännisch, wie Unamuno in Spanien zur gefürchtetsten bösen Zunge des Landes wurde. Die Einkünfte seiner Güter gewährten ihm diese in der modernen Literatur fast einmalige äußere und damit auch geistige Unabhängigkeit. Er hat in sechzig Jahren unermüdlicher Arbeit nicht eine einzige Zeile für Geld geschrieben, sich niemandem verpfändet, nicht einmal dem Ewigen Vater. Das alleinige Thema seiner Dichtungen in Reim und Prosa ist die Dichtung, und Dichtung heißt ihm Gott, und Gott die Überwindung des Nichts, und das Nichts ist der Zweifel am Sein, der auf nichts hinausläuft. An dieser Spannung hat er ewig gelitten, und nur wer ihm auf seinem rebenumstandenen Golgatha hat nahe sein dürfen, weiß, wie er hat leiden müssen. Das ist ein iberisches Schicksal obendrein, diese bis in die seelische Entohnigung gehende religiöse

Zermürbung – Cervantes hat sie gekannt, Teresa von Avila, Johannes vom Kreuz, und in unserer Zeit Miguel de Unamuno, bei dem allerdings die Überrumpelung des Göttlichen gemäßigt wurde durch einen studierenden, messenden, schönenden Geist. Alle Bücher von Pascoaes, Gedichte, Versepen, Dramen, die großen biographischen Entwürfe mystischen Widergangs an ihm verwandten Gestalten wie Paulus, Hieronymus, Napoleon; an Christus, Camilo und Augustin; die Altersromane, die Briefe an eine Dichterin, die an einen Jesuiten (der ihn in der Agonie verraten sollte): alle Werke sind wie ein einziges, mit lauter Stimme vorgetragenes Selbstgespräch; allen ist es auf der ersten Seite, über die mancher auf ungeschotterte Lektüre eingestellte Leser nur mühsam hinwegkommt, schon anzumerken, daß sie im Zustande der Inspiration geschrieben sind, ob auch die Eingebung nicht immer »unsäglich« ist. So entsteht das, was man das Chaotische seiner Kompositionen nennt und rügt. Dieser Dichter meditiert nur mit der Feder in der Hand; ein Wort entzündet sich am anderen, ein Bild löst das andere aus, eine Widersprüchlichkeit findet ihren überraschenden Sinn in der anderen. Doch kenne ich keinen Dichter, dessen Prosa so mit Dichterischem (Pascoaes würde sagen: mit dem Gott) geladen ist, vielleicht noch Nietzsche in einem Teil des Zarathustra. Der Vulkan ist ständig in Tätigkeit, seine Lava schwemmt alles nieder, was logisches Denken und vernünftelnde Besinnung geheiligt haben. Pascoaes ist im göttlichen, das heißt schöpferischen Verstande verrückt, in jedem iberisch-biblischen Sinne der »locura da cruz«, der Verrücktheit des Kreuzes, die nur ein nordisch nüchternes und fast rechtendes Bibeldenken in eine Torheit des Kreuzes hat umformen können. Und auch der Ibere spricht in Pascoaes zu uns, Nachfahre jener keltiberischen Druiden, in dem der verspielte atlantische Traum sich zur »Saudade«, dem Heimwehtraum der Portugiesen in einem Grade verdichtet, wie er in der lusitanischen Literatur einzig dasteht.

Die Parvenus der Logik lächeln über meinen Pascoaes; die Gottespächter der »untragischen« Theologie verdammen ihn als Ketzer; Schriftsteller vom Fach erteilen ihm, kriegen sie ihn als Kritiker in die Hand, Ratschläge, wie man ihn zur Schreibzucht hätte erziehen können – Pascoaes selbst hat immer nur wehmütig gelächelt über solch akademische Fleißigkeiten, wie er auch, der hochgebildete Schloßanachoret – armseliger gekleidet als der niedrigste seiner Häusler – den Kopf schütteln mußte, wenn ich ihm Kritiken von gelehrten nordischen Bewunderern seines Weltbildes übersetzte, die erstaunt waren über seine ungeheure Belesenheit und Quellenkenntnis: »Ach, mein deutscher Freund, ich kenne und achte eure Gründlichkeit, und ich weiß auch, daß mir viele das Fehlen der Quellennachweise in meinen biographischen Werken übelnehmen. Aber ich schäme mich ja, sie anzuführen. Beim ›Paulus‹ bin ich nicht über Renan hinausgekommen; beim ›Hieronymus‹ nicht über Brochet und Thierry; und von den 40 oder 400 000 Schriften über Napoleon steht nur ein mikroskopischer Bruchteil auf meinem Schaft (einer übrigens riesigen Bibliothek)! Ich bediene mich dieser notwendigen Übel für die wichtigsten Lebensdaten, und wem kann ich glaubhaft machen, wie ich leide, wenn ich bei der ersten Niederschrift einer Vita an sie gebunden bin. Meine Quellen sind, abgesehen von den eigenen Zeugnissen meiner Gestalten, ganz anderer Art. Im ›Hieronymus‹ habe ich den Kaiser Honorius zeichnen müssen. Wollen Sie die Quellen sehen?« Mit nervösen Fingern tastete der Dichter in den Taschen seiner fadenscheinigen Weste herum, bis er endlich, schon fast verzweifelt, ein winziges Goldstück hervorzog und auf den Tisch warf. »Da, ich fand es durch das, was man Zufall nennt, beim Rebenschneiden just um die Zeit, wo ich mit Hieronymus beschäftigt war. Es sagt mir mehr, als Mommsen, Ferrero oder wer immer vermögen.« Es war eine Münze mit dem Bildnis des Kaisers der Verfallszeit des Imperiums. Gerade über die Darstellung dieser Gestalt hatte ein so gründlicher Quellenkenner wie Professor Josef Holzner dem Dichter einen begeisterten Brief geschrieben.

Der mir zubemessene Raum ist schon überschritten, und ich frage mich, ob es mir wohl gelungen ist, einen kleinen Eindruck zu vermitteln von dem im deutschen Sprachgebiet zwar in drei Werken zugänglichen, doch fast völlig unbekannten Dichter Teixeira de Pascoaes. Ich hatte mir vorgenommen, über ihn und die iberische Mystik ganz knapp umrissen etwas zu sagen, und komme nun beschämt zu der anderen Frage: kann man über die iberische Mystik und über ihren letzten großen Vertreter überhaupt einen solchen Bericht geben, wenn man das Glück und zugleich das Unglück hat, sein Übersetzer zu sein: der das Dunkle meditierend aufhellt, um es beim Hinüberholen in die eigene Sprache wieder zurückzudunkeln in das, was dem ursprünglichen Wort entspricht?

An den Dichter

Du bist des Zweifels nagendes Verneinen
und der Gewißheit eingeborenes Wort.
Du bist des Fluches dunkles Widerscheinen –
und bist der Gnade reich gesalbter Hort.

Du bist die Zeit im Schoß der Ewigkeiten
und bist die Ewigkeit im Wurf der Zeit.
Du bist der Seele flügelweites Schreiten –
und eines Leibes nackte Wirklichkeit:

So bist Du deines Todes Überwinder,
der Schlafe Traum und aller Träume Künder.

Saudade

Aus allen deinen Nächten drängen die Sterne
an den Bug meiner Seele.
Das Heimweh der Ferne
reicht über Fährnis und Fehle.

Nach allen deinen Nächten steh ich verloren
wie zu Beginn.
Aus verschütteten Toren
führt kein Weg zu dir hin.

In allen deinen Nächten erlöschen die Sterne,
ich weine nicht.
Die Saudade der Ferne
ist auch ein Licht.

Im kleinen Büchersaal

Hier träumt er wachen Blicks inmitten
der ewig ausgeträumten Träume Zeugen –
und leidet noch, was jene schon gelitten,
wenn sich der Seele Schau die Worte beugen,

um gegen ihn, den Schöpfer, aufzustehen
zu ihres Hochgerichtes jüngster Nacht –:
Kein Zeugendes kann ungestraft geschehen
am Wort, das deutend aller Werke wacht

und wachsend steigt über ein enges Leben
und über einen Tod und einen Traum.
O komm und sieh: aus tausend Bänden heben
ihn tausend Hände über Zeit und Raum.

Meditation

Und nun bin ich allein
mit meiner Stunden
säumendem Einsamsein,
das wie der Wunden
Ränder sich räß um mein Leben legt. –

Hat sich die Tür bewegt?
Gehen noch Schritte?
Horch, wie das Pulsen schlägt
aus Herzens Mitte.

Hat sich ein Stern gezeigt
über der Nacht?
Siehe, das Dunkel neigt
die Wimper sacht.

Und muß ich so dauern
wie ohne Sinn
in meiner Mauern
blindem Beginn?

Und wann wird mir Friede –
und wann mir die Zeit
zur Chrysalide der Ewigkeit?

Weiß wer, wo ich bin?
Weiß wer, wer ich bin?
Mein eigen Wissen
reicht nirgend hin.

Amsterdamer Impressionen

Es herrschte das klassische Halblicht, dessen Wirkung Rembrandt zu dramatisieren verstanden hat, wobei ihm das Klima seines Landes zu Hilfe kam. Rembrandt hat den Regen vergeistigt und der Regen ihn. Vor allem: der Regen ihn. Wer Rembrandt ein Denkmal setzen will, der lasse es regnen aus unsichtbarem Himmel – mit anderen Worten: die Niederlande sind des Malers ewiges Denkmal.

Keine Werbung für die »Insel«

*Verehrter Herr Verleger und Freund,**

ich habe Ihren Brief, worin Sie mich um ein Prospekt für mein Buch bitten, erhalten, und ich danke Ihnen gar nicht dafür: wie sollte ich? Also erst treiben Sie mich mit wahrhaft Marsman'schen Peitschenschlägen in eine mir nicht gemäße Autorschaft hinein, und ich, der Schwächere, schreibe Ihnen ein Buch; und nun soll der Autor auch noch einen Werbetext verfassen, der – Gipfel der Anmaßung! – so gehalten sein muß, daß das Wurfblatt »de aanschaf van het boek tot een haast onontkombaar feit maakt«.

Mit der »Insel des zweiten Gesichts« trete ich aus einer lange und ängstlich, ja krankhaft gehüteten Anonymität heraus. Muß ich mich nun auch noch auf den Markt stellen, um Ihnen die Literatur verkaufen zu helfen, die Sie mir zu entlocken verstanden haben? – was Marsman, der mir zum selben Durchbruch hat verhelfen wollen, ja nie gelungen ist. Ich bin ein schlechter Handelsmann. Der Bafelplätze meines Lebens sind viele; in der »Insel« haben Sie ihnen nachgehen können, in einer Springprozession, die, immer drei Schritte vor und einen zurück, Ihnen vielleicht Vergnügen bereitet hat, was ich von mir nicht sagen kann, noch was das Erleben, noch was das Nacherzählen betrifft. Denken Sie nur an die peinliche Szene im Vierten Buch, wo ich für Beatrice einen ethnologisch bedeutsamen Nachtscherben mit dem »Auge Gottes« erstehen wollte, auf dem Altbüßermarkt von Palma de Mallorca – und ich zog ab mit einem vermilbten Raben, den mir der Trödler angehängt hatte. Wollen Sie nun, Verleger, daß ich, Autor, den Lesern auch etwas anhänge?

---

* Brief an den Amsterdamer Verleger Geert van Oorschot, der die »Insel« angeregt und 1953 in den Niederlanden in deutscher Sprache verlegt hat. Der wahrscheinlich 1953 geschriebene Brief wurde zuerst in einem alten Verlagsprospekt des van Oorschot Verlags abgedruckt.

Mein Freund: als Sie im verflossenen Sommer meine Frau und mich auf Ihrer Reise nach Italien mitnahmen bis nach Locarno, dachte ich darüber nach, wie ich's Ihnen vergelten könnte, und wußte: ich zeige dem Verleger zwei Sehenswürdigkeiten im Tessin, die nur Eingeweihten vertraut sind: das verfallene Bergdorf Auressio im Onsernonetal, Ort der Handlung eines Buches über meinen Freund Marsman (das Sie mir auch noch erpressen – ich ahne es längst), mit dem ich dort in menschlich und dichterisch glücklicher Freundschaft gelebt habe – und den mir befreundeten mystischen Dichter Albert Talhoff in der »Fraccia« bei Locarno. Von Auressio, seinem Vendetta-Geist, den halsbrecherischen Steigen, der Klause Marsmans waren Sie hingerissen: doch gesessen zu Talhoffs Füßen, lauschend dem Vortrag aus einem noch unvollendeten Stück, »Soldat Niemand«: da ging Ihnen ja die Zigarre aus, was nicht einmal der Fall war, als Sie in meiner Amsterdamer Hinterklause auf der Dritten Helmers Straße feststellen mußte, daß das Manuskript des Inselbuches weit über 1000 Seiten gediehen war. Gut, mit diesem Talhoff hatte ich eines unserer mystisierenden Gespräche: es ging um die Urfrage alles Dichterischen schlechthin, die Inspiration. Talhoff sagte, er würde noch einmal nachweisen, daß diese nicht von Oben käme, nicht aus dem Unsäglichen, dem er, Sie haben es erlebt, doch noch Worte zu leihen vermag; sondern von unten, aus des Menschen menschlichster Tiefe. Da, mein Freund, war es für mich ein atemberaubender Augenblick, als ich dem bewunderten Dichter sagen konnte: du kommst zu spät mit deiner Teufen-Vision des Schöpferischen, um ein Buch zu spät! In meiner »Insel« steht ein Kapitel, in dem von unten inspiriert wird – und ich dachte an die Seiten, wo ich, mit Beatrice in einem zweifelhaften Hause gestrandet, der »Torre del Reloj«, auf einem nicht weniger zweifelhaften Möbel meinen nachgehends berühmt gewordenen Brief an Victor E. van Vriesland schrieb. Dies Möbel, warum es verschweigen, wo's im Buche steht, war ein Bidet, und aus ihm kam mir die Eingebung, und die Epistel wurde denkwürdig, ob auch das, was ich mit ihr erreichen wollte, daneben ging. Aber das lag nicht an der inspirierenden Quelle, sondern an Vic van Vriesland.

Das ist sehr intim, was ich Ihnen so schreibe; aber vielleicht bringt Sie das weiter; und wo der Leser in meinem Buch sowieso Familienanschluß hat, könnte es offen erörtert werden: hätte ich hier den Bidetto als Unterlage für meine Olivetti wie in den tragisch-anrüchigen Tagen im »Turm der Uhr» auf Mallorca: ich schriebe Ihnen sicherlich einen Prospekt, der meinen Schmöker in den Rang eines Buches erhöbe und auch die Leser heranlockte, so wie in der »Torre« ja gelockt wurde – worum es Ihnen zu tun ist, ob auch nicht mir. Doch das Schicksal will mir nicht wohl. Nach der Zertrümmerung unserer spanischen Existenz ist es mir meist noch schlechter gegangen als auf der »Insel«, und hier, ohne das Kultgefäß, hapert es mit der Inspiration zur Anpreisung, bin ich auch vom Feinsten umgeben, was die holländische Literatur an stofflich-häuslichem Bodensatz mir, dem Heimatlosen (ohne Sentimentalität gesagt), für mein literarisches Dasein zur Verfügung gestellt hat. Sie wissen es selbst: unser Mobilar besteht nur aus Leihgaben; nichts nenne ich an Fahrnis mein eigen, außer den Büchern, meinem Hemd und der Schreibmaschine. So denn schreibe ich an einem alt-melkenen, (leider etwas zu kleinen) Tisch von Beb Vuyk; sitze auf einem (reichlich unbequemen) Stuhl des literarischen Herrn van Rantwijk; meine Bücher stehen auf einem (leider auch ungenügenden) Gestell meines Pascoaes-Verlegers John Meulenhoff; ich schlafe in einem (asketisch harten) Bett aus dem Nachlaß des Dichters Marsman, dem auch der Ofen gehört hat, in den ich das Manuskript der »Insel« nicht geschmissen habe aus barer Angst vor Ihrem drohenden Blick; eine Fußmatte ist Eigentum des Dichters Diels; Küchengeschirr stammt aus dem Haushalt von Albert Helman – das Inventar ist unerschöpflich in seiner zusammengeläpperten Notsächlichkeit; und über allem schwebt der Bannstrahl des Gerichtsvollziehers: das einzig Inspirative, das mir hier von oben kommt! Sie sehen also, verehrter Herr Verleger, mit dem Prospekt wird es nichts auf sich haben. Das Geistergelege ist rühmenswert – aber bringt es uns weiter? Ich habe einmal einem anderen Verleger, der mich um eine Idee für einen Prospekt bat, gesagt: warum verwenden Sie nicht das Buch selbst als Werbetext? Das scheint verlagstechnisch aber nicht zu gehen, und mit meiner

»Insel« von 950 Seiten ist es sicherlich ein Problem, für das es keine finanziell befriedigende Lösung gibt. Was also tun? Bringt Sie die Tatsache, daß ich eine vielseitig verkrachte Existenz von nicht memoirenfähiger Geburt bin, weiter? Ich meine, zieht so etwas in den Augen des Publikums, dem Sie mich anhängen müssen, um nicht pleite zu gehen, was Sünde wäre im Hinblick auf die holländische Literatur, der ich wie ein Kuckucksei ins Nest gefallen bin: und wer weiß, vielleicht werde ich großgepäppelt und kann dann nicht mehr aus dem Schlupfloch heraus! Aber dafür stehen wieder einige saftige Beispiele im »Zweiten Gesicht«. Doch wozu den ganzen Roman in Anspielungen und Überspielungen zu memorieren? – ich kann es nicht, denn ich bin kein Meister der Kürze. Wäre ich es, dann kriegten Sie als Prospekt die Geschichte, wie das Freudenfräulein María del Pilar meiner Beatrice das Klavier mit dem Beil zusammenhieb, wo sie mich schon nicht abmurksen konnte . . .

Und vergessen Sie auf keinen Fall, die »Weisung an den Leser« abzudrucken. Das erspart Ihnen Ärger mit Leuten, die nachher nicht wissen dürften, woran sie sich halten sollen; die fragen: was ist das für ein Kerl, der »Held« des Buches? Ein Don Quijote? Münchhausen? Till Eulenspiegel? Ach, ich weiß nur eines mit Sicherheit: es ist der etwas zu sehr in die Breite und sehr auf die schiefe Ebene einer schonungslosen Selbstdarstellung geratene und Ihnen sehr auf dem verlegerischen Magen zu liegen scheinende Verfasser

Vigoleis

Besuch vom Gerichtsvollzieher

»– ich schrieb und schrieb, erfand und erfand, ich baute Modelle, spielte den Wustmann über des Grafen Keßler ›Völker und Vaterländer‹, sehnte in schlaflosen Nächten den Tod herbei – unwandelbar. Beatrice übte und übte auf ihrem Lladó, daß es mich den Mächten . . .«

So wie ich damals auf Mallorca immer an etwas wie besessen schrieb und schrieb, so schrieb ich nun wie besessen an der Geschichte meiner balearischen Besessenheit, die sich mir, wie auf den Wichtelpfiff, als die »Insel des zweiten Gesichts« verheißen hatte; und einen seltenen Fisch um den anderen jagte ich mit unermüdlicher Plumpstange aus den Tiefen meines Gedächtnisses in die Reuse dieser »Angewandten Erinnerungen«.

War denn plötzlich Eile geboten, wo ich mir doch manches Jahr Zeit gelassen hatte, die Denkwürdigkeiten eines Menschen von nicht memoirenfähiger Geburt zu Papier zu bringen, der die erste Hälfte seines Jahrhunderts verspielt hat in Namenlosigkeit und Scheu vor Mensch und Welt? Will ich nun in das zweite Halbjahrhundert eintreten mit dem Vorsatz, den Rest meines Lebens vor der Öffentlichkeit zu verschriftstellern, Opfer einer verspäteten Marktmannbarkeit?

Zogen Gewitter auf, und die Ernte mußte unter Dach gebracht werden? Wollte ich gar wieder einmal Hand an mich legen und rasch noch für einen druckreifen Nachlaß besorgt sein? Ferne von mir seien Gedanken an meine Hinterlassenschaft, zudem steht in meinem Testament eine Klausel: Alles ist nach meinem Tode ungelesen zu vernichten, Gereimtes und Ungereimtes, mitsamt allen Übersetzungs-Manuskripten, ausgenommen des Mystikers Pascoaes' Buch über Napoleon, »Spiegel des Antichrist«, für das kein Verleger auch nur noch einen Strich Senf übrig hat, das Butterbrot des Übersetzers zu würzen. Es ist, dies Buch über Napoleon, schon zu meinen Lebzeiten in den Besitz eines hochmögenden Geistes übergegangen, dem ich auch einen Vierzeiler für seinen Leichenstein zur Verfügung gestellt habe, alles, wie gesagt, bei Leibesleben der genannten Personen.

Von seiten des Todes und meiner eigenen Erbgerechtigkeit drohte mir also keine Gefahr.

Wurde Beatrice ungeduldig? Wollte sie das Finis Operis herbeizwingen? Herbeisehnen tat sie es schon, aber sie wartete mit der Geduld ihres indianischen Blutes.

Drängte der Verleger, dem ich in einer schwachen Stunde die »Angewandten« versprochen hatte? Er drängte nicht, im Gegenteil, er wahrte den Schonfrieden als heiliges Recht, um dann später desto unerbittlicher auf seinem Wildbann zu beharren. Im Augenblick kümmerte es ihn nicht, die Handschrift sich mästen zu sehen am eigenen Stoff, wie ein Pröpstling, der auf fetter Pfründe hockt.

War es mein Augenlicht, das zu erlöschen drohte, und schrieb ich derwegen so wie mit dem Sporn gestrichen? Auch ohne Brille, für die ich das Geld nicht hatte, würde ich ans Ende gelangen, ich meine an das Ende des Buches.

Kurz, die treibende Kraft meiner schriftstellerischen Unrast waren nicht die genannten Umstände noch auch die mich überstürzenden Gesichte, vielmehr das einzige und unverwechselbare Gesicht eines Mannes mit Namen Janssen und vielen Vornamen, wie sie der Holländer liebt: außer Pieter, Hendrik, Lodewijk und Carel war er noch auf drei weitere Namen getauft, die ich vergessen habe. Wohnhaft war er auf der Rombout Hoogerbeets Straat zu Amsterdam, in welcher Stadt sich dazumal unser Quartier befand; keine »Torre del Reloj« wie weiland zu Palma de Mallorca, aber auch nicht viel besser, was Geist und Möbeltum betraf. Und hinsichtlich der Liebe: die ging dorten, auf der Dritten Helmers Straat, im Hause Nummer 65, genauso ungebunden ein und aus wie im »Turm der Uhr« des Don Arsenio und der Hübscherinnen-Mutter Señora Adeleide. Das war der große Reiz an dieser Wohnung – aber ich schweife ab; der betreffende Herr, der beziehentliche, müßte ich amtlicherweise sagen, denn der Herr ist ein amtlicher Herr, dieser Herr steht in keinerlei Liebesbeziehung zu dem Hause, in dem wir wohnten. Wir gehörten lediglich in seinen kopfsteuerlichen Amtsbezirk. Er stand über mir, haushoch, so wie über ihm wieder ein Höherer stand, nämlich der Generaldirektor der Königlich Niederländischen Reichs-Steuer und Eigentumskammer, falls ich die etwas hochtrabende Titulatur des Reichsdieners richtig wiedergebe. Wichtig ist hier nicht die Bezeichnung des Amtlichen, sondern die aus ihr sich ergebende Macht. Sie zu vollstrecken, war Mijnheer Janssen da.

Eintreiber von Steuern also, er, P.H.L.C. Janssen, und ich, Vigoleis, verdächtigt, solche zu hinterziehen. Ich hatte in dieser Hinsicht aber gar keinen Ehrgeiz – wie große Industrielle etwa, die sich eigene Steuerhinterziehungsanwälte halten –, weil ich kein Geld hatte. Kein Staat allerdings kann es sich erlauben, auch nur die kleinste Steuerkraft ungenutzt zu lassen, ohne daß er Gefahr liefe, aufzuhören, ein Staat zu sein. Höheren Orts war man indessen der Meinung, ich sei abgefeimt wie die meisten Steuerzahler, nicht ahnend, daß meine Feim auf einem ganz anderen Gebiete zu finden sei und nicht in Zahlen auszudrücken.

Mijnheer Janssen, Gerichtsvollzieher im Dienste der Niederländischen Steuerbehörde, war auf mich losgelassen worden, weil ich mit – vermeintlichen – Steuern im Rückstand war, seit vielen Jahren. Zweimal schon war er bei mir vorstellig geworden und hatte mich väterlich gewarnt. In söhnlicher Ergebenheit und mit dem glasklaren Gewissen der Armut hatte ich ihm gezeigt, was er sehen wollte: meine Bücher.

»Meine Bücher wollen Sie sehen? Aber bitte, dann kommen Sie mal mit hinauf, natürlich, Herr –?«

»Janssen, Gerichtsvollzieher im Dienste der Königlich Niederländischen Reichs-Steuer- und Eigentumskammer.«

»– Herr Janssen, natürlich zeige ich Ihnen meine Bücher. Ich freue mich immer, wenn Leute gerne Bücher sehen, dann besteht ja die Hoffnung, daß sie sie auch einmal lesen.«

»Bitte –?«

»Wie gesagt, und vor allem Beamte, die sollten mehr lesen, statt dienstliche Papiere mit Unverständlichem zu füllen. Aber kommen Sie herein, bitte, nehmen Sie Platz.«

Herr Janssen hatte eine dicke Aktenmappe, die er vor sich auf den kleinen Tisch legte, unseren schlichten Ehetisch, an dem wir auch aßen. Seinen Hut legte er neben die Tasche, ein Zeichen, daß er sie bald öffnen würde. Meine Bücher gingen da aber nicht mehr hinein.

Unter Bücher versteht ein Schriftsteller oder schriftstellernder Mensch meistens das, was er geschrieben hat, wenn man *seine* Bücher sehen will. Der Gerichtsvollzieher hatte aber jene Bücher im Sinn, die ich über meine Bücher führen müsse, was bei mir wieder den Gedanken an das Buch der Bücher auslöste: die Heilige Schrift.

Das führte gleich zu Verwicklungen und allerlei peinlichen Mißverständnissen mit dem Mijnheer Janssen, der glaubte, daß mich der Wählmut steche, was er sich zwar nicht gleich verbat, doch ein wenig unangebracht fand. Denn meine Lage, sagte er, sei keineswegs angenehm in bezug auf den Auftrag seines Generaldirektors, der ihn zu mir geschickt habe: Pfändung, Herr! Und 'raus auf die Straße!

»Sie meinen doch nicht im Ernst, Herr Janssen, daß man uns von oben herab obdachlos machen will, weil meine geschriebenen Bücher weit hinter den zu führenden zurückbleiben? Gerne zeige ich sie Ihnen, ich sagte es Ihnen schon auf der Treppe.«

»Die Buchführung? Ich bitte darum.«

»Die Bücher! Eine Buchführung schreibe ich nicht, oder sagt man in Ihrer Welt: führe ich nicht? Sie meinen den Kontokorrent, den ich auch nicht besitze.«

Wenn ich keine Buchführung hätte, meinte der Gerichtsvollzieher, machte ich mich sowieso strafbar, aber das fiele nicht in sein Gebiet. – Ob er denn meinen Briefwechsel mit den Verlegern sehen könne, und die Abrechnungen dieser Herren?

Mijnheer Janssen hatte seine Tasche ausgepackt, Akten über Akten, und meinen Steuerhintertreibungsvollzug herausgenommen: ein stattliches Dokument von vielen Seiten. Die Namen meiner drei Verleger waren darin vermeldet.

Ich legte ihm die Verträge vor, die Abrechnungen, den umfangreichen Briefwechsel. Je mehr, sagte ich erläuternd dem Beamten, der Austausch von Briefen zwischen Verleger und Verfasser anschwillt, um so schlechter ist es um die verlegten oder noch zu verlegenden Bücher bestellt. Mit einem Wort: die Briefe seien nicht sehr ermunternd, die Verträge seien nicht sehr moralisch, und die Abrechnungen seien nicht sehr heiter stimmend – doch sehe er selbst.

Herr Janssen, der selber gerne Bücher las, ohne sie sich kaufen zu können, schüttelte den Kopf bei der Durchsicht der Unterlagen, und solange die Prüfung dauerte, solange hielt das Kopfschütteln an: Das sei ja eine Bettelwirtschaft, der nackte Lumpenberuf, an dem man sehr hängen müsse, um ihn nicht vor lauter Verzweiflung an den Nagel zu hängen. Er, Janssen, habe auch keinen schönen Lebenserwerb, doch so was! Darauf hätte er längst gepfiffen.

»Das Pfeifen, Herr Gerichtsvollzieher, wo Sie schon von diesen Tönen sprechen, das besorge ich auch, allerdings mit der Lunge. Darf ich Ihnen darüber gleichfalls meine Unterlagen zeigen?«

Herr Janssen machte sich eine Eintragung in seine Dokumente, während er bejahend nickte.

Ich holte eine schöne Radiographie meines Brustkorbes aus einem Fach, wo ich noch andere Kunstblätter aufbewahrte. Kein Laie, der angesichts dieser schemenhaften Todesverheißung nicht andächtig gestimmt würde. Auch der Gerichtsvollzieher, Mensch, der er trotz allem noch war, ließ einen Schatten über seine Züge gleiten, dann blickte er mich voll Mitleid an: ein Jahr, vielleicht nicht einmal so lange, mehr hat der nicht zu leben. Ich sah es ihm an, daß er solche Überlegungen anstellte.

Darauf begann er die Löcher zu zählen, wobei er den Bleistift zu Hilfe nahm. Mit Astronomie, dachte ich, hat er sich auch nie beschäftigt. Himmelskarten studiert man ohne Stift. Ich ließ ihn freilich gewähren. Besser, er rechnet die Kavernen zusammen, statt meine Schulden.

»Na, wieviel?«

»Unglaublich, Herr, aber kaum, daß ich mich verzählt hätte, dreiundfünfzig! Einen derart durchlöcherten Lungenlappen habe ich noch nie gesehen. Da pfeift man ja aus –«

»Sagen Sie's ruhig: aus dem letzten Loch. Und dennoch, Mijnheer, haben Sie falsch gezählt, nämlich zwei zuwenig, es sei denn, Sie legen gewisse weiße Schimmerstellen anders aus als Professor Bircher selbst, der diese Aufnahme in seiner Klinik in Zürich gemacht und die Löcher Stück für Stück wissenschaftlich registriert hat.«

»Sie sagen Bircher? Der mit dem Gemüse, wie nennt man es auch wieder?«

»Wie Sie sagen, derselbe berühmte Mann, Sohn seines berühmten Vaters, der das Müesli erfunden hat.«

»Richtig, Bircher-Müesli, man hört immer wieder davon. Und das ist Ihr Arzt?!«

»Mein Arzt und Freund. Solange es Gemüse gibt auf dieser Welt, Herr Janssen, wird der Name Bircher unsterblich sein, es sei denn. –«

Fragend blickte mich der Gerichtsvollzieher an, da ich den Satz nicht vollendete. Er war einer großen Weisheit gewärtig aus dem Munde eines Schriftstellers, der nicht mehr lange zu leben hat. Dann, das wußte der Herr, wird jeder Dichter noch hellhöriger, als er es von Berufs wegen in gesunden Tagen schon ist. Ich hatte die Pause aber nur eingeschaltet, weil ich nicht wußte, was der Unsterblichkeit meines Freundes Abbruch tun könnte in der Wehnot einer Zeit, die immer mehr aufs Gemüse verwiesen wird, weil die Tiere zu teuer sind.

»– es sei denn, die Menschheit beginnt sich darauf zu besinnen, daß ein Blumenkohl so wenig gerne geköpft ist wie ein Suppenhuhn und keiner es mehr wagt, sich von Tier oder Pflanze zu ernähren.«

Herr Janssen nickte, dann warf er wieder einen Blick durch das Röntgenbild und so mitten durch meine gequälte Brust hindurch.

»An diesem ausgestirnten Himmel meines Busens«, sagte ich, im Tone des Schauderschriftstellers, der der einzig angebrachte war, »an diesem Himmelsgewölbe leuchten die Sterne meines Untergangs. Sprechen sie nicht eine deutlichere Sprache als der Schriftwechsel mit meinen Verlegern, der, wer weiß, dazu beiträgt, daß ich untergehe?

»Nicht so pessimistisch, mein Herr, nicht so düster! Es kommt alles noch in Ordnung, man muß Vertrauen haben, der Geist heilt mit, ich meine, der Glaube an die Heilung.«

Herr Janssen legte das große Filmplakat vorsichtig, mit der richtigen Seite nach oben, auf einen Stapel Bücher und packte seine Vollzugsakten zusammen. Ich sei ja bei dem Schweizer Professor in der besten Behandlung, und das könne ich alles von der Steuer abziehen, auch jedes Bällchen Gehacktes, das ich zusätzlich zu meiner Ernährung wohl brauchte.

Es war eine Notlüge, Dr. Bircher als Professor in das Todesgespräch einzuführen, doch mußte ich mit ihr mein Gewissen belasten in diesem schweren Kampf gegen die blinde Steuermacht einer

Nation, der das koloniale Hinterland als Born des Goldes abgeriegelt worden war. Einem Professor glaubt man eher den Tod als einem gewöhnlichen Arzt. Auch verschwieg ich ihm mit gleicher Hinterlist, daß gewöhnliche Ärzte, und nicht die schlechtesten und ganz gleich, ob allopathische, homöopathische, carnivorische oder fructivorische: daß sie alle meine geschundene Lunge für befähigt halten, mich noch weitere fünfzig Jahre mit Luft zu versorgen, wenn ich sie nur ständig erneuere und – vernünftig lebe.

»Was verstehen Sie unter vernünftig leben, Herr Doktor?«

»Keine Bergtouren, und nicht singen, mal ein Liedchen trällern, aber nicht, was man richtig singen nennt. Dann stehe ich für nichts!«

Ich bin ein Kind der Tiefebene, deren höchste Erhebung nur dreißig Meter über dem Meeresspiegel emporragt, und nicht einmal auf Bäume bin ich geklettert, Schwächling, der ich von Kindesbeinen an war. Und von Kindesbeinen an ist mir auch nie recht singerlich zumute gewesen. Überhaupt ist Mutwille meine Tugend oder Untugend nicht, und als wolle die Natur vermeiden, daß ich den Kopf schnelle wie ein vom Hafer gestochener Gaul, hat sie mir den Sprungriemen sehr enge geschnallt. Herrn Janssens Maßnahmen würden dazu führen, daß ich den Leibgurt nun selber um ein paar Löcher enger schnallen müßte. Doch bei den Ärzten zu bleiben, nach deren Meinung kann ich hundert werden wie ein Säulenheiliger, falls mich der Blitz nicht vorher erschlägt, das Schicksal manch eines Styliten.

Ich schrieb und schrieb. Drei Wochen Aufschub hatte mir der Gerichtsvollzieher nach Einsicht in meine organisch wie anorganisch gleicherweise durchlöcherte Existenz bei seinem Generaldirektor erwirkt. Dann aber: Zahlen oder auf die Straße!

Im »Turm der Uhr« hatte ich mir ein Bidet als Schreibtisch hergerichtet. Im Haus der Helmers Straat besaß ich einen vernünftigen Tisch, an dem ich schreiben konnte, doch diente mir der Mülleimer zuweilen als Sitzgelegenheit. Es ging. Wie aber würde ich weiterarbeiten können ohne Tisch, ohne den Aschenkübel, ohne das Dach über dem Kopf? Denn das alles wird dir genommen, so überlegte ich, wenn ich dem Gerichtsvollzieher nicht das

Geld oder das Gegenstück meiner linken Lunge zeigen kann: eine Röntgenaufnahme der durchsiebten rechten: Auf die Straße mit dir, Vigoleis!

Beim nächsten Besuch des Gerichtsvollziehers – die »Insel« war inzwischen um viele, viele Seiten angewachsen, aber fertig? das war sie beileibe nicht – erzählte ich die Geschichte von dem armen Dichter, dessen Bücher nicht »gingen«, wie das heiße in der Sprache der armen Dichter, und es sei eine wahre Geschichte: Es war einmal ein armer Dichter, dessen Bücher nicht gingen, und er hatte einen reichen Freund. Dieser Freund las nur den armen Dichter, und da er wollte, daß auch andere ihn läsen, kaufte er auf einen Schlag 150 Exemplare des lyrischen Werkes und verschenkte sie an Menschen, die genau so arm waren wie der Dichter; und ein Exemplar schenkte er dem Dichter selbst, der sich ja, wie der junge Rilke, selber auch nicht kaufen konnte. In den Abrechnungen des Verlages tauchten diese großmütigen Exemplare aber nirgendwo auf. Nur eines zeigte sich verschämt, es war das, welches der Dichter sich von seinen Hungergroschen abgespart hatte, um dem Verleger zu beweisen, daß man ihn frage.

Mijnheer Janssen sagte, das seien ja merkwürdige Verhältnisse mit Büchern, die gingen und doch nicht gingen.

Ich entgegnete, sie gingen eben auf Krücken, worauf der Beamte meinte, ja, Schriftsteller und Prostituierte seien halt steuerlich schwer zu erfassen.

Ein Herr namens Bahßetup

Ehe der vielseitige Beamte mir aus seinen Erfahrungen die Bewandtnisse mit der Leiter, an der ich übrigens keinen Zweifel hegte, erklären konnte, ging die Klingel des Telefons.

»– ja, Beatrice, Filhareca, du? Völkerbund? Haager Schiedsgericht – ja, ich höre, aber ich verstehe das nicht, ach so – ein

Professor, ja, warte, ich schreibe den Namen mal auf, ja, also Professor – Doktor – José – Alvaro – da – Silva – ja, ja Silva – Ponto Universität ... nie von gehört, also Brasilianer, gut, gut, und wo sagst du? ... im Pays-Bas? Auch nie von gehört, aber das finde ich schon, ich frage den Gerichtsvollzieher ... nein, nein Beatrice, reg dich nur nicht auf, er ist wieder da, aber zahm, nein, wir kriegen Aufschub, ehe die ›Insel‹ fertig ist, setzt er uns nicht auf ... ja, ja, nein, nein, wo? – da wo du immer übtest, ja, die Stelle, und ich immer erfand, die kleine Suite von Bach ... nein du natürlich, ach so, Partite, na, das mußt du nachher alles überprüfen, ich versteh das ja nicht, weil es Musik ist, du weißt ja, ja? – aber das *ist* doch ein Geschäftsgespräch, wenn der Professor ein Kunde ist, und sonst sage deinem Generaldirektor, daß die Firma sich ihre Kunden selber verdolmetschen soll – tue ich es, dann erhebe ich zehn Prozent von ihren Wucherprovisionen – ja im Ernst, zehn Prozent, wir müssen auch einmal anfangen, geschäftlich zu denken, ja, zu denken wie die Industrie, der Großhandel – ja, bist du noch da, ja, und die Steuerbehörde, ja, und der Milchmann – Milchmann sage ich – bist du noch da ...?«

Beatrice hatte längst den Hörer eingehängt, das »Ciau!«, das ich ihr nachrief, erstarb in der Muschel meines Apparates. Ich wendete mich wieder dem Gerichtsvollzieher zu, der dem Gespräch aufmerksam zugehört hatte. Das sei ja eine seltsame Sprache, die ich da gesprochen hätte, die kenne er nicht, ob es Spanisch sei?

Wenn man die Knochen aus dem Altkastilischen herausbeine, entgegnete ich, an ein Wort von Unamuno denkend, ergäbe das die portugiesische Sprache. Ich hätte Portugiesisch gesprochen, meine Umgangssprache, im Gedankenverkehr mit mir selbst und im Verkehr mit meiner Frau, aber – jetzt müßten wir die Rollen einmal vertauschen. Es schiene mir allmählich auch an der Zeit zu sein.

Wie ich das meine?

»Sie sind gekommen, mich hinauszuschmeißen; nach dem Telefongespräch hat sich aber die Lage mit einem Male geändert, indem –«

»Ihr Verleger ...?«

»– drucke meine Schubladenhüter, denken Sie, und dann kriegen Sie Ihr Geld? Nein, insofern sind die Rollen vertauscht, als ich nun Sie hinauswerfen muß: ein brasilianischer Rechtsgelehrter erwartet mich in einem gewissen Hotel Des Pays-Bas. Kennen Sie das?«

»Aber Mijnheer! Nun sind Sie schon fünf Jahre in Amsterdam und kennen unser bestes Hotel nicht! Bei der Munt, auf der Oude Doelen Straat!«

»Den Namen dieses Hotels und den der Straße höre ich jetzt zum erstenmal. Haben Sie steuerlich mit den Leuten zu tun, ich meine in hinterzieherischem Sinne? Ist das so ein Haus, wo auch immer nackte Modelle auf der Leiter stehen? Da kommt der Brasilianer ja an den rechten Ort.«

In drei Wochen komme er wieder, entgegnete Herr Janssen mit einem Lächeln, ohne sich auf ein Gespräch über das erste Hotel am Platze einzulassen. Diesen Beamten ist ja Schweigepflicht auferlegt. Denn daß auch Hotels Steuer hinterziehen, war mir klar; das täte sogar die Königin, hätte ich dem Gerichtsvollzieher glatt ins Gesicht gesagt. Der Diener dieser Königin hätte dann, statt zu lächeln, sein Staatsgesicht aufgesetzt und gesagt: Beweise bitte!

Beweisen kann man so etwas aber nie.

Ich geleitete Mijnheer Janssen hinaus.

Boni pastoris esse tondere pecus, non deglubere: Man soll die Schafe scheren, nicht aber sie rupfen, riet Kaiser Tiberius seinen Statthaltern, als sie ihm nahelegten, die Steuersätze in den Provinzen zu erhöhen.

Ob das Hotel Des Pays-Bas sich von den allmächtigen Finanzhaltern der Niederlande scheren oder rupfen ließ, statt mit hintertückischer Rechenmagie – und bösem Blick – den Zehnten zu hinterziehen, war an seiner glatten, weißlich geölten Stirnwand nicht zu erkennen. Es war dies die Schauseite eines deftig-vornehmen Gasthofes auf einer deftig-vornehm-stillen Straße, wo auch ich mir ein Hotel hingesetzt hätte, wenn ich je auf den Gedanken gekommen wäre, aus dem Herbergswesen zu pfründen.

In der Empfangshalle hatte ich den Portier nach dem Professor José Alvaro da Silva Ponto gefragt und den Bescheid erhalten, der

Herr sitze im Salon drüben und erwarte einen Besuch. Das sei ich. – Dann bitte.

In der für ein Hotel sehr frühen Stunde, gegen elf Uhr vormittags, waren die Vorhänge noch zugezogen, ein dämmerdurchwobenes Licht erfüllte den großen Raum, und aus einem schweren Sessel erhob sich ein langer Mann, auf den ich zuging. Erst als ich meine Augen zu seinem Gesicht emporhob, bemerkte ich, daß auch dieses schwarz war, das heißt, nicht so schwarz, daß von einer Pechrabenschwärze die Rede sein könnte, doch schwarz genug, um zu sagen: Dieser Herr war kein weißer Mann, kein weißer Bahßetup.

Die portugiesische Sprache geht mir recht geläufig von der Zunge. Ich fühle mich wohl bei ihr geborgen, denke in ihr mein ungereimtes Gedankengut zusammen, und ich würde mir Notizen in dieser Sprache machen, wenn ich mir je auch nur ein Wörtchen aufschriebe, das mir einfällt; selbst im Fluchen steht sie mir hilfreich bei, und nicht einmal im Traume läßt sie sich verdrängen: eine mir sonach in allem wohlgesinnte Sprache.

Des Herrn Professors – wenn er es selber war –, des Professors Züge hellten sich auf, besser gesagt: heiterten sich auf, denn sie blieben schwarz, als er Laute vernahm, die ihm vertraut waren.

»Was steht zu Diensten, Euer Exzellenz?«

»Oh, mein Freund! Mein guter Mann! Mein bester Herr! Mein willkommener Beistand! Menschenfreund, endlich ein Wort in menschlicher Zunge, das mein seit Tagen beleidigtes Ohr trifft! Nicht, daß ich mich so weit erniedrigte zuzuhören! Ich höre einfach nicht zu, wenn man mit mir spricht, und nun kommen Sie und reden meine Sprache, und mit meiner Sprache reden Sie sich mir mitten ins Herz. Wäre dieses Hotel, mein großmütiger Herr, nicht so furchtbar elegant, wie es mangelhaft ist, ich würde Sie nach Landesart in die Arme schließen: den Fremden, der gekommen ist, meiner sich anzunehmen. Zu fragen, ob Sie Portugiese sind, wage ich nicht, es wäre ebenso indiskret wie überflüssig, denn Sie sind keiner, und Holländer sind Sie auch nicht, dafür haben Sie sich zu spontan verbeugt; das macht man hier nicht, soviel habe ich schon herausgefunden, doch wer Sie auch sein mögen und wer immer Sie mir in dieser fatalen Morgenstunde geschickt haben mag: hören Sie, Freund der Leute ...«

Hier sei gleich bemerkt, daß der schwarze Herr Bahßetup nur dieses eine Mal eine so aus innerstem Drange kommende Rede hielt, so aus sich herausging und einen Teil seiner Seele mir offenbarte, die hilflose Seite. Ich dachte, verkehrt natürlich, es sei die Umschattung des schwarzen Menschen im Kreise der Weißen.

Ich hörte mir seine Geschichte an, es war eine echte Leidensmär.

Wir saßen bequem und musterten einander. Der Fremdling ließ seine Augen über meine, des Fremdlings Erscheinung gleiten. Wäre er Holländer gewesen, dann hätte er zwar nicht gesagt, aber doch gedacht: Mijnheer, U valt nogal mee – mein Herr, Sie gefallen mir nicht übel, mit Ihnen wird man zu Schlag kommen können, Sie sind mein Mann! Er durchbohrte mich mit seinen Blicken, schätzte mich lange ab, auch meine Kleidung schien er sich merken zu wollen. Kleider machen Leute, war es das? Keineswegs. Die Ärmlichkeit meines Anzuges schreckte ihn nicht ab, wo der betreßte Mann draußen in der Rezeption mich, gleichfalls mit einem Blick, in die Klasse der kleinen Ausläufer und Botenburschen eingereiht hatte, die man Fietsjongen nennt – ein nicht weniger ehrbarer Beruf als die Schriftstellerei, höchstens zuweilen erträglicher. Denn als ich gekommen war und nach dem Brasilianer gefragt hatte, sauber rasiert wie ein Bäcker oder Müller, dem man den Bart nie ansieht, aber nicht entsprechend makellos gekleidet; an vielen Stellen war das Tuch abgeschabt, mein Regenmantel, ein polnisches Ramschprodukt aus zweiter Hand, war überhaupt ›fies‹; ich also, bescheiden, wie ich leider bin, meine Frage getan: da hatten mich die hinter der Theke schon eingeschätzt. Nicht so übereilt der Gelehrte oder denn sein noch gescheiterer Diener. Er erkannte unter dem abgetragenen Tuch die lautere Seele, wie oft Tiere einen Instinkt haben für gute Menschen. Ich bin ein guter Mensch, in meinen und nun auch in des schwarzen Herrn Bahßetups Augen. Ihm zählte ich – wir werden es noch bis in die Tränen erleben. Alles andere ist gut zu haben: feine Kleider, schöne Koffer, eine goldene Uhr, einen schweren Edelstein in der Krawatte, goldene Zähne, elfenbeinerne Zahnstocher, Diamantstaub in der Streubüchse aus getriebenem Silber, zum Löschen des Namenszuges – und er hatte das alles in der Fülle! Mein Gott und Herr, diese Anzüge, diese Hemden, Schuhe, Bleistifte, Taschentücher – das ganze angenehme Beiwerk der Kultur, das soviel zählt im Umgang mit der immer anspruchsvoller werdenden Welt, die ja auch nur aus Beiwerk besteht, aus Verputz und Geschnörkel, georteten Säulen, die ein Dach tragen, durch das es regnet.

»Und das Geheimnis des schrecklichen Wortes Bahßetup? Oder kommt erst noch ein Abstecher in die Badewanne des Jakobiners Marat?« sagte Beatrice, als ich ihr am Abend haarklein Bericht erstattete.

»Der Mord in der Badewanne wäre kein Umweg, denn Marat war Professor wie die anderen auch, doch will ich das Geheimnis mit dem dir so mißliebigen Wort lüften: es ist eine Frage der Aussprache – und wir sind, wie gesagt, wieder bei der Badewanne. Mein schwarzer Herr Bahßetup ist kein Herr, kein Diener seines Herrn, sondern eben die Badewanne, nur ein wenig ungebildet ausgesprochen, auf englisch, meine ich, bath-tub. Der es so wie die Sünde aussprach, das ist dein José Alvaro da Silva Ponto, Professor für internationales Privatrecht an einer neuen brasilianischen Universität, den Namen habe ich nicht behalten, weil ich ihn nicht verstanden habe. Du hast ihn auch schon erwähnt. Es ist so, laienmäßig ausgedrückt: Wenn Deutschland Frankreich mit Krieg überzieht, dann geht das den Professor Bahßetup gar nichts an. Stiehlt aber ein Franzose einem Deutschen in einem chinesischen Restaurant einen Regenschirm, den er an einen Türken weiterveräußert, und dieser Sohn eines Hundes schlägt ihn im Streit auf dem Schädel eines Griechen an Bord eines argentinischen Frachters in Stücke, und der Fall kommt vor Gericht, dann ist mein brasilianischer Professor zuständig. Einigt man sich nicht in den ersten Instanzen, dann wird die Geschichte beim Haager Schiedsgericht anhängig gemacht. Darum vermute ich auch, daß unser Dr. juris da Silva Ponto, alias mein Bahßetup, in einer solchen Streitfrage nach Den Haag abgeordnet worden ist.

Am anderen Morgen nahm ich Abschied von Weib und Kindeken, ordnete dies und jenes in meinen Angelegenheiten, versteckte das Manuskript der »Insel« und hinterließ noch ein Wort an den Gerichtsvollzieher, für den Fall, daß er in meiner und Beatricens Abwesenheit seines Amtes an unseren Habenichtsigkeiten zu walten käme.

»Wie lange denkst du noch mit dem Professor herumzuziehen?« fragte Beatrice, während sie sich den Tee in die Thermosflasche füllte, womit sie ihren Dienst am groß verhandelten und groß verramschten Buch bestehen mußte. Ihre Frage galt aber nicht eigentlich meinem Bahßetup, sondern der Zeit, die ich dem Manuskript entzog.

»Chérie, wie kannst du nur so erniedrigend von meinen peripatetischen Wanderungen an der Seite der dunklen Herrschaft sprechen. Erstens bilde ich mich im Umgang mit Gelehrten, für die ich immer schon eine Schwäche gehabt habe, eigentlich vom Tage an, wo ich selber einer hatte werden wollen, und anderseits bietet sich mir nicht so rasch wieder die Gelegenheit, mit richtigen Rechtsbefahrenen umzugehen, ohne daß dabei mein eigenes Recht auf dem Spiele stünde, weshalb es mir auch gleichgültig ist, ob die betreffenden Meister echt oder nachgemacht sind; und drittens wissen wir doch alle noch nicht, ob mir nicht aus den Befahrnissen mit dem schwarzen Herrn Bahßetup der Stoff zu einem neuen Buch erwächst – als Titel wärs doch so schlecht nicht: ›Der schwarze Herr Bahßetup‹. Die Verleger sagen dann freilich wie jetzt bei der ›Insel des zweiten Gesichts‹, das sei ein unmöglicher Titel, aber ich lasse mich nicht beirren.«

Beatrice gab darauf keine Antwort, denn die einzige, die sie hätte geben können, war sie zu klug, verlauten zu lassen: Bei deinen langen Inkubationszeiten sind wir allmählich siebzig geworden, ehe du die Schwelle des neuen Buches überschritten hast, denn das ›limen operis‹ zieht sich bei dir in die Länge, du schiebst es auf wie das finis, vor das du nun, soweit es die Angewandten Erinnerungen betrifft, den merkwürdigen Mann Bahßetup stellst.

»Ich komme«, sagte ich nach einer Zeit, die ich ihr für die Antwort offengehalten hatte, »ich komme erst zurück, wenn meine Submission am Haager Schiedsgericht abgeschlossen ist. Ich stehe und falle mit dem Südergast, meiner dunklen Herrschaft, und jeden Abend werde ich dich hier anrufen und berichten, was wir den ganzen lieben langen Tag über getan und vor allem nicht getan haben. Auch sage ich dir dann, wie es um seinen Verstand steht, um den, du weißt, es mir zuweilen etwas bange ist. Sein Herz ist dafür um so rechter auf seinem Fleck. Vielleicht wird das aber anders im Haag, wo immer noch ein kolonialer Wind wehen soll. Den erträgt mein Gebietiger aber nicht. Auch das weißt du.«

»Gebietiger? Wieso Gebietiger?«

»So ist's gemeint, aber das erkläre ich dir, wenn ich aus dem Ritterorden entlassen worden bin. Alles das ist sehr verwickelt, da spielen Dinge mit, die mir selbst nur schemenhaft sind, der Bahßetup jedenfalls ist mein Hochmeister.«

»Das riecht stark nach Freimaurerei, aber gut. Eine andere Frage: hast du Geld?«

»Beatrice! Bahßetup ist Millionär!«

»Eben darum meine Besorgnis. Stecke dir wenigstens soviel ein, daß du die Rückfahrt bezahlen kannst.«

»Du bist grausam, Chérie, du willst also sagen, daß ich mich in letzter Stunde doch nicht werde entschließen können, meine dunkle Herrschaft zu bestehlen?«

»Darauf wird es hinauslaufen.«

»Daß ich mich an Bahßetups Scheinen vergreife?« Ich runzelte die Brauen.

»Eben nicht vergreifst du dich, weshalb ich dir rate, nicht ohne einen Notrappen zu reisen.«

»Das heißt mit anderen Worten, du hättest lieber, daß ich am charmantesten aller Südergäste der Welt zum niedrigsten aller Diebe der Welt würde? Beatrice!«

Beatrice zuckte die Achseln und ließ die letzte Prophezeiung ungesprochen.

Das war unser Abschied.

Eine Stunde später trat der Versucher schon an mich heran, die pralle Brieftasche des schwarzen Herrn Bahßetup in der Hand, und zwar in der Gestalt der dunklen Herrschaft selbst.

Sei stark, Vigoleis, und ersticke das Tier in dir, das nach dem Worte selig werden will, das da heißt: Geld ist eine notwendige Tugend.

Fahrradstrom

Wie ein Huhn, das durch ein Loch seinem Gehege entwichen ist und nun hin- und herläuft, um wieder in den Stall zurückzukommen, dabei aber von seinem Lochgedächtnis im Stich gelassen wird, so ging der Professor am Rande des Gehsteiges auf und ab, emsig spähend, ob er eine Lücke fände im Verkehr, durch die er, ohne überfahren zu werden, auf die andere Seite gelangen könnte. Ich griff ihn auf und sagte ihm, es hieße Gott versuchen, wolle er da lebend hinüberkommen. Gott sei sparsam mit seinen Wundern, den Israeliten habe er den Durchzug durch das Rote Meer nur unter ganz bestimmten Voraussetzungen ermöglicht, und wer wisse, ob ihm ein solcher Verkehrseingriff ein zweites Mal gelänge? In Heringsgrat sicherlich nicht, da helfe kein Gebet, keine Anflehung, ganz gleich, welcher der in die Hunderte gehenden Sekten man sich anschließe.

Aber um des Himmels willen, wie man denn auf die andere Seite komme, ohne daß die Wogen über einem zusammenschlügen? – Ohne den Stab Mosis? Das sei einfach. Ich hätte es im Laufe der Jahre mit meinem eigenen Verstande ausgemittelt: der holländische Radfahrer – Automobile sind ja ungefährlich in den niederländischen Städten – kenne im Verkehr drei Wesen oder Wesensgruppen, die ihm heilig seien und die er, sogar auf die Gefahr hin, selbst unter die Räder zu kommen, nimmer überfahre.

»Und das sind?« fragte der Professor, der einen Moment lang

glaubte, Moses habe seinen Stab über das Meer der Fietser ausgestreckt und er könne hindurchschlüpfen. Um sein Leben besorgt, hielt ich ihn aber an der Bengala zurück.

»Es sind dies: die Königin, Blinde und Schwangere. Wenn die Landesmutter kommt, sei es zu Fuß, zu Fiets oder in ihrer goldenen Kalesche, stockt aller Verkehr. Dann können Sie zwar auch nicht auf die andere Seite, aber Ihr Leben ist sichergestellt für die Dauer der Königlichen Erscheinung. In Lourdes spricht man in einem solchen Falle von einem Wunder. Kommt ein Blinder, dann bremst jeder Radfahrer, desgleichen bei einer schwangeren Frau. Ich warte immer, bis eine von den drei Wesenheiten kommt, und immer bin ich wohlgegangen dabei.«

»Da können wir lange warten, mein Freund. Die Königin . . .«

»Die Königin, Sie haben recht, die kommt heute nicht, was eigentlich schade ist. Sie könnten dann erleben, wie sie über Leben und Tod ihrer Untertanen befindet. Sonst hat sie ja nichts mehr zu sagen, wie alle diese Potentaten, die noch die gesteifte Hemdbrust von Völkern sind, die längst zum weichen Hemd gegriffen haben. Es macht sich eben gut.«

»Und die Blinden?«

»Blinde gibt es wenige in den Niederlanden, weniger als in allen Ländern der Erde. Die Blindenhilfe arbeitet hier besser als die Feuerwehr, was Ihnen jede Versicherungsgesellschaft bestätigen wird. Aber Schwangere, mein Professor, hoffende Frauen, darauf können Sie Ihre ganze Hoffnung setzen.«

»Machen die das soviel?«

»Das Volk gedeiht ins Meerschweinhafte, schon sind die ersten zehn Millionen überschritten. Jede vierte eingeborene Frau ist gesegneten Leibes, innerhalb ihrer Möglichkeiten, wohl zu verstehen, und man kann . . .«

»Jetzt, Don Vigo, da, da können wir durch, eine Schwangere!«

»Eine dicke Person, weiter nichts, hinter der werden Sie ohne Gnade überfahren – ich sagte: innerhalb ihrer Möglichkeiten, das ist selbstverständlich, und man kann statistisch erfassen, indem man ihre Anzahl auf die Städte und in den Städten auf die Straßenkreuzungen verteilt, in welchen Zeitabständen die Mutter eines werdenden Niederländers von der einen Seite auf die andere hinüberwechselt, eine Försterfrage des Menschenstrichs, im Grunde genommen.«

Der Geburtenzählwissenschaft zufolge wäre nun eine werdende Mutter fällig gewesen, und siehe, ich hatte meine diesbezüglichen Erklärungen noch nicht beendet, da trat sie in Erscheinung, die erlösende Gestalt: kein Blinder, nicht die Königin, doch eine Frau, deren Umstände so gesegnet waren, daß ich zusammenfuhr. »Da, Professor«, rief ich, »laßt uns teilhaben am Wunder! Ihr nach!« Ich ergriff den Gelehrten bei seinem Brasilholz, und sicher geleitete uns die Gesegnete auf die andere Seite. Die Woge der Räder hatte sich gespaltet, uns zur Rechten und zur Linken standen die Fietsen wie eine Mauer.

Wäre ich ein Romancier ...

Ein Romanschriftsteller, der seine Stoffe aus dem Leben bezieht und dem der schwarze Herr Bahßetup als willkommener Vorwurf in den Schoß gefallen wäre, hätte vermutlich die Sache ganz anders aufgezogen, als ich es hier betreibe, der ich unbekümmert um den Aufbau, die Gliederung, die vielberegte psychologische Vertiefung oder auch nur um die Rechtfertigung des »Helden« meine Begegnung mit ihm erzähle, mit allem Drum und Dran aus seiner und aus meiner Welt. Diese Anordnung könnte an die Arbeitsweise der Maria Sibylla Merian erinnern, in deren Raupenbuch jeweils um eine Futterpflanze die Insekten in ihren verschiedenen Verwandlungsstufen gruppiert sind.

Dieser imaginäre Romanschriftsteller, der ich leider nicht bin, hätte meine dunkle Herrschaft vielleicht nicht einmal Bahßetup getauft, obwohl mir selbst dieser Name zu nahe gelegen, als daß ich ihn hätte links liegenlassen können; und von des Gelehrten Weisel als einem Hollinderbäumer zu sprechen wäre unmöglich, da das eine Vertrautheit mit meinem, dieses Hollinderbäumers eigenem Lebensgang voraussetzt, über die nur ich verfüge. Nicht einmal Beatrice kannte diese Gestalt aus meinem Leben, sie erfährt von ihr zuerst in diesen Blättern.

Aber das sind Nebensachen, die sich indessen bei mir kapitelfüllend auswachsen können und es auch weidlich getan haben, während sie die Feder des betreffenden Romanschriftstellers nicht über Gebühr beanspruchen dürften. Mehr als einen Tropfen Tinte hätte er kaum darauf verwandt. Den ganzen restlichen Fluß seiner Tinte, das heißt also, das Fäßchen weniger den einen Tropfen, hätte er benutzt, die eigentliche Vita meines Helden zu schreiben von dem Augenblick an, wo ein portugiesischer Vater von der Gesellschaft Jesu im Mato Grosso des Landes vom wahren Kreuz mit einer Negerin das Menschlein zeugt, welches gut sechzig Jahre später als farbiger Professor die Wege dessen kreuzt, der ein kleines Lustrum nach diesem Angang den »schwarzen Herrn Bahßetup« in die Welt setzt.

Es kommt einzig darauf an, wie man seinen Helden beim Schopfe greift. Der eine erfaßt die volle Gestalt, der andere begnügt sich mit seinem Tsantsa, den er als Trophäe herumzeigt.

Wenn ich den Gedanken noch weiterspinnen darf, dann möchte ich sagen, wie sehr es für mich feststeht, daß der betreffende Romanschriftsteller sich bei diesem Stoff der Kunstform einer Rahmenerzählung bedienen würde, das Leben meines armen Helden zu gestalten. Die Seiten, die ich mich nun anschicke zu schreiben, nähme er als Ausgangspunkt seines richtigen Romans: In einem Hotelzimmer irgendwo in des Grafen Tsanta, das für ihn leider immer nur des Grafen Haag sein kann, packt ein dunkelhäutiger Gast seine Koffer und berichtet dabei in abgebrochener und teils völlig unverständlicher Rede Befahrnisse aus seinem Leben, die anknüpfen an eine Bemerkung über seinen Ursprung: Kind einer versklavten Negerin zu sein, die er in einem Gespräch mit seinem Gesandten – er ist brasilianischer Staatsangehöriger – hat fallenlassen.

Es sind erstaunliche Enthüllungen, die der Fremdling in der ihm weltfremden Stadt einem ebenso fremden Begleiter macht, und wie nichts sind sie geeignet, den Rahmen abzugeben für eine kunstvoll aufzubauende Geschichte, zumal die Form der Rahmenerzählung es an sich hat, die Glaublichkeit des Erzählten zu erhöhen, es also, wenn es sich obendrein um eine wahrheitsgetreue Begebenheit handelt, doppelt wahr zu machen.

Der Titel fiele demzufolge auch anders aus, zumal sich mit Leichtigkeit ein vielleicht sogar besserer ersinnen ließe, ein schlagzeilenhafter, wie ihn die Verleger lieben: Vom Negersklaven zum Völkerrechtler, oder mit dem heute so gängigen Anklang an die Dreifaltigkeit: Neger, Sklave und Völkerrechtler. Auch ließe sich der Begriff vom Pootmann des Rechts im Titel reißerisch verarbeiten, aber – wäre der betreffende Schriftsteller auf solche Zusammenhänge verfallen? Da liegt der Hase nämlich auch im Pfeffer!

Wie dem auch sei, das alles hätte der andere Schriftsteller aus meinem Südergast gemacht, wogegen ich –

Ja, wie habe ich mit meinem bahßetüpischen Pfunde gewuchert, das mir nicht die Musen, aber die Manen des Urwalds anvertraut haben?

Das Bekenntnis zu meinem Unvermögen, einen Roman schulgerecht aufzubauen, fällt mir nicht schwer. Ein jeder, heißt es, ich glaube sogar bei Goethe, sei auf seine Art ein Grieche, aber er sei's! Ich bin das auf meine Weise, mit dem reinsten Gewissen kann ich es zu Papier bringen. Schlimmer ist schon das Geständnis, daß mir bei der ganzen Niederschrift, ja eigentlich von der ersten Zeile dieser aus allen Rahmen herausfallenden Geschichte meines Bahßetups an nur ein Gedanke düster dräute: wie ich die Szene würde wiedergeben, wo der Fremdling mir das Geheimnis seines Lebens und seiner Wandlung in den Niederlanden und vor allem in Tsantsa offenbarte, in nächtlichen Stunden, die bis zum Aufdämmern eines neuen Regentags nur ihn sein ließen, den Sohn der Sklavin, der sich zum Völkerrechtler emporgeschuftet hatte, freier Sklave des rechtlichen Alphabets, um das Los seiner schwarzen Rasse zu bessern – Seiten und Seiten, ja ganze Kapitel würde sie mir füllen, diese eine, letzte Nacht unter dem Dach der Passage.

Der Verleger als Feind der Literatur

Dieser Dichter war ein Schweizer Schriftsteller mit einem Namen, der sich überall sehen lassen konnte und den er auch gerne überall sehen ließ. Da ihm aber dieses Überall noch zu klein war, indem es sich nur auf das Gebiet der Eidgenossenschaft beschränkte, obwohl er sich der Alldeutschen Sprache bediente und nicht des Alemannischen, hatte er sich zu einem Gespräch bei einem großen deutschen Verleger eingeladen: es handelte sich um die Verlagsübernahme seines neuen Werkes, das nicht mehr in der kleinen Schweiz, sondern im großen Deutschland erscheinen sollte.

Ein guter Stern hatte mich an eben dem Tage in das Haus des Verlegers geführt, als der Schweizer kam.

Ich unterhielt mich mit der Frau des Verlegers über Geistiges, als die Tür sich auftat und der Lektor des Hauses den eidgenössischen Verfasser hineinließ. Etwas später fand sich der Verleger selber ein, und wir saßen im Kreise.

Von den Wänden blickten Hunderte von Büchern auf uns nieder, Werke, deren Verfasser es schon überstanden hatten, das Gespräch mit dem Verleger oder seinem Lektor, der als eine Art Forstmeister des Schrifttumswaldes über die einzelnen Bäume wacht, die nachher umgelegt oder stehengelassen werden. Das meiste waren Ausgaben des eigenen, berühmten Hauses, andere Bücher sowieso berühmte Werke, so daß der Ausdruck: herabblicken ganz im volkstümlichen Sinne verstanden werden kann. Doch ehe man berühmt ist als Bücherschreiber, antichambriert man beim Verlag. Der Schweizer war indessen schon mitten im Zimmer drin, und sicher empfand er sich mit seiner betont schweizerischen Sprachvergletscherung nicht so herabgewürdigt, denn bald war er es, der auf uns alle niederblickte.

Der Verleger, die Verlegersgattin und der Verlagslektor waren alle mit ihren Doktorhüten geschmückt, jur., phil. und rer. pol. ergänzten sich auf das harmonischste; was der eine nicht weiß, kennt der andere und der dritte prüft den Baustein auf seine Festigkeit, während im Hintergrunde des Raumes der Gründer des

Hauses hinter Glas und Rahmen sich das Seinige dachte, unpromoviert wie er war, unverbildet, unergründlich als Born, sein eigener Archetyp, kurzum, der Urverleger.

Man sprach Unverbindliches, nicht gerade vom Wetter, aber nicht weit daneben. Dann räusperte sich der Schweizer, das Stimmenkonzert brach ab wie an einer Tafel, wo jemand leise ans Glas klopft und sagt, es werde Gelegenheit gegeben zum Beten. Jeder blickt dann in seinen Teller und wartet, bis die anderen mit ihrem Schöpfer gesprochen haben. Dieser erhabene Augenblick war nun gekommen. Ich erhob mich, denn was da für Gebete gesprochen würden, wollte ich, der Atheist im Gewerbe des Wortes, nicht hören. Frau Doktor wollte freilich von dieser Glaubensspaltung nichts wissen, im Gegenteil, sie meinte, es könne gerade mir nicht schaden, einmal Zeuge zu sein, wie ein Herr Kollege so eine Verlegerkampagne anpacke. Ich dankte gerührt und setzte mich wieder.

Der Schweizer ging nun zum klaren Wortverlaut über, und immer mehr bekam ich den Eindruck, daß er seine Sache ganz richtig anzupacken verstünde. Heute, wo das alles schon lange hinter uns liegt, bin ich sogar überzeugt, daß man es nur so und nicht anders anpacken soll, wie der Schweizer es getan. Vielleicht, das gebe ich einschränkend zu bedenken, muß man dazu aber auch ein solcher föderativer Bürger sein, eine Mischung von helvetischen Erbanlagen, die alles das in sich begreifen, was unter dem Zeichen der Armbrust Weltruf und Weltgeltung bekommen hat: Rousseau und Pestalozzi, Le Corbusier und Wilhelm Tell, Pfarrer Künzli und Nicolaus von der Flüe, mit einem Wort: ein über die Firne hinauswachsender Eidgenosse.

Hören wir ihn:

Im Verleger erblicke er nicht – wie ich es etwa tue – den natürlichen Feind der Literatur, sondern das, was er sein soll, wenn es ihm auch manchmal schwerfalle, es zu sein: Freund, Heger und frommer Horter der geistigen Güter, die im druckreifen Wort niedergelegt werden.

Darum stellte er sich auch nicht tot, wie manche Tiere es tun, wenn sie in eine bedrohliche Lage geraten, wobei vermutlich hypnotische Kräfte ausgelöst werden; noch täuschte er eine gewiß geistige Flugunfähigkeit vor, was man bei Vögeln häufig beobachten kann, die auf diese Weise den Feind durch die gut gespielten Zusammenbrüche immer weiter vom Nest weglocken. Der Dichter wollte ja das Gegenteil bewirken, er wollte den Verleger, die Verlegerin und den Verlegerslektor auf sein Gelege aufmerksam machen, und darum setzte er das Leben ein statt des Todes, indem er sich des regenbogenschillernden Prahls der Königspfauen bediente. Gleißend schlug er den Schweif zum Rad, die Bürzelfedern glänzten unter der erhöhten Fettabsonderung, goldig, grün und purpurblau blähte er sich in strahlend himmlischer Eitelkeit. Seine Stimme war im Gegensatz zu der des aufgedonnerten Bratvogels einnehmend und weich, und wo des Pfauen Füße an Garstigkeit nicht zu überbieten sind, staken die des schriftstellernden Pavone in einem Modell des Hauses Bally. In der christlichen Symbolik gilt der Pfau mit all seinen Mängeln, wozu auch diebische Gelüste kommen, die schon genannte Herrschsucht und eine teuflische Bosheit, als das Inbild der Auferstehung. Man fragt sich, welche Gedankengänge bei Mensch und Tier da nötig waren, ehe der Vogel sein Pöstchen ergattert hatte, ja, wie überhaupt das eine Tier das andere aussticht im Kampf um die Gunst des Menschen. Der Sittich zum Beispiel läßt sich seit Jahrhunderten verehren als Sinnbild der unbefleckten Empfängnis. Ich habe Sittiche nur wenige Jahre in einer Freivoliere gezüchtet: einen zeugefreudigeren Vogel kann ich mir kaum vorstellen. Der Nachwuchs war so stark, daß ich das Futter nicht mehr aufbringen konnte. Ich mußte die Zucht einstellen.

Nun gut, der Schweizer Schriftsteller wurde auch darin dem Pfau gerecht, daß er als Symbol der dichterischen Auferstehung genommen werden wollte, das heißt, sie mußte erst noch vorbereitet werden. Dies zu besorgen, war er gekommen.

Denn: sein helvetischer Verleger habe ihn lebendig begraben. Seine Bücher, wohl zu verstehen, da keiner so leicht deren Verfasser unter die Erde kriegen würde. Der Verleger tue nichts für ihn, die Kritiker täten überhaupt nichts, und das Publikum, auf sich selbst angewiesen beim Suchen nach der guten Literatur, bekäme keine Gelegenheit, etwas für ihn zu tun.

Wer soll denn, dachte ich so bei mir, das meiste tun? In seinem Urkanton an das Kreuz des Unverstehens geschlagen, vom Schambüttel zwar nicht verhöhnt, aber auch nicht gekauft, von niemand weiter beachtet, hatte er geschrieben und geschrieben, die Verleger hatten verlegt und verlegt, aber was kam dabei heraus? Nichts! Kein Geld, kein Ruhm, nicht einmal angefeindet hatte man seine bahnbrechenden Ideen. Er lag links, wo man ihn nach jeder Neuerscheinung hatte liegenlassen. Darauf habe er sich entschlossen, endlich seine Schweizer Verleger selber links liegenzulassen und in die deutschen Lande zu gehen, die schon manchen im Vaterlande verkannten Dichter auf den Schild gehoben, Keller, Meyer, Spitteler, Zahn. Kurz, er sei gekommen, eine Lanze zu brechen für sich selbst.

Er sprach mit einer unschweizerischen Gewandtheit, bildreich, und mit dem großen Wortreichtum aller Schweizer deutscher Zunge. Manches unterstrich er mit noch beredteren Gesten, wozu ihm seine schönen Hände gute Dienste leisteten. Dazu hatte er ein rundes Angesicht und sehr kluge Augen, deren Farbe ich mir nicht gemerkt habe – aber die des schwarzen Herrn Bahßetup weiß ich ja auch nicht mehr, eine Schande an sich, wo er doch mein Held ist –, und eine leuchtende Stirn. Ich übertreibe nicht, wenn ich sage, daß er seine ganze äußere Person geschlossen in den Dienst seiner eigenen Kreuzigung, Kreuzabnahme, Einsalbung, Grablegung und Wiederauferstehung stellte.

Er sei im ersten Hotel abgestiegen: es folgte eine ergreifende Schilderung des Etablissements, um die ich ihn fast beneidet hätte. Fast? Gestehe, Vigoleis, daß du scheelsüchtig auf den Genossen der Feder und des Wortes blicktest, als er mit zwei Sätzen zurechtpinselte, wozu du zwanzig Seiten gebraucht: die Szene beim Hotelbarbier, den er als Schweizer natürlich Coiffeur nannte, wo jeder Deutsche ohne weiteres vom Frisör gesprochen hätte. In seinem Falle wäre der Frisör aber der richtige Coiffeur gewesen, denn man habe aus ihm eine Kokotte gemacht mit Löckchen und Düften. Es waren Dauerlöckchen und Dauerdüfte gewesen, denn alles hatte er noch an sich. Und das Bad: »eine Mischung von Bonbonniere und Gaskammer zu Auschwitz«! – der schwarze Herr Bahßetup wäre darin entweder vor Freude närrisch geworden oder hintersinnig vor Verzweiflung: man habe einen der vielen schimmernden Hähne aufgedreht, und der Strahl sei da herausgespritzt, wo man es am wenigsten erwartet habe.

Sicherlich war da ein kleiner schwacher Punkt in der Beschreibung oder in der Erkenntnis des Schriftstellers, denn was wissen wir schon, wo ein bestimmter Gast zu einer bestimmten Stunde an einer bestimmten Stelle des Bades eine noch bestimmtere, also schon völlig unbestimmte Stelle seines Leibes angespritzt haben will. Diesem immer mehr um sich greifenden Bedürfnis nach dem Kneippguß tragen eben die feinen Hotels Rechnung, und es war erstaunlich, daß der Schweizer, der selbst in der teuersten Stadt seines Landes lebte, das nicht klarer sah oder herausarbeitete. Womöglich lag da auch der wunde Punkt seiner Schriften, ich meine, daß er sich noch mit Selbstverständlichkeiten herumschlug. Doch tut er es in seinen Schriften mit soviel Geist wie beim Verleger im für sie werbenden Gespräch, dann möchte ich Verleger sein und mit ihm meine Lotterie anfangen.

Der Verleger, die Verlegerin und der Verlegerslektor waren ersichtlich vergnügt, aber auch beeindruckt; die kleine Lücke in der internationalen Hotelbildung des künftigen Autors hatten sie nicht einmal bemerkt, wie mir schien. Wichtig wäre sie für das Werk auch kaum, denn der Verfasser sagte, er schreibe im Geiste Stifters; keine große Welt sonach, sondern stille Bücher der Besinnung und Heimkehr zu Pflanze und Tier, weshalb ich vermutete, daß statt der hochberechneten, aber sonst unberechenbaren Hotelspritzen und Duftduschen strömende Bergbäche den zielsicheren Knieguß der Ewigkeit mit Lauen aus Geröll vollziehen. Es ist ja eine Eigentümlichkeit solch besinnlicher Werke, daß es darin an Naturschauspielen nicht ermangelt, bei denen es lauter zugeht als in einem Pflasterroman mit psycho-analytischer Ehegefährdung. Der Schriftsteller betonte indessen mit Nachdruck, daß seine Bücher fast geräuschlos abliefen.

Er war auch nicht gleich auf sein Ziel losgesteuert wie eine durch einen unvorsichtigen Schuß zu früh losgegangene Lawine. Ehe er nämlich sein Oeuvre, das beträchtlich zu sein schien, ins rechte

Licht setzte, hatte er sich selbst klar beleuchtet. Nichts von der mir so lieben Namenlosigkeit. Erst der Autor, dann das Werk. Der käme, dachte ich weiter, an den Rechten bei einem meiner eigenen Verleger, der als Devise das erbarmungslose Wort geprägt hat, ein wenig im Fahrwasser Wilhelms des Zweiten: er kenne keine Autoren, er kenne nur Bücher. Diese allerdings dann auch nur oberflächlich.

In einem Seitengespräch mit der Verlegerin, die sich ihren Doktorgrad auf dem Gebiete der Kunstgeschichte erworben hat, glänzte er kunstgeschichtlich, wobei er als Schweizer die italienischen Fachausdrücke makellos aussprach. Ich lernte manches dazu. Die französischen Impressionisten verehre er, als Maler und als Gemälde, einige habe er sogar in seiner Wohnung hängen, er nannte die Namen, die ich vergessen habe, teure Pinsel Stück für Stück. Es folgte auch eine atemlose Stille, als er sich zu diesem Besitz kennerhaft und nicht als Snob bekannte.

Daß Bücher nicht gehen, sagt einem echten Verleger nichts über einen Autor, und doch kann es zu Reibungen zwischen den beiden kommen, wenn es wirklich nichts ist mit den Büchern, denen des einen und denen des anderen. Dem wollte der freibündlerische Autor vorbeugen, indem er – aber ich bin längst noch nicht soweit, weil er noch nicht soweit ist, obwohl er immer das Wort hatte. Er redete gepflegt, vieles unterstrich er mit dem gepflegten kleinen Finger der Rechten, auch sagte er, übrigens gleich zu Beginn seiner Anpreisung, wenn man den Eindruck bekäme, daß er zuviel rede und dieses Reden dann auch noch Schwätzen sei, brauche man nur einen Finger zu heben: kein Wort komme dann mehr über seine Lippen. Dabei blickte er alle der Reihe nach an, freundlich und herausfordernd zugleich, auch mich, der ich kein Vetorecht hatte, war ich doch nur des Lernens wegen zugelassen, als Gasthörer, Verfasser mit kleiner Matrikel und kleinster Begabtenlizenz – die Rolle, worin ich es zu einer gewissen Ausbündigkeit gebracht habe in diesem und jenem Bereich meines Lebens.

Dann erst holte der Schriftsteller aus zu seinem großen Hieb. Wie anders, indessen, tat er es als jener kleine niederländische Lyriker, der ungewaschen, ungeschoren und gar nicht gut riechend einen steinreichen Verleger um einen bescheidenen Vorschuß bat für ein Mäppchen Gedichte, die er zu einem Bändchen zusammengestellt hatte: Die Belehnung brauche nicht hoch zu sein, sie müsse lediglich reichen, zwei seiner dringendsten Bedürfnisse zu befriedigen. – Welche seien? fragte der Verleger, der mich auch gebeten hatte, an der Besprechung teilzunehmen, damit ich etwas lernen solle auf diesem Gebiet; die anderen machten es ja immer besser als man selbst. Es ist ein rührender Zug vieler Verleger, im Umgang mit mir zu betonen, mit aller nötigen Schicklichkeit, daß ich ein Waisenkind bin, ein »armer Idiot« – »coitado«, würde ein portugiesischer noch hinzusetzen, das Allerweltswort des Bedauerns für Lebende und Tote, das ich in der deutschen Sprache so sehr vermisse, zumal wenn ich es über mich selber zu tun habe.

Kurzum, die Bedürfnisse waren wirklich bescheiden: der Lyriker wollte sich eine Schreibmaschine kaufen, ein uraltes Ding, eine sogenannte Schreibkugel; man überlasse sie ihm für fünfundzwanzig Gulden, und den Rest des Darlehens verwende er zum Heiraten.

Eine teure Frau? Was sie koste oder ihm wert sei? Und ob er außer den Versen des Mäppchens noch andere Geister erweckt habe? – Teuer sei ihm das Weib schon, und auf die Dauer käme sie ihn auch teuer zu stehen, Eile indessen habe die Sache nicht, es sei noch nichts unterwegs, sie müsse überhaupt erst von einem anderen Dichter geschieden werden, einem Freunde, mit dem er sich in die Scheidungskosten teile.

Der Verleger nahm ein Blatt aus dem Päckchen heraus, las das Gedicht und gab es mir. Ich las es, wobei ich den Gedanken nicht los wurde, die Verse seien schon mit der Schreibkugel hingehauen worden: man kennt diese frühen Geräte kaum noch, sie ähneln in all ihren Verrichtungen den mit eisernen Stiften gespickten Keulen der Inquisitionsgerichte, Folterkammern und Schweizer Landsknechte, auch Morgenstern genannt. Jeder Buchstabe entspricht einem Stachel, und so war auch das Gedicht, Letter für Letter bereitete Schmerz.

Auf die Frau, so entschied der Verleger, gebe er keinen Vorschuß, ohne sie gesehen zu haben; auf die Gedichte bekäme er die fünfundzwanzig Gulden für die schreibende Kugel, doch einzig unter der Bedingung, inskünftig mit sphärischer Poesie verschont zu werden. Das war für beide Teile ein gutes Geschäft. Der Jüngling entfernte sich beseligt, der Verleger sagte: einer weniger, und ich stolperte hinter dem Dichter her, die lebensgefährliche Verlagsstiege hinunter. Ich bot ihm dreißig Gulden für den lyrischen Morgenstern. Der Mensch erbleichte und beschwor mich, dem da oben nichts zu verraten, die Maschine sei eine bare Erfindung von ihm, er habe sie nur deshalb ersonnen, weil die meisten Verleger so kurzsichtig seien zu glauben, ein Dichter habe mehr an einer Schreibmaschine als an dem zu beschreibenden Blatt Weib. Ich verriet ihn nicht, den Jüngling, dem der Morgenstern doppelt leuchtete.

Er verschwand um die Ecke, wo das Frauenzimmer auf ihn wartete.

Auf den Schweizer Lyriker wartete weder eine Frauensperson an der Ecke und sicherlich kein Schweizerstern; auch wollte er keine Hypothek auf sein jüngstes Werk aufnehmen. Klipp und klar betonte er das, überhaupt sei er nicht auf Geld angewiesen, er beziehe ein schönes Gehalt als Schriftleiter einer Zeitung. Er nannte das Blatt, ein Weltunternehmen – sechzigtausend Fränkli im Jahr, schoß es mir durch den Kopf, drunter redigiert er keine Zeile, und daher das erstklassige Auftreten, das feine Hotel, die Aufmachung als Kokotte, das Duften, die Anspritzungen von unerwarteten Seiten.

Meine Beine, die während des kunstgeschichtlichen Geplausches etwas eingeschlafen waren, schüttelte ich nun kräftig durcheinander und setzte mich aufrecht, lauschend mit gespitztem Ohr. Jetzt kam der Lernteil.

Später, noch ganz benommen im Gedanken an die selbstsichere, schneidig-unschweizerische Selbstbewerbung, verschaffte ich mir ein paar Aufschlüsse über die Zeitung, die sich einen solchen Herrn leisten kann: allein schon das Gründungsjahr fesselte mich. 1779: da hatte sein Vorgänger über den Tod des glücklichsten Entdekkungsreisenden seiner Zeit berichten können, über die schauerliche

Niedermetzelung des James Cook in der Karakakua-Bai. Natürlich war auch eine Frau im Spiel, wie es damals hieß, sogar die Lieblingsfrau des Königs – so alt war die Zeitung, die nun dem Schriftsteller das Rückgrat stützte im Sessel gegenüber der verlegerischen Dreifaltigkeit.

Auf Geld sei er folglich nicht angewiesen, und somit auch nicht auf einen Verlag – wirtschaftlich nicht, wohl zu verstehen. Er lächelte dabei, blickte jeden freundlich an in der Reihenfolge der Wichtigkeit, wie er sie den Beisitzern beimaß, und ging dann noch ein wenig näher auf seine Wohlhabenheit ein.

Alsdann fiel das Wort, das mich von allen am meisten hinriß, mehr noch als die Ballyschuhe und sein Duften, das nicht mit Bahßetupschem Boldoot aus Walkürendrüsen erkauft war: Auf die Gefahr hin, als ein krasser Materialist in diesem Kreise des Geistes verschlissen zu werden, müsse er dem Geständnis, nicht auf den feilen Mammon angewiesen zu sein, hinzufügen, daß er ihn zudem noch liebe.

Seine Augen wurden zu blinzelnden Äuglein, die er nun auf die Verlegerin, die außergeistig auch die Frau des Hauses war, gerichtet hielt. Das war fein empfunden. Wenn ein Mann von Liebe spricht, blickt er zu der Frau empor, ganz gleich, wie sie aussieht. Das ist alter Minnebrauch, der sich bis in die mariologische Verzückung erhebt. Aber der Schweizer Troubadour meinte es nicht erotisch, wiewohl er sonst ganz im Stile jener altprovenzalischen Finder neuer Weisen blieb: sie sangen bekanntlich nicht für den schnöden Lebensunterhalt. Das überließen sie den sogenannten Jongleurs, den Sängern aus der zweiten Hand, obwohl hin und wieder ein Troubadour aus barer Not auf die Stufe eines Spielmannes hinabsank. Er meinte es, wie gesagt, nicht erotisch, die Dame des Hofes war für ihn die verlegende Frau, mit vermutlich doppeltem Stimmrecht und mit Doktortitel in Kunst, woraus er schloß, daß sie auch über Preise mehr wisse als ein gewöhnlicher Verleger. So ist es doch wohl? Oder fällt ein Kunstgeschichtler eher auf ein falsches Bild herein als ein Verleger auf einen falschen Preis?

Das Wort also war dies: er liebe das Geld.

Als zerginge ihm ein Gericht aus Lerchenzungen auf der Zunge, so zärtlich, schmunzelnd und augenkosend sagte er es, nun auch einen um den anderen von uns Männern anblickend. Man könne für Geld – er machte eine Kunstpause – sich manches kaufen, einen Cézanne beispielsweise und einen Toulouse-Lautrec, und eine Valadon . . . Ich muß bei diesem Namen sehr dumm dreingeblickt haben und vom Schriftsteller dabei ertappt worden sein, denn er sagte erläuternd zu mir gewendet, leicht von der Zunge, halb geflüstert, wie man beim Examen einem Vordermann vorsagt: Utrillos Mutter – so was alles könne man sich kaufen für Geld, und er habe das dann auch getan, die Bilder hingen in seiner Wohnung in Zürich.

Mir wirbelte der Kopf. So einer ährt den geistigen Acker, wandelt beschaulich in der Nachfolge Stifters, verspeist die köstlichsten Erzeugnisse der beschauten Erde, hat vielleicht die sanfte und nahezu geschlechtslose Natalie des »Nachsommer« zur Frau, »gut, einfach und rein«, und er selber, der mit lauter Feder am lauten Tagesgeschehen seinen lauteren Franken verdient, ist er nicht auch in den Stunden seines nächtlichen Manuskript-Gehorsams so gut, so rein und so einfach wie die Menschen bei Stifter? Wenn er von seinem Blatt aufblickt, um sich auf einen neuen Satz zu besinnen oder einen schon besonnenen wieder ungeschrieben zu machen, ihn zurückzunehmen in die Stille des eigenen Herzens, oder um sein geistiges Auge fallen zu lassen auf einen Käfer, der über ein Hälmchen stürchelt, auf eine Wolke von schwärmenden Trüffelmücken, die ihm zeigt, wo der Trüffel wächst, oder auf das Verblühen einer Rose schlechthin, dann schaut er nicht mit den Äugelchen seines gepflegten Leibes gegen die rieselnde Wand einer Dachstube, sondern auf einen Isten, der in jedem Handbuch für Malerei mit einem Sternchen vermerkt ist. Dagegen ich, jetzt, aufblickend von diesem Manuskript, um mir das Bild dieses Geldschwelgs wieder vor die Seele zu rufen, da blickt mich nur mein ausgestopfter Eichelhäher an, der auf einer Grubenlampe von der Zeche Konsolidation sein Standholz hat.

». . . dann zerstreuten die Schaufenster, hier ein Pelzumhang, unnachahmliche Mäntel, in die man im Vorübergehen sich hineindachte; dann wieder unter den vorübereilenden Wagen so manches glänzende, bewegte Bild. ›Ach‹, seufzte ich, ›mir ist hier oft, als müßte mein Herz brechen vor Sehnsucht nach Geld!‹

›Nach Geld?‹ rief er erstaunt.

›Ja‹, sagte ich, ›ich konstatiere an mir selbst eine immer wachsende Leidenschaft für die Güter dieser Erde, und wie sehr sich unsere Anforderungen an das Leben mit unseren geistigen Fähigkeiten steigern.‹

›Diese lehren uns vielmehr, das Glück in uns zu suchen.‹

›Sie scherzen‹ rief ich . . .«

– nämlich Annette Kolb, die dieses Zwiegespräch mit einem Freunde auf den Straßen von Paris geführt hat, vor genau einem halben Jahrhundert, zu einer Zeit also, wo ich noch kein Geld kannte, geschweige es zählen konnte. Ich las diese Stelle ein paar Tage nach der helvetischen Offenbarung, und was ich sonst nie tue, ich legte einen Blattweiser in das betreffende Buch, die »Wege und Umwege« dieser dreimal am Irdischen gescheit gewordenen Frau, so sehr hatte mich das Bekenntnis zum Verkehrsmittel unter gesitteten Menschen getroffen.

Auch mir kann das Herz brechen vor Sehnsucht nach den schnöden Gütern dieser Welt, zu denen ja auch der Lesestoff gehört, Bücher, die meist von den Besitzlosen geschrieben werden. Es gibt sogar eine weitverbreitete Ansicht, daß bleibende Werte nur auf erarmter Scholle gedeihen können, sie sich nur einem Treibenden gewähren, dem sich kein Ankergrund beut, oder, es bleibend auszudrücken: daß nur *der* das Schöne schaffen könne, der das von anderen geschaffene Schöne einzig mit dem umgekehrten Opernglas betrachte. Der Kanarienvogel singt nicht in einem großen Flugbauer. Kein starker Geist hinwieder, der sich auch vom stärksten Geldstoß aus dem Sattel heben ließe. Umgekehrt ist aber schon mancher schöpferische Mensch untergegangen, weil er die rettende Planke nicht fand, und kriegte er sie doch zu fassen, ihm die auflandigen Winde des Glücks nicht bliesen.

Kurz, ganz kurz und mit den Worten des schwarzen Herrn Bahßetup selbst: Geld ist eine notwendige Tugend – die wir, wenn ich's aus eigener Einsicht in die Dinge ergänzen darf, um so fleißiger und frommer üben sollten, je ärger das Übel wird, das uns aus ihrer Versäumnis erwächst. Nur ist es nicht jedem gegeben, zum rechten Gebrauch der einer Kreatur eingeborenen Tugendmittel zu gelangen, so daß eine sittliche Person im höchsten Grade bedrängt ist. Andererseits kann eine Gefährde drohen, wenn wir unsere Achtsamkeit vermindern, dem Teufel dadurch gewissermaßen den kleinen Finger hinhalten und, wie der Mund des klug beobachtenden Volkes sagt: Gott einen guten Mann sein lassen.

Dies: Gott den betreffenden Mann sein lassen, war es, was der helvetische Verfasser im verhoffenden Gespräch mit dem Verlegerstab nicht wollte. Im Gegenteil, er wollte selber der gute Mann sein, und wir alle hatten den Eindruck, daß er's auch war.

Wieweit Frau Annette Kolb sich rührte, in einen kostbaren Pelzumhang auch einmal wirklich mit der eigenen Haut hineinzukriechen, statt sich da nur hineinzudenken, weiß ich nicht, ich habe ihr Lebenswerk nicht verfolgen können – aus Mangel an Geld. Aber mein schwarzer Herr war rührig, und wie er nicht von seinem Duftwahn ließ, zu guter Letzt zu seinen Walfischen kam und auf den Kaffee nur verzichtete, weil es den in Holland nun einmal nicht gab wie das Blaue vom Himmel etwa, wonach er nicht weniger schmachtete, so wollte er nun wissen, ob denn endlich sein Geld aus Brasilien angekommen sei.

Mit dieser unverfänglichen Frage bin ich wieder mitten im Bahßetup, der Schweizer soll sehen, wie er mit den drei Verlegern fertig wird, zum höheren Ruhme seiner eigenen Literatur. Vielleicht läuft er uns in diesen Seiten noch einmal über den Weg, mit dem unterschriebenen Vertrag in der Tasche. Es wird dann der beste Vertrag sein, den ich je zu Gesicht bekommen habe, würdig dem Worte Remarques, wonach ein guter Verlagsvertrag mehr wert sei als die beste Inspiration . . .

Abstecher zur »Gruppe 47«

Liebe Frau Karin Kiwus,*

gerne will ich Ihnen ein paar Auskünfte geben, die Sie indes der Öffentlichkeit lieber nicht preisgeben; es hieße, Hans Werner Richter seinen 80. Geburtstag zu vergällen. Ich war kein willkommener Gast auf der Tagung Herbst 1953 in Bebenhausen. Ich kam dort hin auf Bitten meines holländischen Verlegers der deutschen Ausgabe meiner »Insel«, G. A. van Oorschot, in Begleitung des niederländischen Dichters Adriaan Morriën, der Mitbegründer der Gruppe 47 war. Von dieser hatte ich nie etwas gehört. Wir lebten seit 1947 in Amsterdam und waren mit Morriën befreundet.

Der Empfang durch Hans Werner Richter im Schloß zu Bebenhausen war sehr steif, schlimmer noch, unfreundlich, ja rundheraus ablehnend. Das hat mich sehr bestürzt, und ich sagte meinem Verleger, ich möchte lieber wieder gehen, und auch beängstigte mich der lose Ton der Diskussionen: gerade wurde von einem sehr jungen Mann ein älterer Autor furchtbar verrissen. Später lernte ich sie kennen, es waren Joachim Kaiser und Walter Jens – ich kannte ja niemanden, nicht einmal dem Namen nach. Die Holländer überredeten mich zu bleiben; der Verleger sagte: Du wirst morgen eines der ganz starken Kapitel der »Insel« lesen!

Ich war beim Postmeister untergebracht, hatte eine schlechte Nacht, von Mücken zerstochen und von dem Gedanken gequält, als unwillkommener Gast da auftreten zu müssen. Auch sann ich darüber nach, was ich denn lesen solle. Ich hatte das ganze Buch mitgebracht, ein dickes Paket der Druckbogen in der 2. Korrektur.

---

* Brief vom 14. 1. 1988 an Karin Kiwus, Akademie der Künste, Berlin, die Thelen um Informationen und Material für eine Ausstellung anläßlich Hans Werner Richters 80. Geburtstag gebeten hatte. In dem aus diesem Anlaß erschienenen Katalog taucht der Name Thelen nicht auf.

Am anderen Morgen wurde ich beim Frühstück erneut von HWR hochgenommen, er meinte spöttisch, auf das Paket zeigend: Ist das Ihr ganzes Werk? Und das wollen Sie uns nun alles lesen? Da sagte jemand am Nebentisch: Richter, lassen Sie unseren Gast in Ruhe, und, auf mich zukommend, bat er mich an seinen Tisch und bat um Entschuldigung für die Anranzerei. Nach dieser neuerlichen Taktlosigkeit wußte ich mit einem Mal, was ich lesen würde: kein sogenanntes starkes Kapitel, sondern den als schwierig geltenden Introitus, von Seite eins des Buches an.

Meine Lesung war auf den Vormittag angesetzt, HWR stellte mich vor, nach einem Zettel suchend: wie heißt er denn etc., und ich begann zu lesen. Es war unruhig im Saal, doch merkte ich bald, daß man aufmerksam wurde und völlige Stille eintrat. Ich vernahm leises Klatschen, das eine und andere zustimmende Wort. In der vorderen Reihe saßen einige Autoren, die geräuschlos klatschten, sich die Hände rieben und mir freundlich zunickten. So kam ich ans Ende – ganz ruhig.

Zur Diskussion indes kam es nicht. HWR betrat das Podium und begann, mich zu verreißen, was darin gipfelte, daß er sagte: was man eben gehört habe, sei Emigrantendeutsch und . . ., doch ehe er weiter fahren konnte, erhob sich ein Mann mit einem nicht alltäglichen Haarwuchs, und sagte, ungefähr so, Richter, nimm dich zusammen und einiges der Zurechtweisungen mehr; dann zeigte er auf mich und sagte, wörtlich (ich habe keine Aufzeichnungen, von nichts übrigens): wenn ich ein reicher Verleger wäre, dann würde ich diesen mir ebenfalls völlig unbekannten Autor engagieren, die Manuskripte sprachlich etwas aufzumöbeln; hier kann er auch ein anderes starkes Wort gebraucht haben. Es war Alfred Andersch.

Ich aber machte mich davon, ehe der holländische Verleger, den ich holländisch schimpfen hörte, zu mir kommen konnte. Auf dem Schloßhof stellte ich mich in eine Schießscharte oder sowas und kam zu Atem: Emigrant!

Dann kam der junge Mann, der Jens auf die Kapelle genommen hatte und sagte mir, schulterklopfend, daß ich ein sehr gutes Buch geschrieben hätte, wenn der Rest auf gleicher Höhe sei; was aber das Urteil von »Papa Richter« angehe, das solle mich nicht anfechten: die Emigration sei das schlechte Gewissen von HWR. Nachher erfuhr ich, daß es Joachim Kaiser war, der mich getröstet hatte. Eine Frau umarmte mich noch, es war Ingeborg Bachmann – mehrere andere gratulierten mir, die beiden Holländer waren glücklich.

Beim Mittagessen kam es noch zu einer kleinen Szene: Martin Walser und Andersch nahmen sich meiner an und würden dafür sorgen, daß ich nicht neben HWR zu sitzen komme. Jemand der Gruppe sagte mir, ich hätte den Vogel abgeschossen, welches Wort ich sogleich nach Amsterdam an Beatrice telegraphierte, die in einer Großbuchhandlung (mein Verleger Meulenhoff) das Brot verdiente, damit ich an meinem Emigrantendeutsch weiterarbeiten könne.

Wie Sie sehen, war ich kein Mitglied der Gruppe 47 – auch da war ich ein Außenseiter.

HWR lud mich noch zu einer Tagung in Rom ein, doch habe ich freundlich abgesagt. – Mit Andersch und I. Bachmann habe ich noch Briefe gewechselt. Aufzeichnungen etc. besitze ich nicht. Auch habe ich aus jenen Tagen keine Fotos (wie überhaupt sehr wenige von mir), es gibt aber welche von Adriaan Morriën; eines in einer kleineren Schrift (ein Gespräch) erschienen bei van Oorschot in Amsterdam 1953: Op bezoek bij AVTh. [. . .]

Sie sehen desgleichen, daß man meine »Erinnerungen« an die Gruppe nicht öffentlich kundbar machen kann.

Mit freundlichen Grüßen

Albert Vigoleis Thelen

Zum Fontane-Preis nach Berlin*

Verleger Dr. Diederichs ist Ihnen allen bekannt, am besten wohl dem Senator Tristram, und am allerbesten mir selber. Zur Zeit lebe ich auf einem friedfertigen Fuße mit ihm; übrigens hat er zusammen mit den Lusitanen das ganze Geschirr, post festum, abgewaschen, während ich, den Doktor-Hut auf dem Kopf, schon zu fegen anfing – »einer muß es ja machen«, wie damals, auf dem Berliner Flugfeld, die Ministerialrätin Dr. Hirsch sagte, als sie uns an der Zollbarriere empfing, Frühjahr 54, mich, den Fontane-Mann, Beatrice, Dr. Diederichs und Frau Dr. Diederichs – eigenen Dr. Huts –, das Ehrengrüppchen unter 1000 ehrenwerten Leuten. Dr. D. hatte mit ihr korrespondiert, sie kannten sich aus der Studienzeit in Freiburg. Diederichs sagte mir, es sei rührend, daß die Rätin selber gekommen sei, mich zu begrüßen, es war ein Sonntag-Nachmittag. Und das sagte er ihr auch über die Zollschranke hinweg. Darauf die ministerielle Rätin: Ach, Herr Diederichs, einer muß es ja schließlich machen. Das war wie eine kalte Dusche, doch wurde ich sofort milde gestimmt, als sie, die Schranke war schon hoch, auf mich zukam – sie hatte mich im ärmlichen, an den Ärmeln ausgefransten Regenmantel, eine Baskenmütze auf dem Kopf, wo dö Nopp all van woer, sofort erkannt: das muß der Ehrengast der Stadt Berlin sein! Meine Dr.-Arbeit war damals schon in der 3. Auflage ein Bestseller, aber ich hatte noch keinen Groschen Honorar bekommen, Schwager Bruckner hatte uns das Reisegeld geliehen, denn die 3000 Bundesfontanemark konnten erst nach mühseligen Machenschaften über komplizierte Devisenstellen Ende 1954 an mich überwiesen werden. – Im Ehrenhotel am Steinplatz, wohin wir auf Umwegen mit Autobussen etc. gebracht wurden – Sonntagsfahrverbot für Amtswagen – mußte ich mich eintragen, wann geboren, wie und wo, ob ihm überhaupt erlaubt etc., was ich bravsam tat. Da nahm der vornehme Concierge die Rätin beiseite und sagte hinter der vorgehaltenen Hand,

* Auszug aus einem Brief an Günther Perdelwitz vom 14. 10. 1967.

was nicht so vornehm war, und auch zwecklos, denn ich hörte jedes Wort: Haben Sie den Herrschaften schon mitgeteilt, daß es sich bei den zwei Übernachtungen mit Frühstück um Frühstück ohne Ei handelt?

Die Konsternation war groß, die Rätin verwirrt, und ich selbst hörte mit Ausfüllen auf, konnte aber die peinliche Situation dadurch retten, daß ich meinerseits all den feinen Herrschaften, die Hand auf dem Herzen, und mit einer Verbeugung, sagen konnte, der Senat der Stadt Berlin und das Hotel am Steinplatz hätten Glück mit mir und meiner Beatrice, denn beide täten wir zum Frühstück weder weiche noch harte Eier verzehren, sondern überhaupt keine. Doch wenn ich Wünsche äußern dürfte, dann Lerchen, mit Trüffeln verbrüstet, à la Richelieu, für uns beide. – Ich erfuhr erst später, daß das Hotel am Steinplatz das Hauptquartier von Dönitz gewesen war; sonst hätte ich nie dem scheußlichen Herrn im Frack solche Wildgelüste vorgelogen. – Des anderen Morgens, das ei- und lerchenlose Frühstück, und wieder einmal Schlafen, wieder kein Ei, keine Lerche, und dann die Panne mit dem Herrenvolkswagen, den der Senat mitsamt der Ministerialrätin ins Hotel entsandt hatte, uns zur großen Feier abzuholen. Dr. D. war bei einem Drucker, seine Ursula bei uns. Zeremonielle Begrüßung in der Halle durch die Rätin, und wir begaben uns zum HVW. Ich fragte die Rätin, ob Dr. Ursula D. mitkommen könne. Aber selbstverständlich, meinte die Ministerielle. Da sagte der »Fahrer«, indem er seine Dienstordnung hervorzog, der Dienstwagen sei für 4 Personen, ihn selbsten einbegriffen. Das Höchstgewicht dürfe nicht überschritten werden. – Erneut große Konsternation. Ursula, ein kleines, dünnes Dämchen, höchstens 40 kg, fühlte sich betroffen, die Rätin, etwas gesetzt, nicht weniger. Ich selber aber sagte: gut, wenn Sie erlauben, Frau Rat, ich klammere mich aus, ich gehe zu Fuß nach Schöneberg. – Palaver. Der Fahrer ließ nicht mit sich reden, er hatte die Dienstfahrtanweisungsgewichtstabelle immer noch in der Hand. Beatrice ward besorgt: man könne mich nicht allein gehen lassen, ich würde den Weg nie, jamais, nunca jamás finden, sie gehe mit mir. Das wollte die Rätin nicht. Da kam mir der rettende Gedanke, für Frau D. ein Taxi zu bestellen.

Ich sagte dem Fahrer, als ich mich neben ihn setzte, wenn wir zum Frühstück Lerchen verzehrt hätten, wären wir alle noch schwerer.

Als wir am Rathaus vorfuhren, strömten die Menschen, es quoll auf den Stufen, jeder hatte seine Eintrittskarte vorzuweisen. Wir hatten auch welche, vom Bürgermeister persönlich unterschrieben, kein Facsimili! Die Rätin nickte dem bunt angezogenen Portier freundlich zu, aber dieser war nicht freundlich: Ausweis bitte! Rätin: aber Herr . . ., Sie kennen mich doch, ich komme doch immer hier durch etc. – Portier: »Heute nicht ohne Ausweis. Kunstpreisfeier, da kann ja jeder kommen.« Er ließ sich nicht erweichen. Die Rätin sagte, eingeschüchtert nach all dem Pech, und weil's einer ja machen muß, wir sollten nur an Hand unserer Ausweise durch die Schranke spazieren, was ich indes ablehnte: Wo Sie, Frau Rat, nicht durch dürfen, will auch ich nicht durch. – Die Rätin verlegte sich auf's Flehen – ob sie wenigstens in der Portiersloge ihre Sekretärin im . . . Stock anrufen dürfe, die bringe dann den Ausweis. Nichts zu machen. Keiner komme rein ohne Ausweis. – Ich: Dann fahren wir wieder nach Hause, sollen die ohne uns feiern. Aber da kam die Erlösung, eine Person, Bekannte oder Kollegin der Rätin; diese bot sich an, »oben« den Herrn von Radecki zu mobilisieren, damit er die Dame ausweise, *mit* Ausweisen. *So* kamen wir überhaupt in die Säle . . .

Als ich mich aber, im vergangenen Herbst, im Hotel Rose zu Hildesheim, wo Glis-Glis-Verleger Olms, bei dem ich las, uns untergebracht hatte, als ich mich da eintragen wollte, sagte der Concierge – aber bitte, das haben *Sie* doch nicht nötig, Sie hängen ja an allen Wänden. – Ich hatte es nicht gesehen; riesige Plakate kündeten meine Dichterlesung an, auch im »Empfang« des Hotels, im Lift, im Speisesaal. Und als ich vor einigen Jahren an der Uni in Bonn las, Auditorium Maximum, und wir, Beatrice und Cousine Gusteli, alias Dr. Auguste Bruckner, damals Leiterin der Röm. Abtlg. am Landesmuseum in Bonn, zu früh, wie Provinzler, in den Wandelgängen auf die Magnificenz und die übrigen Herren der Fakultät warteten und ich vorschlug, uns auf den Treppenstufen des Maximums, das noch geschlossen war, niederzulassen, und auch schon friedlich da saßen, o jemine, da kam der Pedell und jug uns fort: Mal aufstehn, ihr da! So jeht dat hier nich, wenn jleich dä Dichter kömpt, wat soll dä von uns hier denken. Hier kommen immer nur die jrößte Dichter. Ich, mich erhebend: Jute Mann, ihr habt ja recht, aber ich kenn dä Dichter jut, ich hab dem schon oft jehört, dat macht dem jarnix aus, dat die Leut auf de Dölper sitzen, wenn se nur kommen, und wennse ausbleiben, is dem dat auch ejal. – Später kam dann die Fakultät, angeführt vom Pedell, dem ich freundlich zunickte, als ich mich der Gruppe näherte. »Mein Jott, Ihr seid dat, dat is mich aber wat!«

Bei den Eidgenossen

In dieser Zeit habe ich mich verplempert. Dann fingen noch meine Augengeschichten an, und ich habe sehr wenig geschrieben.

In der Casa Rocca Vispa

Am Tage, wo mein »Schwarzer Herr Bahßetup« erscheint, sind es genau zwei Jahre, daß ich in dem Haus wohne, dessen Name dem Buch auf eine Weise verbunden ist, die ich in einem eigenen Buch einmal darstellen werde, da sie in der Widmung nur sehr schämig zum Ausdruck kommt: Casa Rocca Vispa.

Der Zufall, dem ich auch meine Verwandtschaft mit Adenauer verdanke, wie man unlängst in deutschen Zeitungen hat lesen können, bestellte mich zum Einhüter dieser von dem Worpsweder Maler-Architekten Weidemeyer erbauten Luxusvilla, die einer mexikanischen Familie gehört. – Wir hatten unsere Amsterdamer Existenz aufgelöst und wußten wieder einmal nicht, wohin unser Haupte tun, denn meine »Insel« war auf verlegerische Abwege geraten – wieder ein Kapitel oder ein ganzes Buch für sich. Da erschloß sich uns die Rocca Vispa, wo ich zum Entgelt für das königliche Obdach Einbrecher verbellen, Motten vertreiben, Zimmer lüften und auch sonst nach dem Rechten sehen muß, unter dem Beistand von Handwerkern und einem Gärtnersmann, der sich im Laufe vieler Gespräche als großer Kenner des Liebeslebens der Murmeltiere entpuppte und dessen Beobachtungen die des Zoologen Tschudi weit in den Schatten stellen.

Noch waren wir keine Woche auf unserem Felsenschloß – Rocca Vispa bedeutet: der sich regende, noch lebende Fels –, da ging unter uns in Ascona, wo die Millionen Fremden webern, das Gerücht, der Schriftsteller Thelen habe sich auf Grund eines einzigen Buches am Monte Veritá ganz groß eingekauft . . . während ich oben meines Amtes waltete als Hüter und Pfleger des Palastes, freilich ohne Steckuhr, ohne die Mütze der Wach- und Schließgesellschaft und leider auch ohne Hund.

Zum festen Stab der Handwerker gehörte ein kleiner, dicker Mann, der die verwickelten hygienischen Anlagen des Anwesens betreut – auf dem flachen Dach von 12 × 24 Metern zum Beispiel ein Planschbecken, das mit heißem Wasser gefüllt werden kann, sommers, wenn es zu kalt, und winters, wenn es nicht warm genug ist, unter freiem Himmel zu plantschen.

Als dieser Monteur zum erstenmal für eine Reparatur erschien, brachte er seinen Gehilfen mit, der gleich wieder in die Werkstatt zurückgeschickt werden mußte, um irgendein Gerät zu holen. In der Zwischenzeit leistete ich den kleinen Beistand, der vonnöten war: ich reichte die richtigen Schlüssel, die genau abgedrehte Menge Hanf, und ich verhinderte sogar einmal, daß eine Zange falsch angesetzt wurde. In meiner verpfuschten Jugend habe ich ja einige Jahre die blaue Schlosserbluse getragen. Das kommt mir immer wieder zugute.

Die folgenden Male erschien der Klempner nie mehr mit seinem Gesellen. Er hatte in mir, dem ihm unbekannten Hauswärter, einen zuverlässigen und geschickten Handlanger gefunden. Schnell waren wir aufeinander eingespielt, nie mehr sah mich der Mann anders als in der grünen Gärtnerschürze oder im blauen Overall. Wir standen auf gleichem Fuß, und ich erkannte, daß die Ambacht einen goldeneren Boden hat als die Schriftstellerei. Zwischendurch schrieb ich am »Bahßetup«. Das war alles sehr schön. Dann kam das deutsche Wirtschaftswunder in Gestalt meines zufälligen Verwandten Konrad Adenauer, und alles ging schief.

Kurz vor Ostern hatte der Bundeskanzler mit seinem Gefolge das Hotel Monte Verita bezogen. Von meiner Badewanne aus konnte ich den Sippenonkel mit Hut und Regenmantel auf dem Dach des Hotels sitzen sehen, wo er bei gutem Wetter frühstückte und anschließend die Zeitung las. Mit einem Feldstecher hätte ich sogar feststellen können, ob es sein erzkatholisch-kapitalistisches Leib- und bitteres Magenblatt war, das meiner armen »Insel« so argen Unglimpf angetan hat.

»Der schwarze Herr Bahßetup« war im Manuskript schon abgeschlossen, ich mußte ihn nur noch einmal abtippen. Mit dieser widerlichen Arbeit quälte ich mich ab, als die Zeitungsleute kamen. Es war Ostersonntag.

Die Reporter kamen aus München im Auftrage einer Illustrierten: erst Konrad auf dem Monte Verita, dann Vigoleis eine Hügelkette tiefer auf der Rocca Vispa, und dann, so sagten sie, den Rest der künstlerischen Prominenz von Ascona, bekleidet und unbekleidet, nach Rang und Ruhm. Mich überraschten sie in der

Gärtnerschürze und knipsten mich von allen Seiten. »Dein phänomenales Bierkutscherprofil«, so schrieb mir mein Bruder Ludwig nach Erscheinen des Blattes, »wird nun von Tausenden in Deutschland bestaunt.« Aber auch der kleine, dicke Monteur bestaunte das Bild, als Beatrice es ihm zeigte anläßlich eines Gespräches über Adenauer, den Monte Verita und meine zufällige Verwandtschaft – der Zufall ist Tante Wehrhahn von der Neußer Ölmühle – mit Adenauer auf dem Monte Verita.

In der betreffenden Adenauer-Nummer der Illustrierten ist Remarque denn auch zu sehen in vollem Schneid mit heller Hose, Alpargatas und Spazierstock, während Adenauer selbst neben dem letzten Nacktläufer der Vegetarierkolonie von Ascona gezeigt wird und Vigoleis mit »Schlomm« auf der Freitreppe der Rocca Vispa.

Ja, sagte der Monteur, das sei eine erhebende Nummer mit all den berühmten Leuten von Ascona, Schriftsteller, Maler, Töpfer, Heilige, Nackte und ich mitten unter ihnen, weil ja die Rocca Vispa ein berühmtes Haus sei. Dann las er den Text unter meinem Bild. Er stockte, hob den Blick zu mir, als wolle er mich mit dem Bierkutscher vergleichen. Alles stimmte – »aber Sie, ein Schriftsteller, und verwandt mit dem Adenauer da oben?« – »Ja, beides, und beides nur durch Zufall.« – »Immerhin, immerhin!«

Nachdenklich legte er die Zeitung fort, stumm ging er wieder an die Arbeit, ich wortlos hinter ihm drein. Doch »fluppte« die Arbeit nicht mehr, obwohl ich ihm alles richtig angab, die Zangen, den Lötbrenner, den Bankazinn. Es ging einfach nicht. Morgen käme er wieder, er müsse sowieso ein anderes Schwimmermodell einbauen – Feierabend.

Am anderen Tag empfing ich ihn wieder im blauen Werkanzug. Der »Bahßetup« würde einen Tag später an meinen Verleger Kurt Desch gehen, die Wasserversorgung der Rocca Vispa ging vor. Aber mein alter Freund hatte wieder wie am ersten Tag einen Gesellen mitgebracht. Er lächelte verlegen, begrüßte mich förmlich, und ich wurde nun auch sehr verlegen. Dann gingen die Klempner an die Arbeit, und ich ging wie geschlagen ans Manuskript. Der Handwerker hatte mich an meinen Platz verwiesen, auf eine Stufe wurde ich gestellt mit Erich Maria Remarque. Ich war entlassen nach oben hin. Für mich war es ein Fall nach unten, der mich sehr betrübte, der Sturz in den Intellekt, womit ich im Geist alter Mystik das »Licht der Natur« meine, das mir dann doch nicht leuchtet.

Wenn der »Schwarze Herr Bahßetup« erschienen ist, werde ich dem kleinen, dicken Mann das Buch überreichen: »Lies es, und du wirst erkennen, daß du weiterhin meine Gesellendienste annehmen darfst, ohne mich in meinem Stande zu kränken!« Denn der Stand des Schriftstellers ist ja überhaupt keiner, ist nur ein Zustand.

Beatrice

»Ah – da kommt Beatrice.«

Es war in der Sala der Rocca Vispa, gegen den fallenden Abend. Wir –

Aber ich muß anders anfangen: Mein Insel-Memorial war schon seit ein paar Jahren auf dem Markt, da bekam ich einen Brief von einem Mann, der mir aus der Kriegsgeschichte bekannt war. Er hatte sich im Baltikum hervorgetan, Inhaber vieler Dekorationen. Der Name bleibe ungenannt. Sein Anliegen war ebenso einfach wie aufrichtig: Er habe die »Insel« gelesen, sich am Werk ergötzt, indes auch den »tieferen Sinn« erfaßt. Er möchte mich kennenlernen, sich bedanken für . . . etc., und wissen, ob ich, bei meiner antimilitärischen Einstellung, einen alten Haudegen überhaupt empfinge.

Ich schrieb zurück, Offenheit gegen Offenheit: Er sei willkommen!

Er kam. Beatrice mußte an dem Tage in den Ort (Ascona), und so begrüßte ich die Kriegshaut allein, im Portikum. Alles ging etwas steif vor sich, doch bitte, der Offizier klappte die Hacken nicht zusammen. Das war ein guter Anfang. Das Gespräch verlief dann ohne Stockung, der Besucher, ein Grandseigneur, sagte mir Schmeichelhaftes, äußerte auch Kritik, was mir gefiel – da kam Beatrice. Sie mußte das Eßzimmer durchqueren, und es war noch eine kleine Strecke durch den Musiksaal zurückzulegen, bis sie bei uns war, die wir am äußersten Ende der Sala in einer Nische Platz genommen hatten. Der Balte wandte seine Blicke der Nahenden zu, sah mich dann fragend an – und beide erhoben wir uns.

»Beatrice, du erlaubst, dies denn ist unser Gast, der berühmte Oberleutnant ...«

Beim Namen »Beatrice« fuhr der Krieger zusammen, stammelte etwas, und schon beugte er sich tief über die dargereichte Hand. Als er dann zur Herrin des Palazzetto aufblickte, sagte er, auf russisch, ungefähr so: Also das ist die von mir nicht, ja nie geglaubte Beatrice des Ritters Vigoleis und, indem er deutsch fortfuhr, zu mir gewandt: »Ja, ich habe mir Ihre Gefährtin nicht bei Leibesleben vorstellen können«, und er zitterte ein wenig nach diesem Bekenntnis. Die Lage war an sich peinlich, doch bog Beatrice alles ins rechte Maß, indem sie zur russischen Sprache überging und den Kavalier fragte, ob sie ihm nun auch noch gefalle.

Kurz, der Gast mußte jetzt mit der Sprache herausrücken, er tat es meinetwegen auf deutsch – es waren mutige Worte, die er, die Hand auf der Brust, nun vorbrachte: Nie hätte er gedacht, daß es *sie* in Wirklichkeit gebe – eine Frau, die es an der Seite eines solchen Mannes – Verbeugung zu mir, der ich mich leicht erhob – aushalte.

Das sei, und ich segnete das Bekenntnis, eine tapfere Tat, wie wir ja im Grunde alle tapfer seien, am standhaftesten indes und immerhin die ungeglaubte Beatrice.

Bei einer Flasche besiegelten wir einen Bund, den erst sein Tod, nach vielen Jahren, beendete.

»So denn, da ist sie also, unsere ungeglaubte Beatrice ...« Das war später, in Deutschland, anläßlich einer meiner Dichterlesungen, sagen wir in Frankfurt, Osnabrück, Hildesheim oder andernorts: immer wieder, und wo auch immer, diese zehrende Neugier, das Nie-Geglaubte zu sehen, den Finger in die Wunde zu legen!

Voller Saal, viel Tumult, das Dichterpaar wird bestaunt und geknipst. Ich trage lange vor, spiele mich selbst, niemand läuft mir davon. Wo ich Schauspielstunden genommen hätte, fragte mich irgendwo ein Arzt, und dann kam ein Ehepaar.

Er stellte sich vor, von weit hergereist, aber bitte, nicht einzig des Dichters wegen – übrigens großartig, wie Sie das alles »hingelegt« haben. Als wir dann in der Zeitung lasen, der Vigoleis lese da und da, und begleitet sei er von seiner Beatrice: Mutti, sagte ich da, da gehen wir hin, zumal du auch nicht glaubst, daß es sie gibt, die Beatrice – alles, wie alles, oder doch so vieles in dem tollen Buch, erfunden! Denn welche Frau hält es schon so lange an der Seite eines Lebensversagers aus.

Na, da hätten sie *sie* denn, meine angezweifelte Beatrice, und wo schon in meinem Fall in Zweifelsfällen die Wahrheit entscheidet, bat ich die Herrschaften, ihnen die leibgewordene Wahrheit vorstellen zu dürfen.

Das hat sich ungezählte Male, in immer verschieden-grotesken Abwandlungen wiederholt, bei Lesungen, in Gesellschaft, und eben auch die Pilger, die uns besuchten – bis zu dieser Stunde, wo *die* Beatrice es seit 57 Jahren neben mir aushält, beide alt geworden, sehr sehr alt.

Von Auskneifen indes keine Spur.

»Ja, so jemand wie diese Frau, die müßte gekrönt werden – hat sie denn nie einen Aushalte-Orden bekommen?«

Das fragt man mich auch. Ich mache es kurz. Beatrice wurde, indirekt, mit dem Fontane-Preis der Stadt Berlin ausgezeichnet, im Frühjahr 1954, also vor über 30 Jahren schon. Das kam so: Nach viel Gehader und Protesten ließ sich der Berliner Kultusminister Prof. Tiburtius dazu bewegen, mir, dem Gottlosen, den beregten Preis zu verleihen – ich sei immerhin ein »fruchtbares« Ärgernis.

Viel Feiervolk im Schöneberger Rathaus, Palaver, Mißverständnisse an der Pforte, Festgewänder und schlichte Bekleidung – große Rede des tüchtigen Ministers, und dann der eigentliche Ehrungsakt, bei dem ich »als ungeteilter« Preisträger den Anfang machen mußte.

In seiner sehr kurz gefaßten Laudatio auf meine umstrittene Person ließ der befrackte Preisverteiler die Bemerkung fallen: eigentlich gehöre die Auszeichnung nicht mir – ich stand schon neben der Dame – goldgelackt, die die Diplome hatte –, sondern meiner Frau Beatrice: ohne die ich ein solches Werk nie hätte schreiben können.

Atemlose Stille. Dann akademisches Scharren, Getrampel, und darauf die Rufe: Beatrice, Beatrice – wo ist sie?

Ich nahm die stattliche Urkunde entgegen, verbeugte mich gegen Beatrice hin, die irgendwo im Saale saß, und murmelte, zum Herrn Tiburtius gewendet: Tausend Dank! So ist's, und erlauben Sie mir zu sagen, daß dieses Ihr Wort das erste wahre Wort ist, das ich in dieser hehren Stunde vernommen habe.

Ich sah noch die fliegenden Rockschöße des Kultusministers, dann tauchte ich in der Menge unter, die mich umwogte und zu Beatricen führte, die der anwesende holländische Urverleger der »Insel«, de heer von Oorschot, aus der Namenlosigkeit gezogen hatte.

Namenlos? Der Beatricen gibt es viele, auch sehr berühmte, doch die unsrige, die meine, sagt man, sei ebenbürtig den großen Gestalten, die den Namen tragen:

Beatrice.

Herr oder Knecht?

Ich hatte sie selbst geöffnet. Meinen »Schlomm«, das ist die Dienerschürze, den hatte ich vorsorglich abgelegt, das heißt die Vorsorge traf Beatrice, die ihre Landsleute besser kennt, obwohl ich sonst Könige, Verehrer und Verehrerinnen, große Autoren und Großautoren, ja selbst den niedersten Landstörzer in diesem Schutz- und Schmutzschurz empfange. Beim Herrn von der Bahnhofstraße machte ich eine Ausnahme, die erste in meinem Leben, wenn ich recht erinnere, und beugte so einer unliebsamen Verwechslung vor, die dann höchstens eine Verwechslung mit mir selber gewesen wäre, wie sie sich Monate vorher zugetragen hatte. Herr und

Knecht sehen einander in mir zum Verwechseln ähnlich, was ebenso heiter ist wie vertrackt.

Monate vorher, sage ich: Da hatte es auch geklingelt, ich öffnete, grün-beschlommt, die Tür, ein Herr stand davor, sehr fein sah er aus, war auch gut erzogen, denn er fragte mich Diener nach dem Herrn in einem durchaus höflichen Ton: Ob er den Herrn Dichter Vigoleis sprechen könne.

Ich verbeugte mich im Namen des Dichters, die Rechte auf die Magengrube gelegt, und sagte, unter Wahrung jeder herrschaftlichen Form, es tue mir leid, der Herr Doktor seien nicht anwesend, seien auf einer Vortragsreise begriffen, durch die deutschen Lande, der Herr Doktor kämen erst gegen Ende des Monats auf die Rocca zurück. Ob ich etwas ausrichten könne?

Als treuer Diener lag es mir auch ob, meinen Gebieter im Rang zu erhöhen, denn ich bin ja bei weitem kein Doktor; freilich bin ich, was entschieden mehr ist, weil es einmalig ist in der ganzen Welt und buchstäblich noch nie dagewesen: ich bin Abiturient honoris causa einer humanistischen Vollanstalt, in Viersen nämlich.

Der Besucher brachte schlichte Worte des Bedauerns vor, sie – dabei trat er ein wenig zurück und wies nach unten, wo ein teures Automobil stand, dessen amtliches Kfz-Kennzeichen auf einen Behördenapparat hinwies, der mir in den düsteren Zeiten deutscher Geistesstörung nach dem Leben getrachtet hat – sie seien eben aus Italien gekommen, aus Venedig zu wissen, und hätten den kleinen Umweg über Ascona gemacht, dem Autor der »Insel des zweiten Gesichts« die Hand zu drücken, dankbare Leser seiner Sachen, die sie seien.

Wieder machte ich meinen Dienerbückling und entgegnete, wobei ich zugleich einen Zipfel meines untertänigsten Schurzes aufnahm, wie anders es eine Küchenmagd auch nicht getan hätte, und wieder einen halben Blick nach dem entnazifizierten Fahrzeug werfend, dabei nach wie vor meiner Sprache einen leicht ungarischen Akzent verleihend; ich sagte, da sei es um so bedauerlicher, daß der Herr Doktor nicht auf dem Felse seien – es werde ihm leid tun, treue Leser seien ihm lieb, und ob sie länger in der Gegend verblieben?

Bei diesen Worten wagte ich mich weiter vor, ich trat sogar aus der Leibung der Tür, die ich hütete, hinaus auf die Matte des überdachten Altans, während der Besucher sich gegen die Mauerwehr lehnte und beinahe hilflos seine Blicke auch dem Wagen zuwandte.

Ihrerseits, möchte ich sagen, lehnte sich nun aus dem großen Fenster des Gefährtes eine der vaterländischen Matrikel würdige Dame herfür, wobei die fleischerne Üppigkeit ihrer Lade an der Scheibe sich ansog und dabei eine Querfalte entstehen ließ, die wie ein Okkulierschnitt an einem Monstergewächs anmuten mußte – so genau konnte ich das alles ja nicht sehen, doch lag es in der Logik der Konstruktion; und dahinter erblickte ich eine Fülle von Gestalten, die immer kleiner wurden, teils aus Gründen der obherrschenden Perspektive, teils weil sie in Wirklichkeit altersmäßig so im Wagen gestaffelt waren, daß man sagen konnte: jedes Jahr ein Kind.

Diese Dame sagte folgendes, und ich brauche nicht zu betonen, wie ihre Rede mich entwaffnete, wie ich den Zipfel meines Schurzlappens fahren ließ und nur noch tiefer mich verbeugen mußte, als hätte sich mir die Königin von Saba, Herold ihrer eigenen Wonne, verheißen. Diese königliche Mutter sagte: »Heinrich, laß dich doch nich abwimmeln an de Tür, dat is dem ja selber, dem kenn ich doch aus de Zeitung.«

Klänge meiner rheinischen Heimat, o wie liegt so weit, o wie liegt so weit, was mein nie war und trotz aller Wunderkindschaft nie mehr wird sein können.

Wie aber König Salomon der Königin Balkis alles gab, was sie begehrte und erbat, außer dem, was er ihr schenkte, so machte auch ich, Diener der höchsten Schicht, aus meinem Herzen nicht die alte Mördergrube. Entwaffnet? Ich? Nun ja, doch nur für drei oder vier Atemzüge, dann faßte ich mich und rief zu der erkenntnisreichen, stotzigen, wonnewogenden Person hinunter, während ich mich aufrichtete in die Haltung, wie sie mir Dichter ziemlich erschien, den zu sehen man von weit hergekommen und weite Umwege gemacht, ich rief: »Bitte, wenn Ihr mich schon aus de Zeitung kennt, dann kommt nur alle rein.«

Eine fürstlich geschwungene Handbewegung, die den Bauch des verdutzten Heinrich streifte, und schon löste sich der Busen von der Scheibe, die Querfalte des Propfdrucks verwarf sich, daß nur noch die Lustfurche heischend zur Geltung kam am vor-sommerlich bloßgelegten Gepränge, der Schlag flog auf, »siehste Heinrich«, sagte die Dame, und wogte die gewendelte Treppe empor, den Duft des Lidos um sich verbreitend, Lenz, Scholle, Zeugung bis in den klimakterialen Abbruch, und hinterher eine jauchzende Kinderschar, sechs, zehn – ich habe sie nicht gezählt, die Sprößlinge des um ein Haar abgewimmelten Heinrich.

»So«, sagte ich, »aus der Zeitung haben Sie mich erkannt, wie nett, dabei glaubte ich, der Schlomm würde mich jedermann unkenntlich machen, zu geschweigen von meinem balkanesischen Tonfall.«

Reihum nahm ich Händedrücke entgegen von einem verehrenden Geschlecht, die Jugend knickste oder klappte Hacken und Häckchen zusammen, bis auf den jüngsten Sproß. Denn als ich diesem auch meine Hand hinstreckte, riß er die seine zurück, unterließ die Verbeugung, in die er sich schon halb hineingekalbert hatte, stammelte ein paar Worte und raste die Treppe wieder hinunter, zum Entsetzen der Mutter, die das Betragen rügte – so einfach wegzulaufen, statt vor dem entlarvten Herrn Dichter die Reverenz zu machen, was gerade er von allen am besten könne, und wie die anderen alle es doch auch gemacht, Jungen und Mädchen, Stück für Stück neuerwachte Deutsche, die Zukunft am Rhein, lieb Vaterland magst ruhig sein.

Der dem Vaterland abhandengekommene Dichter im Atrium der Rocca Vispa war es auch, doch blieb Heinrich, der Zukunftserwecker, weiterhin bestürzt.

Die Flasche, rief jetzt der Knirps jedem verständlich; alle lachten, man rühmte den Kleinen, kaum daß er dem Tadel entronnen, lobte den hellen Kopf, die Gegenwart des Geistes im Hause, wo der Geist – die Dame sagte Jeist, so sehr fühlte sie sich zu Hause unter meinem Dach – wo der Geist alles überstrahle. Denn im Heraufstürmen hatte niemand mehr an den fiasco gedacht, den man für den verehrten Jeist mitgebracht hatte.

Wo dem Geist solche Huldigungen dargebracht werden, darf der aus der Flasche nicht fehlen.

Als ich Anstalten traf, den letzten, grüngeköperten Rest meiner dienerhaften Unterwürfigkeit abzutun und schon nach hinten griff, an die Kette des Schlomms, ihn loszubinden, da fiel mir doch Mutti weißgott fast in den Arm und bat: »Nein doch, ach bitte nicht, behalten Sie die Schürze an, den Schlomm, wie wir ja bei uns sagen, denn gerade an dem habe ich Sie sofort erkannt. Weißt du Vati, damals stand ja unser Herr Vigoleis in der Illustrierten abgebildet, auf einer Seite mit Adenauer, oben der Monte Verita, unten die Rocca Vispa, und viel später erst kam Remarque mit seiner Tänzerin.«

An ihren Schurzen werdet ihr sie erkennen, spricht der Herr, und Kleider machen Leute, spricht der Herr, und als Adam sich den Schurz vorband, war es auch um ihn, und was aus seinen Lenden kommen sollte, geschehen. Ich aber zuckte mit keiner Wimper, mein Gesicht blieb unberührt von diesem schweren Schlag, mein durchgeistigtes Antlitz, mit der phrenologisch bedeutenden Stirn, stand im Dienst des Verehrtseins, aber es war mein Steckbrief nicht. Am Schlomm erkannt – »Schlomm«, sagte ich darum, »ist ein mir liebes Wort, an ihm erkannt zu werden, hat biblische Bedeutung, der wir eingedenk sein wollen, und wenn ich bitten darf, gehen wir in die Sala.«

Es wurde doch noch ein heiteres Stündchen mit dem Haufen Leute und bei einer guten Flasche, die der Knirps zwar wieder aus dem Wagen holen mußte. Denn als ich die geschenkte entkorken wollte, winkte Vati; der Junge flog und kam mit der zweiten Flasche zurück. Die andere möge ich noch etwas liegen lassen, nein, es war keine Belehrung über das Schönen des Weins, Vati wollte mir nur noch zu einer zweiten Flasche verhelfen. Das rührte mich so sehr, daß ich die seltene Geschichte preisgab: wie einmal ein literaturforsches Gör aus wohlhabendem Haus mit dem Sexappeal ihrer sechzehn Jahre und einem Poesie-Album auf die Rocca gezogen kam, damit der so verehrte Erich Maria Remarque ihr ein Autogramm vermache. Da gab es der peinlichen Verwirrungen viele, denn erst hielt sie mich für Remarques Gärtner, was mir übrigens sehr schmeichelhaft war, und dann mußte sie die Tatsache verarbeiten, daß ich nicht einmal Remarque selber war, sondern ein anderer, ihr völlig literaturfremder Autor, der zwar auch über Nacht berühmt geworden. An Schamröte schien das Mädchen unerschöpflich zu sein, und je mehr ich sie über meine Person aufklärte, um so betretener wurde sie. Auf der Schule habe sie mich nicht gehabt, und die Tessiner seien alles blöde Affen, sie habe nach Remarques Haus gefragt, niemand habe den Namen gekannt, da habe sie gesagt, sie wolle zum größten in Ascona lebenden Autor, und man wies sie zur Rocca Vispa hinauf – war der Affe wirklich so blöde, der ihr den Fingerzeig gab? Zu guter Letzt, und des Vexierspiels müde, schenkte ich ihr ein Bändchen »Tragelaph«, mit Widmung natürlich, und schrieb ihr auch noch etwas ins Album hinein.

Da wollte Mutti, die das alles toll und mächtig interessant fand, wissen, wie ich mich aus der Affäre gezogen hätte – nun, den ganzen Schnellreim bekam ich nicht mehr zusammen, nur den Anfang konnte ich den Herrschaften noch zum besten geben: Nicht Remarque, doch remarkabel, gehe, Kind, den Weg zurück – und es endete natürlich mit Vigoleis, auf den sich viele Wörter reimen lassen; so fiel es nicht auf, daß ich kein Reimlexikon oder sonst ein poetisches Handbuch besaß. Zur Not hätte das Mädchen mir aushelfen können, denn sie fing auch an zu dichten. Mutti zeigte da auf ein Töchterlein, fürwahr, diese Familie sorgte für einen tüchtigen Nachwuchs, fürs Feld der Ehre und den Hain der Musen.

Geistig gekernt – sie hatten einen Autor überlistet; seelisch erfrischt – Gespräch mit einem reinen Dichter; sittlich gepicht – der Nachwuchs hatte sich bewährt; so zog die Familie ruhig dem lieben Vaterlande zu und ließ einen Mann zurück, der sich wieder verschloß, bei geöffneter Flasche, denn diese pichelte er bis zur Neige aus.

Und während ich diesem Tropfen der Melancholie nachgedenke beim langsamen Niederschreiben der Begebnis, kommt mir in den Sinn, daß der Kleine ja nochmals zum Wagen hinunter springen mußte, das Buch des Herrn Dichters zu holen, damit er ein widmendes Wort der Erinnerung an die schöne Stunde da hineinschriebe, und dieser, um solch widmendes Vermächtnis immer dann verlegen, wenn er's im Beisein der Bittsteller notzüchtigerweise schreiben muß, zog sich für einige Minuten in ein angrenzendes Zimmer zurück. Bei der Literaturgöre kam diese Hemmung nicht auf, sie wollte ja nichts von mir, ich vertrat nur den weltberühmten Kollegen, was meine Feder gleichsam treideln ließ.

Das Buch war sorgsam verpackt, der Dichter verewigte sich von Hand und packte es sorgfältig wieder ein, mehr noch, er klebte es zu.

Wird der reiche Herr es öffnen, wenn ich's ihm überreiche? Die meisten tun das, denn auch unverpackte Bücher schlage ich in Papier ein und klebe alles feste zu; Widmung, hinweg von mir! Und dann lesen sie, buchstabieren, lesen laut, leise, und ich lese in ihren Augen, auf ihren Angesichtern, ob der Spruch nach ihren Wünschen ausgefallen ist. Da gibt es dann oft einen kühlen Abschied, man hatte mehr erwartet, etwas ganz Persönliches, ein Wort für alle Ewigkeit. Freilich sind es nicht viele Leser, die enttäuscht mein Haus verlassen, ohne daß sie bedächten, daß ein Autor nicht immer auf der Ebene des Werkes stehen kann oder zu stehen braucht, dem er das dargereichte Wort mit auf den weiteren Lebens- und Leseweg gibt.

Das Geschenk des Verlegers

Just in diesen Tagen, wo ich meine ganze Hoffnung auf die Gnadenspende der Embolie gesetzt hatte, wiederholte der Verleger sein Angebot, mir mit einer elektrisch betriebenen Schreibmaschine aus der Schreibernot zu helfen. »Schlagen Sie mit beiden Händen zu«, hieß es in dem Brief, der in einem umgekehrten Sinne der wahre Brandbrief war, »seien Sie nicht töricht«. Das heißt, zuerst kam das Wort von der Torheit, das mich natürlich sofort an die Torheit des

Kreuzes erinnerte, die in Wirklichkeit die Verrücktheit des betreffenden Heilsholzes war, und erst dann folgte nach allen Regeln der Logik die Aufforderung, beidhändig zuzuschlagen, was meine Gedanken wieder abgleiten ließ, zur Kirmes meiner niederrheinischen Heimat – dem Kreuze verwandt –, wo man mit beiden Händen den schweren Zuschlaghammer packt und auf den Lukas haut. Ein eisernes Gewicht schnellt nach oben, einer Schiene entlang, und löst Purzelbäume und allerlei sonstigen Schabernack aus. Lukas ist gleicherweise der Schutzpatron der Maler und Metzger, er wird auch als Arzt verehrt, wie aus den Lukaszetteln hervorgeht, die ich freilich bis zur Stunde noch nicht geschluckt habe. Es handelt sich da um kleine, am Lukas-Tag (18. Oktober) gesegnete Zettelchen mit einem lateinischen Segensspruch, die man Menschen und Vieh eingab zu allen möglichen Heilzwecken.

Warum aber sind die Metzger am hl. Lukas so sehr interessiert? Weil von den vier cherubinischen Tiergestalten dem Evangelisten Lukas der Ochse als Leibtier zuerkannt wurde? Und warum haut man auf den Lukas? Weil der Schlächter mit einem furchtbaren Schlag dem Vieh den Schädel einschlägt? Ich sehe da Verbindungen, die in die Frühzeit des Christentums zurückgehen, in die Bereiche einer Sekte, die von Fischern gegründet wurde. Sind nicht aber Fischer grausame Menschen? Ich indessen lag da, thrombierten Armes, und wurde aufgefordert, mit beiden Händen zuzuschlagen, ein Hohn auf die Heilsgeschichte der Menschheit und auf den ganzen atavistischen Zauber der Psychoanalyse, der Analpsychose, denn mein Gesäß war ja auch stillgelegt, und der Quacksalberei, die da mit im Spiele zu sein schien.

Zermürbt von solcher fortschrittlichen Schinderei, bat ich Beatrice an mein Bett und diktierte ihr einen Brief an Kurt Desch: Ich schlüge zu, zwar nicht mit beiden Händen, wie es für einen solchen Beweis der Freundschaft und der verlegerischen Anteilnahme spießlich sei, sondern nur mit der Linken und dies zudem äußerst schwach. Denn eine Thrombose habe mich in Fesseln geschlagen, und er möge es mir obendrein zu Gnaden halten, wenn ich mich ihm analphabetisch unterfertige, mit drei Kreuzchen, dem schlichten Symbol der Unfertigkeit, des Opfers und der Preisgabe an die höhere Macht, die hier die Macht des Geldes war. Das weitere möge der Verlag veranlassen. Schwanken, was die Wahl des Erzeugnisses betreffe, ja, das täte ich noch, und zwar zwischen zwei in der Welt berühmten Fabriken, von deren eine die IBM sei. Amen und die drei Kreuzchen linkshändig hingemalt, so vollzog sich der Übergangsritus von der mechanischen zur elektrisch betriebenen Schreiberei.

Die Kreuze sind bindend in jeder Hinsicht, und keiner kann ein solches Handzeichen fälschen, weil dahinter eine Macht steht, eine Magie, die dem schnöden Namenszug überlegen ist. Ich habe Berghirten und Bergbettler in Portugal ihre Kreuzchen mit heiligem Ernst hinmalen sehen bei notariellen Vollziehungen, wo es um Erbpacht oder ein kleines Wasser-Recht ging, eine Triftgerechtsame oder ein Bettelrecht, und immer waren es transzendente Handlungen, die später noch mit steinhartem Stockfisch und säuerlichem Spülwein (agua-pê) besiegelt wurden. Gab es da in meinem Falle etwas, das man mir zu Gnaden halten mußte, weil ich ein halber Schriftsteller war und der Stifter ein Mann, der mit dem Alphabet steht und fällt? Der Schriftsteller hat, wenn sich ihm das Wort versagt, sei es im schreibtechnischen, sei es im schöpferischen Sinne, immer noch sich selbst. Ich habe mich in den sechs Jahren, wo ich praktisch kein Buch mehr habe lesen können, trotzdem nicht eine Sekunde lang gelangweilt; und schließlich war ich von einer Lesewut besessen, die mit jeder hinzugelernten oder hinzuerfahrenen Sprache wuchs. Das liegt nun brach, und stattdessen liege ich stundenlang mit einem schwarzen Tuch über den Augen da.

Ich schwankte, wie gesagt, zwischen zwei Fabrikaten; ein halbes Dutzend anderer hatten gleich im Prospekt das Examen nicht bestanden. Es müsse die beste sein, schrieb ich dem Verleger, das heißt, eine Maschine, die ich meinem Zweck entsprechend für die beste hielte. Denn die Beste-An-Sich gibt es ja nicht. Das Beste ist immer eine Utopie, und jede Utopie das beste, was wir aus unserem Leben machen können.

Auf den Spuren meiner selbst

In meiner »Insel des zweiten Gesichts« erscheint ganz am Rande des Geschehens, obzwar auf dem Kopf meines verehrten Vaters, ein Haardüngemittel Silvikrin, das ich noch während der Drucklegung umbenennen mußte, weil von ihm gesagt wird, lauterer Wahrheit gemäß, daß es der schiere Schwindel sei und es auf dem Haarboden des Vaters, den zu pflegen mir oblag, nie und nimmer anschlug und er genau so gut Birkenwasser hätte nehmen können. Kein Spierchen mehr sproß vor, es war Geld in den Dreck geworfen; doch der gestrenge Herr wollte es so, und so geschahs an den spärlich gewordenen Bälgen seiner Kopfhaut. Im Augenblick erinnere ich mich nicht an den gefälschten Namen, dem Setzer verursachte der rechtswidrige Eingriff keine besonderen Umstände, es genügt in solchen Fällen ja die kleinste Lautverschiebung, und die Belange sind allerseits gewahrt. Obwohl ich für diese Mittelchenfabrik indirekt warb, wäre sie imstande gewesen, mich gerichtlich belangen zu lassen, und meinem Rechtsberater zufolge auch mit Recht. Nun gut, *ich* würde wegen eines Haarschwindels die Gerichte nicht bemühen, und überhaupt weiß jeder halbwegs durch das Leben gewitzte Mensch, daß es hieße, die Gerechtigkeit aufs Spiel setzen, wollte man sein Rechtsheil suchen in den trüben Bilgen des Rechts.

Anders dachte freilich der Generalvertreter der Christlichen Wissenschaft für die Deutsche Bundesrepublik, der mir im Herbst des Jahres 1954, ich trug schon den Fontane-Orden der Stadt Berlin auf der Brust, sehr unchristlich den Kampf ansagte. Die Sektierer waren erbost über das, was ich in meinen »Angewandten« hatte schreiben müssen über ihre Mutterkirche, und sie richteten Speere gegen mich, wo es doch näher gelegen hätte und ihrem Geiste würdiger gewesen wäre, sie hätten für mich gebetet, mich buchstäblich gesund gebetet, den Verstockten geheilt von der Sünde irdischer Verblendung, und einzig durch die Herbeirufung des ihnen angeblich so blind ergebenen heiligen Geistes. Stattdessen die schiere, irdische Menschlings-Tücke, der Zweifel am göttlichen

Machtvollzug, wie nicht um ein Haar anders der christ-katholische Pfarrer meiner Vaterstadt es hielt, der das Buch des mißratenen Sohnes von der Kanzel herab verbannte, statt mich, vom inständigen Gebet der Gemeinde unterstützt, dem Schutze einer übrigens über die Gemarkung hinaus berühmten Ortsheiligen anzugeloben. Das alles enttäuschte mich sehr. Schließlich kann man Christus nicht ständig im Munde führen und sogar noch im Briefkopf, und weiter kümmert man sich keinen Deut um ihn. Soll man es da einem Haarbalgdüngemittelwerk verargen, wenn es vom Leder zöge, sobald sich herausstellt, daß der Mist nichts taugt. Christus und Wissenschaft, das läßt sich auch nicht auf einen gemeinsamen Nenner bringen; wer's glaubt, wird selig, und wer es nicht glaubt, der schüttelt sich den Staub von den Füßen und wird auch selig. Sodaß ich nun zusammenfassend sagen kann, daß der celestiale Herr gar kein solcher ist, sondern im Dienste einer wahren Sache steht, die nur nicht genannt wird, so wie Jahwe und Jehova einander die Waage halten. Wer sich betroffen fühlt, wende sich an den echten Erreger des Ärgernisses, der in meiner Person nie und nimmer zu finden ist. Überhaupt wäre noch viel zu sagen zu diesem Thema und im Zusammenhang mit meiner Art, in meinen Büchern leibhaftige Menschen auftreten zu lassen, sei es auch immer im Doppelbewußtsein ihrer Persönlichkeit. Könnte ich Gestalten erfinden; wäre mir die Gabe verliehen, Charaktere zu entwickeln, ich ginge weiß Gott nicht die ausgetretenen Pfade anderer Leute, und sicherlich nicht wandelte ich auf den Spuren meiner selbst.

Mallorca nach vierzig Jahren

Im Herbst 1976 beschlossen Vigoleis und Beatrice, endlich eine Reise nach Mallorca anzutreten, Don Pedro wiederzusehen, und seine Frau und ihre drei Töchter kennenzulernen. Zudem hatte

Pedro den Wunsch geäußert, mein Greisen-Porträt auf die Leinwand zu bringen.

Nach 40 Jahren, auf die Woche genau vom Tage unseres Abschieds, sanken wir einander erschüttert in die Arme, und Beatrice bekam, wie vor 40 Jahren, den Handkuß des Granden de España – es hatte sich nichts geändert; einzig, wir waren alt geworden. Viel wandelten wir auf unseren eigenen Spuren, indes die Insel war nicht mehr unsere Insel, vielmehr ein Heerlager des internationalen Tourismus. Wo vordem die Woermann-Linie Kraft-durch-Freude-Leute auf die Insel losgelassen, donnern jetzt die Jets über das Eiland und spucken allstündlich die Fremden aus.

Unser erster Besuch galt der Straße des Generals, der Calle del General Barceló, und dem Hause No. 23. Sie hat sich fast nicht verändert, einzig die Numerierung der Häuser ist anders geworden, doch im Innern des Eingangs ist unsere alte Nummer angegeben. Weiter unten, an der Ecke, suchten wir die Backstube Jaumes und des Don Matías, aber sie war nicht mehr da. Dann bogen wir in die Calle de los Apuntadores ein, die Pension des Grafen und das Lädchen von Schön-Angelita zu sehen. Doch o du lieber Himmel: die kleine Straße war nicht wieder zu erkennen! ein einziger Bazar, Taberne an Taberne, und in einer jeden war Sorge getragen für Teutsche Essensspeiß: von Sauerkraut mit echtem Bohnenkaffee und ähnlichen Freßdeutschereien konnte man auf Fensterscheiben und Plakaten lesen. Was ehmals der Laden der Tanten gewesen, war ein Restaurante. Doch – darf ich weiter baedekern? – der kleine Palast, der die Pensión del Conde geborgen, war noch da, nur verfallener; im Innenhof die dorrende Palme des Schüttelaffen Beppo; aber oben, da war alles umgemodelt; es wimmelte von Hippies, die dort ihr internationales Quartier aufgeschlagen. Es war mir unbehaglich, mich in dieser Gesellschaft zu bewegen, man stolperte über sie, deren Welt damals eben die ihre war, weshalb der Inhaber der Pension, ein bärtiger Geselle, mürrisch fragte, was *wir* denn bei ihm wollten? Ich klärte ihn auf über den Zweck unseres Besuches in der gräflichen Pension, aber Auskünfte konnte er uns nicht geben. Von Grafen wisse er nichts, zudem verstand man auch kaum ein Wort im Lärm der verwilderten Schar. Wo einst edle

Gestalten ihre Herberge gefunden, war der neue Stil behaust. So gingen wir, ich gesenkten Hauptes.

Der Borne? Nun, über diese ehmals so exklusive Promenade wallten stripteasend blonde Walküren; andere saßen unter den Sonnenplanen, mit Bier und nach spanischer Schenkeltüchte gierendem Schoß, während ihre männlichen Partner sich an den spanischen Schönen in Bluejeans versahen.

In Valldemosa besuchten wir Pedros kleines Atelier-Haus, und es ward uns auch gestattet, vom heutigen Besitzer, Stück für Stück die Gemächer des Schlosses zu besichtigen, welches Don Juan Sureda verjubelt hatte.

Vieles haben wir nicht mehr wieder sehen wollen, und von den alten Freunden trafen wir, außer Pedro, nur noch einen an, seinen Schwager Don Eduardo, weit über 80, eine imponierende Gestalt.

Pedros eigentliches Heim ist seine Atelier-Mühle Es Molí in Sa Cabaneta, einige Kilometer außerhalb von Palma, auf dem unberührten Lande; ein zauberhaftes Gewese; Ziehbrunnen, Esel und Kaktushain, ein Flug Tauben; und erst ein Jahr vor unserem Besuch hatte der Maler es sich leisten können, elektrisches Licht einziehen zu lassen.

Wir fuhren, um nur eine Exkursion herauszugreifen, nach Felanitx, wo alles noch war wie zu unserer Zeit, und aßen in einer alten Taberne. Wir unterhielten uns mit dem Gastwirt, der gerade den Namenstag eines Sprößlings mit großem Essen feierte, zu dem wir sofort eingeladen wurden. Es gab Täubchen, obzwar keine aus Brindisi, doch aus Binisalem, und weißen Felanitx. Zum Dank sprach ich ein paar Worte zu Ehren des Heiligen, dessen Segen ich über alle, die an der Festtafel ansaßen, niedergehen ließ, was man den ebenso alten wie seltsamen Fremdlingen mit der ganzen spanischen Herzlichkeit hoch zu Dank hielt.

Da der Fürwitz Pedros Frau Catalina und die erwachsenen und verwirrend schönen Töchter gestochen hatte, Vigo und Beatrice kennenzulernen, mußte ich viel erzählen: denn sie wollten alle Geschichten des Hauses Sureda, wie sie hier aufgezeichnet sind und die sie natürlich kannten, aus unserem Munde hören, dem meinen vor allem, der ich die Chronik des hochmögenden Geschlechtes literaturfähig gemacht habe. Ich ließ mich nicht lange nötigen und flocht in meine Erzählungen auch andere groteske Fürfallenheiten unseres Lebens ein. Meine spanische Zunge war wieder sehr flott geworden, doch bat ich die Familie, unter sich den mir lieben Dialekt zu sprechen, dem ich zwar nicht mehr in allem folgen konnte. Bei den Sitzungen vor der Staffelei liebte es Pedro, daß mein Mund in Bewegung bliebe – so kam ich aus dem Reden nicht heraus, zumal ich rasch erkannte, daß es des Malers Geist beregte; es wurden die 40 Jahre überbrückt und das Bild ist glänzend geraten.

So denn erfuhren wir, was Pedro uns nie zur Geschichte seines Stammes mitgeteilt hatte: während des Kunstaufenthaltes in England waren zu den malerischen Erzeugnissen seiner Mutter und dem Sammelsurium von Billetten, Prospekten, Museumskatalogen etc. seines Vaters noch zwei Kinder hinzugekommen, und hier denn lasse ich die Ungeborenen, die sie uns waren, Mensch werden, Menschenwesen, von denen ich weiter nichts weiß. Pedro über ihr Schicksal oder einfach deren Leben zu fragen, habe ich vergessen, vielleicht sind sie nicht einmal über den Kanal gekommen. Widerfährt mir etwas Ungewöhnliches im täglichen Verkehr mit der Umwelt, so denke ich nie: ha, das kannst du brauchen für's Manuskript.

Immerhin versprach ich Pedro vor unserer Abreise, diese Lücke in meinem Memorial zu füllen, womit ich gleichzeitig dessen Glaubwürdigkeit erhärten zu können meine, da es sowieso schwer ist, das Daseinswirkliche, welches bei einigen meiner Gestalten rundheraus ehern ist, vom angeblich baren Schwindel abzuheben, wie solchen man in meinen Aufzeichnungen auch zu finden vermag: denn es mußte ja so niedergeschrieben werden, wie's einer erlebt, der auf den Schwindel anderer hereinfliegt. Viele meiner Figuranten haben mich und meinen Vigoleis übertölpelt, wir sind ihnen aufgesessen, zur Bereicherung übrigens meines Lebens, und, nachgehends, auch der meiner Erinnerungen. Dichtung und Wahrheit, »bizarre Mystifikation« und Realität – ich treibe mein Spiel mit dem wirklich Erlebten, zur wissenschaftlichen Beschwernis der Erforscher des Schelmenromans, die das Fiktive meiner »Angewandten« betonen und somit die Wege des Unwahren beschreiten müssen.

Ob zweier namenloser Menschenkinder dieser ganze Wortaufwand? mag manch ein Leser denken. Ja, kraft ihres Lebensrechtes gehören sie ins Buch, in dem, wahrhaftigen Gotts, schon genug an Unerhörtem unterschlagen worden ist, des Sinnes, daß ich nämlich aus dem in genau neun Monaten gezeitigten Manuskript gute 500 Seiten herausgenommen habe; und, meinem Hang ins Nihilistische folgend, habe ich sie im Bullerofen auf der Helmersstraat zu Amsterdam verbrannt, zur ungeäußerten Betrübnis von Beatrice, die ihrem Vigo diese antiherostratische Barbarei bis zur Stunde nicht nachgetragen hat. – Barbarei? Vielleicht. Aber ist es das gefährliche Vielleicht Nietzsches in »Jenseits von Gut und Böse«? Im Zweifelsfalle entscheide wieder einmal die Wahrheit.

Lausanne-Vennes, auf der Straße der Dichterin
Ysabelle de Montolieu, im Frühjahr 1981

Todesahnen

Der Abschied winkt schon, dir und mir und allen,
mit Abendrot verhängt sich noch das Licht,
die Blätter des Kalenders fallen –
du zogst sie selber ab und weißt es nicht.

Die Runde der Melancholie

Welchen der Wege du wählst
durch der welkenden Blätter Fall –
immer ist Trauer um dich
und des Sterbens ein Vorgefühl.

Nirgend dem Düster der Seele
klart sich die Landschaft auf,
noch beut sich dem Kreuz des Müden
zum Ruhen ein Fels.

Groß zieht der Adler im Tag.
Schon äugt er im Tale das Aas,
wo klagender die Eukalypten
stehen mit jedem Herbst

und herbstlicher mit jedem Gang
dem Rätsel des Todes sich
deines Lebens Frage neigt
in den Schatten der Zeder.

Schattenspiel

Weiß im Schoß gestaltet
sich des Menschen Los.
Schwarz im Licht entfaltet
sich ein Leben groß,

Schwer mit vollen Brüsten
prahlt das Mutterglück.

Ob auch Tod sie wüßten,
es gibt kein Zurück.

Schattenspiel des Lebens
auf das Totentuch –
Fadenschlag des Webens,
wann ist es genug?

Rogatio

Einmal allein sein im Dunkel der Nacht,
einmal nur ohne des Atems Gehen,
ohne des Traumes tagverbundene Wacht,
ohne der Seele tagwendiges Sehen.

Einmal nur voll das Leere erahnen,
einmal dem Tode ins Auge schaun
ohne das menschliche Todesgemahnen,
ohne das tierische Todesgraun.

Einmal nur wissen, was keinem gegeben,
einmal das Dunkel des Lichtes sein,
einmal nur ohne das Leben leben,
einmal bewußt im Nichtsein sein.

Mein Abendlied

Herr! laß mich in dein Dunkel ein,
ich bin des Schauens müde.
In vollen Trauben drängt der Wein,
die Kelter will gerichtet sein,
schon treibt der Herbst die Blätter ein –
doch wo der Acker, wo der Schrein,
der mich zum Ruhen lüde?

Herr! schließe mir die Augen zu
mit deinem Benedein.
Gib meinem Herzen endlich Ruh,
du guter Tod, schlag zu, schlag zu,
die Saat ist reif, was zauderst du?
Tief ist die See, steil gähnt die Fluh –
laß mich ihr Opfer sein.

Herr! mache meine Lippen stumm,
stell ab den Leierkasten.
Die Walze dreht sich um und um,
das Lied ist arm, die Weise dumm,
ich fiedel mir den Rücken krumm
und frag bei jedem Takt: warum
kann ich nicht endlich rasten?

Todesglyphe

So sei es denn der Tod, er holt uns ein,
indes wir überholen, den er warf, und wirft, die Schatten –
bis auch wir im irdenen Wegsamsein
den Gang ins Dunkel einbestatten.

Der erste Atemhauch, ein Schrei, ihm folgt das Wort,
und dann das Schweigen.
Es fügt sich Glyph' um Glyphe fort,
uns eingekerbt, nur unser Sein
und uns zu eigen.

Ist dies die Not, die dich bedrängt?
Des Todes Heiligstes ist einem jeglichen verhängt.

Jahreswende-Klang

So ist es dies – wie dräuende Gefahr
das unerbittliche Senken der Sonde –
wen brachte nicht um Span und Sponde,
was ihm seit Ur- und Alterahnenzeit verheißen war.

Und du vernimmst das Pochen an alternder Tür.
Wer käme herfür?
Mag er erscheinen
mit seinem Greinen
Der, den wir meinen! –

Doch du, verfolge getrost den geweisten Gang –
und horch!
– es ist vom Turm der Jahreswende-Klang.

Schönseherei

Meine Seele hat Flügel,
die reichen bis an den Tod.
Sie trägt mich über Hügel
aus vieler Erdennot.

Doch trug sie mich bis heute
leider nicht weit genug.
Mir ist, als ob sie scheute
vor dem letzten Flug.

So will ich denn wider Willen
gewarten meiner Stund –
vielleicht daß zuvor ich im Stillen
schon verenden kann wie ein Hund.

Jahresscheide

Der Abschied winkt schon, dir und mir und allen,
mit Abendrot verhängt sich noch das Licht,
die Blätter des Kalenders fallen –
du zogst sie selber ab und weißt es nicht,

weißt nicht, was deiner frommt noch der Gebärde,
die deine Hand mit jedem Zug getan,
ein Endchen Zeit zurück und vorn das Werde,
die Frage ist – wer von uns kommt noch an?

Du kannst vielleicht den Übergang vollenden,
ob ich? ob der, den keiner kennt?

Ein Jährchen mehr, damit hat's sein Bewenden:
es ist die Wiederkehr,
die Stunde, Tag und Jahr
vom Jahre trennt.

An meine Totenmaske

Wessen all der Jahre angespart –
für der Laken und des Mahles letzte Fahrt,
endlich endlos eingebahrt?

Wessen dieser Maske Marmelstein –
abgelebten Lebensblickes Widerschein?
Endlich endlos Bein zu Totenbein?

Wessen: Frage, die die Antwort weiß –
Dichterwort und wortbelobter Mönche Leis?
Endlos endlich dies und aller Preise Preis.

Letzter Wille

Mit Seelenmessen soll man mich verschonen.
Wer Francos heiligen Krieg gesehen hat,
sieht nicht mehr Gott in Gotteshäusern wohnen . . .

Letzter Wille

An meinem Grabe will ich keine Tränen,
die hab' ich alle selber schon geweint,
um gegen eine Welt mich aufzulehnen,
die ich en gros, nicht en detail verneint.

Ich bin nicht, was sie nennen lebensmüde,
auch Schopenhauer ist nicht mehr mein Fall.
Ich mach aus einer Weltschmerzattitüde
kein pessimistisch' Lebensideal.

Zwar hab ich dreimal mich entleiben wollen
und ging dabei dreimal verflucht nicht drauf.
Als Todverächter leb' ich aus dem Vollen –
ich war gefeit und gab es schließlich auf.

Legt mich ins Grab, so wie der Tod mich antrifft,
mit Schlips und Schluffen, wenn es ihm gefällt.
Blutüberströmt, wenn mich der letzte Bann trifft
im Autorasen einer Großstadtwelt.

Kein Leichenhemd! Ich muß mich drauf versteifen,
und dito Waschung: einfach abgeschmackt,
noch an dem toten Fleisch herumzuseifen,
bevor mans zünftig in die Kiste packt.

Wenn ihr den Herzstich scheut, so schlagt doch eben
den Kistendeckel doppelreihig zu,
denn sollte ich den Scheintod noch erleben,
dann gibt der Nägelmehrverbrauch die sichre Ruh.

Mit Seelenmessen soll man mich verschonen.
Wer Francos heiligen Krieg gesehen hat,
sieht nicht mehr Gott in Gotteshäusern wohnen . . .
Nun hat mein Stundenbuch ein leeres Blatt

zu all den leeren mehr. Ach, Beatrice,
auch du hast seine Seiten nicht gefüllt.
Es füllt sie keiner, Buddha nicht noch Nietzsche,
bevor das große Dunkel mich umhüllt,

das nackte Nichts der schwarzen Ewigkeiten,
der vollen Schöpfung leere Gegenwelt,
die allen göttlichen Gewordenheiten
im Gegengöttlichen die Waage hält.

Natürlich werdet ihr den letzten Willen
als faulen Zauber in den Ofen tun.
Doch werde meinen ersten ich erfüllen:
von diesem Erdenirrsinn auszuruhn.

Nachwort

Nun liegt gebündelt vor, was Albert Vigoleis Thelen auf Tausenden von Seiten über bekannte und weniger bekannte Zeitgenossen, vor allem aber über sich selbst preisgegeben hat. Mit »Sie tanzte nackt auf dem Söller« ist eine Biographie Thelens aus seinen eigenen Texten entstanden. Dabei wurden nicht nur seine beiden Hauptwerke »Die Insel des zweiten Gesichts« und »Der schwarze Herr Bahßetup« berücksichtigt, sondern auch die vielen an entlegener Stelle veröffentlichten und heute nur schwer zugänglichen kleineren Schriften. Zudem findet der Thelen-Kenner unveröffentlichte Texte aus dem Nachlaß, darunter ein höchst brisanter Brief, der über Thelens Verhältnis zu Hans Werner Richter und zur »Gruppe 47« Aufschluß gibt.

Natürlich konnte der Versuchung, die Glanzstücke aus den beiden großen Werken in diesen Band aufzunehmen, nicht widerstanden werden. Welcher Leser der »Insel« erinnerte sich nicht gerne an die Geschichten um die stadtbekannte Hure María del Pilar oder an den genasweisten Nachhilfeschüler Hutchinson, dem Vigoleis sein aus Armut spartanisch eingerichtetes Studierzimmer als philosophisch durchdachtes und theoretisch untermauertes »Einstuhlsystem« präsentiert? Welcher Leser des »Bahßetup« nicht an den von einer atemberaubend schönen Frau mit äußerster Raffinesse geplanten und durchgeführten Juwelenraub?

Aber nur mit Vorzeigeepisoden läßt sich kein Lebenslauf eines Schriftstellers nachzeichnen. Deshalb konnte der Blick des Herausgebers nicht nur auf die vielfach rezipierten Glanzstücke gerichtet sein, sondern auf alle Textpassagen aus Thelens Werken, die autobiographisches Gewicht haben.

In diesen aus dreizehn verschiedenen Quellen zusammengetragenen Passagen spielen die Auseinandersetzungen mit den Brüdern, die Geschichte, wie er zu seinem zweiten Vornamen kam, oder seine ganz persönliche Entdeckung des portugiesischen Mystikers Teixeira de Pascoaes ebenso eine Rolle wie die schwere und entbehrungsreiche Zeit während der Nazidiktatur. Da spiegelt sich in den Schilderungen seiner Erlebnisse auf Mallorca, in den Niederlanden und in der Schweiz das bunte und gleichzeitig nachdenkliche Leben eines Kosmopoliten. Geschont wird niemand. Die Nazis nicht, die Katholiken nicht und nicht die Einwohner seines niederrheinischen Heimatortes, die er unverblümt »die kleinen Bürger einer kleinen Stadt« nennt.

Aber Thelen bezieht auch sich selbst in die Kritik ein. Die meisten Seitenhiebe treffen wohl sein Alter ego Vigoleis, das er in den Erinnerungswerken für sich ins Feld schickt, um sich dann um so deutlicher von ihm distanzieren zu können. Vigoleis nimmt als Held der Erinnerungen auf seine Schultern, was Thelen selbst erlebt hat, und der Autor kann deshalb so tun, als wäre nicht von ihm, sondern von einer fremden Person die Rede. Durch den Einsatz dieser erzähltechnischen Finesse lassen sich Dinge leichter preisgeben als in traditionellen autobiographischen Texten, läßt sich leichter mit sich und anderen ins Gericht gehen.

Manche der Geschichten und Episoden werden bewußt nicht nur in ihrer ganzen Farbigkeit, ihrem Handlungsreichtum und ihrer Fülle an Personen wiedergegeben, sondern auch in ihrer Reflektivität und Weitschweifigkeit. Daß Thelen neben Lawrence Sterne, Theodor Gottlieb von Hippel und Jean Paul zu den bedeutendsten digressiven Erzählern gehört, kommt damit auch in diesem Band zum Ausdruck. Andere Prosatexte, insbesondere die, in denen Thelen auf seine Kindheit zurückblickt, fallen gedrängter aus. So stehen kürzere neben längeren Erzähltexten, Gedichte neben Briefauszügen oder vollständigen Briefen. Möge der Leser sich an allen Texten erfreuen und, angeregt durch die Lektüre, zu den Werken greifen, denen sie entnommen sind. Der Herausgeber würde ihm letzteres nicht nur großherzig verzeihen, er würde es dem Autor wünschen.

Jürgen Pütz

Zeittafel
Albert Vigoleis Thelen

1903	Geburt am 28. September als Sohn von Louis und Johanna Thelen (geb. Scheifes) in Süchteln/Niederrhein. Brüder Ludwig (1901–1973), Joseph (1902–1974) und Julius (1913). Der Vater ist Buchhalter, das Elternhaus streng katholisch.
1909–1913	Volksschule in Süchteln.
1913–1918	Kaiser-Wilhelm-Schule in Süchteln.
1918–1919	Humanistisches Gymnasium der Stadt Viersen.
1919–1922	Schlosserlehre in der Süchtelner Weberei Ling & Duhr.
1922–1923	Technischer Zeichner in der Viersener Zentrifugenfabrik Schäfer.
1923–1924	Textilfachschule in Krefeld.
1925	Beginn des Studiums mit »Kleiner Matrikel« in Köln. Immatrikulationsdatum: 30. Oktober, Fächer: Germanistik, Philosophie und Kunstgeschichte.
1926	Fortsetzung der Studien in Münster. Zusätzliche Fächer: Zeitungswissenschaften und Niederländische Philologie.
1927	»Süchtelner Stadtlied« (frühester erhaltener Text).

1928 Erste Begegnung mit Beatrice Bruckner, seiner späteren Frau, auf der internationalen Presseausstellung »Pressa« in Köln

1928–1931 Tätigkeit auf der Geflügelfarm des Bruders Joseph. Erste Bemühungen um literarische Veröffentlichungen.

1931 Kurzer Aufenthalt in Amsterdam.

1931–1936 Aufenthalt auf Mallorca. Weitgehend in der »Insel des zweiten Gesichts« authentisch dokumentiert.

1934 Erste Besprechung deutscher Exilliteratur unter dem Pseudonym Leopold Fabrizius am 18. Februar in der niederländischen Zeitung »Het Vaderland« (Den Haag).
Heirat mit Beatrice Bruckner in Barcelona.

1935 Tod des Vaters am 4. November.

1936 Flucht vor den spanischen Falangisten und den deutschen Nationalsozialisten über Frankreich (Marseille) in die Schweiz (Basel). Dort Nachstellungen durch die Gestapo.

1937 Im Sommer Umzug nach Auressio/Tessin.
Teixeira de Pascoaes: »Paulus. De dichter Gods« (Übersetzung ins Niederländische in Zusammenarbeit mit Hendrik Marsman).

1938 Teixeira de Pascoaes: »Paulus. Der Dichter Gottes« (Übersetzung).

1939 Teixeira de Pascoaes: »Hieronymus. De dichter der vriendschap« (Übersetzung ins Niederländische mit Hendrik Marsman).
Im August Aufenthalt in Bogève bei Annemasse (Frankreich). Anschließend Flucht über Spanien nach Portugal.

1939–1947 Exil auf dem Weingut des portugiesischen Mystikers Teixeira de Pascoaes in São João de Gatão bei Amarante.

1940 Letzte Rezension als Leopold Fabrizius am 28. April.

1941 Teixeira de Pascoaes: »Hieronymus. Der Dichter der Freundschaft« (Übersetzung).

1942 Erster Gedichtband: »Schloß Pascoaes«.

1946 Teixeira de Pascoaes: »Verbum obscurum« (Übersetzung ins Niederländische mit Hendrik Marsman).

1947–1954 Wohnsitz in Amsterdam.

1949 Teixeira de Pascoaes: »Das dunkle Wort« (Übersetzung).

1950 Teixeira de Pascoaes: »Napoleon. Spiegel van de Antichrist« (Übersetzung ins Niederländische mit Gerard Diels).

1953 Ende des Jahres erscheint im Amsterdamer G. A. van Oorschot Verlag sein erstes Erinnerungswerk »Die Insel des zweiten Gesichts«. Zur gleichen Zeit Lizenzausgabe bei Diederichs (Düsseldorf/Köln).
Lesung bei der Herbsttagung der »Gruppe 47« in Bebenhausen.

1954 Verleihung des Fontane-Preises in Berlin.
»Vigolotria« (Gedichte).
Kurzer Aufenthalt in Locarno.

1954–1960 Verwaltung des Landsitzes einer befreundeten Mexikanerin in Ascona (Schweiz).

1955 »Der Tragelaph« (Gedichte).

1956 »Der schwarze Herr Bahßetup. Ein Spiegel«.

1957 C. F. A. Bruijning/L. Lichtfeld: »Surinam. Neues Leben auf alter Erde« (Übersetzung).

1960–1973 Verwaltung eines anderen Landsitzes der Mexikanerin im schweizerischen Blonay.

1963 »Runenmund« (Gedichte, Privatdruck).

1967 »Glis-Glis« (Erzählung).

1968 Tod der Mutter am 16. März.

1973–1986 Wohnsitz in Lausanne-Vennes, am Rande des Genfer Sees.

1979 »Im Gläs der Worte« (Gedichte).

1984 Verleihung des Professorentitels des Landes Nordrhein-Westfalen am 27. Dezember.

1985 Verleihung des Bundesverdienstkreuzes am 29. Oktober.
»Gedichte und Holzschnitte« (Gedichtband in bibliophiler Ausstattung mit Holzschnitten von Emil Bert Hartwig).

1986 Am 22. Oktober Übersiedlung in ein Dülkener Altenheim.
»Saudade« (Gedichtband in bibliophiler Ausstattung).
Jan Jacob Slauerhoff: »Das verbotene Reich« (Übersetzung).

1989 Tod am 9. April in Dülken/Niederrhein.
»Der magische Rand. Eine abtriftige Geschichte«.

1990 »Poetische Märzkälbereien« (Gesammelte Prosa).

1992 Tod Beatrice Thelens am 19. Januar.

Quellen

Der magische Rand. Eine abtriftige Geschichte. Juni Verlag, Mönchengladbach 1989 (im alphabetischen Nachweis abgekürzt: Magischer Rand).

Der schwarze Herr Bahßetup. Ein Spiegel. Claassen Verlag, Düsseldorf 1983 (abgekürzt: Bahßetup).

Die Insel des zweiten Gesichts. Aus den angewandten Erinnerungen des Vigoleis. Claassen Verlag, Hildesheim 1992 (abgekürzt: Insel).

Gedichte und Holzschnitte. Aldus-Presse, Reicheneck 1985 (abgekürzt: Gedichte I).

Gedichte und Linolschnitte. Juni Verlag, Mönchengladbach 1989 (abgekürzt: Gedichte II).

Hommage à Albert Vigoleis Thelen, hrsg. von Horst Winz. Juni Verlag, Mönchengladbach 1989 (abgekürzt: Hommage).

Im Gläs der Worte. Gedichte. Claassen Verlag, Düsseldorf 1979 (abgekürzt: Gläs).

In Zweifelsfällen entscheidet die Wahrheit. Beiträge zu Albert Vigoleis Thelen, hrsg. von Jürgen Pütz. Juni Verlag, Viersen 1988 (abgekürzt: Zweifelsfälle).

Nenne deinen lieben Namen, den du mir so lange verborgen. Schriftsteller über Vornamen, hrsg. von Hanne Kulessa. Claassen Verlag, Düsseldorf 1986 (abgekürzt: Namen).

Poetische Märzkälbereien. Gesammelte Prosa, hrsg. von Werner Jung. Juni Verlag, Mönchengladbach 1990 (abgekürzt: Märzkälbereien).

Saudade. Gedichte. Aldus-Presse, Reicheneck 1986 (abgekürzt: Saudade).

34 × erste Liebe. Schriftsteller aus zwei Generationen unseres Jahrhunderts beschreiben erste erotische Erlebnisse, hrsg. von Robert Neumann. Verlag Bärmeier & Nickel, Frankfurt am Main 1966 (abgekürzt: Erste Liebe).

Vigolotria. Gedichte. Diederichs Verlag, Düsseldorf/Köln 1954 (abgekürzt: Vigolotria).

Alphabetischer Nachweis

*Die mit * gekennzeichneten Titel stammen von Albert Vigoleis Thelen, alle übrigen vom Herausgeber. Bibliographische Angaben zu den zitierten Werken finden sich im Quellenverzeichnis.*

Abstecher zur »Gruppe 47« (unveröffentlicht)
Als Führer auf der Pressa (Insel S. 396–399)
An den Dichter* (Gläs S. 16)
An meine Totenmaske* (Gläs S. 149)
Auf Budensuche (Insel S. 105–107)
Auf den Spuren meiner selbst (Magischer Rand S. 44–46)

Ballade vom Hungerkünstler* (Vigolotria S. 35–41)
Beatrice* (Namen S. 46–48)
Besuch vom Gerichtsvollzieher (Bahßetup S. 11–16)

Das Geschenk des Verlegers (Magischer Rand S. 37–39)
Das große Abenteuer meines Lebens (Insel S. 835–839)
Den Schergen entgangen (Insel S. 891–894)
Der Hölle entronnen (Märzkälbereien S. 110–119)
Der Juwelenraub (Bahßetup S. 61–82)
Der Verleger als Feind der Literatur (Bahßetup S. 159–168)
Des Bettlers Buckel (Insel S. 144–145 und S. 188–190)
Die kleine Welt einer kleinen Stadt (Insel S. 531–532)
Die Runde der Melancholie* (Gläs S. 42)
Die schöne Carmen (Insel S. 616–624)

Ein Herr namens Bahßetup (Bahßetup S. 17–32, Ausschnitte)
Ein verlockendes Angebot (Insel S. 552–556)
Erste Warnung (Insel S. 546–550)

Fahrradstrom (Bahßetup S. 151–153)
Früh lernte ich, gebückt zu gehen (Insel S. 80–82)

Grenzstein der Freiheit (Märzkälbereien S. 75–107)

Herr oder Knecht? (Magischer Rand S. 62–68)
Hitler als Fall für den Psychiater (Insel S. 533–535)
Hutchinson und das Einstuhlsystem (Insel S. 557 und S. 565–576)

Im kleinen Büchersaal* (Gläs S. 23)
In der Casa Rocca Vispa (Märzkälbereien S. 146–149)

Jahresscheide* (Gläs S. 122)
Jahreswende-Klang* (Gedichte I S. 14)

Keine Werbung für die »Insel« (Zweifelsfälle S. 137–139)
Kein Treuebekenntnis zum Führer (Insel S. 536–543)

Letzter Wille* (Gläs S. 58–59)
Liege im Sterben, Zwingli (Insel S. 12–20, Ausschnitte)

Mallorca: Clima Ideal (Insel S. 400–420)
Mallorca nach vierzig Jahren (Insel S. 913–916)
María del Pilar (Insel S. 107–112)
Meditation* (Gläs S. 30)
Mein Abendlied* (Saudade, unpaginiert)
Mein bischöflicher Onkel (Insel S. 387–389)
Mit Franz Blei nach Marseille (Insel S. 904–907)
Mordphantasien (Insel S. 317–322)
Muster der Ehrlichkeit (Bahßetup S. 355–357)

1933 (Insel S. 523–525)

Parteigenosse Molch* (Gedichte II, unpaginiert)

Rogatio* (Saudade, unpaginiert)

Saudade* (Saudade, unpaginiert)
Schattenspiel* (Saudade, unpaginiert)
Schlechte Kunde aus der Heimat (Insel S. 702–704)
Schönseherei* (Saudade, unpaginiert)

Selbstbildnis* (Gläs S. 8–13)
Selbstmordgedanken (Insel S. 246–257)
Sie tanzte nackt auf dem Söller (Erste Liebe S. 35–36)
Silbersterns pornographische Werke (Insel S. 695–701)

Teixeira de Pascoaes* (unveröffentlicht)
Todesglyphe* (Gedichte I S. 26)

Um Gott betrogen (Insel S. 260–265)

Verschwinde mit dem Unfug! (Bahßetup S. 131–133)
Von Wigalois zu Vigoleis (Insel S. 832–835)

Wäre ich ein Romancier . . . (Bahßetup S. 525–526)
War ich noch derselbe? (Insel S. 609–611)

Zum Fontane-Preis nach Berlin (Hommage S. 53–55)

Abbildungsnachweis

Archiv Julius Thelen, Mönchengladbach: Bildteil S. 4.
Archiv Jürgen Pütz, Hildesheim: Bildteil S. 1–3, 5–7.
Jürgen Kasten, Köln: Bildteil S. 8

Herrn Julius Thelen mit herzlichem Dank für die freundliche Unterstützung.

In Zweifelsfällen entscheidet die Wahrheit
Beiträge zu Albert Vigoleis Thelen
Herausgegeben von Jürgen Pütz
149 Seiten, broschiert, Großformat, DM 38,–
ISBN 3-926738-01-4

Mit Beiträgen von Klaus Antes, Willem Aalten van den Broek, Helmut Frielinghaus, Harald Gröhler, Werner Jung, Anton Krättli, Karl Heinz Kramberg, Siegfried Lenz, Arno Piechorowski, Jürgen Pütz, Stefan Quante, Erwin Theodor Rosenthal, Rolf Schroers, Albert Vigoleis Thelen, Ernst Jürgen Walberg, Rosmarie Zeller

Die erste gründliche Auseinandersetzung mit dem Werk Albert Vigoleis Thelens. Neunzehn Beiträge beschäftigen sich mit der Biographie und dem Werk, mit der ›Insel des zweiten Gesichts‹ und dem ›Schwarzen Herrn Bahßetup‹ und geben den Blick frei auf einen der großen Erzähler der Nachkriegszeit.

»Ein besonderes Verdienst der Pütz-Sammlung ist es, daß hier endlich einmal ein literaturwissenschaftlich prägnantes Bild von dem Humoristen Thelen entworfen wird.«

Franz Norbert Mennemeier, Neues Rheinland

»Alle Aufsätze haben eine persönliche Note, sind reich an biographischen Hinweisen, glücklichen Formulierungen zu Autor und Werk, literarischen Querverweisen auf Jean Paul, Cervantes, Sterne, Grimmelshausen, de Coster, Grass und die Tradition der Schelmenfigur.«

Helmut Kreuzer, Germanistik

Juni Verlag, Mönchengladbach

Albert Vigoleis Thelen

Im Gläs der Worte
Gedichte, 160 Seiten, gebunden

»Thelen, schreibender, dichtender Sonderling, sprachvernarrt, wortgewitzt, hintersinnig, vertrackt, verfaßt oft eine skurrile, vielfach ironische, immer eigenwillige Lyrik. Man könnte sie in gewissem Sinne eine ›Lyrik an sich‹ nennen. Das Bändchen schlägt einen Bogen über sein gesamtes lyrisches Schaffen bis hin zur ›Greisenlyrik‹ Thelens, der, nach seinen eigenen Worten, ›freilich noch nicht vollends greisenweiß ist und sicherlich nicht greiseweise‹.«

Tagesanzeiger, Zürich

Der schwarze Herr Bahßetup
Ein Spiegel
Roman, 544 Seiten, gebunden

»Ich kann und will hier nicht die Geschichte des Herrn Bahßetup, des brasilianischen Rechtsgelehrten, und seines Begleiters und Sekretärs Vigoleis weiter ausführen; es genüge, wenn ich sage, daß der Leser die Stimme eines edlen Menschen im Widerstand gegen alles Unmenschliche, das Splittern der Windmühlenflügel unter der Lanze eines modernen Don Quixote hören wird – ein immer seltener werdender Ton, und immer noch ein erhebender. Ich will hoffen, daß dieser bedeutende – und ich wage das Wort, wie weiland Hutten, ›mit Sinnen‹ – , daß dieser bedeutende Dichter im Gebiete seiner Sprache, der von ihm so herrlich gehandhabten deutschen, nicht nur hier und da einen Literaturpreis bekomme, sondern so fleißig gelesen werde, wie er es verdient.«

Philipp Wolff-Windegg

Claassen
Postfach 100 555, 3200 Hildesheim

Albert Vigoleis Thelen

Die Insel des zweiten Gesichts
Aus den angewandten Erinnerungen des Vigoleis
924 Seiten, gebunden

»Von all den Begegnungen, von all den Versuchen, in einer aus den Fugen geratenen Welt das Leben mit Anstand und mit der Grandezza des Vigoleis zu meistern, erzählt das Erinnerungsbuch von der ›Insel des zweiten Gesichts‹ in barocker Breite, mit Schnörkeln und Exkursen, mit Erörterungen, die sich unmittelbar an den Leser wenden und in denen der Erzähler höchstpersönlich seine Dispositionen begründet. Thelens Vertrautheit mit literarischer Tradition ist in den Tonarten und Stillagen seines großen Romans ebenso zu erkennen wie seine Virtuosität. Er ist ein gelernter und gebildeter Erzähler, dazu ein Schalksnarr, ein fröhlicher Weltverneiner, ein Humorist von hohen Graden. Man liest sein Buch nicht in einem Anlauf, sondern muß sich Zeit nehmen dafür und es zu seinem Begleiter machen. Man wird es nicht bereuen.«

Neue Zürcher Zeitung

Claassen

Postfach 100 555, 3200 Hildesheim

Stefan Tomas

Knieriesen
Roman, 206 Seiten, gebunden

Stefan Tomas beschreibt in seinem Roman den Leidensweg des fünfzehnjährigen Julian in einem von Franziskanermönchen geleiteten Internat in Euskirchen.

Hier rauben Priester ihren Zöglingen allmählich die Würde. Hier brechen Rivalitäten unter den Jugendlichen aus, um Rang- und Machtordnung im Internat zu sichern. Hier verkommt die Liebe nicht nur zur bloßen Sexualität, sondern zur Qual absurder Einsamkeit. Das Gefangensein in diesem Internat deformiert jeden.

›Knieriesen‹ ist eine Parabel über körperliche, geistige und seelische Gewalt. Der Roman legt Abgründe menschlichen Verhaltens offen und zwingt darüber nachzudenken, wie sie überrückbar sind.

Claassen

Postfach 100 555, 3200 Hildesheim